KB045303

THREE SECONDS

1

옮긴이 **이승재**

한국외국어대학교 불어교육과, 동 대학 통번역대학원을 졸업하였으며 현재 유럽 여러
나라의 다양한 작가들을 국내에 소개하고 있다. 옮긴 책으로는 도나토 카리시의 《속삭이
는 자》, 루슬룬드, 헬스트럼 콤비의 《비스트》, 야스미나 카드라의 《테러》, 기욤 뮈소의 《스
키다마링크》, 로맹 사르두의 《13번째 마을》, 프랑수아 베고도의 《클래스》, 제롬 들라포스
의 《피의 고리》 등이 있다.

Tre Sekunder (Three Seconds)
by Anders Roslund & Börge Hellström

Copyright © 2009 by Anders Roslund & Börge Hellström
Korean Translation Copyright © 2012 by Sigongsa Co., Ltd. All rights reserved.
The Korean language edition is published by arrangement with Anders Roslund &
Börge Hellström c/o Salomonsson Agency through MOMO Agency, Seoul.

이 책의 한국어판 저작권은 모모 에이전시를 통해 Anders Roslund & Börge Hellström c/o
Salomonsson Agency 사와의 독점 계약으로 (주)시공사에 있습니다.
저작권법에 의해 한국 내에서 보호를 받는 저작물이므로 무단전재와 무단복제를 금합니다.

쓰리 세컨즈

THREE SECONDS

안데슈 루슬룬드+버리에 헬스트럼 지음

이승재 옮김

1

검은숲

차 례 /

우리의 글을 진일보한 소설로 만들어주는

반냐를 위해

제1장

일요일

자정까지 한 시간 남짓.

늦은 봄, 주변은 남자가 생각했던 것 이상으로 어두웠다. 아마 아래쪽으로 보이는 물 때문이었으리라. 끝도 없이 깊어 보이는 검은 장막 같은 물 때문에.

스물아홉 살의 이 남자는 두려움에 떨고 있었다.

남자는 보트 타는 걸 끔찍이 싫어했다. 아니, 어쩌면 깊이를 가늠할 수 없는 바다 때문이었을지도 모른다. 남자는 지금처럼 바람이 불고 스빈노우스치에가 서서히 사라져갈 때마다 두려움에 몸을 부르르 떨었다. 그는 눈앞에 있는 집들이 점점 멀어져 작은 블록으로 변하고 마침내 주변을 잠식한 어둠 속으로 사라지는 동안 두 손으로 난간을 꼭 붙들고 있었다.

남자는 앞으로 몸을 숙이고 눈을 감았다. 여행을 거듭할수록 점점 더 힘이 들었다. 살을 에듯 혹독한 바람을 맞고 선 상태로도 뺨이 타들어가듯 열이 오르고 이마에선 땀이 흘렀다. 이틀, 딱 이틀만 지나면 돌아오는 길, 뱃전의 이 자리에 다시 서게 되리라. 그리고 두 번 다시 이 짓을 하지 않으리라고 이미 몇 차례나 다짐했던 것조차 잊게 되리라.

남자는 붙잡고 있던 난간을 놓고 따스한 실내로 들어가, 사람들이 객실을 찾아 오르내리는 계단 한쪽으로 걸음을 옮겼다.

잠을 청할 생각은 없었다. 아니, 잠을 잘 수도 없었다. 아직까지는.

바(Bar)라고 있는 것도 이름만 바일 뿐 형편없었다. MS 바벨은 폴란드 북부와 스웨덴 남부를 왕복하는 여러 대의 대형 연락선 중 하나였다. 하지만 대형이라고 해봤자 크기는 다들 고만고만했다. 바에는 음식물 부스러기가 널린 테이블, 조악한 등받이를 단 의자들만 즐비했다.

남자는 여전히 땀을 흘리고 있었다. 그는 두려움을 내비치지 않으려고 똑바로 정면을 응시하면서 손으로 쟁반 위를 더듬거려 맥주잔을 찾았다. 남자는 여전히 속이 거북했고, 새로운 음식물이 뱃속의 끔찍한 맛들을 잠재워주기만을 바랐다. 배가 터지도록 억지로 위장에 쑤셔 넣어야 했던 노란 물질로 꽉 찬 갈색 콘돔 맛. 그들은 남자가 콘돔을 삼킬 때마다 숫자를 세었다. 2백 개. 차곡차곡 쌓인 콘돔이 목을 찢어버릴 것 같은 느낌이 들 때까지.

"Czy podać panu coś jeszcze(더 필요하신 건요)?"

젊은 여종업원이 남자를 쳐다보며 물었다. 남자는 고개를 저었다. 오늘 밤만큼은 더 이상 아무것도 필요 없다.

화끈거리던 두 뺨이 이제는 얼얼할 지경이었다. 남자는 카운터 옆에 달린 거울을 통해 창백한 자신의 얼굴을 들여다보면서 아직 손도 안 댄 샌드위치와 가득 찬 맥주잔을 멀찍이 밀어놓았다. 그가 종업원에게 샌드위치와 맥주잔을 가리키자 종업원이 남자의 뜻을 이해하고 그 음식들을 더러운 선반에 올려놓았다.

"Postawić ci piwo(맥주 한 잔 하시는 겁니까)?"

비슷한 연배로 보이는 다른 남자 하나가 말을 걸었다. 그는 어느 정도 술기운이 오른 상태였다. 하지만 남자는 뒤를 돌아보지 않고 계속해서 거울을 들여다보고 있었다. 자신에게 말을 거는 사람이 누구인지, 또 왜 말을 거는지 그 이유를 확실히 알 수는 없었다. 취한 척 술을 권하며 말을 거는 누군가는 남자의 여행 목적을 이미 알고 있는 사람일 수도 있기 때문이다. 남자는 계산서가 놓인 은쟁반에 20유로를 남겨놓고 왜 틀어놨는지도 모를 음악이 흐르는 텅 빈 바를 벗어났다.

남자는 타는 듯한 갈증 탓에 소리라도 지르고 싶었다. 그의 혀는 텁텁함을 달래려 침을 계속해서 만들어냈지만 남자는 뭐가 됐든 마실 엄두가 나지 않았다. 어떻게든 삼킨 것들을 꼭꼭 눌러 담아두어야만 했다. 그러지 못했을 경우 자신은 죽은 목숨이기 때문이었다.

*

그는 새소리에 귀를 기울이고 있었다. 대서양 어딘가에서
밀려온 더운 공기가 선선한 봄밤의 기운에 마지못해 제 자
리를 내주고 물러가는 늦은 오후에 그가 늘 하는 행동이었
다. 하루 중에서 그가 가장 좋아하는 시간대이기도 했다. 하
루일과를 마치고 피곤에 절어 있는 상태였지만, 오직 외로
움만이 똬리를 튼 비좁은 호텔 침대에 다시 몸을 뉘어야 할
시간이 돌아오기 전까지 그에게 주어진 짧지만 소중한 안식
의 시간이었기 때문이다.

에리크 빌손은 얼굴을 때리는 한기를 느꼈다. 그러고는
잠시 눈을 감았다. 주변이 온통 하얀빛으로 물든 듯 강렬한
조명이 사방을 비추고 있었기 때문이다. 그는 고개를 뒤로
젖히고는 안 그래도 높은 담장을 더 높아 보이게 만드는 날
카로운 철조망들이 엉켜 있는 부분을 유심히 쳐다보았다.
그러면서 그 철조망들이 자신에게 달려들 것 같은 묘한 기
분을 떨쳐내려 애썼다.

거대한 조명등 아래로 1백여 미터 남짓 되는 아스팔트 구
간에서 사람들 소리가 들려왔다.

검은 정장 차림의 남자 여섯이 한 줄로 늘어서 있고 일곱
번째 남자가 그 열의 뒤에 서 있었다. 그리고 검은 승용차가
그 뒤를 따랐다.

에리크는 그들의 동작 하나하나를 흥미롭게 지켜보았다.

갑자기 또 다른 소리가 그 사이를 뚫고 나왔다. 총성. 누군가 도보로 이동하는 사람들을 향해 빠른 속도로 단발성 사격을 개시했던 것이다. 에리크 빌손은 검은 정장 사내 둘이 몸을 던져 VIP를 감싸며 땅바닥에 엎드리고 나머지 네 명이 총알이 날아드는 방향으로 몸을 돌리는 장면을 지켜보았다.

검은 정장의 사내들은 빌손과 마찬가지로 총성만으로도 총기의 종류를 식별할 수 있었다.

AK소총.

총성은 대략 4, 50미터 정도 떨어진 곳에 보이는 저층 건물 두 채 사이의 골목에서 들려왔다.

좀 전의 새소리는 어느새 사라지고 적막감만이 감돌았다. 잠시 뒤면 선선해질 후덥지근한 바람마저 순식간에 그친 것 같았다.

검은 정장의 사내들이 대응사격을 가하는 동시에 검은 승용차가 속력을 내더니 VIP 바로 앞에 멈춰 섰다. 저층 건물 사이에서는 여전히 일정한 간격으로 사격이 계속되는 상황이었다. VIP의 몸은 눈 깜빡할 사이에 경호원들에게 둘러싸인 채 승용차 안으로 밀려들어갔고, 차는 쏜살같이 어둠 속으로 사라져버렸다.

"임무 완수!"

허공에서 목소리가 들려왔다.

"오늘 저녁 훈련은 이것으로 종료."

거대한 조명등 바로 아래 설치된 확성기에서 들려온 소리였다. 오늘 밤 역시 대통령은 목숨을 보존할 수 있었다. 빌손은 기지개를 켜고 다시 귀를 기울였다. 새들이 다시 지저귀기 시작했다. 묘한 곳이었다. 빌손에게는 이번이, 일명 'FLETC'라고 불리는 'Federal Law Enforcement Training Centre'를 찾는 세 번째 방문이었다. 조지아 주 최남단까지 내려간 지점에 자리한 주정부 소유의 군 기지이자 미연방 법집행기관 훈련센터인 FLETC는 미마약수사국, 미알코올 담배무기폭발물국, 미연방보안관, 국경수비대를 비롯해 좀 전의 검은 정장의 사내들이 소속된 특별업무국 등의 대원들이 수시로 찾아와 훈련을 하는 곳이었다.

빌손은 바깥세상과 경계를 짓는 담장을 따라 걸었다. 숨쉬기는 한결 편해졌다. 그는 항상 그곳 날씨를 좋아했다. 언제 지나갔는지도 모를 스톡홀름의 초여름 날씨에 비해 훨씬 밝고 따뜻했기 때문이다.

숙소는 여느 호텔과 다를 바 없었다.

그의 방은 너무 더운 데다 통풍도 제대로 되지 않았다. 빌손은 거대한 훈련장이 내려다보이는 창문을 열고 눈부시도록 강렬한 조명등을 잠시 바라보았다. 그리고 나서 텔레비전을 켜고 이리저리 채널을 돌려보았다. 그래봐야 하나같이 다 그렇고 그런 프로그램들뿐이었다. 그는 잠자리에 들기 전까지 채널 돌리는 일을 반복할 터였다. 텔레비전은 유일하게 호텔 방에 생동감을 불어넣는 존재였기 때문이다.

그는 불안을 떨쳐낼 수 없었다. 뱃속에서 퍼져나간 긴장감은 두 다리를 타고 발끝으로 뻗어나가더니 결국 그를 침대에서 일으켜 세웠다. 빌손은 몸을 푼 뒤 책상으로 다가섰다. 반들거리는 책상 위에는 휴대전화 다섯 대가 다소 커 보이는 전등갓이 달린 스탠드와 짙은 색 가죽 압지 사이에 몇 센티미터 간격으로 나란히 놓여 있었다.

빌손은 한 대씩 차례로 액정화면을 들여다보았다. 처음 네 대에는 부재중 전화도, 문자 메시지도 없었다.

다섯 번째 휴대전화의 액정은 집어 들기도 전에 그의 시선을 사로잡았다.

여덟 통의 부재중 전화.

모두 똑같은 번호로 걸려온 전화였다.

그가 정해놓은 규칙은 그랬다. 각각의 휴대전화로 걸려오는 번호는 단 하나. 각각의 휴대전화로 걸 수 있는 번호도 단 하나.

만약 누군가 수사차원에서 통화내역 조회를 시도하거나, 휴대전화를 습득하더라도 오직 선불카드만으로 통화를 한, 두 명의 미등록 사용자만 발견하게 될 뿐이다. 사용자 이름도 없는 단지 두 대의 휴대전화가 어딘가에서 서로 전화를 걸고 받았다는 것 외에는 아무것도 추적할 수 없는 미등록 단말기.

여덟 통의 부재중 전화.

빌손은 문제의 휴대전화를 꽉 쥐었다. 파울라의 전화였다.

빌손은 머릿속으로 계산을 했다. 스웨덴은 지금 자정이 넘었을 것이다. 그는 단 하나의 번호로 전화를 걸었다.

파울라의 목소리가 들려왔다.

"만나야 할 일이 발생했습니다. 5번 약속장소. 정확히 한 시간 후입니다."

5번 약속장소.

불카누스가탄 대로 15번가와 상트 에릭스플란 17번가 사이.

"지금은 불가능해."

"만나야 합니다."

"불가능하다고. 지금 외국이야."

긴 한숨이 들려왔다. 아주 가깝게 느껴졌다. 수백 킬로미터나 떨어진 거리인데도.

"골치 아픈 문제가 있습니다, 에리크. 12시간 후에 대규모 물건 배달이 있을 예정입니다."

"취소해."

"너무 늦었어요. 폴란드 운반책 15명이 이리 오고 있는 중이란 말입니다."

빌손은 침대 끄트머리에 털썩 내려앉았다. 항상 같은 자리라 그 자리의 침대보는 언제나 구겨진 상태였다.

대규모 물건 배달.

파울라는 조직 내부에 깊숙이 침투한 상태였다. 입수하기 어려운 고급 정보를 빼낼 정도로 조직의 핵심부에 가까이

다가가 있었다.

"발 빼. 지금 당장."

"그렇게 간단한 문제가 아니에요. 이 건을 잘 성사시켜야 한다는 것도 잘 아시잖습니까. 실패한다면 아마 머리에 총알이 박힌 제 시체를 발견하게 될 겁니다."

"다시 한 번 말하겠어. 발 빼. 내가 뒤를 봐줄 수 없는 상황이야. 내 말 잘 들어. 작전은 취소야. 젠장, 중단하라고!"

실컷 진지한 대화가 오가는 중에 상대가 전화를 끊었음을 알리는 적막감은 언제 느껴도 기분이 나빴다. 빌손은 전파가 빚어낸 공허함이 끔찍이 싫었다.

그는 다시 일어나 창문 앞으로 다가가 눈부신 조명등을 바라보았다.

수화기 너머의 목소리는 바짝 긴장한 상태, 아니 거의 겁에 질린 듯한 목소리였다. 빌손의 손에는 여전히 휴대전화가 들려 있었다. 그는 적막감 속에서 전화기를 멍하니 쳐다보았다.

파울라가 독자적으로 행동해야 하는 상황이 발생했던 것이다.

월요일

그는 리딩예로 향하는 다리를 절반 정도 건너다 차를 세웠다.

새벽 3시가 넘자 태양이 암흑을 뚫고 드디어 모습을 드러내기 시작했다. 에베트 그렌스는 차창을 내리고 강물을 들여다보며 밝아오는 새벽이 저주 받은 밤을 몰아내고 그에게 선사한 평화로운 분위기 속에서 싸늘한 공기를 깊이 들이마셨다.

그는 다시 차를 몰아 절벽에 자리 잡은 목가적인 건물로 향했다. 그는 텅 빈 아스팔트 주차장에 차를 세운 뒤 충전 케이블에 연결되어 있던 무전기를 뽑고 소형 마이크를 옷깃에 부착했다. 그녀를 보러 올 때면 언제나 무전기를 차에 두고 내렸던 그였다. 그녀와 함께 보내는 시간보다 더 중요한 건 없었으니까. 하지만 지금은 더 이상 방해받을 대화조차 나눌 수 없는 처지였다.

에베트 벌써 29년째, 일주일에 한 번 요양원을 찾았다. 단 한 차례도 거르지 않았다. 그녀가 지냈던 방은 이미 다른 사람의 차지가 되어버린 지금까지도. 에베트는 한때나마 그녀가 바깥세상을 바라보았던, 자신 역시 그녀의 곁에 서서 그녀가 바라보던 것이 무엇이었는지 이해하고자 애썼던 그 창문을 향해 다가갔다.

그가 믿었던 단 한 사람.

그녀가 몹시도 그리웠다. 그 빌어먹을 공허함은 끈질기게 그를 쫓아다녔다. 어둠 속으로 도망쳐도 계속해서 달라붙었다. 답답한 마음에 고함을 질러보기도 했지만, 허전한 감정은 여전히 그 자리에 머물러 있었다. 그렇게 공허함을 들이켜고 내뱉을 뿐, 어떻게 채워야 할지 알 수가 없었다.

"그렌스 경정님."

유리문 너머로 목소리가 들려왔다. 날씨가 좋을 때면 항상 열어두는 문이었다. 테라스에 놓인 테이블 주변에는 환자용 휠체어들이 가지런히 정리되어 있었다. 목소리의 주인공은 수산이었다. 당시 의대생이었던 수산은 하얀 가운에 달린 명찰로 알 수 있듯, 벌써 전공의가 되어 있었다. 수산은 언젠가 그와 안니를 따라 군도를 한 바퀴 도는 유람선 관광길에 따라나서기도 했었고, 때로는 그에게 직설적인 충고도 해주곤 했다.

"안녕하셨습니까."

"또 찾아오셨네요."

"그렇지요."

안니가 죽은 뒤로는 한동안 마주치지 못한 터였다.

"왜 이러시는 거예요?"

에베트는 텅 빈 창문을 올려다보았다.

"무슨 말씀을 하시는 겁니까?"

"도대체 왜 자신한테 이런 짓을 하시는 건데요?"

방은 어둠 속에 잠겨 있었다. 방 안에 누가 있든 자고 있을 시간이었다.

"매주 화요일, 지금 그 자리에 서 계신 모습을 보는 게 오늘로 연속 12주나 된다고요."

"그러지 말라는 법이라도 있단 말입니까?"

"매번 똑같은 날, 그리고 매번 똑같은 시간대잖아요."

에베트는 아무런 대꾸도 하지 않았다.

"그분이 살아계셨을 때하고."

수산은 계단 아래쪽으로 내려왔다.

"도대체 왜 자신한테 그렇게 혹독하게 구시는 건데요?"

수산은 점점 언성을 높이며 말을 이었다.

"하루하루가 괴로우시리라는 건 이해해요. 그건 인간의 힘으로 어떻게 할 수 있는 게 아니니까요. 그런데 경정님은 그 슬픔을 꼭 붙든 채 그 뒤에 숨어 지내시잖아요. 무슨 말인지 모르시겠어요, 그렌스 경정님? 경정님이 그토록 두려워하셨던 일은 이미 과거가 되어버렸다구요."

그는 어둠 속에 잠긴 창문을 다시 바라보았다. 여명에 비친 창유리는 할 말 잃은 노인의 모습을 비추고 있었다.

"이제 그만 놓아주시란 말이에요. 일상처럼 붙들고 계시지 마시고요."

"안니가 너무나 보고 싶군요."

수산은 계단을 올라가 테라스 문을 닫으려다 멈춰서더니 큰 소리로 외쳤다.

"다시는 뵙지 않았으면 좋겠어요."

베스트만나가탄 대로 79번가에 자리한 근사한 아파트 5층. 낡은 건물이었지만 널찍한 방이 세 개나 되고 천장도 높은 데다 반들반들한 나무 바닥이 깔려 있고, 조명이 환한 아파트였다.

부엌에 있던 피에트 호프만은 냉장고 문을 열고 우유 팩 하나를 더 꺼냈다.

그는 바닥에 웅크린 채로 빨간 플라스틱 양동이에 얼굴을 처박은 남자를 내려다보았다. 바르샤바에서 건너온 거지 같은 마약 운반책. 좀도둑에 마약 중독자들. 여드름투성이에 이는 성한 곳 하나 없는 데다 언제 갈아입었는지도 모를 꾀죄죄한 옷차림. 호프만이 뾰족한 신발 앞 코로 옆구리를 한 대 걷어차자, 악취를 풍기던 남자는 한쪽으로 주저앉으면서 결국 위 속에 든 내용물을 토해냈다. 희멀건 우유와 갈색으로 된 작은 콘돔 뭉치들이 남자의 바지와 대리석처럼 번들거리는 부엌 바닥으로 쏟아졌다.

남자는 우유를 더 들이켜야 했다. "Napij się kurwa(더 처마시라고, 씨발)." 그리고 더 많은 걸 게워내야 했다.

피에트 호프만은 다시 한 번 남자에게 발길질을 했다. 하지만 이번에는 방금 전처럼 강하게 걷어차진 않았다. 갈색 콘돔은 10그램 용량의 암페타민 캡슐이 남자의 위장을 상하게 하지 못하도록 보호하는 용도였지만, 호프만에게는 그 암페타민의 1그램이라도 가지 말아야 할 곳으로 흘러들어가지 않도록 막아주는 안전장치였다. 그의 발치에 주저앉아 있던 냄새 나는 남자는 스빈노우스치에에서 MS 바벨호를 타고 위스타드에 내려 기차로 갈아탄 뒤 밤낮으로 달려온 15명의 일회성 마약 운반책인 인간 컨테이너 중 한 사람이었다. 그는 각각 2천 그램의 암페타민을 집어삼킨 뒤 스톡홀름 시내에 마련된 여러 은밀한 장소에서 삼켰던 걸 도로 뱉어내는 나머지 14명이 누구인지는 전혀 알지 못했다.

호프만은 원래 침착한 말투로 상대를 달래는 편이었다. 그런 식으로 유도해 쉽게 풀어가는 걸 선호했기 때문이기도 했다. 하지만 지금은 "pij do cholery(마셔, 마시라고)!"라고 고함을 지르며 폴란드에서 건너온 마약 운반책에게 발길질을 하고 있었다.

비쩍 마른 남자는 결국 울음을 터뜨렸다.

그는 바지와 셔츠에 온통 토사물을 묻힌 상태였고, 여드름이 덕지덕지 달라붙은 얼굴은 그가 널브러져 있던 대리석 바닥처럼 창백하게 변해버렸다.

피에트 호프만은 발길질을 멈추었다. 그러고는 남자가 게 위낸 우유 웅덩이에 떠다니는 물체의 수를 세어보았다. 대략 20개 정도 되었다. 당장 필요한 만큼의 물량을 회수한 터라 더 이상 닦달할 필요는 없었다. 그는 세척용 장갑을 끼고 콘 돔들을 개수대로 가져가 깨끗하게 씻은 뒤 잘라내어 20개의 소형 캡슐을 회수한 뒤 부엌 찬장에서 가져온 사기그릇 위 에 올려놓았다.

"우유하고 피자는 충분히 남아 있어. 여기 가만히 앉아 있으라고. 먹고, 마시고, 그다음에 다 토해내야 해. 나머지 것들도 필요하니까."

거실은 덥고 갑갑했다. 짙은 색 참나무 사각 테이블에 둘러앉아 있던 남자 셋은 모두 땀을 흘리고 있었다. 껴입은 옷도 많았고 아드레날린이 솟구치는 상황이었기 때문이다. 호프만은 발코니 문을 연 뒤 찬바람이 탁한 공기를 쓸어가는 잠시 동안 그대로 서 있었다.

피에트 호프만은 폴란드어로 말했다. 그가 하는 말을 알아들어야 하는 두 사내 때문이었다.

"저 친구 뱃속에 아직 1.8킬로그램이 남아 있어. 잘 지켜보고 있으라고. 그리고 다 토해내면 수고비도 계산해주고. 전체의 4퍼센트야."

두 사내는 서로 닮은꼴이었다. 둘 다 40대에다, 비싼 게 확실한데 싸구려처럼 보이는 짙은 색 정장 차림, 그리고 민머리까지. 두 사람 옆에 서면 아마 며칠 감지도 못한 운반책

25

의 머리에서조차 후광이 비칠 정도로 형편없는 차림새였다. 눈에는 웃음기가 없었고, 호프만은 실제로 그들이 웃는 걸 한 번도 본적이 없었다. 두 사내는 호프만이 말한 대로 부엌 바닥에 널브러진 운반책의 속을 게워내기 위해 부엌으로 사라졌다. 이번 배달 건은 전적으로 호프만의 책임 하에 진행되었고, 두 사내는 바르샤바 상부에 배달 사고에 대해 해명할 일이 생기길 원치 않았다.

호프만은 테이블에 앉아 있던 제3의 사내에게 돌아가 드디어 스웨덴어로 말을 걸었다.

"여기 스무 알이야. 2백 그램이지. 이 정도면 제품 확인엔 충분할 거야."

호프만은 자신보다 키가 큰 금발의 사내를 쳐다보았다. 남자는 대략 서른다섯 정도로 자신과 비슷한 연배 같았다. 그는 검은 청바지에 하얀 티셔츠 차림을 하고 손가락과 손목, 그리고 목에 여러 개의 은장신구를 걸치고 있었다. 그는 살인미수 혐의로 티다홀름 교도소에서 4년을 복역했고, 두 건의 폭행죄로 마리에프레드에서 27개월간 복역했다고 했다. 딱히 의심이 가는 경력은 아니다. 다만 한 가지, 뭐라 콕집어 말할 순 없지만 석연찮은 부분이 있어 보였다. 보통 마약 구매자들은 정장 차림이라는 점. 그리고 마치 연기를 하듯 어딘가 어색해 보인다는 점이.

호프만은 구매자가 바지 주머니에서 면도칼을 꺼내 캡슐 하나를 집어 들고 반으로 갈라 얼마 되지 않는 내용물을 사기그릇 위에 쏟아내는 모습을 유심히 지켜보았다.

또다시 엄습해오는 위화감.

아마 눈앞의 남자가 암페타민을 대량으로 구매해 갈 생각에 흥분한 상태였기 때문이리라. 아니면 신경이 날카로웠거나. 어쩌면 한밤중에 에리크에게 뜬금없는 전화를 걸었던 것도 정확히는 그 느낌 때문이었으리라. 뭔지는 몰라도 어딘가 이상하다는 느낌, 전화상으로는 구체적으로 표현하기 힘든 그런 강한 직감 때문에.

꽃향기가 퍼져 나왔다. 튤립 향이다.

호프만은 의자 두 개 정도 떨어진 자리에 서 있었지만 사방으로 퍼지는 꽃향기를 오롯이 느낄 수 있었다.

구매자는 단단하고 누런 덩어리를 가루처럼 잘게 썰어 부순 뒤 면도칼로 한 줌 정도 떠서 빈 유리잔에 털어 넣었다. 그러고는 주사기에 물 20밀리리터를 채워 유리잔에 분사하자 누런 가루가 투명하면서 끈적끈적한 점착성 액체로 녹기 시작했다. 그는 만족스러운 듯 고개를 끄덕였다. 가루는 순식간에 녹아버린 후 투명한 액체로 변했다. 판매자가 보장한 대로 순도 높은 암페타민이었다.

"티다홀름에서 4년이라고 했었나? 맞아?"

호프만은 대답을 기다리며 캡슐이 담긴 그릇을 상대의 앞으로 가져갔다.

"1997년부터 2000년까지. 3년만 살았지. 모범수로 일찍 나왔거든."

"어느 감호구역이었는데?"

호프만은 계속해서 상대의 표정을 주의 깊게 살폈다.

구매자의 얼굴에서는 긴장한 기미가 전혀 보이지 않았다.

상대는 스웨덴어로 말을 하고 있지만, 살짝 외국인 억양이 느껴지는 게 주변국 출신인 것 같았다. 호프만은 덴마크라고 생각했다. 노르웨이일 가능성도 무시할 순 없었다. 구매자는 갑자기 자리에서 일어나더니 호프만의 얼굴 가까이 짜증스럽다는 듯 손짓을 했다. 모든 게 정상처럼 보이지만, 너무 늦었다. 당신도 알아챈 거지. 남자는 한 박자 먼저 성을 내며 대뜸 호프만의 얼굴을 한 대 치기라도 하듯 주먹을 휘둘렀다. 씨발, 지금 날 못 믿겠다는 거야?

"무슨 혐의로 들어갔다 나왔는지는 이미 확인해봤잖아? 아니야?"

이제 남자는 마치 신경질이 난 연기를 하는 분위기였다.

"다시 묻겠어. 어느 감호구역에 있었어?"

"C구역. 97년부터 99년까지."

"C구역이라. C구역 어디?"

"젠장, 뭘 알고 싶은 건데?"

"C구역 어디?"

"C구역이 C구역이지 어디야? 티다홀름에 번호 같은 게 어디 있다고."

남자는 씩 웃었다.

호프만 역시 씩 웃어주었다.

"감방 동기는 누구였는데?"

"그 정도로 해두자고, 오케이?"

구매자는 언성을 높이기 시작했다. 필요 이상으로 짜증을 내는 모습은 수세에 몰린 듯한 분위기를 풍겼다.

호프만은 그 외에도 다른 무언가를 포착해냈다.

불확실한 무언가를 의미하는 분위기.

"당신 지금 거래를 하자는 거야 말자는 거야? 난 당신이 나한테 팔 물건이 있다고 해서 지금 이 자리까지 나온 걸로 알고 있는데."

"감방 동기는 누구였지?"

"스코네, 미우, 유세프 리바논, 비르타넨, 백작. 이 정도면 충분하잖아?"

"또 누가 있었지?"

남자는 호프만에게 한 걸음 가까이 다가왔다.

"계속 이런 식이면 거래는 없던 걸로 하겠어."

남자는 아주 가까이 서 있었다. 그가 손짓을 할 때마다 손가락과 팔목에 주렁주렁한 은장신구들이 피에트 호프만의 면전에서 출렁거렸다.

"더 없다고. 그 정도면 됐잖아? 거래를 계속할지 여부는 당신한테 달려 있어."

"유세프 리바논은 영구추방 당한 뒤로 석 달 반 전에 베이루트로 날아갔어. 비르타넨은 몇 년 전부터 경비가 삼엄한 세테르 정신병원에 수감된 상태고. 만성정신질환 때문에 정신도 오락가락하고 접촉 자체가 불가능해. 미우는 어딘가에 묻혔고……."

언성이 높아지자 고급 정장을 걸친 민머리 사내 둘이 부엌문을 열고 나왔다.

호프만은 두 남자에게 그대로 안에 들어가 있으라는 뜻으로 팔을 흔들었다.

"미우는 베름되에 있는 올스테케트 인근 백사장에 묻혀 있어. 뒤통수에 총구멍 두 개를 달고 말이야."

이제 방 안에는 외국어를 쓰는 사람이 셋으로 늘어났다.

피에트 호프만은 구매자가 주변을 둘러보며 빠져나갈 구멍을 찾고 있다는 사실을 간파했다.

"유세프 리바논, 비르타넨, 미우. 어디, 계속해볼까? 스코네라고 했나? 그 친구는 아예 술독에 빠져 살고 있어. 아마 지가 티다홀름에 있었는지, 올스테켓에 있었는지도 기억하지 못할 거야. 아니, 할에서 복역했다고 생각하고 있을 수도 있어. 그리고 백작님께서는 말이지……. 목에 시트를 감고 허공에 매달려 있던 걸 헤뉘산드 구치소 교도관들이 끌어내렸거든. 당신이 팔아먹은 다섯 명의 현 상태야. 고르긴 용케 잘 골랐어. 이중에서 당신이 같은 감방 동기였다는 사실을 확인해줄 수 있는 사람은 하나도 없으니까 말이야."

검은 정장의 사내들 중 마리우슈라는 이름의 남자가 권총을 손에 들고 가까이 다가와 구매자의 머리를 겨누었다. 새것처럼 보이는 권총은 검정색 폴란드제 라돔(Radom)이었다. 피에트 호프만은 마리우슈를 향해 소리쳤다. "utspokój się do diabla(이봐, 진정하라고, 진정해)!"

"마리우슈, 진정하라고. 이러지 마! 아무한테나 총 들이대지 말라고!"

마리우슈라는 사내는 엄지손가락을 안전장치 위에 올리더니 피식 한 번 웃고는 뒤로 물러서며 총구를 아래로 내렸다. 호프만은 스웨덴어로 대화를 이어나갔다.

"프랑크 슈타인이라는 친구는 아나?"

호프만은 상대의 표정을 유심히 살폈다. 남자의 눈에는 공포의 빛이 역력했다. 하지만 은장신구를 단 그의 팔은 그런 사실을 숨기기 위해 갖은 애를 쓰고 있었다.

"그 친구, 내가 잘 안다는 거 당신도 알잖아."

"좋아. 프랑크 슈타인이 누구지?"

"티다홀름 교도소, C감호구역, 여섯 번째 방주인. 이제 만족하시나?"

피에트 호프만은 테이블에 놓인 자신의 휴대전화를 집어 들었다.

"그럼 그 친구하고 간만에 인사라도 주고받는 건 어때? 동고동락한 감방 동기들끼리 말이야."

그는 휴대전화를 상대의 앞에 들이밀고 자신을 바라보는 그의 눈을 카메라로 찍은 다음 전화번호를 꾹꾹 눌렀다. 호프만이 휴대전화로 사진을 전송하고 이번에는 통화를 하기 위해 다시 똑같은 번호를 누르는 동안 두 사람은 아무런 말

없이 서로를 응시하고 있었다.

마리우슈와 예쥐라는 정장 차림의 두 사내가 동요하기 시작했다. 마리우슈라는 사내가 먼저 움직였다. 구매자의 오른쪽에 자리를 잡으려는 것 같았다. 그는 점점 더 가까이 다가가 남자의 오른쪽 관자놀이에 총구를 밀착했다.

"미안하게 됐군. 바르샤바에서 건너 온 친구들이 좀 예민해서 말이야."

그때 누군가 호프만의 전화를 받았다.

호프만은 전화기에 짧게 몇 마디 던지더니 구매자에게 휴대전화 화면을 보여주었다.

꽁지머리로 묶은 검은 장발에 젊다고는 할 수 없는 어느 남자의 사진이 보였다.

"이 친구야. 프랑크 슈타인이."

호프만은 남자가 시선을 피할 때까지 그의 눈을 노려보았다.

"자……. 이래도 서로 아는 사이라고 우길 생각인가?"

호프만은 휴대전화를 접고 테이블에 내려놓았다.

"여기 이 두 친구는 스웨덴 말을 전혀 못 해. 그러니까 지금 이 말은 당신한테 하는 말이야. 오직 당신한테만."

호프만은 두 사내를 흘끗 쳐다보았다. 두 사람은 한층 더 가까이 다가와서는 구매자의 머리에 총구를 댈 명당자리를 놓고 서로 티격태격하고 있었다.

"지금 우리한테는 한 가지 문제가 있어. 당신은 처음에 자신이 소개했던 그 사람이 아니라는 거. 정체를 밝힐 시간으로 딱 2분 주지.”

“무슨 소릴 하는지 도대체 모르겠군그래.”

“모르시겠다? 개소리 집어치워. 그러기엔 너무 늦었거든. 그냥 당신 정체가 뭔지 속 시원하게 털어놓아보라고. 지금 당장. 여기 두 친구들하고 달리 난 시체가 발생할 일이 생기지나 않을까 걱정이야. 당신이 여기서 개죽음 당해버리면 우리 서로 좋을 게 없잖아?”

두 사람은 대화를 멈췄다. 그리고 손에 든 라돔을 구매자의 관자놀이에 밀착하고는 거친 숨소리를 내며 바싹 마른 입으로 입맛을 다시는 민머리 남자보다 큰 소리로 누군가 말을 이어가기를 기다렸다.

“제법 그럴싸한 배경에다가 유명인사들 엮어서 여기까지 오느라 개고생 한 것 같긴 한데, 지금 누구하고 거래를 하고 있는지 그 사실을 과소평가한 순간, 그게 다 무용지물이 됐다는 거 이제 당신도 잘 알 거야. 이 조직은 폴란드 정보기관 출신 장교들로 구성된 조직이라고. 그래서 당신에 대해 뭐든 알고 싶은 게 있으면 언제든지 확인이 가능해. 어느 학교 출신이냐고 물을 수도 있었어. 그럼 당신은 당신 뒤에 있는 인간들이 시킨 대로 말했겠지. 그런데 말이지, 전화 한 통이면 그게 뻥인지 아닌지 바로 알 수 있거든. 당신 엄마 이름이 뭔지, 키우는 개는 예방접종을 맞췄는지, 새로 산 커피머신이 무슨 색깔인지, 전화 한 통이면 싸그리 들통 난다고. 그래서 방금 그렇게 했어. 그런데 프랑크 슈타인이란 친구는 당신이 누군지 몰라. 같은 시기에 티다홀름에서 썩었던 동기가 아니거든. 왜냐고? 당신은 거기 가본 적도 없으니까. 당신 전과기록은 다 가짜야. 그걸 내세워서 지금 이 자리에 나와 갓 도착한 따끈따끈한 암페타민을 사겠다고 설치고 있다고. 다시 한 번 묻겠어. 당신 정체가 뭐야? 어디 들어보자고. 다 듣고 나면 만에 하나, 정말 가능성은 희박하겠지만, 내가 이 두 친구들을 설득해서 당신 머리에 구멍 내는 일만은 막아줄 수 있을지도 모르잖아."

마리우슈는 권총 손잡이를 단단히 그러쥐었다. 두 사람의 말소리가 점점 더 빨라지면서 커지고 있었다. 마리우슈는 호프만이 구매자와 무슨 이야기를 주고받는지 알아들을 순 없었지만, 거래가 틀어질 위기에 놓였다는 것은 분위기로 알 수 있었다. 그래서 폴란드어로 버럭 고함을 질렀다. "지금 둘이 무슨 수작을 벌이는 거야? 저 새끼 뭐 하는 놈이냐고?" 그러고는 공이치기를 뒤로 당겼다.

"좋아."

구매자는 당장이라도 총알이 날아들 듯한 극한 상황에 놓였다는 사실을 깨달았다.

"난 경찰이야."

마리우슈와 예쥐는 스웨덴어를 몰랐다.

하지만 경찰이라는 단어는 굳이 통역이 필요 없었다.

검은 정장의 사내들은 다시 고래고래 소리를 질렀다. 예쥐가 길길이 날뛰며 마리우슈에게 당장 방아쇠를 당기라고 아우성을 쳤다. 그러자 호프만이 양손을 치켜들고 가까이 다가섰다.

"물러나!"

"저 새끼 경찰이라잖아!"

"당장 쏴 죽여버릴 거야!"

"아직 안 돼!"

호프만은 그들 사이에 끼어들려 했다. 하지만 이미 한 발 늦은 뒤였다. 관자놀이에 싸늘한 쇠붙이를 붙이고 있는 남자도 그 사실을 알고 있었다. 그는 심하게 일그러진 얼굴로 부르르 떨고 있었다.

"씨발, 난 경찰이야! 이 자식 좀 떨어지라고 해!"

예쥐는 언성을 낮추며 평정심을 되찾은 듯 침착한 목소리로 마리우슈에게 경찰에게 더 가까이 서라고 말한 뒤 자신도 남자의 옆으로 자리를 옮겼다. 남자의 반대편 관자놀이를 겨냥하기에 최적의 자리로.

그는 여전히 침대에 누워 있었다. 몸은 전혀 일어날 생각이 없고 온 세상이 저 멀리 아득하게만 느껴지는 그런 아침이었다.

에리크 빌손은 습한 공기를 들이마셨다.

열린 창문으로 스며든 조지아 남부의 아침 공기는 여전

히 싸늘했지만 조만간 더워질 터였다. 아니, 어제보다 훨씬 뜨거워질 것이다. 빌손은 머리 위 천장에 달린 회전형 선풍기 날개의 움직임을 눈으로 쫓아보려 했지만, 눈이 시큰해져 눈물이 나는 바람에 포기하고 말았다. 겨우 한 시간 남짓 눈을 붙였을까? 밤새 네 차례나 통화를 했다. 통화를 거듭할수록 파울라의 목소리는 긴장감이 더해졌다. 이상하게 날이 선 듯한 목소리에는 절박함이 묻어 있었다. 어디론가 달아나버리기라도 할 듯한 느낌마저 들었다.

빌손은 거대한 FLETC 훈련장에서 날아드는 익숙한 소리를 통해 대략 오전 7시가 조금 지났을 거라는 것과—스웨덴의 이른 오후가 시작되는 시각—그 훈련도 조만간 끝날 것임을 알 수 있었다.

그는 몸을 살짝 일으켜 베개로 허리를 받쳤다. 그대로 침대에 앉으니 창문을 통해 이미 한참 전에 새벽의 어스름이 지나간 아침 광경이 눈앞에 펼쳐졌다.

빌손은 침대에서 일어났다. 찬물에 샤워를 하자 좀 나아졌다. 간밤에 두려운 마음으로 나눴던 대화 내용이 또렷이 떠올랐다.

"당장 발 빼라고."

"그럴 수 없다는 거 아시지 않습니까."

"그러다 걸리면 10년에서 14년을 때려 맞을 수도 있어."

"에리크, 만약 이번 임무를 완수하지 못하고 여기서 발을 빼기 위해 그럴싸한 핑곗거리를 찾아내지 못한다면, 전 그보다 훨씬 더 큰 위험을 감수해야 합니다. 제 목숨 말입니다."

에리크 빌손은 통화를 거듭하면서 갖가지 방법을 동원해 자신의 지원 없이는 이번 마약 배달과 판매에 관한 임무를 완수할 수 없다는 점을 설명하려 했다. 하지만 사실상 빠져 나갈 곳도 없었다. 구매자와 판매자, 운반책까지 이미 스톡홀름의 모처에 모여 있는 상황에서 손을 떼기에는 이미 늦어버렸다.

간단한 아침식사를 할 시간은 있었다. 블루베리 팬케이크, 저염 베이컨과 호밀 빵. 그리고 커피 한 잔과 〈뉴욕 타임스〉. 빌손은 항상 식당 구석에 놓인 테이블을 고집했다. 혼자만의 아침시간을 즐기고 싶었기 때문이다.

이제껏 파울라 같은 인물은 만나보지 못했다. 날카롭고, 기민하면서도 화끈한 인물. 끄나풀로 풀어놓은 정보원을 동시에 다섯 명이나 관리하고 있었지만, 파울라는 나머지 넷의 역량을 합친 것보다도 훨씬 뛰어난 능력을 입증해 보였다. 범죄자 연기를 너무나 잘해내고 있었기 때문이다.

빌손은 블랙커피 한 잔을 더 마신 뒤 부리나케 호텔 방으로 올라갔다. 일정에 늦었기 때문이다.

열린 창문 밖으로 초록색과 하얀색 무늬가 들어간 헬리콥터가 윙윙거리며 훈련장 위에 떠 있고, 제복을 입은 세 명의 국경수비대원들이 서로 1미터 정도의 간격을 두고 로프에 매달려 내려오고 있었다. 위험한 멕시코 접경지대로 설정한 훈련장으로 강하하는 대원들은 심하게 요동치고 있었다. 빌손은 현재 미동부해안지대의 군 기지에 체류 중이었다. 유럽 경찰을 대상으로 한 정보원 관리 및 증인보호프로그램 교육과정도 이제 2주 정도 남은 시점이었다.

셔츠를 갈아입고 거울 앞에 서자 키가 큰 백인 중년 남성의 모습이 보였다. 강의실에 앉아 있어야 할 시간은 이미 지난 뒤였다.

빌손은 그대로 거울 앞에 서 있었다. 8시 3분. 이제 상황은 종료되었을 것이다.

파울라와 연락을 주고받는 휴대전화는 다섯 대 중 맨 오른쪽 끝에 놓여 있었다.

빌손은 뭐라고 물어볼 틈도 없었다.

"완전히 개판 됐습니다."

스벤 순드크비스트 경위는 길고 음침한 데다 이따금 축축한 기운이 감도는 강력계 부서로 이어지는 복도에 익숙해지기 힘들었다. 하지만 그는 성인이 된 후로 줄곧 스톡홀름 시경의 형사로 근무해왔다. 게다가 강력계 부서 한쪽 끝에 자리한 자신의 사무실에서 형사법에 위배되는 온갖 종류의 범죄를 수사해왔다. 오늘 아침 역시, 순드크비스트 경위는 음침하고 습한 복도를 따라 걷다가 문이 열린 상사의 사무실 앞에서 갑자기 걸음을 멈췄다.

"에베트 선배님?"

제법 큰 체구의 남자가 한쪽 벽을 따라 바닥을 기어 다니고 있었다.

스벤은 문틀에 서서 조심스레 문을 두드렸다.

"에베트 선배님?"

에베트 그렌스는 노크 소리를 듣지 못한 채 계속해서 커다란 갈색 마분지 상자를 앞에 두고 이러저리 기어 다녔다. 스벤은 일단 불길한 예감을 억눌렀다. 전에도 한번, 소란스러운 일 벌이는 데는 둘째가라면 서러워할 자신의 직속상관이 시경 건물 계단에 멍하니 앉아 있던 모습을 본 터였기 때문이다. 그게 18개월 전이었다. 그렌스 경정은 옛 사건 자료에서 꺼내온 각종 보고서더미를 무릎에 올려놓은 채 지하실로 이어지는 계단에 앉아서 천천히 이 말만 반복하고 있었다. "그 사람이 죽었어. 내가 죽인 거라고." 27년 전 경관 폭행사건의 초동수사 당시, 젊은 여성 경관 하나가 심한 부상을 입었다. 그녀는 그 후유증으로 결국 평생 요양기관을 벗어날 수 없었다. 스벤은 사건이 종료된 후에 보고서를 통해 그녀의 이름을 여러 군데서 발견할 수 있었다. 안니 그렌스. 자신의 상관이 결혼을 했으리라고는 꿈에도 생각지 못했다.

"에베트 선배님, 도대체 지금 뭐 하시는 겁니까?"

노형사는 커다란 갈색 마분지 상자들을 쌓아놓고 그 안에 무언가를 눌러 담은 뒤 포장을 하고 있었다. 스벤은 다시 한 번 문을 두드렸다. 사무실은 적막감에 싸여 있었지만, 에베트는 이번에도 그 소리를 못 듣는 듯했다.

힘든 시기였다.

상처를 경험한 이들이 대부분 그렇듯, 에베트 역시 처음
엔 사실을 부인했고—그런 일은 일어나지 않았어.—그다음
으로 분노를—도대체 나한테 왜들 이러는 건데?—표출했
다. 하지만 에베트는 그다음 단계로 넘어가지 않았다. 그냥
그렇게 늘상 화를 냈다. 그런데 최근 몇 주 전부터 변화의 바
람이 불어왔다. 전처럼 성마른 성격을 대놓고 드러내는 대신
과묵해지고 더 자주 사색에 잠겼다. 말수가 적어진 대신 더
많은 생각을 하는 것 같았다.

스벤은 사무실 안으로 들어갔다. 에베트는 그의 존재를 알
아차렸지만 뒤를 돌아보지는 않았다. 그 대신 신경이 곤두
설 때면 늘 그러듯 큰 한숨을 내쉬었다. 무언가 그의 신경을
긁고 있었던 것인데, 그 당사자가 스벤은 아니었다. 요양원
에 다녀온 뒤로 무언가가 그의 심기를 불편하게 만들고 있
었다. 평소대로라면 평정심을 되찾고 돌아오는 행선지였는
데……. 수산 때문이었다. 요양원에 입원해 있던 안니를 오
랫동안 정성껏 돌봐준 그녀가 질렸다는 듯 했던 말. "비탄
의 감정은 인간의 힘으로 어떻게 할 수 있는 게 아니니까요."
하긴, 나이도 어린 것이 리딩예를 돌아다니며 고작 25년 묵
은 식견을 지식처럼 떠들고 다니는 게 뭐 어려운 일이겠어?
"그토록 두려워하셨던 일은 이미 과거가 되어버렸다구요."
제까짓 게 외로움이 뭔지 알기나 한단 말이야?

에베트는 차를 몰고 요양원을 떠났다. 그는 자신도 모르게 차를 마구 밟으며 시경으로 직행한 뒤, 이렇다 할 이유 없이 그대로 비품실로 내려가 마분지로 된 종이상자 세 개를 들고 자신의 사무실로 돌아왔다. 그러고는 책상 뒤에 있는 책장 앞에 잠시 서 있었다. 책장에는 개인적으로 의미 있는 물건들이 진열되어 있었다. 에베트 그렌스 자신이 직접 녹음하고 편집까지 한 시브 말름크비스트(Siw Malmkvist, 1955년 첫 앨범을 낸 이래 1960년대 스웨덴을 비롯해 유럽 전역에서 인기를 독차지했던 여자 가수 겸 배우. 여러 개의 언어로 총 6백여 곡의 싱글을 발표했다.—옮긴이)의 카세트들, 60년대에 구입했지만 여전히 강렬한 색이 그대로 남아 있는 초기 음반들의 재킷 사진들, 크리시안스타스 폴켓츠 파크에서 열린 공연에서 그가 직접 찍은 시브의 사진 한 장. 모든 게 행복하기만 했던 시대가 남긴 산물들.

에베트는 그것들을 전부 포장하기 시작했다. 신문지로 싸서 상자 속에 집어넣고 꽉 찬 상자 위에 또 다른 상자를 올려놓는 식으로 계속해서 소지품들을 정리했다.

"이 여자, 더 이상 없는 거야."

에베트는 바닥에 주저앉아 멍하니 상자를 쳐다보았다.

"내 말 들었어, 스벤? 앞으로 이 사무실에서 이 여자가 노래할 일은 없을 거라고."

부인, 분노, 슬픔.

스벤은 상사 바로 뒤에 선 채로 슬슬 벗겨지기 시작하는 머리를 내려다보며, 언제나 찾아올까 하는 마음으로 항상 기다려왔던 장면이 눈앞에 펼쳐지는 걸 바라보고 있었다. 에베트 그렌스 경정은 쓸쓸한 조명 빛 아래에서 천천히 몸을 앞뒤로 흔들고 있었다. 이른 아침이건 늦은 밤이건 아무 때나 들려오던 시브 말름크비스트의 목소리. 보이지도 않고, 있지도 않은 사람의 허리를 손으로 꽉 잡고 선 채로 춤을 추던 그 모습들. 스벤은 그토록 성가신 음악이, 억지로 듣다듣다 아예 외워버리게 된 가사가, 에베트 그렌스와 함께 일해온 그 모든 세월들이 그리워질 것 같았다.

에베트는 사진을 그리워할 것이다.

그리고 웃기도 할 것이다. 진심으로. 왜냐하면 드디어 그들 모두가 떠나갔으니까.

에베트는 성인이 된 후로 평생을 목발을 짚고 살아왔다. 안니, 시브 말름크비스트라는 목발을. 그리고 이제 드디어 진정한 홀로서기에 나서기로 한 것이다. 그렇기 때문에 지금 사무실 바닥에 웅크리고 앉아 있는 것이다.

스벤은 피곤한 몸을 이끌고 소파에 앉아 에베트가 마지막 상자를 사무실 구석에 쌓아둔 다른 두 상자 위에 올려놓고는 꼼꼼하고 조심스럽게 테이프로 감싸는 모습을 바라보았다. 에베트는 땀을 흘리고 있었지만 분위기만큼은 결연해 보였다. 그는 쌓아둔 종이상자들을 정확히 자신이 놓고 싶은 위치로 밀어놓았다. 그 순간, 스벤은 기분이 어떤지 묻고 싶었지만 그러지 않았다. 왜냐하면 에베트의 행동 그 자체가 대답으로서 충분했기 때문이다. 비록 에베트 본인은 그런 사실을 인식하지 못하고 있었지만 그는 분명 다음 단계로 넘어가고 있었다.

"뭘 하신 거예요?"

노크도 없이 문이 열렸다.

마리안나 헬만손은 다짜고짜 사무실 안으로 들어와 책장 앞에 우뚝 멈춰 섰다. 평소에 늘 들리던 음악은 온대간대 없이 사라진 상태였다.

마리안나 헬만손은 먼저 텅 빈 책장을 바라보며 고개를 가로젓는 스벤을 쳐다본 뒤, 구석에 쌓여 있는 세 개의 종이상자 쪽으로 시선을 돌렸다. 시브 말름크비스트의 목소리가 사라진 사무실에 들어와본 건 생전 처음이었다. 그녀는 이 사무실이 너무나 낯설게 느껴졌다.

"에베트 선배님……."

"뭘 알고 싶은데?"

"여기서 뭘 하신 건지 알고 싶습니다."

"이 여자, 이제 더 이상 여기 없어."

마리안나는 텅 빈 책장에 가까이 다가가 카세트테이프와 카세트플레이어, 스피커 두 짝, 그리고 숱한 세월 동안 그 옆자리를 묵묵히 지키고 있던 여가수의 흑백사진이 고스란히 남겨둔 먼지를 손가락으로 훑어보았다.

마리안나는 손가락에 묻은 먼지 뭉치를 떼어내 손바닥에 감싸 쥐었다.

"더 이상 없다니요?"

"그래."

"누구 말씀이세요?"

"그 여자."

"누구요? 안니예요, 아니면 시브 말름크비스트예요?"

에베트는 마리안나를 쳐다보며 물었다.

"무슨 볼일이라도 있는 건가, 헬만손?"

에베트는 여전히 한쪽 벽에 쌓아둔 종이상자에 기댄 채 바닥에 앉아 있었다. 그는 1년 반이 다 돼가도록 슬픔에 잠긴 채 파탄과 광기의 늪 속에서 허우적거렸다. 마리안나에게는 끔찍한 시간이었다. 대선배에게 지옥에나 가버리라고 폭언을 퍼부은 게 한두 번이 아니었고, 나중에는 자포자기의 심정으로 아예 경찰을 때려치우려 했던 것도 몇 번이었는지 모른다. 그녀는 선배가 언젠가 세상에 백기를 들고, 완전히 폐인이 된 채 쓰러져 다시는 일어서지 못할 거라고 믿게 되었다. 그런데 지금, 숱한 고통과 비탄에 절어 있던 그 선배의 얼굴은 무언지 모를 결의에 차 있었고, 전에는 찾아볼 수 없었던 단호함이 엿보였다.

종이상자 몇 개, 텅 빈 책장. 고작 그런 것들이 예상치 못한 변화를 몰고 온 것이다.

"네, 용무 있어 찾아왔습니다. 방금 긴급호출을 받았습니다. 베스트만나가탄 79번가에 사건이 발생했다고 합니다."

그는 분명 듣고 있었다. 마리안나는 알 수 있었다. 대선배가 자신의 이야기를 진지하게 귀 기울여 듣고 있다는 것을. 거의 잊어가고 있던 그 옛날, 그 모습으로.

"살인사건이랍니다."

피에트 호프만은 스톡홀름 시내의 다른 지역에 자리 잡은 또 다른 고급 아파트의 커다란 창문을 통해 밖을 내다보았다. 공들여 리모델링한 방 세 개에 높은 천장, 그리고 밝은 색으로 처리된 벽 등, 실내구조는 지난번 아파트와 거의 비슷했다. 다만 이곳에는 한쪽 관자놀이에 사입구 하나, 반대쪽에 두 개의 사출구를 남긴 채 나무 바닥에 쓰러진 구매자가 없다는 큰 차이가 있었다.

아래로 내려다보이는 널찍한 보도에는 잘 차려입은 한 무리의 사람들이 잔뜩 기대에 부푼 얼굴로 한낮의 공연이 진행되고 있는 대형 극장 안으로 들어가고 있었다. 삼류 배우들이 숨을 헐떡이며 무대로 연결되는 문을 들락거리면서 큰 소리로 대사를 읊어대는 그런 공연일 터였다.

호프만은 간혹 그런 생활을 갈망하곤 했다. 그저 단순한 일상, 보통사람들과 함께 보내는 평범한 삶을.

그는 바사가탄 대로와 쿵스브룬 가가 한눈에 보이는 창가를 벗어나 아파트에서 가장 큰 자신의 방으로 건너갔다. 고풍스러운 책상과 두 개의 총기보관함, 그리고 실용성이 돋보이는 개방형 난로가 설치된 이 방은 사무실로도 쓰였다.

마지막 운반책이 부엌에서 토악질을 해대는 소리가 들려왔다. 임무를 완수하러 부엌에 들어간 게 벌써 한참 전이었다. 그런 일에 익숙지 않았기 때문이다. 여행 몇 번 더 하고 나면 적응하기 마련이다. 예쥐와 마리우슈는 노란 고무장갑을 끼고 싱크대 옆에 서서 운반책 역할을 하는 젊은 여자가 자신 앞에 놓인 두 대의 양동이에 쏟아내는 우유를 비롯한 토사물 속에서 갈색 콘돔 덩어리를 건져 올리고 있었다. 열다섯 번째이자 마지막 운반책이었다. 첫 작업은 베스트만나가탄에서 시작했지만, 나머지 작업은 어쩔 수 없이 이곳으로 옮겨서 진행해야 했다. 호프만으로선 전혀 달갑지 않은 일이었다. 이 아파트는 일종의 성역이자 위장 근무처였기 때문에 마약이나 폴란드 마피아 조직원들을 절대 끌어들이고 싶지 않았다. 하지만 시간이 촉박했다. 머리에 관통상을 입은 시체가 발생했기 때문에. 호프만은 마리우슈의 얼굴을 유심히 살폈다. 불과 몇 시간 전에 한 사람을 총으로 쏴 죽인 장본인이지만, 낯빛 하나 달라지지 않았다. 원래 표정 변화가 없는 사람이거나, 아니면 이 방면에 전문가이기 때문이리라. 호프만은 그가 두렵지 않았다. 예쥐 역시 마찬가지였다. 하지만 그 두 사람에겐 어떠한 잔혹한 행동에도 한계라는 게 없다는 점만큼은 분명히 주지하고 있었다. 만약 그가 두 사내의 신경을 거슬리게 했거나 의심을 살 만한 행동을 했다면, 몇 시간 전에 발사된 총알은 아무 거리낌 없이 그에게도 날아들었을 것이다.

아까의 사건으로 인해 분노와 불만, 두려움까지 가세해 머릿속은 온통 난장판이 되어버렸지만, 호프만은 똑바로 서 있기 위해 그런 감정들과 맞서 싸웠다.

그는 그 자리에 있었지만 그 일을 막을 수는 없었다.

그 일을 막는다는 건 그의 죽음을 의미할 수도 있었다.

그래서 다른 사람이 그 대신 죽어야 했다.

그 앞에 있는 젊은 여자는 자신의 임무를 다했다. 호프만은 그녀를 알지 못했고 두 사람은 만난 적도 없었다. 이름이 이리나라는 것, 그다이스크에서 왔다는 것, 스물두 살이며 학생이라는 것, 위험을 감수하고 준비를 했겠지만 상상 이상으로 힘들었을 거라는 것 정도는 알았고, 그거면 충분했다. 이리나는 완벽한 운반책이었다. 그들이 찾는 바로 그런 인물이었다. 물론 마약 운반수단으로 써먹을 인간들은 널려 있었다. 대도시 외곽지역에 기거하는 마약 중독자들만 해도 수천 명은 되는데, 이리나가 받는 수고비만큼의 돈을 주지 않아도 기꺼이 자신의 몸을 컨테이너로 내어줄 인간들이었다. 하지만 그런 중독자들은 도저히 믿을 수 없었고 대부분의 경우 정해진 목적지까지 오기도 전에 토해낸 물건을 가로채 사라지기 일쑤였다.

호프만의 머릿속으로 아까 느꼈던 그 감정이 점점 더 많은 상념을 끌어들였다.

작전은 없었다. 하지만 호프만이 관여할 수 없는 배달이 이루어졌다.

결과는 없었다. 폴란드 마피아 조직원들은 조만간 바르샤바로 돌아갈 터였다. 또 다른 거래처의 위치와 신원을 파악할 수 있는 도구 역할을 하던 인물들이.

거래는 없었다. 그들은 쓸데없이 15명의 운반책을 고용했다. 경험이 있는 열 명에겐 각각 2백 캡슐씩, 초자 다섯 명에겐 각각 150캡슐씩 할당해 갓 조제된 암페타민 총 27킬로그램을 들여왔다. 가공을 거쳐 판매가 개시되면 1그램당 150크로나의 시세로 따져 81킬로그램으로 불어날 수 있는 분량이었다.

하지만 지원이 없었기 때문에 그 어느 작전도, 결과도, 나아가 거래도 있을 수 없었다.

사전 확인이 불가능한 배달이었지만 살인사건으로 끝나버린 것이다.

호프만은 핏기 하나 없이 창백한 얼굴을 한 이리나라는 젊은 여자를 보고 고개를 끄덕였다. 정확히 계산해서 묶음 단위로 접어둔 돈 다발은 그날 아침부터 그의 주머니 속에 들어 있었다. 호프만은 마지막 묶음을 꺼내 이리나가 확인할 수 있게 지폐 다발을 휘리릭 넘겨 보였다. 이리나는 처음으로 운반책 역할을 맡아서인지 조직이 기대했던 역량은 갖추지 못했다. 첫 여행에 그녀가 들여온 1.5킬로그램의 암페타민은 판매용으로 가공되면 중량이 세 배로 불어나고 가치로 따지면 총 67만5천 크로나에 달하는 액수였다.

"아가씨 몫, 4퍼센트, 2만7천 크로나야. 1백 단위 반올림

해서 3천 유로로 맞췄어. 다음 기회에 더 많은 캡슐을 삼킬 용의가 있다면 더 많은 돈을 벌 수 있어. 한 번 일할 때마다 위장이 조금 늘어나긴 하겠지만 말이야."

이리나라는 아가씨는 창백한 얼굴에 머리카락이 온통 땀에 젖은 상태에서도 예뻐 보였다.

"차표도 주세요."

호프만은 예쥐를 향해 고갯짓을 했다. 그는 검은 상의 안주머니에서 티켓 두 장을 꺼냈다. 스톡홀름에서 위스타드로 가는 기차표 한 장, 위스타드에서 스빈노우스치에로 가는 배표 한 장. 예쥐는 표를 꺼내 그녀에게 내밀었다. 하지만 이리나가 표를 받으려 하자 손을 뒤로 빼면서 사악한 웃음을 지었다. 그리고 잠시 뜸을 들이다 다시 표를 내밀고는 이리나의 손끝이 표에 닿는 순간 또다시 손을 뒤로 뺐다.

"이게 무슨 짓거리야, 이 아가씨가 번 돈이잖아!"

호프만은 예쥐한테서 표를 잡아채 이리나에게 넘겨주었다.

"또 연락하자고. 언제 당신 도움이 또 필요하게 될지 모르니까."

분노, 불만, 그리고 두려움.

이제 스톡홀름에 위치한 여러 개의 보안경비회사 사무실로 이용하는 아파트에 그들만 남게 되었다.

"내가 일하는 방식은 이런 거야."

피에트 호프만은 그날 아침, 한 사람을 총으로 쏘아 살해

한 남자에게 한 발짝 가까이 다가서며 말을 꺼냈다.

"이 나라에서 거래와 관련된 말을 주고받는 것도 나고, 명령을 내리는 것도 나라고."

피에트 호프만은 분노를 넘어선 격노의 상태였다. 총격사건 이후로 꾹꾹 억누른 감정이었다. 운반책 관리에 만전을 기하고 그들이 가져온 것들을 안전하게 회수하는 일이 우선이었기 때문이다. 그리고 이제야 그 감정을 드러낼 수 있게 되었다.

"누굴 쏴 죽일 일이 발생할 경우, 그건 내 명령에 따라야 하는 거라고. 전적으로 내 명령에 따라서!"

도대체 어디서 그런 감정이 솟구친 건지, 왜 그토록 격렬한 분노를 느끼는지는 그 스스로도 알 수 없었다. 제대로 된 거래 상대가 나타나지 않았다는 실망감 때문이었을까? 자신과 비슷한 임무를 띠고 왔을지 모를 한 남자가 아무런 이유 없이 살해당한 데서 오는 불만 때문이었을까?

"총은? 빌어먹을 총은 어디에 치운 거야?"

마리우슈는 상의 안주머니가 있는 자신의 상체를 가리켰다.

"넌 누군가를 살해했어. 잡히면 종신형이라고. 그런데도 살인무기를 버젓이 양복 주머니에 달고 다닐 정도로 대가리 회전이 안 되는 병신이야?"

격노의 감정에 더해진 알 수 없는 느낌이 그를 괴롭혔다. 보고서 작성하러 폴란드로 돌아갔어야 했어. 호프만은 두려움 비슷한 이 감정을 애서 차단하고 빈정거리는 표정으로 마리우슈에게 가까이 다가가다 면전 바로 앞에 멈춰 섰다. 네 역할을 제대로 하라고. 중요한 건 그런 것들이었다. 힘과 기세. 꽉 그러쥐고 절대로 내려놓아선 안 될 것들. 네 역할을 제대로 하지 않으면 그냥 죽는 거야.

"그 새끼, 경찰이었다고."

"네가 그걸 어떻게 알아?"

"지 입으로 말했다니까."

"언제부터 스웨덴어를 알아들었다고!"

호프만은 숨을 골랐다. 부엌으로 건너가 테이블을 지나쳐가면서 신경이 필요 이상으로 날카로워져 있음을 느꼈다. 그는 너무나 피곤했다. 테이블 위의 스테인리스 그릇에는 누군가의 위장 속에 들어갔다가 밖으로 게워져 깨끗이 세척된 2,749알의 캡슐이 담겨 있었다. 27킬로그램에 달하는 고순도 암페타민.

"지 입으로 경찰이라고 했다고. 내가 들었어. 당신도 들었잖아."

호프만은 뒤도 돌아보지 않고 대꾸했다.

"넌 바르샤바 거래현장에서도 나랑 같이 있었어. 그래서 규칙은 잘 알 거야. 여기 일 끝날 때까지 결정은 내가 한다는 거. 전적으로 내 결정에 따라야 한다고."

에베트 그렌스는 크로노베리에서 바사스탄까지 이르는 짧은 거리를 가는 내내 불편했다. 아니, 무언가를 깔고 앉은 듯한 기분이었다. 마리안나가 베스트만나가탄 대로로 접어들어 79번가 앞에 차를 세우자 그는 둔중한 몸을 일으켜 시트 주변을 손으로 훑었다. 카세트테이프 두 개를 깔고 앉았던 것이다. 시브의 노래를 채워 넣은 테이프. 그는 상자 속에 딸려 들어갔어야 했을 딱딱한 플라스틱 케이스를 손으로 집어 들고 쳐다보다가 조수석으로 시선을 돌려 글러브 박스를 뚫어지게 쳐다보았다. 그 안에도 같은 가수의 카세트테이프 두 개가 더 들어 있었다. 그는 몸을 구부려 앞좌석 아래로 최대한 깊숙이 테이프를 밀어 넣었다. 그는 테이프를 깜빡 잊고 다닐까 봐 두려워했던 만큼 이제는 그것들을 가까이 해야 하는 상황을 두려워하는 것 같았다. 투명테이프로 꽁꽁 봉인된 종이상자 속에 들어가 있어야 할 또 다른 삶이 남긴 네 개의 잔재.

에베트는 뒷자리를 더 좋아했다.

더 이상 들어야 할 음악도 없고, 음악에 귀 기울이고 싶지도, 수시로 울려대는 무전에 대꾸할 마음도 없었다. 어쨌든 혼잡한 도심의 도로를 뚫고나가는 운전 실력만큼은 마리안나가 스벤이나 에베트 두 사람보다 월등하니까.

도로변에는 주차 공간이 넉넉지 못했다. 경찰차 세 대와 과학수사팀의 남색 폴크스바겐 승합차가 촘촘한 간격으로 주차된 주민들 차량과 나란히 이중으로 세워져 있었기 때문이다. 마리안나 헬만손은 속력을 줄여 인도로 올라간 뒤 두 명의 제복경관이 지키고 서 있는 건물 중앙현관 앞에 차를 세웠다. 둘 다 어리고 표정이 창백했는데 그중 가까이 있던 하나가 빨간 승용차를 타고 나타난 정체불명의 사람들을 보더니 부리나케 달려왔다. 마리안나는 경관이 무얼 원하는지 잘 알고 있었기에 그가 차창을 두드리자마자 창문을 내리고 경찰 신분증을 꺼내보였다.

"담당 수사관인데. 우리 셋 모두."

마리안나는 경관에게 미소를 지어 보였다. 한눈에 봐도 자신보다 아주 많이 어리다는 확신이 들었다. 아마 근무를 시작한 지 몇 주도 채 되지 않은 것 같았다. 에베트 그렌스 형사를 몰라보는 경찰은 그리 많지 않기 때문이다.

"신고전화를 받은 게 자넨가?"

"네, 그렇습니다."

"신고자는?"

"중앙 콜센터 기록에 따르면 익명이었다고 합니다."

"자네가 살인사건이라고 알린 건가?"

"살인사건 같다고 했습니다. 직접 보시면 아실 겁니다."

5층으로 올라가자 엘리베이터에서 가장 멀리 떨어진 아파트의 현관문이 열려 있었다. 그 앞을 지키고 선 또 다른 제복경관은 스벤을 알아보고 고갯짓으로 인사를 건넸다. 두 걸음 뒤에 서 있던 마리안나는 자신의 신분증을 손에 쥐고 언제든 들어 보일 준비를 하고 있었다. 그러면서 과연 자신이, 가장 가까운 동료를 제외한 다른 직장동료들이 자신을 알아봐줄 정도로 한곳에 오래 머무른 적이 있었는지를 생각해보았다. 대답은 아니었다. 마리안나는 한곳에 머무는 성격이 아니었다.

스벤과 마리안나는 하얀 가운을 걸치고 투명한 비닐 커버를 신발에 씌운 뒤 집 안으로 들어갔다. 굼벵이처럼 더디게 움직이는 엘리베이터를 고집한 에베트는 조만간 합류할 터였다.

긴 현관복도, 좁은 침대 하나가 놓인 침실, 초록색 계열로 칠한 근사한 찬장이 딸린 부엌, 그리고 방치된 책상과 텅 빈 책장들이 남아 있는 서재.

방이 하나 더 있었다.

두 사람은 마주본 뒤 안으로 들어갔다.

거실에는 달랑 가구 한 점밖에 보이지 않았다. 거대한 직사각형 참나무 식탁과 세트로 된 여섯 개의 의자가 전부였다. 의자 네 개는 가지런히 정리되어 있었고 다섯 번째 의자는 한쪽 구석을 향해 뒤로 밀린 상태였다. 그 자리에 앉아 있던 사람이 갑자기 일어선 듯한 모양새였다. 여섯 번째 의자는 무슨 이유에서인지 바닥에 넘어져 있었고 경찰은 그 원인을 규명해나갈 터였다.

카펫에 묻은 시커먼 얼룩 하나가 가장 먼저 그들의 시선을 끌었다.

표면이 거친 카펫 위로 큼지막한 적갈색 얼룩이 묻어 있었다. 두 수사관은 얼룩의 지름이 대략 40에서 50센티미터 정도일 거라 생각했다.

그러고는 머리를 보았다.

얼룩 위쪽에 놓인 머리는 마치 그 위를 떠다니고 있는 듯 보였다. 비교적 젊어 보이는 남성이었다. 안면이 심하게 훼손된 상태라 정확한 연령 구분은 힘들었지만, 탄탄한 몸매를 비롯해 입고 있던 옷가지들은 분명 나이 든 사람이 쉽게 입을 수 없는 것들이었다. 검은 부츠, 검은 청바지, 흰 티셔츠, 목과 손가락 등을 감싸고 있는 은제 장신구들.

스벤은 남자의 오른손에 쥐어진 권총에만 온 신경을 집중하려고 애썼다. 그렇게 해서라도 죽음을 보는 일만은 피하고 싶었기 때문이다.

반짝이는 검은 권총은 구경 9밀리미터짜리로 범죄현장에서는 좀처럼 볼 수 없는 폴란드제 라돔이었다. 그는 몸을 숙여 권총을 자세히 들여다보았다. 이젝터는 발포 상태로 붙어 있는 것 같았고, 탄창에 탄환이 그대로 남아 있다는 것을 분명히 확인할 수 있었다. 스벤은 시신이 아닌 다른 무언가에 시선을 고정하기 위해 총신, 손잡이, 안전장치 등을 꼼꼼히 살펴보았다.

나이 어린 대원 두 명을 대동한 닐스 크란츠 박사는 멀찍이 떨어진 지점에 서 있었다. 이 과학수사대 검시관들은 온 집안을 면밀히 조사해 나갈 터였다. 그중 하나는 캠코더를 들고 하얀 벽지에 묻은 무언가를 촬영하고 있었다. 스벤은 시체의 머리에서 한 발짝 물러나 캠코더가 향하고 있는 쪽으로 관심을 돌렸다. 벽지에 묻은 것은 색은 바랬지만 무언가의 일부분 같았다.

"피해자 머리를 관통한 한 발의 탄환은 하나의 사입구를 만들어놓았지."

닐스 크란츠는 촬영을 하고 있던 검시관 뒤로 은근슬쩍 나타나 스벤의 귀에 가까이 다가와 말을 걸었다.

"그런데 사출구는 두 개를 만들어놨단 말이야."

스벤은 벽지와 색 바랜 무언가에서 시선을 떼고 의혹이 가득한 눈초리로 나이 든 과학수사대 검시관을 쳐다보았다.

"사입구 하나가 사출구 두 개를 합친 것보다 큰 이유는 가스의 압력과 직접 접촉하기 때문이라네."

스벤은 크란츠 검시관의 말을 듣긴 했지만 무슨 뜻인지 이해할 수 없어서 아무런 대꾸도 하지 않았다. 그는 검시관의 손가락을 따라 벽에 묻은 색 바랜 무언가로 다시 시선을 돌렸다.

"그건 그렇고, 우리가 촬영하고 있는 것, 그러니까 자네가 지금 두 눈으로 보고 있는 저건 피해자의 몸에서 빠져나온 걸세. 뇌 조직이지."

스벤은 깊게 심호흡을 했다. 죽음의 현장을 외면하려 했던 것인데, 오히려 더더욱 적나라한 죽음의 일부와 직면하고 있었던 것이다. 그가 시선을 아래로 내리는 순간 거실 안으로 들어오는 에베트의 목소리가 들려왔다.

"스벤?"

"네?"

"자넨 아래층으로 내려가 신고전화를 받았다는 경관하고
얘기해보지그래? 이웃사람들도 좀 만나보고 말이야. 지금
여기 없는 사람들을 관리하라고."

스벤은 구세주라도 만난 듯 상관을 쳐다본 뒤 죽음의 현
장을 황급히 빠져나갔다. 한편, 에베트는 시체 곁으로 다가
가 더 자세히 들여다보기 위해 쪼그려 앉았다.

힘의 균형이 분산되었다가 다시 복원되었다. 하지만 그런
일은 언제든 다시 벌어질 터였다. 그리고 매번 그런 일이 있
을 때마다 주도권을 확실하게 거머쥐어야 했다.

연기는 계속되어야 해. 그러지 않으면 죽어.

호프만 보안경비회사의 원탁. 그는 마리우슈와 예쥐 사이
에 앉아 2,750개의 암페타민 캡슐을 비우고 있었다. 폴란드
시에들체 공장에서 최근에 공수해온 물건들이었다. 세 사람
은 흰색 의료용 장갑을 착용하고 갈색 콘돔을 뜯어낸 뒤 칼
로 캡슐을 하나하나 가를 때마다 쏟아지는 가루를 큼지막한
유리 대접에 부었다. 이 폴란드 동부에서 건너온 암페타민
과 스웨덴 동네 슈퍼마켓 한구석에서 구입한 포도당을 1대2
비율로 섞으면 27킬로그램에 달하는 고순도 마약이 거리에
서 팔리는 81킬로그램으로 둔갑하는 것이다.

피에트 호프만은 깡통 하나를 부엌용 저울 위에 올려놓고 그 안에 정확히 1천 그램의 고순도 암페타민을 담았다. 그러고는 그 가루 위에 알루미늄 호일 한 장을 조심스레 깔고 다시 그 위로 각설탕처럼 생긴 무언가를 얹었다. 호프만은 메타알데히드 덩어리에 성냥불을 가져다 댄 뒤 하얀 사각의 결정체가 타들어가기 시작하자 뚜껑으로 깡통을 꽉 틀어막았다. 그 상태로 산소가 모조리 연소되고 나면 불꽃이 꺼지고 진공 포장된 1킬로그램짜리 암페타민 통조림이 완성되는 식이었다.

호프만은 똑같은 작업을 계속 반복했다. 한 번에 캔 하나씩, 여든한 번을 반복했다.

"벤진은?"

예쥐가 석유 에테르 병을 열어 무색의 액체를 양철통 뚜껑과 옆면에 고루 바르고는 탈지면으로 금속 표면을 슥슥 문질렀다. 그런 다음 성냥 하나에 불을 붙였다. 푸르스름한 불꽃이 너울거리며 양철통 표면을 훑고 지나간 10초 후에 마포 조각으로 불을 껐다.

그 과정을 마치자 양철통에 묻은 모든 지문이 흔적도 없이 사라져버렸다.

거실 쪽 카펫에 묻은 핏자국은 미세했다. 널찍한 거실 반대편 벽에 묻은 핏자국은 약간 컸고, 테이블 위에는 보다 큰 자국, 그리고 넘어진 의자 주변으로는 훨씬 더 큰 핏자국이 남아 있었다. 시체에 가까운 핏자국일수록 더 검고 진해 보였고, 생명을 잃은 머리가 떠다니듯 누워 있던 카펫에 남은 흔적은 한눈에 확연히 들어올 정도로 큼지막했다.

에베트는 바닥에 누운 시체가 뭐라고 속삭이기라도 하는 듯 아주 가까이 쪼그려 앉아 있었다. 하지만 그 죽음에선 아무것도 느껴지지 않았다. 심지어 이름조차 알 수 없었다.

"사입구는 바로 여기입니다, 에베트 수사관."

닐스 크란츠 검시관은 거실 구석구석을 돌아다니며 촬영을 하고 사진을 찍었다. 그는 에베트가 전적으로 신뢰하는 몇 안 되는 전문가였다. 그저 텔레비전 프로그램 몇 개 더 보겠다고 대충 일을 끝내버리고 퇴근하는 사람들과는 차원이 달랐다.

"누군가 이 남자 머리를 권총으로 꾹 누르고 있었던 것 같습니다. 아마 총격 당시 총구와 관자놀이 사이에 형성된 가스 압력이 엄청났을 겁니다. 직접 보시다시피 머리 절반이 날아가버린 상태이니까요."

남아 있는 얼굴은 이미 납빛이었고 시선은 흐리멍덩한 상태, 그리고 더 이상 말을 할 수 없는 입은 일직선으로 굳게 닫혀 있었다.

"알다가도 모를 일이군그래. 사입구는 분명 하나야. 그런데 어떻게 사출구가 두 개가 될 수 있는 겁니까?"

크란츠 검시관은 시체의 머리 오른쪽 중간 부분에 생긴

테니스 공 크기의 구멍에 손을 올리며 말했다.

"30년간 이 일을 하면서 몇 번 본 적은 있습니다. 말도 안 되는 일이지만 실제로 벌어지기도 하더군요. 부검 결과가 보다 확실히 말해주겠지만, 발사된 총알은 단 한 발이었습니다. 확신합니다."

그는 에베트의 흰 가운 소맷자락을 당기며 말을 이었다. 한층 격앙된 목소리였다.

"한 발이 관자놀이를 때렸습니다. 탄환은 납과 티타늄이 반반씩 섞인 재질인데, 뚫고 들어간 반대편 두개골과 부딪히면서 반으로 갈라진 겁니다."

크란츠 검시관은 자리에서 일어나면서 허공으로 팔을 뻗었다. 방 높이는 대략 3미터 정도 돼 보였다. 천장에는 머리카락처럼 가느다란 흠집이 몇 군데 보일 뿐, 비교적 상태는 양호했다. 하지만 검시관이 가리키고 있던 부분만큼은 달랐다. 하얀 페인트를 뚫고 깊은 상처 같은 흠이 나 있었다.

"탄환의 반쪽을 저 지점에서 회수했습니다."

단단한 금속이 박혔던 구멍을 손가락으로 조심스럽게 파자 벽토 부스러기가 바닥으로 떨어졌다. 제법 떨어진 거리에는 상당히 큰 크기의 무른 나무 파편이 박혀 있었다.

"그리고 이건 탄환의 나머지 반쪽에서 나온 겁니다. 사건 발생당시 부엌문은 닫혀 있었던 것 같습니다."

"알다가도 모를 일이군그래."

에베트는 여전히 비정상적인 구멍이 뚫린 머리 곁에 쪼그려 앉은 채 대꾸했다.

"살인사건인 것 같다는 말을 들었는데……. 직접 보고 나니 자살로 봐도 무방할 것도 같고, 안 그렇습니까?"

"누군가 그렇게 보이도록 현장을 조작하려 했습니다."

"그게 무슨 말입니까?"

크란츠 검시관은 총을 쥐고 있는 시체의 손 쪽으로 발을 옮기며 대답했다.

"연출된 흔적이 보인다는 겁니다. 누군가 이 사람 머리를 쏜 뒤 손에 총을 쥐어준 게 확실합니다."

검시관은 현관 밖으로 사라졌다가 그 즉시 검은 상자 하나를 손에 들고 돌아왔다.

"그래도 확인은 해봐야죠. 피해자 손에 GSR 화약 잔여물 테스트를 할 겁니다. 그럼 금방 알게 되겠죠."

에베트는 시간을 계산해보기 시작했다. 그러면서 마리안나를 쳐다보았다. 그녀 역시 같은 계산을 하고 있었다.

신고전화가 접수된 지 1시간 45분밖에 지나지 않은 상태였기에 시간은 넉넉했다. 시체가 잔여물 테스트를 방해할 날벌레들을 불러일으킬 정도로 부패하지 않았기 때문이다.

크란츠는 상자를 열고 지문을 뜨기 위한 롤 테이프를 찾았다. 그러고는 피해자 손가락에 테이프를 감은 뒤 여러 차례 꾹꾹 눌렀다. 특히 엄지와 검지 부분을 집중적으로 눌렀다. 그다음으로 부엌 조리대 위에 설치된 현미경 앞에 서서 손가락에 붙였던 테이프를 페트리접시 위에 올려놓고 접안렌즈를 통해 들여다보았다.

몇 초가 흘렀다.

"화약 잔여물 반응은 음성입니다."

"박사 생각대로구만."

"그러니까 저 총을 쥐고 있는 손은 총기를 사용한 적이 없다는 겁니다."

검시관은 뒤돌아서며 말을 이었다.

"이건 살인사건입니다, 에베트."

그는 왼손을 올려 오른쪽 어깨를 조이고 있던 가죽 끈을 느슨하게 푼 뒤 한 손으로 권총집을 들고 그 안에서 9밀리미터 라돔을 꺼냈다. 그러고는 총열을 뒤로 잡아당겨 마지막 총알을 탄창에 끼워 정확히 열네 발을 채웠다.

피에트 호프만은 잠시 가만히 서 있었다. 자신의 귀에도 들릴 정도로 숨소리가 거칠어졌다.

그는 바사가탄 대로와 쿵스브룬 가가 내려다보이는 아파트에 혼자 남아 있었다. 마지막까지 남아 있던 배달책은 벌써 몇 시간 전에 남부로 향하는 기차를 타러 떠났고, 마리우슈와 예쥐도 방금 전 차를 몰고 같은 방향으로 출발했다.

긴 하루였지만 아직 몇 시간은 더 정신을 바짝 차리고 있어야 했다.

총기보관함은 책상 뒤에 진열되어 있었다. 두 개의 총기보관함은 똑같은 크기로 대략 높이가 2미터, 폭이 1미터 정도였다. 위 칸은 비교적 작은 크기인데 반해 아래 칸에는 두 대의 소총이 들어갈 정도로 제법 크게 제작된 물건이었다. 호프만은 첫 번째 보관함 위에 라돔을 내려놓고 꽉 채운 탄창은 두 번째 보관함 위 칸에 집어넣었다.

그는 지난 2년간 호프만 보안경비회사 사무실로 사용해왔던 아파트의 방들을 둘러보았다. 그곳은 보이테크 국제보안경비회사가 거느린 수많은 지사 중 하나였다. 호프만은 지점 대부분을 여러 차례 방문했고 특히 최북단에 위치한 헬싱키, 코펜하겐, 오슬로 지점을 가장 자주 들락거렸다.

그는 이 집에서 짙은 색 타일과 흰색 틀로 장식된 벽난로가 특히 마음에 들었다. 소피아가 집에도 들여놓길 원하는 그런 종류의 난로라는 건 그도 알고 있었다. 호프만은 바구니에서 마른 잔가지 한 움큼을 집어 들어 불을 붙인 뒤 맨 위에 올려둔 크고 두꺼운 통나무가 타들어갈 때까지 기다렸다가 입고 있던 옷을 벗었다. 노란 불꽃은 그의 재킷, 바지, 셔츠, 속옷에 양말까지 모든 옷가지들을 날름날름 집어삼켰다. 예쥐와 마리우슈가 입었던 옷 역시 같은 운명을 따랐다. 불꽃은 이내 붉은빛을 띠며 강렬해졌다. 호프만은 불길 앞에 가만히 선 채 온기를 느끼며 모든 것들이 충분히 타들어갈 때까지 기다린 뒤 끔찍했던 하루를 말끔히 씻어버리기 위해 샤워 부스 안으로 들어갔다.

한 남자의 머리통 절반이 날아가버렸다.

분명, 호프만과 동일한 임무를 수행하던 남자였을 것이다. 하지만 그는 그럴듯한 배후를 구축해놓지 못했다.

샤워기를 틀자 뜨거운 물이 피부를 때렸다. 그는 자신이 견딜 수 있는 고통의 한계가 어디까지인지 시험하기 시작했다. 뜨거운 물세례를 끝까지 견딜 수 있었던 건 말 그대로 온몸의 감각이 마비되고 묘할 정도로 마음이 차분해졌기 때문이었다.

너무 오랫동안 신분을 위장한 채 살아왔다. 가끔은 자신이 누구인지 망각할 때도 있었다. 남편이자 아빠로서의 호프만, 정원의 잔디를 깎고 화단의 잡초를 뽑는 평범한 사람들을 이웃으로 둔 주택에서 사는 하루하루의 일상만큼이나 그 자신의 삶을 잠식해 들어가는 또 다른 호프만의 존재를 인식할 때마다 섬뜩한 느낌을 지울 수 없었다.

후구와 라스무스.

호프만은 오후 4시에 두 아이들을 데리러 가겠다고 약속했다. 그는 샤워기를 잠그고 거울 옆 선반에서 깨끗한 수건 하나를 꺼내들었다. 거의 4시 반이 지난 시각이었다. 그는 서둘러 벽난로 불이 제대로 꺼졌는지 확인한 뒤 옷장을 열고 흰 셔츠, 잿빛 재킷, 그리고 낡은 청바지를 꺼내 입었다.

60초 내로 현관문을 잠그시고 외출하시기 바랍니다.

현관문에 달린 잠금장치에 여섯 자리 숫자를 누를 때마다 들려오는 기계음은 아무리 들어도 적응이 안 됐다.

50초 내로 경보장치가 작동합니다.

호프만은 즉시 바르샤바에 연락을 취해야 했다. 작전이 완료됐다는 소식을 진즉 전해야 했지만 일부러 뜸을 들였다. 배달된 물건 회수를 우선시한다는 느낌을 주고 싶었기 때문이다.

40초 내로 경보장치가 작동합니다.

그는 사무실의 현관문을 걸어 잠근 뒤 강철 보안문을 달았다. 보안경비회사. 동유럽 마피아들이 수많은 지점들을 관리하는 운영 노하우였다. 피에트 호프만은 1년 전, 상트페테르부르크를 방문했던 기억을 떠올렸다. 8백여 개의 보안경비회사가 산재해 있는 대도시. KGB 출신 관료들이나 국가정보원 출신 요원들이 세운 회사들로 각자의 영역은 달라 보이지만 손대고 있는 사업은 똑같았다.

계단을 절반 정도 내려갔을 때 두 대의 휴대전화 중 하나가 울려댔다.

단 한 사람만이 번호를 알고 있는 휴대전화.

"잠깐만요."

호프만은 바사가탄 대로에 차를 세워두었다. 그는 차 문을 열고 안으로 들어간 뒤에야 안심하고 대화를 이어나갔다.

"뭡니까?"

"자넨 내 도움이 필요한 상황이야."

"그 도움은 어제 필요했습니다."

"돌아가는 비행기 표를 예약했으니까 내일이면 스톡홀름

에 도착할 거야. 11시에 5번 장소에서 만나기로 하지. 그 전에 자네도 여행 좀 해야겠어. 신용에 관한 알리바이를 위해서라도 말이야."

　멀찍이 떨어진 거리에서 보니 시체의 머리에 난 구멍들이 훨씬 크게 보였다.

　에베트 그렌스는 닐스 크란츠 검시관을 따라 부엌으로 들어갔다가 잠시 뒤 되돌아 나와 오른쪽 관자놀이에 사입구 하나, 왼쪽 관자놀이에 사출구 두 개를 달고 누운 남자의 시체를 물끄러미 바라보았다. 에베트는 바닥에 드러누운 남자가 살아온 햇수보다 더 긴 시간 동안 살인사건을 수사해왔다. 그 과정에서 깨달은 한 가지 진실이 있다면, 각각의 죽음은 고유할 뿐만 아니라 저마다의 사연과 발생순서, 그리고 결과를 가지고 있다는 것이었다.

　에베트는 이번처럼 특이한 사건이 과연 어디로 향하게 될지, 초점 없는 그 두 눈이 본 것은 과연 무엇이었을지 궁금했다.

　"더 알아보실 생각이 없으신 겁니까?" 크란츠 검시관은 한동안 부엌 바닥에 쪼그려 앉아 있다가 질문을 던졌다.

　"안 그래도 처리하고 확인해야 할 일들이 한두 가지가 아닌 몸입니다."

　크란츠의 손은 대리석 바닥에 난 흠집 근처를 맴돌고 있었다. 에베트는 고개를 끄덕이며 말해보라는 신호를 보냈다.

"여기 이 얼룩 보이십니까?"

에베트는 모서리가 울퉁불퉁하고 희끄무레하게 생긴 무언가를 쳐다보았다.

"토사물의 일부가 남긴 흔적입니다. 생긴 지 채 12시간이 지나지 않은 게 확실하고요. 여기 이 지점에 동일한 흔적이 여러 개 발견되었습니다."

과학수사대 전문가는 한 손으로 자신의 위치 주변에 원을 그리며 말했다. "내용물의 성분은 모두 동일했습니다. 음식물과 담즙. 그런데 흥미로운 게 한 가지 더 발견되었습니다. 콘돔의 일부입니다."

검시관이 가리킨 지점 가까이 다가가자 적어도 세 지점에 달라붙은 울퉁불퉁한 흰색 물질이 눈에 들어왔다.

"콘돔 조각에서는 부분적인 부식현상이 발견되었는데 아마 위산 때문이었을 것으로 추측됩니다."

크란츠는 에베트를 올려다보며 말을 이었다.

"토사물 속에 섞여 나온 콘돔이라면 그게 무얼 뜻하는지는 아실 겁니다."

에베트는 큰 소리로 한숨을 내쉬었다.

콘돔의 존재는 인간 컨테이너를 뜻했고, 그것은 곧 마약을 의미했다. 배달지에서 살해된 채 발견된 남자는 마약 밀거래와 관련된 희생자임을 뜻했고, 마약 밀거래와 관련된 살인사건은 수많은 시간과 인력을 쏟아 붓는 고강도 수사로 연결되었다.

"배달책이 있었던 거로군. 마약을 집어삼킨 뒤 여기 부엌까지 물건을 배달한 인간."

에베트는 거실 쪽으로 몸을 돌리며 말했다.

"피해자는? 이 친구에 대해 알아낸 건 뭐 있습니까?"

"없습니다."

"없다고요?"

"아직은요. 수사관님이 이제 그걸 알아내셔야지요."

피에트 호프만은 바사가탄 대로를 벗어나 슬루센 대로에 접어들자마자 교통체증에 발목이 잡혔다. 오후 5시가 다 되어가는 시각이었다. 이미 한 시간 전에 아이들을 데리러 유치원에 갔어야 했는데 늦어버렸다.

호프만은 짜증을 누르기 위해 가족을 떠올렸다. 부드러운 소피아의 피부, 자기 힘으로 자전거 페달을 밟으려고 애쓰던 후구의 두 눈, 머리카락에 묻은 주스를 털어내겠다고 머리를 정신없이 흔들던 라스무스. 소용없었다.

'감방 동기는 누구였지?'

보고 싶은 가족 얼굴을 떠올릴 때마다 베스트만나가탄 대로변의 아파트에서 또 한 남자를 죽음에 이르게 했던 마약 거래의 장면이 오버랩되며 그를 괴롭혔다.

'스코네. 미우. 유세프 리바논. 비르타넨. 백작. 이 정도면

충분하잖아?'

호프만과 똑같은 임무를 수행하던 또 다른 정보원. 하지만 그 정보원은 연기가 형편없었다.

'또 누가 있었냐고?'

정보원이라면 위조된 배경이력은 어때야 하는지, 어떤 식으로 그 이력들을 엮어야 하는지, 그리고 그렇게 만든 이력들을 한 번에 무너뜨릴 수 있는 질문은 어떤 게 있는지, 철저히 준비해야 했다. 호프만과 그 남자는 각자 정보원으로 활동하고 있다 결국, 한 자리에서 마주쳤다. 하지만 호프만에게는 선택의 여지가 없었다. 누군가 죽어야 한다면 한 사람이면 족했다. 그가 아닌 다른 이가.

그는 전에도 사람이 죽는 걸 본 적이 있다. 경찰의 정보원으로 일하면서 일면식도 없는 사람들의 죽음에 대해서 눈감아버리는 방법을 터득한 그였다. 하지만 이번 사태만큼은 전적으로 그의 책임 하에 벌어진 일이었다. 그랬기 때문에 살인죄를 뒤집어쓰고 종신형을 선고받을 위험에 직면하게 되었던 것이다.

에리크 빌손은 잭슨빌 외곽의 공항에서 전화를 걸어왔다. 9년간 스웨덴 경찰에게서 비공식적인 급여를 받으며 민간비밀요원으로 활동해온 피에트 호프만은 그의 능력을 입증해 보였다. 그랬기에 관계당국은 호프만이 과거 민간인으로서, 사업자로서 위반했던 범법사항 관련 기록을 말끔히 정리해주었던 것이다. 빌손은 이번 사건 역시 전처럼 깨끗하게 처리해줄 수는 있었다. 경찰은 그런 일에 익숙했다. 적절한 도움을 줄 수 있는 상급자나 책임자들 책상에 비밀 보고서 몇 장만 올리면 되니까.

호프만은 한참을 도로에 발이 묶여 있다 가까스로 엔셰데 달렌 주택지구 한가운데 있는 어린이집 방문객 주차장에 차를 세울 수 있었다.

현관문 앞까지 다가간 그는 문손잡이를 잡기 위해 뻗었던 손을 불과 몇 센티미터 앞두고 멈췄다. 소란스럽게 뛰어노는 아이들의 명랑한 목소리가 들려왔기 때문이다. 그는 하루 중 가장 행복한 이 순간을 잠시나마 더 늘리고 싶었다. 그리고 문을 열려다 또다시 멈췄다. 어깨를 단단히 조이는 무언가가 느껴졌기 때문이다. 호프만은 재빨리 재킷 속을 확인해보고는 안도에 가까운 한숨을 내쉬었다. 권총집을 이미 풀었다는 사실이 뒤늦게 떠올랐기 때문이다.

호프만은 그제야 어린이집 현관문을 열고 들어갔다. 가장 먼저 그를 반긴 것은 빵 굽는 냄새였다. 식당의 식탁에 둘러앉은 몇 명의 아이들을 위해 늦은 간식이 준비되고 있었다. 떠들썩한 소리의 진원지는 식당을 지나쳐 안쪽에 있는 커다란 놀이방이었다. 호프만은 입구 옆에 놓인 낮은 스툴에 앉았다. 그 옆에는 자그마한 신발들이, 위쪽엔 알록달록한 아동용 재킷들이 걸려 있었다.

호프만은 새로 온 젊은 보육교사에게 고갯짓을 했다.

"안녕하세요."

"후구와 라스무스 아버님 되시나요?"

"어떻게 아셨습니까? 한 번도 뵌 적이……."

"남은 아이들이 거의 없거든요."

보육교사는 직소퍼즐과 나무 블록들이 잔뜩 들어찬 책장 뒤로 사라지자마자 그를 웃음 짓게 하는 세 살, 다섯 살짜리 남자 아이 둘을 데리고 다시 나타났다.

"안녕, 아빠."

"안녕녕, 아빠."

"안녕녕녕, 아빠."

"안녕녕녕………."

"안녕, 우리 꼬맹이들. 그래, 너희가 이겼다. 오늘은 더 이상 안녕놀이 할 시간이 없어. 내일 다시 하자. 내일은 시간이 더 많을 테니까, 오케이?"

호프만은 빨간 재킷을 활짝 펼쳐 라스무스의 두 팔에 끼운 뒤 자신의 무릎에 앉혀 실내화를 벗기고 신발을 갈아 신겼다. 그동안 아이는 잠시도 두 발을 가만히 두지 않았다. 그는 앉은 채로 몸을 구부려 자신의 신발을 유심히 살펴보았다. 빌어먹을! 신발도 같이 태웠어야 했다는 걸 깜빡했던 것이다. 번쩍번쩍 빛나는 검정 구두 위에 죽음의 막이 형성되어 있을지도 모를 일이었다. 죽은 이의 피 같은 게 튀었을 수도 있으므로 집으로 돌아가는 즉시 태워버려야 한다.

호프만은 조수석에 달린 아동용 카시트가 뒤로 향하게 잘 고정돼 있는지 확인해보았다. 라스무스는 언제나처럼 이미 패브릭 커버로 된 카시트에 올라 앉아 있었다. 후구의 카시트는 단단한 사각 틀처럼 생긴 모델이라 그런지 앉는 자리가 좀 높은 편이었다. 후구는 스스로 안전벨트를 묶은 뒤 보드라운 뺨을 내밀고 뽀뽀를 해달라고 했다.

"아빠가 급하게 전화를 해야 하는데, 너희들 그동안 조용히 있을 수 있지? 대신 뉘네스베겐 고가도로 지나가기 전에는 통화 끝낸다고 약속할게."

암페타민이 든 캡슐, 아동용 카시트 둘, 죽음의 흔적이 묻어 있는 반짝이는 구두.

현재로선 그 모든 것들을 하루에 다 처리해야 할지 말지 생각하지 않기로 했다.

호프만은 번잡한 대로에서 벗어날 때까지 기다리다 신속하게 두 통의 전화를 걸었다. 먼저 여행사에 전화를 걸어 오후 6시 55분 SAS편으로 바르샤바로 가는 비행기 표 한 장을 예약했고, 두 번째로 보안경비회사 본사 연락책인 헨리크에게 전화를 걸어 세 시간 뒤 미팅을 잡아달라고 부탁했다.

"아빠 전화 끝났다! 고가도로로 건너가기도 전에 벌써 끝냈다고. 이제 아빠는 너희들하고만 얘기할 거야."

"아빠 일 얘기 한 거였어?"

"그래, 사무실 얘기 한 거야."

세 살배기 아이는 벌써 스웨덴어와 폴란드어를 구분할 뿐만 아니라 아빠가 때에 따라 어떤 언어를 사용하는지도 알고 있었다. 호프만은 라스무스의 머리를 쓰다듬어주었다.

그러자 뒷자리에 타고 있던 후구가 무언가를 말하기 위해 앞으로 몸을 기댔다.

"나도 폴란드 말 할 줄 알아. Jeden, dwa, trzy, cztery, pięć, sześć, siedem……."

후구는 갑자기 말을 멈춘 뒤 조금 더 굵은 목소리로 말을 이어나갔다.

"여덟, 아홉, 열."

"이야, 대단한데! 숫자를 아주 많이 아는구나."

"그다음도 알고 싶어."

"Osiem, dziewięć, dziesięć."

"Osiem, dziewięć…… dziesięć?"

"벌써 다 외웠네."

"이제 나도 아네."

그들이 탄 차는 엔셰데 꽃집 앞을 지나쳐갔다. 호프만은 차를 멈춰 후진한 뒤 차에서 내렸다.

"너희들은 여기서 기다려. 아빠 금방 올 테니까."

다시 차를 타고 몇백 미터를 가자 집이 보였다. 차고 앞에는 빨간색 플라스틱 장난감 소방차가 서 있었다. 호프만은 아슬아슬하게 장난감을 피해 겨우 주차는 했지만, 그 탓에 차의 오른쪽 측면이 담장에 살짝 긁히고 말았다. 호프만은 아이들을 카시트에서 내린 뒤 황록색 잔디밭으로 뛰어 들어가는 아이들의 발을 바라보았다. 두 아들들은 잔디밭에 몸을 던지더니 이웃집으로 통하는 낮은 담장에 난 개구멍으로 기어들어갔다. 옆집에는 아이가 셋에다 개가 두 마리나 있었다. 호프만은 씩 웃었다. 배에서부터 목까지 뜨거운 감정이 솟구쳤다. 아이들의 넘치는 힘과 기뻐하는 표정. 가끔은 세상만사가 너무도 단순하게 느껴지기도 했다.

그는 한 손에 꽃을 들고 마구 어지럽힌 채 나온 자신의 집 현관문을 열었다. 식탁 위 접시들이며 방마다 널브러진 옷가지들을 주워 담아야 했지만, 가장 먼저 지하에 있는 보일러실로 직행했다.

때는 5월이라 이미 오래전에 보일러가 가동을 멈춘 상태였다. 호프만은 적색 버튼을 눌러 수동으로 보일러를 가동한 뒤 보일러 뚜껑을 열고 불이 점화되는 소리에 귀를 기울였다. 그러고는 신발을 벗어 불 속으로 던져버렸다.

붉은 장미 세 송이는 그가 가장 아끼는 화병에 꽂아 식탁 정중앙에 놓았다. 어느 여름인가 코스타 부다 공장에 가서 직접 사 가지고 온 화병이었다. 호프만은 냉장고에서 꽁꽁 언 다진 고기 5백 그램을 해동한 뒤 달궈놓은 프라이팬 위에 올리고 소금, 후추, 싱글 크림 그리고 잘게 썬 토마토 통조림 두 캔을 따서 같이 집어넣었다. 제법 먹음직스러운 향이 나자 손끝으로 소스를 찍어 맛을 보았다. 맛 역시 일품이었다. 그러고는 냄비에 절반 정도 물을 붓고 파스타가 끓어 넘치지 않도록 올리브유도 살짝 뿌렸다.

그런 뒤 침실이 있는 위층으로 올라갔다. 침대는 아침에 일어난 상태 그대로였다. 그는 얼굴을 베개에 파묻고 아내의 채취를 느껴보았다. 옷장 안 소형 여행 가방에는 이미 여권 두 개, 유로, 즐로티(Zloty: 폴란드 화폐 단위—옮긴이), 미국 달러가 들어 있는 지갑, 여벌 옷과 세면도구 등이 준비되어 있었다. 호프만은 가방을 집어 들고 아래층 현관 옆으로 옮겨놓았다. 지금 시각은 5시 반. 시간은 촉박했지만 어떻게든 비행기를 타야 했다.

그는 담장 너머 이웃집 정원에서 노는 두 아들을 향해 저녁 준비가 다 됐다고 소리쳤다. 그와 동시에 좁은 도로를 내려오는 택시 소리가 들렸다. 택시는 차고 진입로 앞에 멈춰 섰다. 이번에도 빨간 장난감 소방차는 무사히 위기를 넘겼다.

"안녕."

"안녕."

두 사람은 언제나 그렇듯 서로를 끌어안았다. 그는 그럴 때마다 아내를 절대로 놔주지 않을 거라 생각했다.

"저녁은 같이 못 먹을 것 같아. 지금 바로 바르샤바에 가봐야 하거든. 긴급회의가 있어서. 하지만 내일 밤에는 꼭 돌아올 거야. 괜찮지?"

아내는 어깨를 한 번 으쓱할 뿐이었다.

"글쎄, 안 괜찮은데. 오늘 저녁만큼은 같이 시간을 보내고 싶었는데, 어쩔 수 없지 뭐."

"대신 저녁식사는 준비했어. 식탁에 다 차려놨거든. 애들한테도 저녁 먹으라고 말해놨으니까 금방 들어올 거야. 아니면 벌써 들어와 있을지도 모르겠네."

호프만은 아내의 입술에 입을 맞췄다.

"한 번 더. 알면서 그래."

한 번 더. 언제나 고집하는 짝수. 호프만은 아내의 뺨에 손을 올리고 두 번 더 입을 맞췄다.

"이렇게 되면 세 번이잖아. 그러니까 한 번 더."

그는 다시 한 번 키스를 했다. 두 사람은 서로를 바라보며 미소를 지었다. 호프만은 가방을 집어 들고 차로 다가가다 뒤돌아서서 아이들이 다시 기어 나올지 모를 담장의 개구멍을 쳐다보았다.

아이들이 나타날 기미는 보이지 않았다. 놀랄 일도 아니었다.

그는 미소를 짓고 차에 시동을 걸었다.

늦은 오후 크로노베리에 있는 베리스가탄 대로 주변은 주차 공간 찾기가 하늘의 별 따기에 가까울 정도로 쉽지 않았다. 마리안나 헬만손은 지긋지긋한 경시청 건물을 세 바퀴나 빙글빙글 돈 뒤에야 가까스로 주차할 자리를 찾았다. 에베트 그렌스 수사관의 강력한 저항이 있긴 했지만 노르말름서 입구와 경시청 건물 사이 외에는 전혀 주차할 자리가 없었다. 에베트는 입구 경비원에게 인사를 하는 둥 마는 둥 고갯짓만 하고는 한동안 사용하지 않았던 입구로 들어섰다.

그는 오래전부터 일상을 철칙같이 지키는 법을 배운 사람이었다. 행여 한 번이라도 어기면 전체가 와르르 무너지기라도 하듯 고집스럽게 일상에 집착했다. 복도와 좁은 계단 하나를 지나자 통신상황통제실이 나왔다. 거대한 건물의 심장부에 해당하는 곳이었다. 소형 축구경기장 크기의 사무실에는 직원이 각자의 앞에 설치된 세 대의 소형 모니터와 바닥에서 천장에 이르는 벽걸이 전광판을 실시간으로 번갈아 보며 하루 4백여 통의 신고전화 및 긴급구조요청에 대응할 준비를 하고 있었다.

각각 한 손에 커피 잔을 든 세 명의 수사관이 50대로 보이는 민간인 여직원 옆자리에 앉았다. 말상대의 팔을 붙잡는 버릇이 있는 여성이었다.

"어느 시간대를 검색하시게요?"

"오후 12시 37분에서 분단위로 전후에 들어온 신고전화입니다."

여전히 에베트의 팔을 붙들고 있던 여직원이 '12.36.00'이라는 숫자를 자판에 쳐 넣자 영원히 이어질 것 같은 정적이 내려앉았다. 여러 사람이 함께 앉아 막연히 무언가를 기다리다보면 종종 겪게 되는 현상이었다.

12시 36분 20초.

어느 여자가 마치 하인에게 명령이라도 내리듯 고래고래 소리를 지르며 마리아토리예트의 주소를 물었다.

12시 37분 10초.

어린아이 하나가 전화를 걸어 아빠가 계단에서 넘어졌는데 볼과 머리카락에 정말정말정말 피가 많이 난다고 소리를 질러댔다.

12시 37분 50초.

삐걱거리는 소리.

분명 어딘가 실내에서 나는 소리였다. 휴대전화일 가능성이 높았다.

화면에는 '발신번호표시제한'이라는 문구가 떴다.

"선불카드로 개통한 전화네요."

여직원이 붙잡고 있던 팔을 놓자 에베트는 아무런 대꾸도 하지 않았다. 또다시 팔을 잡히고 싶지 않았기 때문이다. 누군가가 자신의 몸에 손을 댄 게 언제인지 기억나지 않을 정도로 오래돼서 흥분을 가라앉히기가 쉽지 않았다.

"위급 상황입니다."

또다시 삐걱거리는 소리가 들렸다. 혼선된 듯 윙윙거리는 소리도 들렸다. 그리고 남자의 목소리는 잔뜩 긴장돼 있었지만 침착하게 자신의 의사를 전달하려는 듯 낮게 속삭였다.

"사람이 죽었습니다. 베스트만나가탄 대로 79번가입니다."

억양이 전혀 없는 표준 스웨덴어였다. 뭐라고 더 말이 이어졌지만 윙윙거리는 소음 때문에 마지막 말을 자세히 알아듣기 힘들었다.

"저 마지막 말, 다시 한 번 들어봅시다."

여직원은 마치 시커먼 벌레처럼 길게 늘어져 화면을 차지하고 있던 시간분할 바의 커서를 뒤로 끌어당겼다.

"사람이 죽었습니다. 베스트만나가탄 대로 79번가입니다. 5층이오."

그게 다였다. 윙윙거리는 소리가 사라지고 전화는 끊겼다. 에베트는 여직원에게 고맙다고 하고 방을 나왔다.

세 수사관은 함께 기나긴 경시청 복도를 지나 강력계 사무실로 향했다. 스벤은 해를 거듭할수록 심하게 절뚝거리면서도 끝끝내 지팡이를 거부하는 자신의 직속상관에게 말을 걸기 위해 발걸음을 늦췄다.

"그 아파트 말입니다, 에베트 선배. 소유주의 말에 따르면 몇 년 전 폴란드 사람한테 임대를 해줬다고 하더군요. 일단 인터폴에 있는 옌스 클뢰비에에게 임대인에 대한 수배를 부탁했습니다."

"마약 운반책. 시체. 그리고 폴란드 사람이라."

에베트는 계단 앞에 멈춰 서서는 나머지 두 사람을 쳐다보았다.

"그렇다면 마약, 폭력, 그리고 동유럽 커넥션이군그래."

두 사람은 에베트를 쳐다보았지만 그는 더 이상 아무런 말도 하지 않았다. 세 형사는 제각각 커피자판기로 향했다. 에베트는 한 손에 커피 잔을 든 채로 낑낑거리며 사무실 문을 열었다. 그는 버릇처럼 책장으로 걸어가 손을 들어 올리다가 갑자기 멈췄다. 책장이 텅 비어 있었기 때문이다. 먼지로 그려진 일직선과 각기 다른 크기로 들쭉날쭉한 사각형들. 그의 카세트플레이어와 각종 카세트테이프, 그리고 스피커가 놓여 있던 자리였다.

에베트는 세월이 남겨놓은 흔적을 손가락으로 쓱 훑어보았다.

그 음악은 다시는 이 방에서 들을 수 없으리라. 그러자 그는 무언가에 속은 듯한 기분이 들었고, 애써 낯선 침묵에 익숙해져보려 노력했다.

하지만 그는 이런 상황이 마음에 들지 않았다. 침묵의 무게가 너무나 무거웠다.

그는 의자에 털썩 내려앉았다.

마약 운반책, 시체, 그리고 폴란드 사람. 그렇다면 마약, 폭력, 그리고 동유럽 커넥션이군. 지난 35년간 시경의 형사로 일하면서 범죄율은 꾸준히 증가하고 그 수법 또한 날이 갈수록 흉악해지고 있음을 몸소 체험한 그였다. 다른 말로 하자면, 조직범죄. 과거에서 벗어나려 하지 않았던 그의 고집도 놀라운 일이 아니었다. 한 마디로, 마피아. 나만큼은 남들과 다를 것이라고 생각하던 한창의 나이, 신출내기 경관으로 경찰에 입문했을 때만 해도 마피아는 이탈리아 남부 혹은 미국의 몇몇 대도시에서나 볼 수 있는 머나먼 나라 이야기였다. 그리고 지금, 그는 방금 보고 온 사건현장에서처럼 처형식 살인사건을 비롯해 온갖 잔인하고 더러운 일들이 난무하는 세상을 살고 있다. 경찰들은 별별 범죄조직이 마약, 총기 밀매를 비롯해 온갖 불법거래를 통해 벌어들인 돈이 세탁되는 과정을 뻔히 보면서도 수수방관할 수밖에 없는 실정이다. 매년 새로운 인물들이 화려하고 폭력적인 신고식을 통해 경찰 수사망에 그 이름을 올리고 있을 뿐만 아니라, 최근 몇 달 사이에는 멕시코와 이집트 마피아 조직원을 소개받는 일까지 있었다. 그런데 이제껏 존재감이 없던 폴란드 마피아가 무대에 등장한 것이다. 그래봐야 그들이 손대는 분야는 뻔했다. 마약, 돈세탁, 그리고 살인. 경찰은 여기저기를 들쑤셔가며 수사에 열을 올렸지만 성과는 형편없었다. 경찰들은 매일같이 온전한 정신 상태와 생명을 위협받았고 하루하루 자제력을 상실해가고 있었다.

에베트 그렌스는 그렇게 책상에 앉아 한동안 갈색 종이상자만 바라보고 있었다.

소리가 그리웠다.

시브의 노랫소리. 안니의 목소리.

모든 게 단순하기만 했던 그 시절의 소리들이.

바르샤바의 프레데릭 쇼팽 국제공항 대합실은 언제나 수많은 인파로 붐볐다. 공항 확장에 따라 뜨고 내리는 비행기 편수가 꾸준히 증가한 탓이었다. 무서운 속도로 여행객들 사이를 지나다니는 지게차 때문에 당황한 승객들이 우왕좌

왕하는 와중에 피에트 호프만은 작년에만 두 번이나 짐 가
방을 잃어버렸다.

호프만은 기내반입이 가능한 소형 여행 가방을 손에 들고
거대한 원형 컨베이어벨트 앞을 유유히 지나쳐, 두 시간 전
까지 발을 붙이고 있던 스톡홀름보다 훨씬 큰 대도시에 발
을 내딛었다. 택시의 짙은 색 가죽 시트에서는 담배 냄새가
풍겼다. 알아보기도 힘들 만큼 변한 도심의 풍경을 바라보
던 호프만은 잠시 어린 시절을 떠올렸다. 엄마, 아빠와 함
께 비좁은 택시 뒷자리에 앉아 할머니 집으로 가던 그때를.
그러고는 보이테크 본사의 헨리크에게 전화를 걸어 바르샤
바 국제공항을 빠져나가는 중이며 시간에 맞춰 미팅장소로
가겠다고 전했다. 전화를 막 끊으려 할 때 헨리크가 두 사람
이 더 참석한다는 소식을 전했다. 바로 부사장인 즈비그녜
프 보루츠와 그췌고쉬 크쉬누벡. 크쉬누벡은 보이테크 본연
의 모습을 감추고 대외적으로 좋은 이미지를 구축하기 위해
고용된 일명 '가림막'이다. 호프만은 지난 3년간 매달 보이
테크 인터내셔널 본사를 방문해 헨리크와 미팅을 가져왔다.
호프만은 서서히 신임을 얻게 되었고 헨리크의 은밀한 지원
덕분에 조직 내에서 승진가도를 달릴 수 있었다. 헨리크 역
시 호프만을 덮어놓고 신뢰하는 많은 이들 중 하나였다. 반
면 부사장은 딱 한 번 만나봤을 뿐이다. 그는 전직 비밀경찰
혹은 정보부 요원들처럼 바르샤바 중심부에 접근조차 힘든
빌딩에서 모회사를 '창업'해 운영하는 사람이었다. 언제나

허리를 꼿꼿이 세우고 다니는 군 소령 출신으로 합법적으로는 사업가의 호칭을 달고 있긴 하지만, 여전히 정보부 관료처럼 생각하고 행동하는 인물이었다. 그들은 자신들을 철저히 비즈니스맨, 혹은 사업가라고 불렀다. 그런데 뜬금없는 부사장과 가림막과의 미팅이라니 호프만으로선 좀처럼 이해할 수 없었다. 담배 냄새에 찌든 가죽 시트에 기대자 그의 가슴속에 막연한 두려움이 일었다.

택시는 한산한 밤거리를 빠르게 달려 나갔다. 커다란 공원 몇 개를 지나고 모코투프라 불리는 동네에 다가가자 지저분한 차창 너머로 우아한 대사관 건물이 나타났다. 호프만은 택시기사의 어깨를 두드리며 잠시 세워달라고 부탁했다. 걸어야 할 전화가 아직 두 통 더 남아 있었기 때문이다.

호프만은 밤공기를 맞아가며 거리에 서서 저녁 일과를 설명해주는 소피아의 피곤한 목소리에 귀 기울였다. 후구와 라스무스 둘 다 각자의 베개를 소파에 가져와 자신을 가운데에 두고 누워 잠이 들었다는 이야기, 내일은 어린이집 소풍 가는 날이라 아침 일찍 일어나야 한다는 이야기 등등이었다.

"피에트?"

"어?"

"꽃 고마워."

"사랑해."

그는 소피아를 너무도 사랑했다. 단 하룻밤의 출장, 그 이상은 견딜 수 없었다. 전에는 이러지 않았다. 소피아를 만나기 전에는 칙칙한 호텔 방에 누워도 외로움이 목을 조여오거나 사랑할 누군가 없이 살아 숨 쉬는 건 아무런 의미 없다는 생각을 해본 적이 없었다.

호프만은 전화를 끊고 싶지 않았다. 오래도록 전화기를 붙들고 서서 모코투프의 고급 주택을 바라보며 그녀의 목소리가 사라지지 않게 해달라고 기도라도 하고 싶었다. 하지만 그럴 수는 없었다. 호프만은 휴대전화를 바꿔 들고 또 다른 곳으로 전화를 걸었다. 미국 동부시간으로 오후 5시가 가까워지고 있었다.

"30분 뒤 파울라가 그들과 미팅 예정입니다."

"좋아. 그런데 감이 좋지 않아."

"자신 있습니다."

"누군가에게 베스트만나가탄 일이 틀어진 책임을 물을 위험이 높다고."

"일이 틀어진 건 아닙니다."

"사람이 죽어나갔잖아!"

"이쪽에선 전혀 개의치 않습니다. 중요한 건 배달에 전혀 문제가 없었다는 점입니다. 총격전의 결과가 어떻게 나오든 이 사람들은 단 몇 분이면 깨끗이 잊어버린단 말입니다."

"말이야 쉽지."

"아무튼 만나는 날 상세하게 보고해 드리겠습니다."

"정각 11시, 5번에서 만나도록 하지."

택시기사가 경적을 울려대자 호프만은 성가시다는 듯 손짓으로 더 기다리라고 했다. 싸늘한 밤공기와 어둠이 끄집어낸 외로움을 몇 분간 더 느끼고 싶었기 때문이다.

호프만 일가는 60년대 말 이민을 가야 했다. 아버지에게 왜 그래야 했느냐고 종종 물어보곤 했지만 아버지는 언제나 묵묵부답이었다. 대신 어머니를 들볶아 얻어낸 단편적인 이야기는 이렇다. 보트를 타야 했다는 것, 엄마는 임신 중이었다는 것, 망망대해를 통과하면서 밤마다 죽음에 대한 공포에 시달렸다는 것, 그러다가 결국 스웨덴 남동부에 도착하게 되었다는 것.

택시는 오른쪽으로 돌아 루드비카 이드치코프스키에고 대로로 접어들었다. 목적지까지는 15분 정도가 더 남아 있었다.

지난 몇 년간 호프만은 자신의 반쪽이 속한 이 나라를 수차례 들락거렸다. 이 나라에서 계속 살았다면 지금과는 다른 사람이 되어 있을 수도 있었을 것이다. 보르토쉬체에 살고 있는 평범한 그들처럼. 부모님이 돌아가신 뒤로 오랫동안 자신에게 연락을 하고 싶어 했던, 하지만 계속된 무반응에 결국은 포기한 듯한 그 사람들처럼. 호프만은 왜 그런 반응을 보였던 건지 본인도 알 수 없었다. 지척까지 와서도 왜 연락을 하지 않는지, 왜 한 번도 찾아가보지 않는지.

"60즐로티입니다. 운행요금 40즐로티에 예정에도 없이 죽어라 기다린 대기요금 20즐로티 합해서요."

호프만은 1백 즐로티 지폐를 자리에 꺼내 놓고 택시에서 내렸다.

모코투프 중심에 우뚝 솟은 어둡고 거대한 빌딩은 70년 전 완전히 사라져버린 바르샤바 시내의 빌딩처럼 낡은 건물이었다. 헨리크는 밖으로 나와 기다리고 있었다. 두 사람은 악수를 나누긴 했지만 대화는 거의 주고받지 않았다.

회의실은 건물 11층 복도 끝이었다. 방은 너무 밝은 데다 더웠다. 부사장, 그리고 '가림막'으로 추측되는 60대의 사내가 타원형 테이블 끝자리에 앉아 기다리고 있었다. 피에트 호프만은 두 사람과 각각 악수를 나눴다. 그들은 필요 이상으로 손에 힘을 꽉 주었다. 그런 다음 호프만은 이미 뒤로 빼놓은 자리로 가서 앉았다. 테이블 위에는 물병 하나가 준비되어 있었다.

호프만은 날카로운 눈으로 자신을 노려보는 상대의 시선을 피하지 않았다. 만약 그런다면 모든 건 이 자리에서 끝이 날 것이다.

즈비그녜프 보루츠와 그쉐고쉬 크쉬누백.

두 사람이 이 자리에 나와 있는 이유는 자신이 죽을 운명이기 때문일까? 아니면 더 깊숙이 조직 내에 침투했음을 의미하는 것일까? 여전히 알 수 없었다.

"크쉬누백 씨는 그냥 앉아서 듣기만 하실 걸세. 전에 만난 적은 없는 걸로 아는데?"

호프만은 우아한 정장을 걸친 사내를 향해 고개를 한 번

*끄*덕였다.

"직접 만나 뵌 적은 없지만 누구신지는 알고 있습니다."

호프만은 지난 몇 년간 폴란드 신문과 텔레비전을 통해 여러 차례 본 적 있는 남자를 향해 미소를 지어 보였다. 급작스러운 장벽의 붕괴로 동유럽의 경제적, 범죄적 이해관계가 순식간에 하나로 묶이면서 서로 앞다투어 자본을 향해 쇄도하던 시기에, 전직 군인이나 경찰들로 구성된 조직들은 하나같이 철저한 계급제도를 유지하며 맨 위에 가림막을 치는 위장술을 활용했다. 그쳬고쉬 크쉬누벡은 보이테크가 내세우고 있는 완벽한 가림막이었다. 중도적 리더이자 어마어마한 재력가임과 동시에 사회적 신분으로도 합법적 이미지를 보여주는 흠잡을 데 없는 인물이기 때문이다. 재원 마련과 범죄를 하나로 아우르는 보증인 같은 존재, 즉, 자본과 폭력이라는 양면성을 동시에 쥐고 있는 사람인 것이다.

"배달은?"

부사장은 한참 동안 호프만의 표정을 뜯어본 뒤 물었다.

"마쳤습니다."

"안전한 상태라고 생각해도 되겠지?"

"안전합니다."

"우리가 확인해보지."

"확인하셔도 안전할 겁니다."

"그럼 계속 하지."

그게 전부였다. 그건 어제의 일이 되었다.

피에트 호프만은 오늘 밤 죽음을 피해갔다.

그는 소리 내 웃고 싶었다. 긴장이 풀려버리자 다른 무언가가 아래서부터 치고 올라와 밖으로 빠져나가려고 기를 썼다. 하지만 아직 끝이 아니었다. 위험은 사라졌지만, 계속해서 엄숙한 분위기를 유지해야 하는 의례적인 것들이 남아 있었기 때문이다.

"다만 우리 아파트를 그런 상태로 만들어버린 점은 마음에 들지 않아."

부사장은 먼저 배달된 물건이 안전한지 확인한 뒤 곧바로 그 일에 대한 이야기를 끄집어냈다. 사람이 죽어나갔는데도 부사장의 목소리는 별 대수롭지 않은 이야기를 하듯 차분했다.

"경찰한테 무슨 이유로, 또 무슨 용도로 스톡홀름의 아파트들을 임대해야 했는지 해명해야 할 상황은 원치 않는다고."

호프만은 자신이 그 문제에 대한 해결책 역시 제시해야 할 거라는 걸 잘 알고 있었다. 하지만 그는 뜸을 들이며 가림막이라는 인물을 유심히 살폈다. 존경 받는 사업가란 사람은 그들이 무슨 이야기를 나누고 있는지 정확히 알고 있었다. 하지만 대화 속 단어들은 모호하기만 했다. 공식적으로 거론되지 않는 한 실체가 전혀 없는 대화들이었다. 회의실에 앉아 있는 그 누구도 암페타민 27킬로그램이나 살인이라는 단어를 입에 올리지 않았다.

"처음 계약조건대로 스웨덴 업무의 전권이 저한테, 전적으로 저한테 있다는 내용만 잘 지켜졌어도 이런 일은 발생하지 않았을 겁니다."

"자네가 직접 해명해보게."

"이쪽 친구들이 독자적인 판단을 내리기 전에 상부의 지시사항만 잘 따랐다면 이런 상황은 절대 발생하지 않았을 거란 말씀입니다."

업무. 독자적 판단. 상황.

호프만은 또다시 가림막을 쳐다보았다.

이게 다, 이 인간의 안전을 위해 동원되는 어휘들이었다.

그런데 이 인간은 왜 회의장에 나와 있는 걸까? 도대체 무슨 이유로 내 옆자리에 앉아 전부일 수도 있고 아닐 수도 있는 이 대화들을 듣고 있는 걸까?

"다시는 이런 일이 반복되지 않을 거라 믿네."

호프만은 아무런 대답도 하지 않았다. 부사장이 대화에 종지부를 찍은 듯했기 때문이다. 그는 자신의 말이 체스 판에서 어떻게 움직여야 할지 잘 알고 있었다. 그렇지 않았다면 진즉에 끝장났을 거라는 사실도 잘 알고 있었다. 파울라로 활동하는 시간은 거기서 끝이라는 걸. 이 세상에 더 이상 존재하지 않는 사람이 되어버렸을 거라는 걸. 10시간 전, 구매자 행세를 했던 그 남자처럼 차 안에서, 혹은 바르샤바 뒷골목 어딘가에서 머리가 날아가버렸을 거라는 사실을.

가림막이 움직였다. 큰 동작은 아니었지만 부사장을 향해 분명한 고갯짓을 했다.

만족스러운 표정이었다. 호프만의 능력이 입증된 셈이었다.

부사장도 그런 결과를 희망하고 있었고 이제 확실히 믿는 눈치였다. 가림막은 자리에서 일어났다. 이제는 거의 웃는 표정이었다.

"앞으로 폐쇄시장 쪽으로 영역을 확장할 계획을 가지고 있네. 자네 이웃나라 몇 군데는 투자는 물론 시장점유율도 꽤 확보한 상태지. 그래서 자네 나라에서도 똑같은 사업을 벌일 계획이네. 스웨덴에서 말이야."

호프만은 묵묵히 가림막을 바라본 뒤 부사장에게 시선을 돌렸다.

폐쇄시장.

감옥을 말하는 것이었다.

제도용 스탠드가 뿜어내는 눈부신 불빛이 금속 숟가락 두 개를 환하게 밝히고 있었다. 닐스 크란츠 검시관은 그중 하나를 들어 옅은 파란색 가루를 채우고 물을 몇 방울 떨어뜨렸다. 그런 다음 에베트에게 부검실 한가운데에 놓인 테이블을 덮은 초록색 시트를 내려달라고 부탁했다.

나체로 누워 있는 시신.

창백한 피부, 건장한 체구.

특별히 나이 들어 보이는 특징은 없었다. 피부가 다 떨어져나간 뒤 해골 상태로 맨 위에 붙어 있는 얼굴만 빼면 흠집 하나 없는 사체였다.

묘한 광경이었다. 부검 참관인이 최대한 가까이서 지켜볼 수 있도록 두개골을 깨끗이 손 본 상태였다. 명확한 부검에 방해가 되는 살점들은 깨끗이 제거되어 있었다.

"알긴산염입니다. 이걸 사용하는데 효과는 탁월합니다. 더 고가의 제품들도 있긴 하지만 부검용으로 낭비하지는 않습니다."

검시관은 상악(上顎)에서 하악(下顎)을 분리해낸 뒤 걸쭉한 파란 용액이 담긴 숟가락을 상악의 치아에 붙이고 굳을 때까지 꾹 누르고 있었다.

"사진, 지문, DNA, 치열 정보까지 일단 결과는 만족스럽습니다."

검시관은 무균실로 들어가 과학수사대 병리학 전문가 루드비그 엘포슈 박사를 향해 고개를 끄덕였다.

"사입구입니다."

엘포슈 박사는 두개골의 오른쪽 관자놀이를 지목하며 설명을 시작했다.

"측두골을 관통한 총알은 바로 이 지점에서 속력이 줄어들었던 겁니다."

박사는 손가락으로 관자놀이 오른쪽 지점의 커다란 사입구부터 두개골 중앙 지점에 이르는 일직선을 그렸다.

"하악골, 그러니까 턱뼈가 있는 부위입니다. 탄도의 방향이 명확히 보여주고 있듯이 탄피가 바로 이 지점의 단단한 뼈와 충돌하면서 둘로 쪼개졌고, 쪼개진 탄피가 또 다른 두 개의 소형 탄환 역할을 하면서 좌측에 두 개의 사출구를 만들어놓은 것입니다. 하악골을 통해 한 군데, 전두골을 통해 또 한 군데."

에베트는 크란츠 검시관을 바라보았다. 사건현장에서 제시했던 과학수사대 전문가 소견은 정확했다.

"그리고 이거 말입니다, 에베트. 이 부분을 좀 주목해서 봐주시기 바랍니다."

루드비그 엘포슈 박사가 사체의 오른팔을 꽉 붙잡았는데도 근육이 아무런 반응을 보이지 않자 묘한 기분이 들었다. 방금 전까지 살아 움직였을 근육이 순식간에 고무처럼 변해버렸다는 사실 때문이다.

"보이십니까? 손목 주변에 나타난 흔적 말입니다. 누군가가 사후에 시체의 손을 잡고 누르고 있었던 겁니다."

에베트는 또다시 크란츠 검시관을 쳐다보았다. 그는 만족한 듯 고개를 끄덕이고 있었다. 사건현장에서 지적한 내용이 또다시 적중한 것이다. 사후에 누군가 사망자의 팔을 움직였다는 것. 자살처럼 보이게 하려고 현장을 조작했다는 것.

에베트는 부검대를 밝히는 눈부신 조명을 등지고 나와 복도 창문 하나를 열었다. 밖은 어두웠다. 점점 밤이 깊어가고 있었다.

"이름도 없고, 전과도 없군. 단서가 필요합니다. 저 친구한테 가까이 다가갈 단서가요."

그는 크란츠 검시관을 먼저 쳐다본 뒤 엘포슈 박사를 쳐다보았다. 그리고 기다렸다. 병리학 전문가가 목청을 가다듬을 때까지.

항상 뭔가가 더 있기 마련이다.

"치아에 남아 있던 충전재 몇 개를 살펴보았습니다. 여기 이걸 한번 보시기 바랍니다. 아래턱 중간 부위 말입니다. 대략 8년에서 10년 정도 된 걸로 보입니다. 아마 대부분 스웨덴 제품일 겁니다. 치료방식이나 제품의 질 등을 따져봤을 때 대부분의 유럽 국가가 수입에 의존하고 있는 대만 제품과는 현격히 다른 플라스틱 보형물이기 때문입니다."

엘포슈 박사는 살점 없는 두개골을 가리키던 손을 상체로 옮겨갔다.

"이 사람은 맹장수술을 받은 적이 있습니다. 여기 흉터 보이시죠. 마무리가 아주 잘 된 상태입니다. 그러니까, 장기 하나를 잘라내고 상처를 꿰맨 방식을 살펴봤을 때, 치아 보형물이나 맹장수술이나 모두 스웨덴 병원에서 받았을 가능성이 아주 높다는 것을 말해주고 있습니다."

엘포슈 박사는 부검대에서 벗어나 자리를 옮겼다.

"치아 보형물과 맹장수술자국, 그리고 북유럽 체형을 가진 점으로 미루어 보았을 때 사망자는 스웨덴 사람일 겁니다."

에베트는 하얀 죽음의 가면을 뒤집어 쓴 두개골을 찬찬히 뜯어보았다.

우린 담즙을 비롯해 암페타민과 콘돔의 흔적을 찾아냈지.

그런데 그건 당신이 남긴 게 아니었어.

폴란드 마피아가 주도한 마약 밀거래가 있었던 건 분명한데.

당신은 스웨덴 사람일 거란 말이지.

당신은 배달책이 아니야. 마약 판매상도 아니고.

그럼 당신은 구매자였겠군.

"마약 복용 여부는 어떻습니까?"

"없습니다."

"주사자국도 없고 혈액이나 소변에서도 마약 성분이 검출되지 않았습니다."

당신은 구매자인데 마약을 하지 않는단 말이군.

에베트는 크란츠 검시관을 바라보며 물었다.

"신고전화는?"

"뭐 말입니까?"

"음성분석은 끝냈습니까?"

크란츠는 고개를 끄덕였다.

"베스트만나가탄 사건 현장조사를 끝내고 돌아올 때 머릿속에 어느 정도 이론이 선 상태였습니다. 그래서 다시 확인을 해봤습니다. 신고전화를 건 제보자가 5층이라는 말과 함께 전화를 끊기 직전에 들렸던 소리 기억하십니까? 끊기 바로 직전에요."

그는 에베트를 쳐다보았다. 기억하고 있었다.

"그때 들렸던 소음이 부엌에 있던 냉장고 냉매 돌아가는 소리라고 직감했습니다. 주파수나 간격이나 모두 동일합니다."

에베트는 죽은 남자의 다리를 문지르며 되물었다.

"그러니까 신고전화는 부엌에서 걸려왔다?"

"그렇습니다."

"신고자 목소리는? 스웨덴 사람으로 보입니까?"

"어쨌든 외국인 억양은 없었습니다. 멜라달 쪽 지방어인 것 같습니다."

"그러니까 스웨덴 사람이 두 명이라는 거군. 폴란드 마피아가 마약 밀거래를 하다 살인으로 끝나버린 이번 사건현장에 있었던 사람이 말이야. 하나는 여기 이렇게 누워 있고, 다른 하나는 신고전화를 걸었다······."

에베트는 다시 시체의 다리를 문질렀다. 마치 다리가 움직여주기를 바라는 듯했다.

"당신 거기서 도대체 뭘 하고 있었던 거지? 두 사람 도대체 뭘 하고 있었던 거야?"

그는 너무나 두려웠다. 하지만 죽을 일은 없었다. 가림막이라는 핵심인물을 만났지만 그 만남이 죽음으로 이어지지는 않았다. 즉, 그는 조직 내로 더 깊숙이 파고든 것이다. 어떻게, 그리고 어디로 가야 할지는 자신도 알 수 없었다. 단지 지난 3년 동안 매순간 목숨 건 삶을 살아왔던 파울라가 한 걸음 더 그 돌파구에 근접했다는 것만은 확실했다.

그쉐고쉬 크쉬누벡은 이미 떠나고 없었다. 우아한 정장과 단정한 용모, 그리고 조직범죄와 돈, 더 많은 돈을 그러모으기 위한 폭력과 연관이 없는 듯 내뱉던 점잖은 단어들과 함께.

부사장은 더 이상 무뚝뚝한 말투를 고집하지 않았고 계속해서 부자연스럽게 허리를 꼿꼿이 세우고 있지도 않았다. 그는 주브로카 한 병을 따서 사과주스와 섞었다. 보스와 보드카를 나눠 마시는 행위가 담고 있는 뜻을 잘 알기에 호프만은 술병을 보며 미소를 지었다. 그리고 자신 앞에 있는 전직 정보부 관료를 향해서도 미소를 지어 보였다. 보스는 세심한 배려로 비행기 등급을 승격해줬을 뿐만 아니라, 부엌에서 막 쓰는 싸구려 컵 대신 고급 수공예 유리잔까지 준비해놓았다. 무지막지하게 커다란 손으로 섬세한 유리잔을 어떻게 잡고 들어야 할지가 난감할 뿐이었다.

"Na zdrowie(건배)."

두 사람은 서로 눈빛을 교환한 뒤 잔을 비웠다. 부사장은 다시 잔을 채웠다.

"폐쇄시장을 위하여!"

그는 잔을 비우더니 세 번째로 잔을 채웠다.

"이제 좀 터놓고 이야기하지."

"저도 그게 편합니다."

세 번째 잔 역시 비웠다.

"스웨덴 시장 말이야. 이제 장악할 시간이 왔어. 지금 당장."

그 말에 호프만은 평정심을 유지하며 가만히 앉아 있기 힘들었다. 보이테크 사는 이미 노르웨이 시장을 조종하고 있었다. 덴마크, 핀란드 시장 역시 마찬가지였다. 비로소 이 자리가 마련된 이유를 알 수 있을 것 같았다. 왜 조직의 보스가 이곳에 있는지, 왜 자신이 술잔을 들고 앉아 있는지도. 오랫동안 이러한 방향으로 일이 성사되도록 공을 들여온 터였다.

"스웨덴 교도소에는 대략 5천여 명의 죄수가 있어. 그리고 그 인간들 중 거의 80퍼센트가 암페타민이나 헤로인, 혹은 알코올 중독자들이야. 그렇지 않나?"

"그렇습니다."

"10년 전에도 마찬가지였겠지?"

"네. 그때도 마찬가지였습니다."

외스테로켈 교도소에서 빌어먹을 열두 달을 보낸 그였다.

"암페타민 1그램이 시장가로는 150크로나야. 헤로인은 1그램 시장가가 1천 크로나이고. 그런데 교도소에서는 가격이 세 배로 뛴단 말이지."

즈비그녜프 보루츠는 전에도 이런 대화를 한 적이 있었다. 다른 동료들과, 다른 나라에서, 다른 사업을 벌이며. 하지만 언제나 내용은 같았다.

"마약 중독자 4천 명이 감금 생활을 하고 있다고. 암페타민에 환장한 녀석들은 하루에 2그램씩, 헤로인에 맛 간 놈들은 하루에 1그램씩 말이지. 하루만 영업을 해도 벌어들이는 게 얼만지 아나, 호프만? 자그마치 8백만에서 9백만 크로나라고."

파울라의 탄생은 9년 전으로 거슬러 올라간다. 그날 이후로 그는 매일매일 죽음과 함께 해왔다. 하지만 지금, 바로 지금 이 순간 그동안의 고생은 충분히 보상받았다. 그 빌어먹을 거짓말들을. 엿 같은 조작행위들을. 이곳이 여태껏 그가 향해온 목적지였다. 그리고 드디어 이곳에 이르게 된 것이다.

"전례가 없는 작전입니다. 일단 시작부터 쉽지 않습니다. 이윤을 회수하기도 전에 막대한 돈부터 쏟아부어야 하니까 말입니다."

부사장은 두 사람 사이에 놓인 빈자리를 쳐다보았다.

보이테크 사는 막대한 투자력을 보유하고 있고, 폐쇄시장이 온전히 자신의 손아귀에 굴러들어올 때까지 기다릴 수 있는 인내심도 지니고 있었다. 보이테크 사는 동유럽 마피아 조직들이 내세우는 갖가지 고문이나 컨설팅 회사처럼 일종의 재정보증인에 해당하면서도 더 많은 자금과 더 큰 권력을 갖춘 곳이었다.

"그렇지. 전례가 없던 작전이지. 하지만 가능하긴 해. 그러니 자네가 직접 맡아서 진행해보게."

에베트는 창문을 활짝 열어젖혔다. 자정 무렵이면 언제나 그랬다. 쿵스홀름 교회에서 들려오는 종소리를 듣기 위해서다. 그리고 들려오는 또 다른 종소리. 정확한 위치는 알 길 없고 다만 어딘가 먼 곳에서 들려온다는 것만 알 뿐, 주변 소리를 집어삼키는 거센 밤바람이 불 때면 들리지 않는 그 종소리에도 귀를 기울였다.

에베트는 묘한 감정에 사로잡힌 채 사무실 안을 서성거렸다. 어둠에 잠긴 경시청 건물에서 시브의 목소리 없이 보내는 첫날밤이었기 때문이다. 항상 과거 속에 빠져들며 잠을 청하던 그였기에 밤 시간이 되면 그는 언제나 자신이 직접 녹음하고 편집한 카세트테이프를 크게 틀어놓곤 했다.

마음의 평안을 찾을 곳이라곤 어디에도 없었다.

그전까지는 사무실 창밖에서 들려오는 밤거리의 소음에 시달린 기억이 없었지만, 불과 하루 만에 베리스가탄 대로에 진입한 차들이 내달리는 소리가 끔찍하게 느껴졌다. 견디다 못해 창문을 닫아버리자 갑작스럽게 적막감이 찾아왔다. 그는 조금 전 인터폴 스웨덴지국 클뢰비에 요원이 보낸 팩스를 집어 들었다. 내용은 스웨덴 경찰 측의 요청에 따라

지난 2년간 베스트만나가탄 79번가 사건현장 아파트의 소유주로 등록된 폴란드인과 나눈 서면 인터뷰였다. 아파트 주인은 그단스크 출생의 45세 남성으로 바르샤바 선거인 명부에 등록된 사람이었다. 그를 직접 면담조사 한 폴란드 경찰에 따르면 범죄전과는커녕 범죄혐의조차 받아본 적 없는 사람으로 스톡홀름의 사건현장에서 살인사건이 발생하던 시각, 바르샤바에 머물고 있었다는 공식 기록도 남아 있다고 했다.

어쨌든 당신도 이 사건에 연루돼 있어.

에베트는 다 읽은 서류를 그대로 손에 쥐고 있었다.

우리가 현장에 도착했을 땐 문이 잠겨 있었어. 강제로 침입한 흔적이나 폭행의 흔적은 전혀 없었어. 누군가 열쇠를 이용해 들어갔다 나온 거란 말이지.

그는 자리에서 일어나 음침한 복도로 나갔다. 그러고는 커피자판기에서 커피 두 잔을 뽑았다. 그리고 옆에 있는 스낵자판기에서 비닐 포장된 치즈 샌드위치 하나와 바나나 맛 요구르트 하나를 골랐다.

당신하고 연관이 있는 누군가겠지.

에베트는 정적이 감도는 어둠 속에 서서 커피 한 잔을 마시고 요구르트 절반을 떠먹었다. 하지만 샌드위치는 그대로 쓰레기통에 던져버렸다. 가리는 것 없는 그가 먹기에도 빵이 심하게 굳은 상태였기 때문이다.

경시청은 그에게 안도감을 느끼게 해주는 곳이었다.

멋대가리 없이 크기만 하고 외관도 형편없는 데다 동료들을 꿀꺽 집어삼켜 어디론가 숨겨버리는 건물이었지만, 그에게만큼은 유일하게 오래 머물 수 있는 공간이었다. 이곳에서는 무엇을 해야 할지, 자신이 어디에 속해 있는지 명확하게 알 수 있었다. 마음 내키면 소파에 드러누워 잠을 잘 수 있고, 도심의 풍경이 내려다보이는 발코니에 서서 긴긴 밤을 보내야 하는 일도 피할 수 있는 유일한 곳이었다.

에베트는 그 시각, 강력계에서도 유일하게 불을 밝히고 있는 자신의 사무실로 돌아와 흘러간 음악을 꽁꽁 싸둔 종이상자를 툭하고 발로 한 번 차보았다. 장례식조차 참석 안 한 그였다. 비용을 전부 부담해놓고도 정작 본인은 가지 않았다. 그는 다시 한 번 상자를 향해 발길질을 했다. 이번에는 힘차게 걷어찼다. 가고는 싶었다. 하지만 그래버리면 그녀가 떠나버릴 것만 같았다. 영영.

팩스는 여전히 책상 위에 있었다. 어딜 보아도 사망자와는 아무런 연관이 없어 보이는 폴란드 시민. 에베트는 뭐라고 구시렁거리면서 사무실 구석으로 가더니 세 번째로 종이상자를 걷어찼다. 그 덕에 상자 옆구리에 작은 구멍이 뚫리고 말았다.

좀처럼 잡히는 게 없었다. 폴란드 마피아들이 마약 밀거래를 하던 사건현장에 최소 두 명의 스웨덴 사람이 있었다는 것. 그중 하나는 죽고, 다른 하나는 냉장고 근처에서 속삭이는 목소리로 신고전화를 걸었다는 것. 크란츠 검시관이 확인해준 대로 외국 억양이 전혀 없는 스웨덴어였다는 것 외에는 사건에 대해 아는 게 전혀 없었다.

당신은 분명히 사건현장에 있었고 누군가가 살해당하는 동안 신고전화를 걸었어.

에베트는 여전히 종이상자 앞에 서 있었지만 더 이상 발길질을 하진 않았다.

당신은 살인자, 아니면 증인이겠지.

그러다가 그대로 바닥에 주저앉아 구멍이 난 상자에 등을 기댔다.

누군가를 향해 총을 쏘지 않았고, 자살처럼 보이게 위장을 한 다음, 경찰에 신고전화를 건 살인범이라…….

금지된 음악에 등을 기댄 느낌이 제법 괜찮았다. 아마도 밤새도록 그 상태로 딱딱한 바닥에 앉아 아침을 맞을 것 같다는 생각이 들었다.

당신, 목격자였군.

그는 두 시간째 창가에 앉아 반점처럼 반짝이는 빛을 바라보고 있었다. 멀리 보일 때 그렇게 작아 보이던 불빛들은 어둠을 헤치고 나와 프레데릭 쇼팽 국제공항 활주로에 가까워질수록 서서히 커지고 있었다. 자정 무렵, 피에트 호프만은 옷을 다 입은 채로 딱딱한 호텔 침대에 누워 잠을 청하려다 결국 포기해버렸다. 속삭이다가도 고함을 지르는 드라마

틱했던 하루의 기억이 그의 머릿속에서 요동을 치고 있었기 때문이다.

창밖에 부는 바람은 대단히 거셌다. 호텔은 공항에서 불과 8백여 미터 떨어진 곳이었기에, 탁 트인 공간을 휩쓸고 지나가는 바람에 미친 듯이 흔들리는 나뭇가지 사이로 불빛이 비치면 제법 아기자기한 풍경이 만들어지곤 했다. 호프만은 밤에 창가에 앉아 바깥을 내다보는 걸 좋아했다. 폴란드 대륙의 끝자락. 자신의 친척들이 사는 곳. 고향처럼 느껴야 할 곳이었지만 찾을 때마다 구경꾼으로 머물 뿐, 절대 내 집같이 느껴지지 않는 곳. 폴란드는 삼촌과 고모, 사촌들이 사는 곳이었다. 호프만은 그들과 비슷하게 생겼고 그들처럼 말을 했지만, 영원히 그들 틈에 섞일 수 없는 사람이 되어 있었다.

그는 아무도 아니다.

호프만은 소피아를 속이고 있었지만 그녀는 그를 꼭 끌어안고 있었다. 그는 후구와 라스무스에게도 거짓말을 했지만 아이들은 언제나 아빠 품으로 뛰어들었다. 빌손에게도 거짓말을 했다. 헨리크에게도 거짓말을 했다. 그리고 방금 전에는 즈비그녜프 보루츠에게 거짓말을 하면서도 그와 함께 주브로카를 마시고 왔다.

얼마나 오랫동안 거짓으로 점철된 생활을 해왔는지 이제는 진실이 어떻게 생긴 건지, 그 느낌이 어떤지, 심지어 자신이 누구인지도 헷갈릴 지경이었다.

반점처럼 반짝이던 불빛은 어느새 활주로에 내려앉은 거대한 비행기가 되어 있었다. 비행기는 강한 옆바람을 일으키며 방향을 틀었고, 작은 바퀴들은 아스팔트에 부딪히며 몇 차례 튕겨 오르다가 이내 지면에 달라붙은 뒤 새로 생긴 대합실 건물을 향해 미끄러졌다.

호프만은 차가운 창유리에 이마를 기댔다.

그날 하루는 영원히 끝날 것 같지 않았다. 계속해서 속삭이고 고함을 질러대고 있었다.

어떤 이가 그가 보는 앞에서 숨을 거두었다. 그는 뒤늦게 실감했다. 그들은 같은 임무를 수행 중이었고 같은 게임의 일원이었다는 걸. 하지만 서로 다른 편에 서 있었다. 아이나 아내가 있을지도 모를 어떤 사람, 자신이 누구인지도 잊을 만큼 오래전부터 거짓말을 했을지 모를 어떤 사람.

나는 파울라다. 당신 이름은 뭐였지?

그는 창틀에 앉아 어둠 속을 바라보며 울부짖었다.

바르샤바 시내에서 불과 몇 킬로미터 떨어진 호텔 방. 자정을 넘은 한밤중. 그는 더 이상 목소리가 나오지 않을 때까지 울부짖었다. 그러다 지쳐 쓰러져 잠이 들어버렸는데, 시커멓고 몸을 뉘일 수도 없는 어딘가로 곤두박질치는 느낌이 들었다.

화요일

에베트 그렌스는 사무실의 얇은 커튼을 뚫고 들어온 이른 아침 햇살이 눈을 찌르자 잠깐 잠에서 깼다. 3단으로 쌓아놓은 종이상자에 기대 앉아 잠이 들었던 그는 성가신 햇살을 피해 몇 시간 더 잠을 청하기 위해 아예 딱딱한 리놀륨 바닥에 드러누웠다. 바닥이라고 해도 잠자기에 그리 나쁜 환경은 아니었다. 등도 거의 쑤시지 않았고 무엇보다 불편한 한쪽 다리를 쭉 펴고 잘 수 있다는 게 마음에 들었다. 푹신하지만 좁아터진 코르덴 소파에서는 어림도 없는 일이었다.

그곳엔 더 이상 밤도 없겠지.

에베트는 갑자기 잠에서 확 깼다. 그러더니 몸을 한쪽으로 굴려 배를 바닥에 깔고 두 팔로 거구의 몸을 일으켰다. 그러고는 책상에 놓인 깡통 연필꽂이에서 파란 유성 매직펜을 꺼내든 뒤 강한 알코올 향을 풍기며 종이상자 측면에 글자를 적었다.

초·수 말름크비스트.

에베트는 테이프로 칭칭 감아놓은 상자들을 쳐다보고는 큰 소리로 웃었다. 그토록 좋아했던 음악을 상자 속에 처박아놓고도 잠이 들 수 있었을 뿐만 아니라 정말 오랜만에 온몸에 활력이 넘치는 것 같은 기분이 들었기 때문이다.

에베트는 스텝을 몇 번 밟아보았다. 노래도, 음악도, 파트너도 없이 밟는 스텝.

그는 맨 위에 있는 상자를 들어 올려보았지만 너무 무거워 밀면서 사무실을 나가 엘리베이터를 탔다. 지하실에 이르자 물품 보관소가 나왔다. 에베트는 다시 매직펜을 꺼내 상자 맨 위에 식별번호를 적었다. 19361231. 그러고는 방금 지나온 곳보다 훨씬 컴컴한 또 다른 복도를 따라 내려가 끙 끙거리며 압류품 보관실 문 앞까지 상자를 밀고 갔다.

"에이나숀!"

나이 어린 민간인 직원이 길쭉한 나무로 만든 낡은 창구 뒤편에 서 있었다. 에베트는 매번 압류품 보관실을 찾을 때마다 어린 시절 하굣길에 자주 들리던 식료품점이나, 오래전에 사라진 옛 카페를 다시 찾는 기분이 들었다.

"뭐 도와드릴까요?"

"에이나숀한테 이걸 좀 맡기려고."

"네. 그런데 제가……."

"에이나숀!"

젊은 직원은 큰 소리로 콧방귀를 뀌긴 했지만 잠자코 창구 뒤로 문제의 에이나슨을 찾으러 갔다. 에베트와 동년배로 보이는 남자가 불룩한 배 주변으로 꽉 끼는 검은 앞치마를 입고 나타났다.

"에베트 선배."

"투르."

그는 경찰다운 경찰이었다. 그렇게 수년을 동고동락하던 어느 날 아침, 투르 에이나슨은 자리에 주저앉아 더 이상 수사관 노릇은 고사하고 추악한 것들을 마주대할 자신도 없다고 폭탄선언을 했다. 그리고 그길로 경시청 지하로 부서를 옮겨 선배가 문을 열고 찾아올 때까지 다시는 위로 올라오지 않았다. 그곳은 압류품 보관실로, 현재 진행 중인 사건의 주요 증거품들이지만 밤새도록 끼고 있을 필요는 없는 물건들이 모여드는 집합소였다.

"박스 하나를 가져왔는데 자네가 직접 관리를 좀 해줬으면 좋겠어."

창구 뒤에 서 있던 나이든 전직 형사는 종이상자에 손을 올리고 파란 매직펜으로 쓴 각진 글자를 읽어보았다.

"초·수 말름크비스트? 이게 무슨 뜻입니까?"

"말름크비스트 초동수사."

"그럴 거라 생각은 했는데, 이런 사건은 금시초문인데요?"

"종결된 사건이야."

"그래도 기록이……."

"이걸 자네가 직접 관리해줬으면 좋겠다니까. 안전한 곳에."

"에베트 선배, 전……."

에이나손은 말을 멈추고 한참동안 에베트와 종이상자를 번갈아 쳐다보며 분위기를 살폈다. 말름크비스트 초동수사. 그리고 식별번호 19361231. 에이나손은 씩 웃으며 말을 이었다.

"세상에, 이 번호 이거, 이 여자 생년월일이군요?"

에베트는 고개를 끄덕였다.

"종결된 사건이야."

"정말 그러셔도 되겠어요?"

"두 개 더 있는데 그것도 가져올 거야."

"그렇다면…… 이런 사건 관련 증거물 보관은 여기보다 안전한 곳이 없을 겁니다. 그러니까, 아주 특별한 증거물들 말입니다. 먼지만 쌓이는 다락방이나 습기만 들어차는 다른 지하실보다는 훨씬 좋은 곳이니까요."

에베트는 그때까지 자신이 얼마나 긴장하고 있었는지 몰랐다. 스스로도 놀랄 만큼 어깨, 팔다리의 힘이 스르르 풀려버렸다. 그런 자신의 기분을 에이나손은 이해할 수 없으리라 생각했다.

"보관기록 서류 몇 장이 필요합니다. 이것들만 작성해주시면 당장 안전한 장소로 모셔놓겠습니다."

에이나숀은 공란의 서류 두 장과 펜 하나를 그에게 건넸다.

"그거 작성하시는 동안 전 상자에다 기밀 자료라고 크게 적어두겠습니다. 맞지요, 기밀 자료?"

에베트는 다시 고개를 끄덕였다.

"좋습니다. 그럼 이제부터 이 상자는 허가된 사람만 개봉할 수 있습니다."

에이나숀은 종이상자 뚜껑이 분리되는 부분에 척하고 빨간 봉인스티커를 붙였다. 에베트 그렌스 경정으로 신분이 확인된 사람 외에는 그 누구도 파기할 수 없는 봉인이었다.

에베트는 옛 동료가 무거운 상자를 팔에 안아들고 끙끙거리며 선반 위에 올리는 모습을 고마운 마음으로 바라보았다.

그는 해명 따위를 필요로 하지 않는 사람이었다.

에베트가 서류를 창구 앞에 내려놓고 돌아가려던 찰나, 압류품 보관실 선반 사이를 옮겨 다니며 흥얼거리는 에이나숀의 노랫소리가 들려왔다.

그토록 아름다운 장미를 보내주더니, 내게 어젯밤 일 모두를 잊으라고 말했지.

〈얇은 조각(Tunna skivor)〉. 시브 말름크비스트의 노래였다. 에베트 그렌스는 발걸음을 멈추고 비좁은 보관실 안을 향해 크게 소리쳤다.

"지금은 때가 아니야."

바다보다 많은 눈물을 흘렸네. 이게 바로 당신을 향한 내 대답이었어.

"에이나숀!"

에베트가 버럭 고함을 지르자 에이나숀은 선반 사이에서 놀란 얼굴을 불쑥 내밀었다.

"지금은 아니라고 이 친구야. 자네, 내가 슬픔을 극복하는 걸 방해하잖아."

떠나는 발걸음은 한결 가벼웠다. 지하 보관실이 매력적으로 느껴질 정도였다. 에베트는 엘리베이터 앞에 서서 고개를 가로젓더니 계단으로 발을 돌렸다. 절반 정도 올라갔을 때 상의 안주머니에 넣어두었던 휴대전화가 울리기 시작했다.

"여보세요?"

"베스트만나가탄 79번가에서 벌어진 살인사건을 수사하고 계신 담당 형사님이십니까?"

에베트는 숨을 헐떡이고 있었다. 계단을 오르내리는 일은 좀처럼 하지 않았기 때문이다.

"누구십니까?"

"그렇게 말씀하시는 분은요?"

덴마크 억양이었지만 알아듣기는 쉬웠다. 아마 코펜하겐 인근 출신인 것 같았다. 그곳은 에베트가 수사공조 차원에서 거의 1년 넘게 거주했던 곳이기도 했다.

"전화를 건 게 나요, 당신이오?"

"사과드리지요. 전 코펜하겐 범죄수사대에 근무하고 있는 야콥 엔덜슨이라고 합니다. 선생님 나라에서 강력계라고 부르는 곳과 유사한 부서입니다."

"알고 싶은 게 뭐요?"

"베스트만나가탄 79번가에서 발생한 살인사건을 담당하고 계신지 알고 싶습니다."

"그게 살인사건이라고 누가 그럽니까?"

"제가 드리는 말씀입니다. 그리고 피해자 신원에 대해서도 제가 아는 게 많을 것 같습니다."

에베트는 마지막 계단을 앞두고 멈춰 서서 숨을 고르며 자신을 덴마크 경찰이라고 소개한 남자가 말을 이을 때까지 기다렸다.

"제가 다시 전화드릴까요?"

"끊어보시오."

에베트는 부리나케 사무실로 돌아가 책상서랍 세 번째 칸을 뒤져 파일 하나를 찾아냈다. 그러고는 책상 위에 펼쳐놓고 수화기를 든 뒤 코펜하겐 경시청으로 전화를 걸어 범죄수사대의 야콥 엔덜슨이라는 사람을 바꿔달라고 했다.

"엔덜슨입니다."

똑같은 목소리였다.

"전화 끊어보시오."

그는 다시 코펜하겐 경시청으로 전화를 걸어 이번에는 야콥 엔덜슨이라는 형사의 휴대전화로 연결해달라고 요청했다.

"엔덜슨입니다."

역시 같은 목소리였다.

"창문 한번 열어보시오."

"네?"

"당신 질문에 답을 얻고 싶으면 창문을 한번 열어보란 말입니다."

수화기 너머로 책상 위에 휴대전화를 내려놓고 녹이 슨 창문 잠금장치를 푸는 소리가 들려왔다.

"됐습니까?"

"뭐가 보입니까?"

"함보가드가 보입니다."

"다른 건?"

"창가 가까이 기대면 조금 멀리 물이 보입니다."

"코펜하겐 절반이 물이오."

"랑예브루 도개교가 보입니다."

에베트는 코펜하겐 체류 당시 범죄수사대 사무실에서 자주 창밖을 내다보곤 했다. 랑예브루 도개교 아래로 햇살에 빛나는 물이 흐른다는 건 잘 아는 사실이었다.

"묄비 자리가 어딥니까?"

"제 상관을 말씀하시는 겁니까?"

"그렇소."

"반대편 방입니다. 지금은 자리를 비우셨습니다. 그게 아니라면……."

"그럼 크리스튼슨은?"

"크리스튼슨이란 인간은 여기 없습니다."

"좋소, 좋아. 엔덜슨. 그럼 본격적인 이야기를 해봅시다."

에베트는 상대의 설명을 기다리며 자신의 사무실 창가로 다가갔다. 보이는 거라곤 물 대신 음울한 경시청 안뜰이었다.

"사건현장에서 사망한 피해자가 저희 쪽 잠입 정보원이라고 믿을 만한 근거가 있습니다. 가능하다면 피해자 사진을 보고 싶은데, 팩스로 보내주실 수 있으십니까?"

에베트 그렌츠는 책상 위에 놓인 서류를 뒤적여 크란츠 검시관이 건넸던 사진 몇 장을 골라냈다. 현장에서 찍은 사진으로 얼굴 가죽이 여전히 붙어 있는 사진이었다.

"5분 안에 보내주겠소. 다 본 뒤에 다시 연락해주시오."

*

에리크 빌손은 스톡홀름 중심가 산책을 즐겨했다.

길을 나선 시각은 오전 10시 반. 빌손은 경시청에서 상트 에릭스플란으로 이어지는 비교적 짧은 거리를 걸으며 온갖 행인들을 지나쳐갔다. 스웨덴은 조지아 남부보다 훨씬 시원하고 숨쉬기도 편했다. 이미 찌는 듯한 무더위가 시작된 조지아 남부에 계속 남아 있었다면 아마 몇 주 내로 호흡곤란을 일으켰을 터였다. 빌손은 미국 시각으로 오후 5시 무렵 뉴어크 국제공항을 떠나 여덟 시간 뒤, 알란다 국제공항에 도착했다. 이른 아침이었다. 앞자리에 앉은 노부인 둘이 끝없이 수다를 떨고 옆자리에 앉은 남자는 5분 간격으로 엄청난 기침을 해댔지만, 빌손은 기내에서 몇 시간 정도 눈을 붙일 수 있었다.

공항에서 탄 택시가 도심으로 진입해 크로노베리의 경시청 건물에 가까워지자, 그는 택시기사에게 파울라가 알려준 베스트만나가탄 79번가에 잠시 차를 세워달라고 부탁했다. 그는 차에서 내려 문제의 집을 지키고 선 경비원에게 신분증을 보여주었다. 현관문 밖에는 파란 테이프와 흰색 테이프가 서로 교차하며 입구를 막고 있고 범죄현장, 접근근지 등의 경고문이 붙어 있었다.

빌손은 살해현장으로 들어갔다. 그는 거실 테이블 아래에 깔린 카펫 위에 묻은 큼지막하고 짙은 얼룩을 유심히 바라보았다. 죽음의 얼룩 끝자락 쪽에 의자 하나가 뒤집혀 있었다. 빌손은 천장에 뚫린 구멍과 닫혀 있던 부엌문에 난 또다른 구멍을 유심히 살펴보았다. 갈라진 탄피로 인해 손상된 게 분명해 보였다. 그러고는 거실 벽에 묻은 얼룩을 표시해놓은 핀과 깃발 쪽으로 시선을 돌렸다. 발사각과 그로 인한 물리력을 측정하기 위한 도구들이었다. 에리크 빌손이 현장을 찾은 이유는 바로 그 때문이었다. 혈흔의 위치를 분석하는 일. 다음 접선을 통해 파울라의 정확한 진술 내용을 듣기 전에 먼저 확인해야 할 일이었다. 빌손은 과학수사대 검시관들이 끈 두 개로 표시해둔 깔때기 모양의 지점을 자세히 살펴보았다. 각각 끝 지점에는 깃발도 없었고 혈흔이나 뇌 조직의 흔적도 없었다. 빌손은 총격이 발생한 시점에 두 명의 특정인물이 정확히 어느 위치에 서 있었는지 머릿속에 저절로 그림이 그려질 때까지 현장을 꼼꼼히 살폈다. 총격을 가한 인물이 서 있던 지점, 총격을 가하지 않은 인물이 서 있어야 하는 지점을.

지난 밤 파울라와 통화를 하면서 대략적인 사건의 정황과 긴박했던 당시 상황은 전해들은 터였다. 그리고 차분하고 조용한 상황에서 사건현장을 세심히 둘러본 결과 파울라의 진술이 사실에 가깝다는 결론에 도달했다. 빌손은 파울라의 능력을 믿어 의심치 않았다. 만약, 생사가 걸린 문제라면 능히 살인을 하고도 남을 결단력과 능력을 가진 인물이라는 것을. 파울라 본인이 상황을 모면하기 위해 그냥 총을 발사했을 수도 있다. 하지만 현장은 그게 아니라는 것을 보여주고 있었다. 통화를 거듭할수록 파울라는 점점 더 무언가에 시달리고 두려워하는 것 같았다. 9년 동안 잠입과 위장수사에 관한 명령과 지시를 주고받아오면서 두 사람은 깊은 신뢰관계를 구축했다. 그렇기에 에리크 빌손은 파울라의 말 속에서 진실과 거짓을 구분해낼 수 있었다.

빌손은 상트 에릭스플란 17번가 현관문 앞에서 걸음을 멈췄다. 낡은 문틀에 금방이라도 깨져버릴 듯한 유리로 된 현관문은 통행량이 어마어마한 대로와 인접해 있었다. 그는 주변을 한번 돌아보았다. 행인은 있었지만 그를 주목하는 사람은 없었다. 빌손은 다시 한 번 주변을 살핀 뒤 안으로 들어갔다.

그는 베스트만나가탄 사건현장을 떠나 대기 중이던 택시를 타고 강력계 사무실에 들렀다온 터였다. 컴퓨터를 통해 업무행정기록을 열람해보니 베스트만나가탄 사건을 전담하는 수사관이 이미 배정된 상태였다. 에베트 그렌스와 스벤 순드크비스트, 마리안나 헬만손. 에베트와 빌손은 몇 년간 강력계에서 같이 근무한 사이이기도 했다. 하지만 빌손은 에베트 그렌스 경정이라는 노형사의 속을 도무지 알 수가 없었다. 한동안은 그와 긍정적인 관계를 유지하기 위해 애쓰기도 했다. 하지만 상대의 철저한 무반응에 결국 마음을 접어버렸다. 한때는 최고의 수사관이었지만 퇴물이 된 지금은 그저 시브 말름크비스트 노래나 듣고 신랄한 말만 쏟아대는 노수사관에게 도움 따윈 기대하지 않기 때문이다. 에리크 빌손은 컴퓨터 앞에 조금 더 머물며 업무행정기록에서 범죄사건 보고기록으로 넘어가 베스트만나가탄 79번가 관련 기록을 조회해보았다. 최근 10년 사이 세 건의 기록이 남아 있었다. 그는 가장 최근 사건기록을 불러냈다. 장물거래에 관한 기록이었는데, 핀란드 이름을 가진 어느 남자가 79번가 아파트 1층에서 정련동(銅) 1톤을 밀거래했다는 내용이었다.

빌손은 상트 에릭스플란 17번가로 들어가는 문을 닫고 엄청난 대로변 소음에서 멀어져 잠시 정적을 느끼고 서 있었다. 어둠에 잠긴 계단통을 보고 불을 켜기 위해 전등 스위치를 세 번이나 눌러보았지만 아무런 변화도 일어나지 않았다. 결국 그는 엘리베이터를 타고 올라가 한창 공사가 진행 중인 6층에 내렸다. 아파트 전체에 대한 개보수 공사 때문에 세입자들은 이미 나간 상태였다. 빌손은 갈색 종이포대 위에 서서 인기척이 있는지 조용히 귀를 기울인 다음 아무도 없다는 확신이 들자, 우편함에 '스텐베리'라는 이름이 적힌 현관문을 열쇠로 열고 들어갔다. 빌손은 각종 가구들이 비닐로 잘 덮여 있는지 확인해보았다. 그곳은 정보원들과 은밀하게 접선하는 장소였다. 스톡홀름 시내에서 내로라하는 대규모 임대업자 몇몇한테 열쇠를 비롯해 개보수 일정에 관한 자료를 넘겨받은 뒤 장기간 비게 될 건물들을 접선장소로 활용하는 식이었다. 상트 에릭스플란 17번가는 5번 약속장소였다. 빌손이 그곳을 접선지로 사용한 지는 한 달이 채 지나지 않았다. 그동안 자신이 관리하는 여러 명의 비밀 정보원들을 만났다.

빌손은 부엌 창문을 가리고 있던 비닐을 걷어내고 창문을

열어 거주자 공동으로 사용하는 뒤뜰을 내려다보았다. 조만
간 파울라가 그 길로 걸어 들어올 것이다. 불카누스가탄 대
로 15번가에 위치한 반대편 건물의 뒷문으로. 접선장소는
항상 텅 빈 아파트였다. 그리고 다른 주소지에서도 접근이
가능한 뒤뜰이 있는 건물이었다.

빌손은 창문을 닫고 유리에 다시 비닐 커버를 붙여놓았
다. 뒷문이 열리며 자갈길을 따라 걸어오는 파울라의 발소
리가 들려왔기 때문이다.

*

에베트 그렌스는 닐스 크란츠 검시관에게 받은 사망자 사
진이 든 파일을 꽉 붙들고 초조하게 기다리고 있었다. 10여
분 전에 그 파일에 담긴 사진 하나를 코펜하겐 범죄수사대
에 팩스로 보내놓은 터였다. 부검 전, 피부가 붙어 있는 상
태로 세척해놓은 시신의 머리를 찍은 사진이었다. 그는 전
화를 기다리는 동안 파일 안에 든 나머지 세 장의 사진을 유
심히 들여다보았다. 정면사진과 양 측면에서 찍은 사진이었
다. 오랜 세월 형사 노릇을 해왔지만 가끔은 사망자 사진을
들여다보면서 사진 속 인물이 단순히 잠이 든 건지, 아니면
실제로 죽은 건지 구분하기 어려울 때도 있었다. 하지만 이
번 사진은 의심의 여지가 없었다. 머리에 큼지막한 구멍이
세 개나 뚫려 있었기 때문이다. 에베트는 직접 현장을 들러

보지 못했거나 과학수사대에게 넘겨받은 사진이 아닐 경우, 혹은 다른 지역 형사가 팩스로 보내준 사진일 경우 일반적으로 사진 속 인물의 머리 뒤로 반짝이는 금속성 부검대가 있는지부터 살펴본다. 부검 직전에 촬영된 것임을 보여주는 증거였다. 에베트는 다시 한 번 사진을 들여다보며 죽은 이의 실제모습을 머릿속으로 그려보고, 마찬가지로 지금 코펜하겐에서 이 사진을 보고 있을 형사가 무슨 생각을 하고 있을지 궁금해하고 있었다.

드디어 전화벨이 울렸다. 에베트는 들고 있던 파일을 책상 위에 내려놓고 전화를 받았다.

"그렌스 수사관입니다."

"코펜하겐 범죄수사대 야콥 엔덜슨입니다."

"어떻소?"

"팩스로 보내주신 사진 말입니다……."

"예."

"그 친구가 맞는 것 같습니다."

"누구 말입니까?"

"저희 쪽 정보원 중 하나 같습니다."

"그게 누구요?"

"아직은 말씀드릴 수 없습니다. 확실한 증거가 나오기 전까지는. 불필요한 상황에서 정보원의 신분을 노출하고 싶진 않습니다. 이쪽 일이 어떻게 돌아가는지는 잘 아실 거라 생각합니다."

에베트는 당연히 잘 알고 있었다. 그래서 더더욱 달갑지 않았다. 경찰 끄나풀 수가 점점 늘어나는 추세에 따라 그들의 신분을 보호해야 할 필요성도 크게 대두되었고, 결과적으로 경찰 간에 정확한 정보를 교환해야 하는 원칙이 무너져버렸던 것이다. 이제는 형사들이 제각각 비밀 정보원을 심어두고 설쳐대 오히려 수사에 도움은커녕 방해만 되는 실정이었다.

"그래, 원하는 게 뭐요?"

"가지고 계신 증거 전부를 넘겨주셨으면 합니다."

"치아정보, 지문이 전부요. DNA 분석 결과는 기다리는 중이고."

"보내주십시오."

"당장 그렇게 해드리지. 그럼 잠시 뒤에 다시 전화하는 걸로 알고 있겠소."

철제 부검대에 놓인 머리.

에베트는 손가락으로 매끈한 인화용지를 툭툭 두드렸다.

비밀 정보원.

그것도 코펜하겐에서 건너온.

폴란드 마피아가 벌인 살해현장 아파트에 있던 두 사람 중 한 사람은 스웨덴어를 정확히 구사했다.

나머지 하나는 누구일까?

*

피에트 호프만은 단조로운 공동정원을 지나 자갈길을 따라 내려갔다. 걸어가면서 반대편 건물 5층을 흘깃 올려다보니 비닐을 떼어낸 창문으로 윌슨의 머리가 언뜻 눈에 들어왔다.

그는 오전 8시가 지나자마자 폴란드 항공사기인 LOT 비행기를 타고 프레데릭 쇼팽 국제공항을 떠났다. 그는 전날 밤 싸늘한 창유리에 이마를 기댄 채 밤을 꼬박 지새웠다. 하지만 특별히 피곤하지는 않았다. 살해 장면을 목격한 데다 바르샤바에서 있었던 회의까지 그날 하루치의 불안과 아드레날린이 그의 가슴속을 가득 채웠기 때문이다. 분명히 자신이 어딘가로 떠밀려가는 듯한 느낌은 들었지만 어떻게 멈추게 해야 할지는 알 수 없었다. 집으로 전화를 걸자 라스무스가 받더니 도무지 수화기를 내려놓지 않았다. 만화 속에서 끔찍한 녹색 괴물이 나왔다는 둥 어쨌다는 둥 두서없이 늘어놓는 아이의 말을 따라가는 것도 쉬운 일은 아니었다. 호프만은 마른 침을 삼키고 고개를 흔들었다. 그의 몸은 그토록 그리워한 가족을 벌써 만난 것처럼 반응하고 있었다. 저녁때가 되면 가족과 다시 만나게 될 것이다. 그리고 세 사람 입에서 이제 그만 놓아달라는 말이 나올 때까지 꼭 끌어안으리라 마음먹었다.

호프만은 담장 가까이 다가가 문을 연 뒤 불카누스가탄 15번가 건물의 뒷마당에서 상트 에릭스플란 17번가 건물의 뒷마당으로 들어섰다. 그리고 뒷문을 통해 건물 안으로 들어가 전등 스위치를 켰다 껐다 반복하다 어둠 속 계단에 발을 내디뎠다. 6층까지 이어지는 가파른 계단을 굳이 고집한 이유는 혹시 엘리베이터 안에 갇히는 불상사를 미연에 방지하기 위해서였다. 한 걸음 옮길 때마다 바스락거리는 갈색 종이 포대 때문에 어딘가에 숨어 몰래 돌아다니는 건 거의 불가능했다. 호프만은 시간과 우편함 이름을 확인했다. 스텐베리. 시간은 정확히 오전 11시였다.

에리크 빌손은 부엌에서 의자와 식탁을 덮고 있던 비닐을 벗겨냈다. 그러고는 가스레인지 커버를 들춰내고 싱크대 아래쪽 선반을 뒤적거리며 냄비 하나와 인스턴트커피가 담긴 밀폐용기 하나를 찾아냈다.

"스텐베리 씨네 가족들이 남긴 작은 선물이군. 그 양반이 누구건 간에 말이야."

두 사람은 의자에 앉았다.

"소피아는 어떤가?"

"모릅니다."

"모른다니?"

"지난 며칠간 얼굴조차 제대로 마주할 시간이 없었습니다. 다만 간밤에 길게 통화를 하고 오늘 아침에도 다시 이야기를 하면서 느낀 거라면, 제가 거짓말 하고 있다는 걸 아는 눈치였습니다. 평소보다 더 많은 거짓말을 하고 있다는 것까지도요."

"잘 해주라고. 내 말 무슨 말인지 알겠지?"

"제가 잘 해주고 있다는 건, 누구보다 잘 아시지 않습니까!"

"좋아. 좋다고, 피에트. 자네한테 아내와 아이들보다 더 중요한 건 없으니까. 난 단지 자네가 그 사실을 잘 기억해줬으면 좋겠어."

호프만은 인스턴트커피를 끔찍이 싫어했다. 바르샤바의 고급 식당에서 마셨던 커피 맛을 떠올리게 하는 떨떠름한 뒷맛 때문이었다.

"그 친구, 자신이 경찰이라는 말을 하지 말았어야 했습니다."

"정말 경찰이었어?"

"모릅니다. 아마도 경찰이 아니라 저 같은 정보원이었을 겁니다. 그런데 얼마나 겁을 집어먹었는지 벌벌 떨더라고요."

빌손은 고개를 끄덕였다. 그 남자는 아마 두려움에 떨고 있었을 것이다. 그리고 그런 공황상태에서 자신을 보호해줄지 모른다고 생각한 단어가 입 밖으로 튀어나왔을 게 뻔했다. 하지만 결과는 정반대였던 것이다.

"그 친구가 '난 경찰이야!'라고 비명을 지르자, 그 즉시 관자놀이가 자석처럼 총구를 끌어당겼고 총알이 발사된 겁니다."

호프만은 컵을 내려놓았다. 비록 인스턴트커피라도 끝까지 참고 마셔보려 했지만 더 이상은 삼킬 수가 없었다.

"바로 앞에서 누군가가 죽어나가는 걸 본 건 정말 오랜만이었습니다. 죽어가는 사람의 호흡이 멈추던 순간의 그 적막감, 숨죽이며 마지막 숨결이 빠져나가는 순간을 고스란히 지켜봐야 하는 그런 상황 말입니다."

빌손은 누군가의 죽음에 감정이 격해진 데다 그 책임이 자신한테 있다고 여기는 사람을 쳐다보고 있었다. 그의 앞에 서 있는 다소 야윈 모습의 남자는 필요하다면 언제든 무자비할 정도로 냉혹하게 변할 수 있는 남자였다. 하지만 지금 그 남자는 완전히 다른 사람이 되어 있었다. 두 사람이 보이테크 국제보안경비회사에 잠입을 감행한 시기는 3년 전으로 거슬러 올라간다. 국내강력범죄전담부서는 보이테크 보안경비회사가 동유럽 마피아의 위장계열사라는 사실을 밝혀냈다. 보이테크 사는 이미 노르웨이와 덴마크에까지 진출해 자회사를 설립해놓은 상황이었다. 스톡홀름 시경의 비밀 정보원 관리 전담부서는 빌손에게 파울라의 특이한 이력이 담긴 기밀 보고서를 건넸다. 폴란드어를 모국어처럼 구사하며 범죄정보 데이터베이스에도 오른 인물이자 조직 측의 뒷조사도 무난히 넘길 수 있을 만큼 탄탄한 범죄전과를 지닌 인물이었다.

그 인연으로 두 사람은 지금 이 자리에 있는 것이다.

파울라는 두둑한 배짱에 냉정함을 지닌 데다 범죄자로서

의 '신뢰감'을 두루 갖춘 인물이었다. 그 덕에 조직의 최상부에서 그를 눈여겨보고 바르샤바로 불러들인 것이다.

"공이치기 당기는 소리는 들었지만, 막기엔 늦었습니다."

에리크 빌손은 정보원이자 친구 같은 부하직원의 얼굴을 쳐다보았다. 호프만과 파울라의 모습이 교차했다.

"녀석들을 진정시키려고 노력은 했지만 그리 오래 끌진 못 했습니다……. 에리크, 선택권이 없었어요. 그건 알겠죠? 그렇죠? 제겐 해야 할 역할이 있었습니다. 그 빌어먹을 역할에 최선을 다했고요……. 그러지 않았다면 전 이미 죽은 목숨이었을 겁니다."

늘 예기치 않은 순간에 호프만의 얼굴은 어느새 완전히 파울라의 얼굴로 변했다.

"연기를 제대로 못 한 건 그 친구였습니다. 심하게 어색했어요. 범죄자 역할을 하려면 범죄자가 돼야 하거든요."

상대를 설득할 필요는 없었다. 빌손은 내막을 잘 알고 있었기 때문이다. 파울라는 목숨을 내놓고 하루하루를 사는 사람이라는 것을. 밀고자, 배신자로 몰리면 조직 내에선 오직 죽음 밖에 없다는 사실을. 그러나 이유는 알 수 없었지만, 그에게 면책권을 보장해주기 위한 형식적인 절차를 진행하기 전에 호프만이 정말로 무고한지 테스트를 해보고 싶었다.

"총격에서……."

"뭘 말씀하시는 겁니까?"

"사각은 어땠나?"

"뭘 알아내시려는진 알겠지만, 에리크, 그 상황에서 제 신분을 밝힐 순 없었습니다."

"사각은?"

피에트 호프만은 빌손이 그런 질문을 할 수 밖에 없다는 사실을 잘 알고 있었다. 절차상 필요한 일이기 때문이었다.

"오른쪽 관자놀이로 들어가 머리를 관통하고 왼쪽으로 빠져나갔습니다."

"자넨 당시 어디 있었지?"

"죽은 친구와 정확히 반대방향이었습니다."

빌손은 좀 전에 들린 현장을 머릿속에 불러내 바닥에 묻은 혈흔, 벽에 붙어 있던 깃발, 혈흔이나 뇌 조각이 발견되지 않은 원뿔형 복도를 다시 하나씩 더듬어보았다.

"자네 옷에는?"

"아무것도 묻지 않았습니다."

거기까지는 제대로 된 답변이었다.

사망한 남자의 반대편 구석에는 혈흔이 전혀 남아 있지 않았다.

총을 쐈다면 옷에 피가 묻어 있었을 것이다.

"그거 아직 보관중인가? 옷 말이야."

"다 태워버렸습니다. 뒤처리는 확실히 해야 하니까요."

호프만은 에리크가 원하는 게 뭔지 알고 있었다. 물증이었다.

"하지만 총을 쏜 녀석의 옷은 보관하고 있습니다. 대신 태워주겠다고 하고 셔츠는 남겨두었습니다. 필요한 경우에 대비해서요."

언제나 너를 위해 움직여라. 너 자신 외에 그 누구도 믿지 마라.

피에트 호프만의 지론이었다. 또한 그 나름의 생존방식이기도 했다.

"그럴 거라 생각은 했지."

"범행에 사용된 총 역시 보관해두었습니다."

빌손은 미소를 지어 보였다.

"신고전화는?"

"제가 했습니다."

여전히 사실과 일치한 대답이었다.

빌손은 경시청을 벗어나기 전에 통신상황통제실에 들러 12시 37분 50초에 접수된 신고전화기록을 살펴보았다.

"나도 들었어. 당시 자넨 흥분한 상태였던데, 그럴 만한 이유가 있었으니까. 아무튼 그 문제는 우리가 처리하겠네. 지금 여기서 나가는 즉시 작업에 착수할 예정이니까."

*

초조함이 슬슬 짜증으로 변하기 시작했다. 마지막으로 통화를 한 게 벌써 20분 전. 도대체 사망자 치아정보와 지문

확인하는 게 얼마나 시간이 걸리는 일이라고? 코펜하겐 범
죄수사대의 야콥 엔덜슨이라는 형사는 죽은 이가 정보원일
가능성을 언급했다. 한숨이 절로 나왔다. 경찰 조직의 미래
가 엿보였기 때문이다. 민간인을 비밀 정보원으로 활용하는
것은 일단 비용 면에서 수사관을 투입시키는 것에 비해 훨
씬 경제적이었다. 그리고 경찰 입장에서도 만약 사태가 불
리하게 진행될 경우 아무런 책임이나 노조의 비난 없이 그
대로 덮어버리고 관계를 끊어버리면 그만이었다. 이런 비밀
정보원들이 난무하면서부터 경찰의 업무가 그저 정보원들
의 밀고를 수집하고 관리하는 일에 그치게 될지도 모를 그
런 미래는 에베트 본인이 겪게 될 일은 아니었다. 그때면 그
는 벌써 은퇴하고 없을 테니까.

24분이 지났다. 그는 전화기를 집어 들었다.

"엔덜슨입니다."

"당신네들 괜한 시간 낭비하는 거요."

"아, 에베트 그렌스 수사관님이십니까?"

"결과는?"

"저희 쪽 사람이 맞습니다."

"확실한 거요?"

"지문만으로도 충분했습니다."

"그 친구, 정체가 뭐요?"

"이쪽에선 카스튼이라고 부릅니다. 최고의 비밀 정보원
중 하나였습니다."

"쓰잘떼기 없는 암호명 말고."

"이쪽 일이 어떤지 잘 아시지 않습니까. 그 친구를 관리하던 사람으로서 본명을……."

"이거 봐요. 난 지금 이 살인사건을 담당하는 수사관이란 말이오. 당신네들 은밀한 사정 따윈 관심도 없다고. 이름이나 알려달란 말이오. 신분증 번호, 그리고 주소."

"알려드릴 수 없습니다."

"결혼 여부. 신발 사이즈. 성적 취향. 속옷 사이즈. 그리고 그 친구가 살인현장에서 무얼 하고 있었는지도 알아야겠소. 누굴 위해 일하고 있었는지도. 전부 다 알아야겠단 말이오."

"알려드릴 수 없습니다. 그는 이번 작전에 관계된 여러 정보원 중 한 사람이었습니다. 따라서 뭐가 됐든 어느 정보도 알아내실 수 없을 겁니다."

에베트 그렌스는 책상에 수화기를 쾅 하고 내리치고서 고함을 쳤다.

"그래? 어디 봅시다……. 그렇다면, 덴마크 경찰이 스웨덴 경찰 측에 아무런 사전연락도 없이 스웨덴 영토에 들어와서 작전을 펼쳤다는 말이 되는군! 그런데 그 빌어먹을 작전이란 게 개판이 됐고 살인사건으로 끝나버렸는데도 덴마크 경찰은 여전히 스웨덴 경찰한테 그 어떤 정보도 제공할 수 없다? 심지어 그 사건을 해결하려는 수사관한테도? 엔덜슨 형사, 이게 말이나 된다고 생각하는 거요?"

말을 마친 그는 한 번 더 강하게 수화기를 내리찍었다. 그러고는 다시 말을 이어나갔다. 더 이상 고함을 지르진 않았다. 오히려 나지막하게 속삭였다.

"이거 보시오, 엔덜슨 형사. 당신 직업이 형사라 그렇게 대응할 수밖에 없다는 거 나도 압니다. 하지만 나도 형사요. 나한테도 해야 할 일이 있단 말입니다. 만약 내가 이 사건을 해결하지 못하면…… 그러니까 24시간 내에 해결 못하면, 그땐 일대일로 만납시다. 당신이 어떻게 생각하든, 당신하고 나하고 일단 만나서 더 이상 숨길 것 없이 정보를 교환하자 이 말이오."

＊

피에트 호프만은 기분이 한결 가벼워졌다.

그는 베스트만나가탄에서 발생한 사건에 대해 보이테크 부사장이 묻는 말에 정확하게 답변을 했고, 그 덕에 후미진 골목으로 끌려가 머리에 구멍이 난 시체로 발견되는 운명을 피할 수 있었다. 그리고 지금, 에리크 빌손의 질문에도 정확한 답변을 내놓았다. 빌손은 호프만의 진짜 임무가 무엇인지 공식적으로 확인해주고 유죄판결을 막아줄 유일한 사람이었다.

조직 내에서 스웨덴 교도소의 마약 시장을 장악하는 데 든든한 재정보증인의 역할을 하고 있는 가림막의 정체를 밝혀내는 일, 그것이 바로 에리크 빌손과 피에트 호프만이 지향하는 최종 목표였다.

"4천 명에 달하는 재소자는 곧 대량 소비자에 해당합니다. 거기다가 시중 거래가보다 세 배나 높은 가격을 달아놓으면 대략 하루에 8백만에서 9백만 크로나의 수입이 떨어집니다. 물론 모든 구매자가 대가를 지불할 경우이긴 합니다만."

호프만은 부엌 식탁을 감싸고 있던 비닐의 일부를 벗겨냈다.

"하지만 계획은 그게 전부가 아닙니다."

빌손은 뒤로 기댄 채 상대의 이야기에 귀를 기울이고 있었다. 충분히 그럴 가치가 있는 순간이었다. 원칙대로라면 근접조차 불가능한 범죄조직에 침투하기 위해 가상의 인물과 그 역할을 설정해 위험천만하고 지옥 같은 3년의 세월을 보낸 두 사람이었다. 파울라가 빼낸 정보는 40여 명의 수사관을 풀어서 건져온 정보와 맞먹었다. 그는 스웨덴 경찰청보다 폴란드 마피아에 대해 더 많은 걸 알고 있었다.

"외부로 나간 재소자들까지 조종하는 게 주 목적입니다."

이 순간은 지속적으로 위협해오는 신분 노출의 위험까지 감수하게 만든 동기이기도 했다.

"교도소 내에서도 마약을 구입할 수 있는 돈 많은 재소자들도 있습니다. 하지만 돈 낼 능력이 없는 재소자들이 부지기수입니다. 그래도 조직은 그들에게 계속해서 약을 대주며 손을 끊지 못하게 만듭니다. 그리고 그들이 형기를 마치고 출소할 때 티셔츠 몇 장과 3백 크로나의 현금, 그리고 집으로 가는 차비를 대주는 겁니다. 보이테크의 일원이 되는 순간이지요. 그런 식으로 외부에서 새로운 범죄자를 끌어들이는 겁니다. 출소를 눈앞에 둔 그들은 빚을 청산하기 위해 조직이 시키는 일을 할 건지, 아니면 그 대신 총알 몇 발을 맞을 건지 선택해야 합니다."

이 순간은 스웨덴 경찰이 일사분란하게 움직여 범죄조직의 확산을 막을 수 있는 순간이었다. 다시는 찾아오지 않을 절호의 기회.

"상황파악이 되십니까? 이 나라에는 56개의 교도소가 존재합니다. 게다가 신축 중인 교도소도 몇 곳 됩니다. 보이테크는 스웨덴 전역의 교도소 마약 시장을 모두 장악할 계획을 가지고 있습니다. 거기다가 조직에 빚을 진 출소자들을 다시 새로운 조직원으로 끌어들이게 되는 겁니다."

범죄조직은 버젓이 세를 불리고 있는데, 경찰은 그저 뒷짐만 진 채 방관해야 하는 처지였다. 그런데 보이테크 조직이 드디어 최종 목적지를 향해 움직이기 시작한 것이다. 교도소를 비롯해 거리의 암시장을 노리고 있다. 하지만 이번에는 상황이 달랐다. 이번만큼은 경찰의 비밀 정보원이 그 조직의 중추기관까지 파고들어간 상태였다. 이제는 경찰도 정확히 언제, 어떤 방식으로 역습해 조직을 쓸어내야 할지 그 방법을 알게 되었다.

빌손은 파울라가 정원을 통과해 반대편 건물로 사라질 때까지 쳐다보았다.

또 다른 회의를 소집할 시간이었다.

정부청사에서.

이 작전을 알고 있는 관련자들에게 베스트만나가탄 79번가 살인사건과 관련해 호프만은 그 어떤 책임도 없다는 점을 확실히 해두어야 했다. 잠입수사가 지속될 수 있도록. 교도소 내에서까지.

사무실 한쪽 구석에는 여전히 두 개의 종이상자가 남아 있었다. 에베트는 그것들도 조만간 지하 압류품 보관실로 가져가 기밀서류임을 말해주는 빨간 스티커를 부착하고 안전한 창고에 보관해놓을 계획이었다.

그녀는 자신의 전부였다.

그때는 그 사실을 전혀 몰랐다. 전부이자 두려움이었다는 사실을. 그리고 자신이 얼마나 외롭게 지내고 있었는지를.

참석조차 하지 않았다. 그녀가 땅 속에 묻히던 날, 그는 말끔히 면도를 하고 검은 정장을 차려입은 채 사무실 소파에 누워 멍하니 천장만 바라보고 있었다.

에베트는 고개를 돌렸다. 그녀와 너무나 깊은 관련이 있는 그 상자들을 도저히 쳐다볼 자신이 없었다. 부끄럽기까지 했다.

에베트는 잠시나마 베스트만나가탄 79번가 살인사건에 대한 관심을 끊어보려고 했다. 더 이상의 단서도 없는 데다,

책상 위에는 시간이 갈수록 처리하기 힘들어지는 사건 파일들이 쌓여가고 있었기 때문이다. 그는 초동수사 자료들을 대충 살펴보고 책상 한구석에 차곡차곡 올려놓았다. 하나같이 수사할 거리도 없는 시시한 사건들이었지만, 모두 그가 처리해야 할 반복되는 일상이었다. 그리고 조만간 처리할 생각이었다. 그런 일에는 능한 그였다. 현실을 해결하는 일. 하지만 지금은 그럴 수가 없었다. 사망자 한 사람이 중간에 끼어들어와 대자로 누워버렸기 때문이다.

"들어와요."

누군가 문을 두드렸다. 음악이 사라진 사무실에는 노크 소리마저 메아리를 만들어냈다.

"잠시 시간 좀 내주시겠습니까?"

에베트는 문을 향해 고개를 들었다. 전혀 반갑지 않은 눈엣가시 같은 존재가 서 있었다. 그냥 주는 거 없이 미운 사람들이 있다. 뭐라고 꼬집어 말할 수는 없지만, 하나부터 열까지 거슬리는 그런 이유로.

"내드릴 시간 없는데."

풍성한 금발에 호리호리한 체구, 초롱초롱한 눈매에 지적인 데다 달변가이기까지해서 매력적인, 금상첨화로 젊기까지 한 남자.

에리크 빌손은 에베트 그렌스가 갖지 못한 모든 걸 갖춘 사람이었다.

"간단한 질문도 안 됩니까?"

에베트는 한숨을 내뱉었다.

"세상에 간단한 질문이라는 건 없는 법."

빌손은 씩 웃으며 사무실 안으로 들어왔다. 에베트는 나가라고 말하려다 그만두었다. 빌손은 복도까지 쩌렁쩌렁하게 울리는 음악에 불만을 제기하지 않은 몇 안 되는 인물인 만큼, 이 사무실 문을 불쑥 열고 들어올 권리 정도는 있다는 생각에서였다.

"베스트만나가탄 79번가 사건이오. 총격전. 제가 알아본 게 맞는다면…… 직접 수사하고 계신 사건이지요?"

"말 그대로야."

빌손은 심술궂은 노경정의 눈을 똑바로 쳐다보았다. 빌손은 전날 업무행정기록을 열람하며 좋은 핑곗거리 하나를 발견했다. 본래의 의도를 숨길 수 있는 기막힌 구실을.

"그냥 생각난 게 있어서요. 혹시 그거 1층에서 발생한 사건이었습니까?"

핀란드 국적자, 장물, 1톤에 달하는 정련동.

"아니."

기록에 따르면 그 사건은 사후 열람기록이 전혀 없었고 형 집행도 완료된 사건이었다.

"1년여 전쯤인가, 동일주소지에서 막대한 양의 정련동을 훔쳐 팔았던 핀란드 사람 하나를 취조한 적이 있거든요."

에베트는 단순 경범죄에는 손을 대지 않았기 때문에 빌손에 비해 아는 게 없는 건 당연했다.

"그런데?"

"주소지가 같아서요. 그냥 갑자기 궁금해져서 그러는데 혹시 두 사건, 관련이 있을까요?"

"없어."

"어떻게 그렇게 확신하십니까?"

"백퍼센트 확신해. 이번 사건은 폴란드 범죄자 몇 놈이 저지른 거야. 그 덕에 덴마크 정보원 하나가 죽은 거고."

빌손은 너무나 간단히 원하는 정보를 손에 넣은 셈이었다.

그렌스 경정이 그 사건을 수사하고 있었다.

그는 이미 위험한 정보까지 파헤친 상태였다.

그리고 계속해서 집요하게 쑤시고 파고들 게 뻔했다. 노수사관은 아직도 간혹 그런 끈기를 보여주곤 했다. 이름을 날리던 그때 그 시절처럼.

"정보원이라고요?"

"근데 자넨…… 자네가 관심 가질 그런 사건 아니야."

"그렇게 말씀하시니까 오히려 더 궁금해지는데요?"

"나가실 땐 문도 좀 닫아주시게나."

빌손은 더 이상 캐묻지 않았다. 필요한 건 이미 다 알아냈기 때문이다. 그는 에베트의 말이 허공에 떠다니는 먼지 사이를 맴돌고 있을 땐 이미 복도로 나선 뒤였다.

"문!"

빌손은 두 발짝 뒷걸음질 쳐 문을 닫은 뒤 옆 사무실로 옮겨갔다.

"에리크?"

"시간 좀 있으세요?"

"거기 앉게."

빌손은 자신의 상관이자 그렌스 경정의 상관, 그리고 스톡홀름 시경 비밀 정보원 관리부서 책임자이기도 한 예란숀 총경 앞에 앉았다.

"골치 좀 아프시겠습니다."

빌손은 예란숀을 쳐다보았다. 큼지막한 책상이 놓인 널찍한 사무실이었다. 그런 이유 때문인지 사무실 주인이 항상 작게 느껴지는 것 같았다.

"내가?"

"방금 그렌스 경정님을 만나고 오는 길입니다. 베스트만나가탄 살인사건 담당 수사관이시더라고요. 문제는 수사에 관여하지 않은 제가 담당 수사관보다 훨씬 많은 걸 알고 있다는 겁니다."

"그게 왜 문제가 된다는 건지 모르겠군."

"파울라 말입니다."

"그런데?"

"그 친구 기억하십니까?"

"기억하지."

빌손은 더 이상의 설명이 필요 없다고 판단하고 말을 이었다.

"그 친구가 사건현장에 있었습니다."

*

전자 음성.

12시 37분 50초.

뭔가를 긁는 소리. 배경은 분명 실내. 바짝 긴장한 목소리
는 정확한 스웨덴어로 속삭이고 있었다.

—사람이 죽었습니다. 베스트만나가탄 대로 79번가입니
다. 5층이오.

"한 번 더."

크란츠 검시관은 시디플레이어의 재생 버튼을 누르고 조
심스레 스피커 볼륨을 조절했다. 그러고 나자 냉매 돌아가
는 소리 때문에 식별이 힘들었던 마지막 한 마디가 선명히
들려왔다.

"한 번 더."

에베트는 사건현장을 목격하고 홀연히 사라져버린 증인
이 남긴 유일한 단서를 고집스럽게 반복해서 듣고 있었다.

"한 번만 더."

과학수사대 검시관은 고개를 절레절레 흔들었다.

"에베트, 저 할 일 많은 사람입니다. 대신, 질릴 때까지 실
컷 들으실 수 있도록 음성파일을 시디로 구워드릴 순 있습
니다."

크란츠 검시관은 신고전화 음성파일을 공 시디 한 장에
옮겨 담았다.

"이걸로 뭘 하라는 거요?"

"시디플레이어 없으세요?"

"오게스탐 검사가 예전에 하나 준 것 같긴 합니다. 딸아이 살해범을 총으로 쏴 죽인 한 아버지의 죗값을 두고 작은 의견충돌이 있었는데, 그 일 뒤에 그런 거 하나를 주긴 했지요. 그런데 한 번도 사용한 적 없어요. 내가 쓸 일이 뭐 있겠습니까?"

"여기요. 이거 가져가세요. 그리고 다 들으신 다음에 다시 돌려주시고요."

"한 번 더 들어봅시다."

크란츠 검시관은 또다시 고개를 가로저었다.

"에베트……."

"왜요?"

"어떻게 사용하는지 모르시죠?"

"몰라요."

"헤드폰을 쓰시고 여기 재생 버튼을 누르세요. 그럼 들으실 수 있습니다."

에베트는 과학수사대 연구실 한쪽 끝에 앉아 있었다. 그는 버튼을 이것저것 눌러보더니 조심스레 제법 긴 헤드폰 코드를 잡아당기다가 헤드폰 수신부에서 갑자기 소리가 들리자 놀라서 펄쩍 뛰었다.

그 목소리는 그가 찾고 있는 남자에 관해 알고 있는 유일한 단서였다.

"한 가지만 더요."

크란츠 검시관은 에베트의 귀를 가리키며 손짓했다. 그는 헤드폰을 벗었다.

"과학수사대에서 베스트만나가탄 79번가 사건현장을 샅샅이 뒤졌습니다. 방마다 돌아다니며 빈틈없이 살폈지만 수사에 도움이 될 만한 단서는 하나도 발견하지 못했습니다."

"그래도 다시 한 번 봐주시게."

"저희가 대충 일하는 사람이 아니라는 걸 보여드릴 기회가 있겠지만, 아무튼 초동수사 때 아무것도 찾아내지 못하면 여러 번 다시 조사한다 해도 아무것도 찾아내지 못합니다. 잘 아시잖아요."

에베트도 잘 알고 있었다. 그는 한 손에 시디플레이어를 든 채 거대한 빌딩을 빠져나가기 위해 쿵스홀름가탄 대로 쪽 출구로 발걸음을 재촉했다. 그러고는 몇 분 뒤, 인도에 서서 손을 들어 지나가는 순찰차를 잡아타고는 어리둥절해하는 경관에게 베스트만나가탄 79번가로 가서 자신이 다시 나올 때까지 기다리라고 했다.

에베트는 5층으로 가는 도중, 그날 아침 빌손이 뜬금없이 입에 올린 핀란드 세입자 이름이 붙어 있는 문 앞에 잠시 멈춰 섰다가 다시 발걸음을 옮겼다. 사건현장은 초록색 제복 차림의 사설 경비원이 여전히 출입을 통제하고 있었다. 에베트는 먼저 거대한 피 얼룩과 벽에 붙은 각종 식별표시를 쳐다보았다. 하지만 이번 방문의 목적은 부엌, 더 정확히는 크란츠 검시관이 현장에 있던 남자가 신고전화를 걸었을 때 서 있었다고 백퍼센트 확신하는 지점인 냉장고 근처였다.

에베트는 헤드폰을 귀에 걸치고 몇 분 전에 음성파일을 성공적으로 재생했던 방식대로 버튼을 눌렀다.

당신의 신고전화는 정확하고 체계적이면서 분명한 목적이 있었어.

목소리가 들려왔다.

당신은 살인사건으로 난장판이 된 현장에 있었는데도 마치 아무 일도 없는 것처럼 신속하고 침착하게 신고전화를 걸었지.

에베트는 싱크대와 조리대 사이를 오가며, 총을 쏜 살인범과 엄청난 양의 피를 쏟아내고 있던 시체가 옆방에 있었는데도 속삭이듯 신고전화를 걸고 이 자리를 서성거렸던 남자의 목소리에 귀를 기울였다.

당신은 살인사건에 연루되었지만 신고를 하기로 선택한 뒤 잠적해버렸고.

"이거 정말 기가 막힌 물건이군요."

에베트는 계단을 내려오면서 크란츠 검시관에게 전화를 걸었다.

"무슨 말씀 하시는 거예요?"

"박사가 빌려준 거 말입니다. 세상에, 내가 듣고 싶을 때 아무 때나 들을 수 있는 데다, 듣고 싶은 만큼 반복할 수도 있잖아요!"

"그거 잘됐네요, 에베트. 좋아요. 조만간 다시 전화 드릴 게요."

그가 타고 왔던 순찰차는 현관 밖에서 이중주차 상태로 대기 중이었다.

에베트는 다시 뒷자리에 올라탔다.

"알란다로."

"네?"

"알란다 공항으로 가자고."

"이건 순찰차지 택시가 아니라는 거 잘 아시지 않습니까? 게다가 15분 후에 교대해야 합니다."

"그런가? 그럼 경광등을 꺼내 다는 게 낫겠군. 그게 훨씬 빠를 테니까."

에베트는 순찰차가 E4 고속도로를 타고 북쪽으로 달리기 시작하자 등받이에 기대며 자세를 바로잡았다.

당신 도대체 누구야?

에베트는 헤드폰을 귀에 걸친 상태였다. 그는 5번 터미널 앞에 차가 멈춰 설 때까지 신원미상의 남자 목소리를 반복해서 들었다.

당신 도대체 거기서 뭘 하고 있었던 거야?

에베트는 사건현장에 있었던 사람들 중 적어도 한 사람에 대해서는 더 많은 정보를 쥐고 있는 누군가를 만나러 가는 길이었다. 그리고 자신이 더 많은 걸 알아오기 전까지는 절대 돌아오지 않으리라 다짐했다.

당신 지금 도대체 어디 있는 거야?

*

피에트 호프만의 왼손에 들린 비닐봉지는 운전을 하는 동안 앞뒤로 흔들거렸다.

그가 5번 접선장소를 떠난 건 오전 11시 반이었다. 피로와 긴장이 온몸을 휘감는 것 같았다. 베스트만나가탄 총격사건과 보이테크 조직의 심장부까지 뚫고 들어간 일. 그건 다시 말하면 무한신뢰를 받거나 잠재적 사형선고를 받거나 둘 중 하나였다. 그가 공동정원 문을 닫고 나오는 순간 전화벨이 울렸다. 유치원 보육교사라는 사람이 두 아이가 고열에 시달려서 소파에 누워 있으니 데리러오라는 것이었다. 호프만은 그길로 엔셰데달렌에 위치한 어린이집에서 고열과 졸음에 시달리는 두 아이를 데리고 엔셰데의 집으로 향했다.

호프만은 아이들을 잠시 침대에 눕혀놓았다. 아이들은 못다 읽은 만화책을 손에 든 채 꾸벅꾸벅 잠이 들기 시작했다. 그는 소피아에게 전화를 걸어 아이들과 함께 집에 있겠다고 알렸다. 소피아는 수화기에 대고 키스하듯 쪽 소리를 두 번 냈다. 언제나처럼 짝수로.

호프만은 고열과 씨름하고 있는 아이들의 뺨을 걱정스런 손길로 어루만지다 다른 대안이 없다는 사실을 깨달았다. 냉장고 문을 열어보니 해열제 약병이 눈에 들어왔다. 아이들은 끔찍한 맛이 나는 그 약을 먹으면 더 아플 거라며 한사코 먹기를 거부하다 결국 두 숟가락을 받아먹었다. 호프만은 그런 아이들을 다시 차에 태워 회켄스 가타 정문에서 몇백 미터 떨어진 곳에 차를 세웠다.

호프만은 차창을 통해 가게 문 위에 달린 시계를 쳐다보았다. 6분이 더 남아 있었다. 그는 손에 들린 비닐봉지로 눈을 돌렸다. 그 안에는 한 남자의 피와 살점이 달라붙은 회색과 흰색 체크무늬 셔츠가 들어 있었다. 그는 뒤를 돌아보았다. 조용히 카시트에 앉아 있는 아이들은 비록 힘없이 축 처져 있었지만 눈만큼은 초롱초롱했다. 벌겋게 달아올랐던 뺨도 해열제 덕분에 조금 사라앉은 듯 보였다.

호프만은 가슴 한구석이 움찔거렸다. 분명 수치심 때문이었을 것이다.

미안하다. 너희들을 여기까지 끌고 와서.

경찰의 정보원으로 포섭된 뒤 임무를 수행하면서 자신이 사랑하는 사람들만큼은 절대 위험 속에 끌어들이지 않겠다고 다짐했다. 예외는 이번이 마지막이리라. 다시는 예외를 만들지 않으리라. 하지만 몇 년 전에도 그 예외는 한 번 있었다. 뜬금없이 보이테크 부사장과 조직원이 집으로 찾아온 적이 있었다. 소피아는 이들에게 커피를 내주었다. 두 사람은 조직의 문을 두드리고 있는 한 남자에 대해 더 자세히 살펴보고자 직접 찾아왔던 것이다. 호프만은 손님이 돌아간 뒤 소피아에게 그들을 고객이라고 설명했고, 그녀는 그의 말을 곧이곧대로 믿었다. 언제나 그랬듯.

2분 전이었다.

호프만은 뒤로 돌아 놀랄 정도로 차가워진 아이들의 뺨에 입을 맞추며 정말, 아주 잠시 동안 볼일을 보고 올 테니 어른스럽게 둘 다 잠깐만 차에 앉아 기다리라고 말했다.

호프만은 차 문을 잠그고 회켄스 가타 1번 입구로 들어갔다. 에리크 빌손은 이미 20분 전에 예트가탄 대로 15번가의 문으로 들어가 3층 창문을 통해 바깥을 지켜보고 있었다. 언제나 그랬듯 파울라는 두 건물의 공동정원을 가로질러 걸어오고 있었다.

시각은 14시, 장소는 4번 약속장소.

계단을 통해 3층에 이르자 우편함에 '린드스트럼'이라는 이름이 적힌 문이 나타났다. 호프만은 빌손에게 고갯짓으로 인사를 건넨 뒤 총기보관함에서 가지고 나온 비닐봉지를 건네자마자 부리나케 아이들이 기다리고 있는 차로 돌아갔다. 그 안에는 24시간 전, 마리우슈가 입고 있었던 티셔츠가 들어 있었다.

*

SAS여객기에서 코펜하겐 공항활주로로 내려가는 계단은 한 칸씩 내려가기엔 너무 낮고, 두 칸씩 내려가기엔 또 너무 높았다. 다른 승객들의 반응을 보니 다들 그와 비슷한 문제를 겪는 듯했다. 어색한 발걸음으로 계단을 내려오니 파란 줄무늬에 'POLITI'라는 단어가 찍혀 있는 흰 경찰차가 그를 기다리고 있었다. 젊은 경관이 부리나케 차에서 내려 뒷문을 열고 스톡홀름 시경의 에베트 그렌스 경정에게 경례를 붙였다. 경례. 실로 오랜만에 보는 인사법이었다. 70년대 자신이 상관들에게 부동자세로 올려붙였던 그런 경례였다. 그리고 이제는 그런 경례를 받아야 하는 자리에 올랐다. 요즘은 보기 힘들지만, 그는 그런 문화가 사라진 게 반갑기만 했다. 순종과 복종을 의미하는 것들은 불쾌했다.

경찰차 뒷자리에는 이미 누군가가 앉아 있었다.

민간인처럼 옷을 입은 인상 좋은 40대 남자. 그는 스벤과 비슷한 분위기를 풍기고 있었다.

"야콥 엔덜슨입니다."

에베트는 미소를 지었다.

"사무실 밖으로 랑예브루 도개교가 내다보인다는 그 양반이군."

"코펜하겐에 오신 걸 환영합니다."

그들은 공항 경찰서로 향했다. 에베트는 전에도 몇 번 그곳을 들른 적이 있었다. 그래서 길 안내 없이 곧바로 뒤쪽에 있는 회의실로 향했다. 회의실 테이블 위에는 커피와 덴마크 페이스트리가 준비되어 있었다.

에베트는 플라스틱 컵과 설탕을 준비하고 있는 덴마크 형사를 쳐다보았다. 예감이 좋았다. 무뚝뚝한 반응과 무언의 대립 속에서 어색한 분위기로 일하게 될지도 모르겠다는 생각은 말끔히 날아가버렸다.

야콥 엔덜슨은 끈적거리는 페이스트리 하나를 먹고는 손가락을 바지에 닦은 뒤 테이블 중앙에 A4용지 크기의 사진을 내려놓았다. 여러 차례 확대된 컬러사진이었다. 에베트는 사진을 살펴보았다. 30에서 40대 사이로 추정되는 남자의 사진이었다. 군인처럼 짧게 깎아 올린 머리, 하얀 피부, 거친 용모.

"카스튼입니다."

부검실에서 루드비그 엘포슈 박사가 북유럽계로 보이며 내과수술과 치과치료를 받은 방식으로 보아 스웨덴에서 성장기를 거쳤을 것으로 추정된다는 바로 그 남자였다.

"저희 쪽에서는 암호명에 대한 방식이 다릅니다. 남성 정보원일 경우에는 남성형 암호명을, 여성 정보원일 경우에는 여성형 암호명을 사용하고 있습니다. 필요 이상으로 일을 복잡하게 만들 이유가 있겠습니까?"

그 마룻바닥에 누워 있던 당신 얼굴이 기억나. 머리에 구멍이 난 채로 말이야.

"암호명, 카스튼. 본명은 옌스 크리스티안 토프트입니다."

나중에 엘포슈 박사 부검실에서도 만났지. 얼굴 가죽을 다 벗겨낸 뒤에.

"덴마크 시민이지만 나고 자란 건 스웨덴입니다. 폭행, 위증, 금품강탈 등으로 유죄를 선고받은 뒤 코펜하겐 베스트 러 교도소 D구역에서 2년을 복역하던 중 저희 쪽에 포섭된 정보원이었습니다. 스웨덴 경찰 쪽의 정보원 포섭방식과 대 동소이하다고 보시면 됩니다. 간혹 구류 상태의 범죄자들을 포섭하는 경우도 있긴 합니다. 그쪽도 그렇지 않습니까?"

그래, 맞아. 당신이었어. 두개골만 남은 그 사진 속 인물 도 당신하고 똑같았어.

"저흰 카스튼을 교육하고 그럴싸한 범죄전과도 만들어주 었습니다. 코펜하겐 경찰은 이 친구를 정보원 및 위장잠입 요원으로 고용하고 최대한 많은 수의 거대 범죄조직과 거래 를 트는 임무를 부여했습니다. 헬스 엔젤스, 반디도스, 러시 아, 유고슬라비아, 멕시코…… 어느 쪽 마피아든지요. 이번 이 이 친구가 투입된 세 번째 작전이었습니다. 폴란드 쪽의 보이테크와 거래를 시도하는 게 목적이었죠."

"보이테크 사?"

"보이테크 국제보안경비회사라고 보안경비나 경호, 귀중 품 수송을 하는 회사입니다. 뭐, 공식적으로는 그렇습니다. 여타 동유럽 마피아들과 마찬가지로요. 범죄조직이 내다 거 는 위장간판이라고 할 수 있습니다."

"폴란드 마피아라……. 이제 이름 하나는 건졌군. 보이테 크라고."

"하지만 스웨덴에서 그들과 거래를 시도한 건 이번이 처음 이었습니다. 지원 없이 말입니다. 스웨덴 영토에서 작전을 벌이는 일은 피하자는 게 덴마크 경찰의 입장입니다. 따라서 저희는 이번 사건이 정보원의 독단적인 행동으로 인한 참사라고 보고 있습니다."

에베트는 실례하겠다는 말을 하고 자리에서 일어나 한 손에는 죽은 사람 사진을, 다른 손에는 휴대전화를 들고 회의실을 나섰다. 그 후 이리저리 새로운 줄을 찾아 바삐 오가는 가방들을 피해 출국장으로 나섰다.

"스벤?"

"네?"

"자네 어딘가?"

"사무실입니다."

"당장 컴퓨터 앞으로 가서 옌스 크리스티안 토프트란 이름으로 범죄기록 좀 찾아봐. 다중검색으로 말이야. 1965년생이야."

에베트는 허리를 숙여 어느 노부인의 카트에서 떨어진 가방을 집어주었다. 검게 그을린 피부의 노부인이 미소를 지으며 고맙다고 인사를 했다. 수화기에서는 스벤이 의자를 끄는 소리와 신경을 거슬리는 컴퓨터 부팅음이 들려왔다.

"준비됐나?"

"아니요."

"시간이 별로 없어."

"지금 시스템 접속 중이에요, 선배. 근데 이건 시간이 조금 걸려요. 제가 마음대로 속도를 늘였다 줄였다 할 수 있는 것도 아니고요."

"자네 정도면 할 수 있어."

키보드 치는 소리가 흘러나오는 몇 분간, 에베트는 초조한 마음으로 여행객들과 탑승수속 데스크 사이를 오가며 스벤의 목소리를 기다렸다.

"아무것도 없어요."

"아무런 기록도 없다고?"

"스웨덴 시민도 아니고, 등록된 운전면허도 없습니다. 지문이 등록된 적도, 범죄전과도 없어서 범죄정보 데이터베이스에도 안 뜹니다."

에베트는 느린 걸음으로 소란스러운 출국장을 두 바퀴 빙 돌았다.

그래도 이름 하나는 건졌다. 이제 마룻바닥에 엄청난 혈흔을 남기고 시체가 되어버린 남자가 누구였는지 알게 되었다.

달라질 건 없었다.

그는 이미 죽어버린 사람에 대해서는 큰 관심이 없었다. 피해자의 신원은 오직 가해자의 정체를 밝히는 데 도움이 될 때에만 의미가 있을 뿐이었다. 하지만 스웨덴 범죄기록에서 아무것도 건질 수 없다면 상황이 달라질 건 없다는 뜻이었다.

"이걸 한번 들어보시게나."

에베트 그렌스는 공항 경찰서 회의실로 다시 돌아와 있었다.

"잠깐만요."

"길지도 않지만 내가 가진 단서 전부라 할 수 있소."

그 신고전화는 살인범으로 향하는 유일한 단서였다.

"잠깐만요, 그렌스 수사관님. 그 전에 오늘 이 자리가 만들어진 이유에 대해 명확히 짚고 넘어가야 할 것 같습니다."

야콥 엔덜슨은 에베트가 건넨 시디플레이어와 헤드폰을 받았지만 그대로 테이블 위에 내려놓으며 말을 이었다.

"아까 전화상으로 아무런 정보도 드리지 못했던 이유는 제 대화 상대자가 누구인지를 먼저 알고 싶었기 때문입니다. 그리고 제가 그 사람을 믿을 수 있는지에 대해서도요. 왜냐하면 카스튼이 저희를 위해 일한다는 사실이 새어나갈 경우, 그 친구가 보이테크 조직에 추천하고 싶어놓은 또 다른 정보원들 역시 살해당할 위험이 있기 때문입니다. 그러니까 지금 여기서 나누는 대화 내용은 절대 이 회의실 밖으로 새나가선 안 됩니다. 아시겠습니까?"

"난 솔직히 첩보니 위장이니 정보원과 관련된 그런 분위기나 작전 같은 거 마음에 안 듭니다. 제대로 된 수사를 방해할 때가 한두 번이 아니라서."

"제 말, 아시겠습니까?"

"알겠소."

엔덜슨은 헤드폰을 끼고 음성파일을 들었다.

"누군가 사건현장에서 신고전화를 했소."

"그런 것 같군요."

"저 사람 목소립니까?"

에베트는 사진 속 남자를 가리키며 물었다.

"아닙니다."

"이 목소리, 전에도 들어본 적 있습니까?"

"확실한 답을 드리려면 좀 더 긴 대화를 들어야 할 것 같습니다."

"그게 우리가 가진 전부요."

야콥 엔덜슨은 재생 버튼을 다시 눌렀다.

"아닌 것 같습니다. 전혀 모르는 사람입니다."

에베트는 사진 속의 남자가 왠지 자신을 쳐다보고 있는 듯한 느낌이 들었다. 그는 사진을 자기 쪽으로 끌어다가 뒤집어놓았다.

"난 이 친구한텐 별 관심 없소. 내가 알고 싶은 건 총을 쏜 게 누구였는가요. 그리고 그 현장에 있던 제3의 인물도."

"저도 아는 게 전혀 없습니다."

"당신네 작전이었으니 그 친구가 누굴 만날 예정이었는지 정도는 알고 있었을 거 아니요!"

야콥 엔덜슨은 툭 하면 언성을 높이는 사람들을 별로 좋아하지 않았다.

"또다시 이런 식으로 고함을 지르신다면, 더 이상의 업무 공조는 없는 일로 하겠습니다."

"하지만 당신네가 내 입장이······."

"아시겠습니까?"

"좋소."

덴마크 형사는 말을 이었다.

"제가 알고 있는 유일한 정보는 카스튼이 보이테크 조직의 대표와 스웨덴 연락책을 만날 예정이었다는 겁니다. 이름은 저도 모릅니다."

"스웨덴 연락책이라고요?"

"그렇습니다."

"그건 확실한 겁니까?"

"제가 가진 유일한 정보입니다."

폴란드 마피아 조직원들이 마약 밀거래를 하는 현장에 스웨덴어를 할 수 있는 남자 둘이 있었다.

하나는 살해당했고, 다른 하나는 신고전화를 걸었다.

"당신이었어."

엔덜슨은 깜짝 놀라며 에베트를 쳐다보았다.

"무슨 말씀입니까?"

"스웨덴 연락책."

"도대체 무슨 말씀을 하시는 겁니까?"

"그러니까 내가 그 개자식을 찾아내겠다는 말이오."

*

아내는 차고 앞 차도에 나와 기다리고 있었다.

슬리퍼에 대충 옷을 걸친 그녀의 모습은 눈부시게 아름다왔다.

"당신 어디 있다 오는 거야? 애들 데리고 어딜 갔다 왔어?"

소피아는 뒷문을 열고 라스무스의 뺨을 쓰다듬고는 두 팔로 안아들었다.

"고객 두 명이 더 있었는데 깜빡했지 뭐야."

"고객이라고?"

"방탄조끼를 찾는 경비원하고, 경보장치센서 좀 조정해 달라는 가게에 들러야 했어. 어쩔 수가 없었어. 애들만 차에 남겨둔 건 아주 잠깐이었다고."

소피아는 두 아이의 이마를 짚어보았다.

"열이 그렇게 높진 않네."

"잘됐네."

"열이 내리려나봐."

"나도 그랬으면 좋겠어."

호프만은 아내의 뺨에 입을 맞추며 체취를 느꼈다. 숱한 거짓말을 늘어놓으면서.

너무나 간단한 일이다. 남을 속이는 일은. 그리고 그는 거짓말에 능했다. 하지만 더 이상의 거짓말은 참을 수 없다. 그녀에게도, 아이들에게도. 더 이상 가족을 속일 자신이 없었다.

열이 오르락내리락하는 아이들을 하나씩 안아들고 나무 계단에 오르자 삐걱거리는 소리가 났다. 두 사람은 꼬마들을 방으로 데려가 침대에 눕힌 뒤 깃털이불을 덮어주었다. 호프만은 잠시 문턱에 서서 아이들을 바라보았다. 아이들은 몸속 바이러스와 사투를 벌이는 듯 코를 골며 잠이 들었다. 그는 이 세상에서 가장 사랑스런 두 아이들이 태어나기 전, 자신이 어떻게 살고 있었는지를 떠올려보았다. 자신 외에는 관심 없던 텅 빈 나날들을. 한때는 그토록 강렬하고 절대적이라 여긴 것들이, 자그마한 아이가 태어나 그를 쳐다보며 아빠라고 부르는 순간 갑자기 무의미하게 변해버릴 거라고는 상상도 못했다.

호프만은 아이들 방에 들어가 차례차례 이마에 입을 맞춰주었다. 다시 열이 오르는지 그의 입술로 고스란히 열이 전해졌다. 호프만은 부엌으로 내려와 설거지를 하고 있는 소피아의 뒷모습을 의자에 앉아 바라보았다. 소피아는 설거지를 마친 접시들을 그들의 집 찬장에 집어넣었다. 호프만은 소피아를 믿었다. 전에는 꿈도 꾸지 못할 신뢰감. 그는 그녀를 믿고, 그녀는 그를 믿고 있었다.

호프만은 조금 전에도 아내에게 거짓말을 했다. 평소에는 자신의 거짓말을 전혀 인식하지 못했다. 일종의 습관이 되어버렸기 때문이다. 그는 자신이 거짓말을 하고 있다는 사실을 자각하기도 전에 그럴듯한 거짓말을 만들어내는 사람이었다. 그런데 이번엔 조악한 거짓말을 했다. 그래서 호프만은 지금 참을 수 없을 만큼 부조리함과 엄청난 부담을 느끼고 있었다.

소피아는 뒤로 돌아 미소를 지으며 젖은 손으로 그의 턱을 툭 건드렸다.

늘 갈망하는 그녀의 손길이었다.

하지만 지금은 못 견디게 불편할 뿐이었다.

고객 두 명이 더 있었는데 깜빡했지 뭐야. 애들만 차에 남겨둔 건 아주 잠깐이었다고.

만약 그녀가 그대로 넘어가지 않았다면? 난 당신이 도대체 어디서 무얼 하고 온 건지 알고 싶어.

그는 무너져 내렸을 것이다. 그대로 주저앉았을 것이다. 그의 삶, 그의 능력, 그의 추진력, 그가 쌓아올린 모든 것은 바로 아내의 신뢰 속에 구축해온 것들이었다.

10년 전.

피에트 호프만은 스톡홀름 북부지방에 위치한 외스테로켈 교도소에 수감되어 있었다.

동료죄수들은 저마다 자신의 치욕을 가리고 사는 법을 알고 있었다. 그들은 나름의 변론과 거짓말로 자기 주변에 견고한 성을 쌓아 올렸다.

맞은편의 4번 방 죄수. 그는 마약을 사기 위해 절도를 일삼는 마약 중독자였다. 야심한 밤, 변두리 지역의 가택 15군데를 턴 인간이었지만 본인이 밝힌 구구절절한 변명에 따르면, 절대 아이들을 다치게 하지 않았고 아이들 물건도 훔치지 않았다고 한다. 날마다 만트라같이 읊어대는 변명은 수치심을 이겨내는 데 도움이 되었다. 이른바 윤리적 잣대라는 것을 들이대보면 그렇게 변명함으로써, 적어도 그 자신에게 만큼은 조금은 더 나은 인간으로 보이게 하는 효과가 있었기 때문이다. 그렇게 자기혐오를 피해가는 것이다.

호프만은 알고 있었다. 4번 방 죄수는 이미 오래전부터 윤리적 잣대 따위는 무시하고 살아왔다는 것을. 돈이 되는 것이라면 아이들 물건이든 뭐든 닥치는 대로 훔쳤다는 사실을. 마약의 유혹은 자존심을 지키겠다는 생각보다 훨씬 강렬했기 때문이다.

8번 방에 수감된 죄수. 상습 폭행죄로 들어온 그 남자 역시 자신은 남자만 패지 여자는 절대 때리지 않는다고, 앞으로도 여자는 절대 건드리지 않을 거라 했다.

호프만은 알고 있었다. 8번 방 죄수는 남자는 물론 여자까지도 무자비하게 폭행한 장본인이었다는 것을. 그 남자는 자신의 길에 거치적거리는 사람은 누구든 가만두지 않았다.

윤리적 잣대.

호프만은 그런 인간들을 경멸했다. 언제나 자기 자신에게 거짓말을 일삼는 그런 부류들을.

호프만은 소피아를 바라보았다. 그녀의 부드러운 손길이 불편하게 느껴졌다. 그저 스스로를 탓할 수밖에 없었다. 자기 안의 윤리적 잣대를 무참히 짓밟아 뭉갠 건 그 자신이었기 때문이다.

내 가족. 무슨 일이 있어도 내 가족만큼은 거짓말 속에 밀어 넣지 않겠어. 무슨 일이 있어도 소피아와 아이들이 내 거짓말에 발목 잡히는 일을 절대로 만들지 않을 거라고.

하지만 호프만은 자신에게 거짓말을 했다. 4번 방 죄수, 8번 방 죄수처럼 이제 스스로를 괜찮은 사람이라 말할 수 없었다.

소피아는 수도꼭지를 잠갔다. 설거지가 끝난 것이다. 그녀는 싱크대를 닦은 뒤 그의 무릎 위에 앉았다. 호프만은 그녀를 꼭 끌어안고 뺨에 키스를 했다. 소피아가 항상 요구하는 대로 두 번. 그러고는 아내의 목과 어깨 사이 살결이 가장 부드러운 부위에 코를 파묻고 가만히 앉아 있었다.

*

에리크 빌손은 정보원과 접선한 뒤에만 사용하는 컴퓨터를 켜고 빈 문서를 열었다.

M이 어깨에 차고 있던 권총지갑에서
권총을 빼듦.
(폴란드 라돔 9밀리미터)
M이 안전장치를 풀고 구매자로 온 남자의 머리에
총구를 들이댐.

빌손은 5번 약속장소에서 파울라에게 전해들은 내용을 최대한 기억하려 애쓰며 문서를 작성했다.

그를 보호하기 위해. 자신을 보호하기 위해.

하지만 무엇보다 누구에게, 언제, 왜 경찰포상금을 지불해야 하는지에 대한 근거를 만들기 위해서였다. 비밀 보고서나 민간인에 대한 포상금 지급과 관련된 재무당국의 승인이 없다면, 파울라는 위험한 일을 한 대가는커녕 익명으로 처리되어 공식 명단에서 사라지기 때문이었다. 다른 정보원들 역시 처지는 마찬가지였다.

P는 M에게 침착하라고 명령함.
M은 안전장치를 반잠금 상태로 놓고
총구를 내리고 뒤로 물러섬.

비밀 보고서가 그의 책상을 떠나 예란숀 총경의 손을 거쳐 시경 경찰총감에게 전달되면 빌손은 컴퓨터 하드디스크에 기록한 파일을 삭제하고 암호를 건 뒤 컴퓨터를 끄게 된다. 그리고 그가 사용하는 컴퓨터는 보안상의 이유로 인터넷에 접속되지 않는다.

구매자가 갑자기 소리 지름.
"난 경찰이야!"

제삼자가 이 보고서를 읽게 되거나 보고서의 존재를 알게 되는 날에는 비밀 정보원의 생명이 위험에 처하게 된다. 엉

뚱한 사람이 파울라의 신분과 그가 진행 중인 작전에 대해
알게 된다면, 그건 사형선고나 마찬가지였다.

　　M이 다시 구매자의 머리에
　　총구를 들이댐.

　하지만 스웨덴 경찰은 이번 사건에 전혀 손을 쓸 수 없을
것이다. 누군가를 체포하거나 무언가를 압수할 수도 없을
것이다. 베스트만나가탄 79번가 작전의 목적은 단 하나였
다. 보이테크 조직 내에서 파울라의 입지를 강화하는 것. 마
약 밀매를 보이테크 조직의 일상으로 만들어주는 일이었다.

　　P가 개입하려 했으나
　　구매자는 '경찰'이라고 계속
　　고함을 질렀고, M은 총구를
　　구매자의 머리에 밀착한 뒤
　　방아쇠를 당김.

　경찰 정보원은 무언의 사형선고를 인생의 동반자처럼 달
고 다니는 법이다.
　빌손은 비밀 보고서의 마지막 줄을 수차례 다시 읽어보았다.
　파울라일 수도 있었다.

구매자가 의자 오른쪽에 부딪히며

　　바닥에 쓰러짐.

　파울라가 아닐 수도 있었다.

　덴마크 정보원에게 범죄이력을 위조해준 담당자가 한 사람인지, 여러 사람인지는 알 수 없었지만 솜씨는 형편없었다. 파울라의 모든 것을 설계한 건 바로 에리크 빌손이었다. 한 단계, 한 단계, 범죄이력과 전과 하나하나 전부.

　빌손은 자신이 그런 일에 능하다는 사실을 잘 알고 있었다.

　그리고 호프만이 탁월한 생존본능을 지니고 있다는 사실도 잘 알고 있었다.

*

　에베트는 맥주 냄새가 진동하는 코펜하겐 공항 바에 앉아 생수를 마시고 있었다.

　공항 안의 여행객들은 하나같이 비닐봉투에 토블레론 초콜릿과 초콜릿 술을 담아 들고 있었다. 에베트는 세상 사람들이 11개월 동안 꼬박 일하고 12월에는 노는 이유를 도무지 알 수가 없었다.

　한숨이 절로 나왔다. 몇 시간 전, 스톡홀름을 떠나올 때와 비교해도 딱히 건진 게 없는 상황이었다.

　이제 사망자가 덴마크 정보원이라는 사실을 알게 되었다.

그의 이름은 옌스 크리스티안 토프트. 덴마크 경찰을 위해 일하고 있었으며 범죄조직과 마약 거래를 트기 위해 임무를 수행 중이었다는 사실도.

하지만 살해범에 대한 건 아무것도 알아내지 못했다.

신고전화를 건 인물에 대해 알아낸 것도 없다.

현장에 스웨덴 연락책 하나와 동유럽 마피아 조직원 몇 명이 함께 있었다는 것, 그리고 그 조직의 이름이 보이테크라는 사실까지는 알아냈지만 그게 전부였다.

얼굴도, 이름도 알 수 없었다.

에베트는 크란츠 박사와 연락을 하기 위해 과학수사대 사무실과 연구실 이곳저곳에 전화를 걸었다.

"닐스?"

"네?"

"사건현장 조사범위를 좀 확대했으면 좋겠습니다."

"당장요?"

"그래요. 지금 당장."

"그 확대가 어디까지를 말씀하시는 겁니까?"

"박사가 필요한 만큼. 정원, 계단통, 그 구역 쓰레기통까지."

"지금 어디 계시는데요? 주변이 제법 시끄러운데요?"

"바에 앉아 있습니다. 덴마크 친구들, 비행공포증을 달래려는 건지 다들 법썩을 떠네요."

"거기서 도대체 무슨……."

"닐스?"

"네?"

"거기서 우리 수사에 도움 될 만한 게 보이거든 무조건 다 찾아주면 좋겠소."

에베트는 미지근해진 생수를 입에 털어 넣고 바에 비치된 그릇에서 땅콩 한 줌을 집은 다음 출국게이트로 걸어가 비행기 탑승을 기다리고 있는 여행객들과 어울려 줄을 섰다.

*

A4용지 다섯 장에 촘촘한 줄로 채워진 베스트만나가탄 79번가 비밀 보고서는 한 번에 다 넣기에는 너무 작은 플라스틱 서류첩에 쑤셔 넣어졌다. 예란숀 총경은 한 시간 동안 벌써 네 번이나 보고서를 읽어 내렸다. 그러고는 안경을 벗고 에리크 빌손을 올려다보며 물었다.

"누구라고?"

빌손은 직책에 안 어울리게 이런저런 사건이 발생할 때마다 동요하고 얼굴이 벌겋게 상기되는 상관 얼굴을 쳐다보았다.

그리고 그 얼굴은 이제 폭발 직전이었다.

"죽은 사람이 누구라고?"

"아마도 정보원인 것 같습니다."

"정보원?"

"또 다른 정보원입니다. 추측으로는 덴마크 경찰의 지휘 하에 작전을 수행 중이었던 것 같은데 그 친구는 파울라의 정체를 몰랐고, 파울라 역시 그 친구를 모르고 있었습니다."

강력계 총경은 얇은 A4용지 다섯 장을 한 손에 들고 있었다. 하지만 그 무게는 부서 전체의 초동수사 관련 보고서를 합친 것보다 훨씬 무겁게 느껴졌다. 총경은 비밀 보고서를 책상 위에 내려놓았다. 그 옆에는 동일한 살해사건에 관한 또 다른 보고서가 놓여 있었다. 그것은 오게스탐 검사가 건넨 보고서였다. 에베트 그렌스, 스벤 순드크비스트, 마리안나 헬만손이 진행하고 있는 공식 수사 보고서였다.

"베스트만나가탄 살인사건에 파울라가 개입되어 있다는 사실은 여기 이 보고서 안에만 존재하는 사실이란 걸 보장해주시면 좋겠습니다."

예란숀은 자신의 앞에 놓인 두 개의 보고서를 번갈아 쳐다보았다. 실제 벌어진 일을 기술한 빌손의 비밀 보고서. 그리고 이 두 사람이 공개하기를 허락하는 정보로 차차 채워지게 될 그렌스 경정의 공식 보고서.

"에리크, 그런 식으로 진행할 순 없어."

"만약 그렌스 경정이 이 사실을 알아낸다면, 아니, 절대 그렇게 둘 수 없습니다. 파울라는 지금 조직 내 깊숙이 침투한 상황입니다. 마피아 조직이 스웨덴에 뿌리를 내리기 전에 일망타진할 수 있는 절호의 기회란 말입니다. 여기까지 온 건 이례적인 일입니다. 총경님도 잘 아시지 않습니까? 지금 이 도시가 저들 손에 놀아나고 있다는 걸요."

"그래도 그런 큰 위험이 따르는 정보원에겐 아무것도 보장해줄 수 없어."

빌손은 책상을 강하게 내리쳤다. 상관 앞에서 그런 행동을 보인 건 처음이었다.

"그럴 일 없다는 거 잘 아시잖아요! 지난 9년간 그 친구가 수행한 작전 관련 보고서를 받아오시지 않았습니까? 그리고 단 한 번도 실패한 적 없다는 것도 잘 아시잖아요!"

"지금도 그렇고 앞으로도 그렇고 그 친구가 범죄자라는 사실은 변하지 않는다고."

"제대로 된 끄나풀 역할을 하려면 그건 필수전제조건입니다!"

"살인사건 공범이야. 위험요소가 아니라면, 그 친구 정체를 도대체 뭐라고 정의 내려야 하는 건데?"

빌손은 다시 한 번 책상을 내리쳤다.

그는 손을 뻗어 플라스틱 서류첩을 들고 다섯 장의 보고서를 강제로 밀어 넣은 뒤 있는 힘껏 꽉 쥐었다.

"프레드리크, 제 말 잘 들으세요. 파울라 없이는 이 기회, 다 날아가는 겁니다. 한 마디로 다시는 그쪽에 접근할 수 없다는 말입니다. 이번에 지면 영영 못 이깁니다. 핀란드나 노르웨이, 혹은 덴마크 교도소에서 벌어지는 일만 봐도 알 수 있으니까요. 도대체 언제까지 두 손 놓고 쳐다만 보고 있어야 하는 겁니까?"

예란숀은 두 손을 들었다. 생각이 필요하다는 뜻이었다. 어쨌든 빌손이 할 말은 전부 들은 셈이었다. 그리고 이젠 그 속뜻을 알아내고 싶었다.

"마리아에게 내렸던 해결책을 원한다는 말인가?"

"파울라가 계속 작전을 수행할 수 있게 해주십쇼. 최소한 두 달은 더요. 그 기간 동안은 꼭 그 친구 도움이 필요합니다."

강력계 총경은 결단을 내렸다.

"회의를 소집하겠네. 루센바드에서."

에리크 빌손은 예란숀 총경의 사무실에서 나와 느린 걸음으로 복도를 지나 에베트 그렌스 경정의 사무실을 기웃거렸다. 문은 열려 있지만 비어 있었다. 무슨 일이 있어도 수사를 포기하지 않는 경정은 자리에 없었다.

수요일

인간장벽.

호프만은 오전 8시가 되면 지하철 승강장에서부터 연결통로를 따라 바사가탄 대로까지 사람들로 넘쳐난다는 사실을 까맣게 잊고 있었다.

차는 여전히 빨간색 플라스틱 장난감 소방차와 나란히 차고 앞에 세워져 있었다. 소피아가 아이들을 데리고 급히 병원이나 약국에 가야 할 경우를 대비해서였다. 호프만은 잠이 덜 깬 듯 느릿느릿 걷고 있는 출근 인파 속에 이리저리 밀리면서 하품을 했다. 아이들 열이 다시 오르자 밤새 한 시간 간격으로 일어나 상태를 확인해야 했다. 처음으로 눈을 뜬 시각은 자정을 조금 넘긴 때였다. 그는 아이들 방의 창문을 모두 열고 아이들 몸을 덮고 있던 이불을 걷어낸 뒤 이 방에서 저 방으로 옮겨 다니며 아이들을 재웠다. 아이들에게 강제로 해열제를 먹이고 재운 시각은 새벽 5시 무렵이었다. 몸 상태가 나아지려면 아이들은 잘 자고, 잘 쉬어야 했다. 새벽녘, 잠옷 차림의 부모는 속삭이는 목소리로 그날 하루 일정에서 각자의 몫을 분담했다.

바사가탄 대로는 썩 운치 있는 장소는 아니었다. 음울하고 삭막한 아스팔트가 길게 늘어선 그런 곳이었다. 하지만 수많은 여행객들이 화려한 관광안내책자가 약속한 물과 섬의 도시, 스톡홀름으로 들어가기 위해 몰려드는 곳이기도 했다. 호프만은 이미 약속시간에 늦은 처지라 부리나케 쉐라톤 호텔 로비 끝에 자리 잡은 테이블로 향했다.

그곳에는 이미 36시간 전, 바르샤바 중심부에 위치한 거대하고 어두운 빌딩에서 만나고 온 인물들이 있었다. 헨리크 바크와 즈비그녜프 보루츠. 호프만의 폴란드 연락책과 부사장이었다.

두 사람은 권력을 과시하려는 듯 힘을 주어 호프만의 손을 쥐고 악수를 나눴다. 방문의 목적은 조직이 이번 사업을 얼마나 진지하게 여기고 있는지를 보여주기 위함이었다.

이번 사업은 모든 일의 시초이자 최우선 과제이기도 했다. 교도소로 유입되는 물량의 배달 시간과 날짜는 바르샤바 본사에서 직접 관리하게 될 터였다.

부사장은 호프만의 손을 놓고 반쯤 남은 오렌지 주스 잔이 놓인 테이블에 다시 앉았다. 헨리크는 앞장서 출구로 가려다, 호프만의 뒤에서 반 발짝 떨어져 천천히 걸었다. 정확한 출구 위치를 몰라 헤매는 것도 같았지만, 자신이 가진 통제권을 과시하려는 것 같기도 했다. 두 사람은 지하철역 입구를 지나쳐 길 건너편 인도를 따라 걸어가다 어느 건물 출입구 앞에 멈춰 섰다. 호프만 보안경비회사가 위치한 건물이었다.

그들은 옥상으로 통하는 철제 방탄문 앞에 이르도록 아무 말이 없었다.

호프만은 방탄문을 열고 어둠 속으로 들어갔다. 그는 벽을 한참 동안 위아래로 더듬거린 끝에 스위치를 찾았다. 그들은 안에서 방탄문을 잠근 뒤 아무도 들어오지 못하도록 열쇠를 그대로 자물쇠에 꽂아두었다. 문에 26번이라는 숫자가 적힌 창고는 한쪽 구석에 여름용 자동차 타이어 네 개가 차곡차곡 쌓여 있을 뿐 텅 비어 있었다. 호프만은 가장 위에 있는 타이어 하나를 집어 들고 안에서 망치와 끌을 꺼냈다. 그는 희미한 조명이 밝히고 있는 비좁은 통로 안으로 들어가 불과 머리에서 몇 센티미터 위에 설치된 굵직하고 반짝반짝 빛나는 알루미늄 파이프가 팬히터와 만나는 지점까지 걸어갔다. 그런 다음 파이프와 팬히터가 만나는 접합부 연결고리 모서리에 끌을 대고는 망치로 힘차게 이음새 부분을 두드려서 임시로 틈을 만들었다. 그리고 그 안에서 희멀건 통조림 깡통 81개를 꺼냈다.

헨리크는 깡통을 일렬로 줄 세울 때까지 기다린 뒤 그중에서 임의로 세 개를 골라들었다. 가장 왼쪽 끝에 있는 깡통, 중간쯤에 있는 깡통, 그리고 오른쪽 끝에서 두 번째에 있는 깡통.

"나머지는 자네가 보관하지."

호프만은 나머지 78개의 깡통을 원래 자리에 숨겨놓았다. 헨리크가 남은 세 개의 뚜껑을 열자 강렬하다 못해 견디기 힘들 만큼 지독한 튤립 향이 사방으로 퍼져나갔다.

각각의 깡통 밑바닥에는 노랗고 단단한 덩어리가 하나씩 들어 있었다.

포도당 가루와 1대2 배합으로 제조된 암페타민 덩어리였다.

헨리크는 검은 서류가방을 열고 휴대용 저울과 시험관, 메스, 그리고 피펫을 꺼내 탁자 위에 올려놓았다. 1,087그 램. 1킬로그램의 암페타민에 깡통 무게를 합한 수치였다. 그는 물건의 무게가 정확하다는 뜻으로 호프만에게 고개를 끄덕였다.

헨리크는 메스를 들고 덩어리 하나를 긁어 첫 번째 시험관 입구에 들어갈 크기로 만들었다. 그러고는 페닐아세톤과 파라핀 용액이 든 두 번째 시험관에 피펫을 넣고 액체를 빨아들여 암페타민 덩어리가 든 첫 번째 시험관에 부은 뒤 몇 번 흔들었다. 1, 2분 정도 기다린 뒤 시험관을 유리창 가까이 가져가보니, 고순도 암페타민임을 입증하는 투명한 파란색이 나타났다. 액체가 먹구름 같은 잿빛을 띠면 정반대의 품질을 의미했다.

"세 배? 아니면 네 배?"

"세 배 정도로 받으면 될 거야."

"상태는 괜찮군."

헨리크는 알루미늄 호일을 깡통 위에 씌우고 뚜껑을 틀어 막았다. 나머지도 똑같이 밀봉한 뒤 다시 한 번 시험관 속의 투명한 파란 액체를 만족스럽게 쳐다보았다. 그는 호프만에게 물건들을 원위치에 돌려놓고 팬히터가 정상 가동되도록 복구해놓으라고 했다.

두 사람은 옥상으로 연결되는 문을 열고 나와 다시 단단히 잠갔다. 그리고 건물 밖으로 나와 아무런 말없이 발걸음을 재촉했다.

부사장은 여전히 같은 테이블에 앉아 있었다.

그의 앞에는 반쯤 마신 새로운 오렌지 주스 잔이 놓여 있었다.

호프만은 헨리크가 부사장 옆에 앉아 무언가를 설명하는 동안 길게 뻗은 프런트 데스크 한구석에서 기다리고 있었다.

투명한 푸른 액체.

고순도 암페타민 81킬로그램.

부사장은 호프만 쪽으로 고개를 돌리고 끄덕거렸다. 로비를 가로질러 가는 호프만은 가슴속에 막혔던 곳이 뻥 뚫리는 것처럼 후련해졌다.

"이 빌어먹을 과육 찌꺼기들이 전부 이에 달라붙는다고."

부사장은 반 남은 오렌지 주스 잔을 가리키며 말하고는 똑같은 음료 두 잔을 더 시켰다. 젊은 여종업원은 세 사람에게 미소를 지어 보였다. 팁으로 1백 크로나를 서슴없이 내면서 계속해서 주문을 하는 손님들이라면 마다할 이유가 없었다.

"난 밖에서 작전을 주도해나갈 걸세. 자넨 쿰라, 할, 아스프소스 같이 경비등급이 높은 스웨덴 교도소 안에서 작전을 진행하라고."

"커피 한 잔 마셨으면 좋겠습니다."

더블 에스프레소가 나왔다. 종업원은 여전히 웃는 얼굴이었다.

"밤이 좀 길었거든요."

그는 말을 잠시 멈춘 부사장을 쳐다보았다.

권력을 과시하는 행동일 수도 있었다. 아니, 그랬을 것이다.

부사장은 미소를 지었다. 그는 아랫사람에게 존경을 기대하지 않았다. 단지 믿고 맡길 수 있는 힘과 능력을 지닌 사람을 찾고 있을 뿐이었다.

"지금 현재 아스프소스 교도소에 수감된 우리 조직원은 네 명이야. 그리고 할과 쿰라에 각각 세 명씩 들어가 있지. 다들 감호구역은 달라도 서로 연락은 주고받을 수 있어. 그러니 일주일 안으로 자네가 그 세 곳 중 한곳에 수감될 만한 심각한 범죄를 저질렀으면 좋겠어."

"두 달입니다. 더 이상은 못 합니다."

"시간은 자네가 원하는 만큼 충분히 줄 수 있어."

"그 이상은 필요 없습니다. 정확히 두 달 뒤에는 거기서 빼내주셔야 합니다. 이것 하나만큼은 보장해주시기 바랍니다."

"걱정 말게."

"확실한 보장이 필요합니다."

"자넬 꺼내줄 거야."

"어떻게요?"

"자네가 들어가면 가족은 우리가 돌봐주겠네. 그리고 자네 임무가 끝나면 우리가 자네 뒤를 봐줄 거고. 새 신분으로 새로운 생활을 다시 시작할 자금도 대주겠네."

호텔 로비는 여전히 썰렁했다.

사업차 스톡홀름을 찾은 사람들은 저녁이 되기 전까지 체크인 하러 오는 경우가 거의 없다. 여행객들은 이미 속사포처럼 설명을 쏟아내는 가이드를 따라 관광길에 나선 터였다.

호프만은 커피 잔을 비웠다. 그러고는 카운터를 향해 손짓을 해 더블 에스프레소 한 잔과 박하 웨이퍼를 추가로 주문했다.

"3킬로그램으로 하겠습니다."

부사장은 주스 잔을 다른 잔 옆에 내려놓고 귀를 기울였다.

"마약 3킬로그램 소지로 체포돼서 취조를 받고 유죄로 판결되도록 해보겠습니다. 혼자 일하는 프리랜서라고 말하면 될 테고, 그러면 아마 즉각 구류될 겁니다. 그 뒤엔 법정에서 중형이 구형될 거구요. 스웨덴에선 암페타민 3킬로그램만 가져도 상당한 중죄에 해당하니까요. 그리고 형을 받아

173

들이겠다고 하면 다시 구치소로 돌아갈 일은 없을 겁니다. 모든 게 순조롭게 풀리기만 하면 2주 안에는 교도소 철창신세를 지게 되겠죠."

호프만은 지금 스톡홀름 중심가에 있는 호텔 로비에 앉아 있지만, 그의 머릿속은 10년 전 외스테로켈 교도소의 비좁은 감방을 돌아다니고 있었다.

소변검사라는 끔찍한 고함이 들려오면, 다 큰 어른들이 거울 달린 방에 들어가 한 줄로 서서 송곳처럼 날카로운 시선으로 지켜보는 교도관들 앞에서 성기를 드러내놓고 오줌을 싸야 했던 끔찍한 나날들. 감방수색이라는 고함이 들리면 자다가 말고 팬티 차림으로 감방 문 앞에 서서 일련의 교도관들이 온갖 소지품을 뒤지고 까발리고 비울 때까지 기다렸다가 검사가 끝나면 난장판이 된 감방으로 다시 들어가야 했던 참혹한 밤들.

이번에도 그 짓거리를 해야 한다. 그리고 꿋꿋하게 버틸 것이다. 치욕을 견뎌내야 할 충분하고 더 중요한 이유가 있었기 때문이다.

"자네가 제자리를 찾아 들어가면 일단 작전까지는 두 단계를 거쳐야 해. 예를 들면 노르웨이는 오슬로 교도소부터, 또는 핀란드는 리히모키 교도소부터 시작하는 식으로 한 교도소를 확보한 다음 다른 교도소로 넘어갈 때 처음과 똑같은 방식을 따라야 해."

부사장이 가까이 다가와 몸을 굽히고 은밀히 말을 이었다.

"이미 판을 벌여놓고 장사하는 다른 경쟁자들을 완전히 눌러버려야 해. 그래야 우리가 확보한 루트로 물건을 댈 수 있다고. 초기 물량은 헨리크가 확인하고 남은 78킬로그램으로 시작해봐. 우선 가격을 후려쳐서 물건부터 풀어. 교도소 안에 있는 인간들에게 우리가 제대로 된 딜러라는 사실을 심어줘야 하거든. 암페타민 1그램에 3백 크로나가 아니라 15크로나로 죄수들을 끌어들여. 잠재 고객들을 모두 빨아들이라고. 그런 다음에는 가격을 올리는 거야. 뭐, 기존가를 대폭 끌어올려도 상관없겠지. 그래도 계속 살 테니까. 아예 5백 크로나로 방점을 찍어버려도 상관없어. 그램당 6백 크로나면 또 어때? 아니면 공급을 끊어버리면 그만이니까."

호프만은 여전히 갑갑한 외스테로켈 감방에 갇혀 있었다. 마약이 지배하는 곳. 마약을 손에 쥔 인간들이 지배하는 곳. 암페타민. 그리고 헤로인. 심지어 빵과 썩은 사과를 들통에 넣고 청소도구함에 숨겨 발효하기도 한다. 그 상태로 3주가 되면 알코올 도수 12도의 기막힌 밀주로 변하니까.

"경쟁조직 밀어내는 데는 사흘 정도가 필요합니다. 그 사흘 동안은 교도소 내 누구하고도 접촉하고 싶지 않습니다. 그리고 충분한 물량의 범위를 정하는 건 전적으로 제가 맡아서 하겠습니다."

"사흘이라."

"나흘째부터 보이테크 루트를 통해 일주일에 암페타민 1킬로그램씩만 공급해주십쇼. 들어온 물건이 어떻게 사용되는

지는 전적으로 제가 관리하겠습니다. 중간에 누군가 빼돌리는 건 원치 않습니다. 또 다른 경쟁은 절대 있을 수 없습니다."

그때까지 비어 있던 바로 옆 테이블 두 개가 갑자기 일본 관광객들의 차지가 되었다. 그들은 예약해놓은 호텔 방이 준비될 때까지 여기서 기다리려는 것이다.

부사장은 목소리를 낮췄다.

"그나저나 초기물량은 어떻게 반입할 건가?"

"그건 제 소관입니다."

"도대체 어떻게 할 생각인 건지 알고 싶군그래."

"10년 전, 외스테로켈에 들어갈 때와 똑같은 방법을 쓸 겁니다."

"그게 어떤 건데?"

"정말 죄송하지만, 제가 그럴 능력이 있다는 건 잘 아실 겁니다. 그리고 책임지고 완수할 거란 것도요. 그 정도면 충분한 답이 될 거라고 생각합니다."

"이봐, 호프만, 도대체 어떻게 할 건데?"

피에트 호프만은 씩 웃어 보였다. 부자연스럽다는 느낌이 들었다. 어젯밤 이후 처음으로 웃는 거였기 때문이다.

"튤립과 시(詩)가 도와줄 겁니다."

문이 제대로 닫히지 않았던 모양이다.

문 밖의 복도를 울리는 발소리가 또렷이 들려왔다. 그 소리는 점점 가까워지고 있었다. 지금은 그 누구에게도 방해받고 싶지 않았다.

에리크 빌손은 의자에서 일어나 문고리를 확인했다. 문은 이미 닫혀 있었다. 바닥을 치며 점점 크게 울려 퍼지던 발소리의 실체는 어디에도 보이지 않았다. 불안과 초조로 인한 스트레스가 생각보다 훨씬 큰 듯했다.

불과 몇 시간 만에 두 번의 비밀접촉이 있었다.

긴 약속은 5번 장소. 그는 파울라에게 베스트만나가탄 살해사건에 관한 진술과 바르샤바 미팅에 관한 보고를 받았다. 비교적 짧았던 두 번째 약속은 4번 장소. 역시 파울라를 만나 피 묻은 티셔츠가 든 비닐봉투만 전해 받고 즉시 헤어졌다.

빌손은 사무실 반대편에 설치된 벽장을 물끄러미 쳐다보았다.

살인자의 '전투복'은 그 안에 보관되어 있었다.

그리고 그 상태로 오래 남아 있진 않을 것이다.

머릿속을 울리던 발소리는 더 이상 들리지 않았다. 빌손은 모니터로 시선을 돌렸다.

이름: 피에트 호프만 개인 신분증 번호: 721018-0010 조회 수: 75건

지난 9년간 지금껏 들어보지 못했던 역대 최고의 정보원을 낳은 가장 중요한 도구. 그건 바로 범죄정보 데이터베이스였다.

빌손은 호프만이 외스테로켈 교도소에서 석방된 시점부터 작업을 개시했다. 자유를 누린 첫날이 정보원으로서 새로운 인생을 살게 된 첫날이기도 했다. 빌손은 직접 그를 찾아가 만난 뒤 자신의 차로 집까지 태워주었다. 그리고 그 길로 경시청에 가 범죄정보 데이터베이스에 721018-0010번호로 최초의 기록을 남기기 시작했다. 그날 이후부터 시스템에 접속하는 모든 경찰들은 피에트 호프만에 관한 상세한 범죄기록을 조회할 수 있게 되었다. 빌손은 지난 몇 년간, 호프만을 점점 더 위험한 인물로 만드는 데 공을 들였다.

불법무기 거래현장으로 의심되는 장소 인근에서 몇 차례 목격됨.

그리고 더더욱 폭력적인 인물로도 만들었다.

마르코비치라는 용의자의 회사가 있는 외스틀링에서 살인사건 발생시각 15분 전 목격됨.

호프만은 한 마디로 냉혹하고 무자비한 인물로 둔갑했다. 빌손은 수위를 조절하며 거짓 정보를 다양하게 기술해 호프만을 전설적인 인물로 만들었다. 그 결과 범죄기록상 그를 스웨덴 내에서 가장 위험한 범죄자 중 한 명으로 등극시키는 데 성공했다.

무언가가 다시 빌손의 귓전을 두드렸다. 복도에서 더 많은 발소리가 들려왔다. 점점 또렷해지고, 점점 더 크게 들리더니 그의 방 문 앞을 지나 서서히 사라져갔다.

빌손은 화면상에 제목을 달았다.

무장의

2주라는 시간이 흐르면 피에트 호프만은 장기수로 수감되어 교도소 내에서 마약 공급을 장악하는 힘을 얻게 될 터였다. 즉 그 안에서만큼은 남들이 우러러볼 정도의 화려한 훈장을 달고 있어야 한다는 소리였다.

위험이

그렇기에 빌손은 지금 굵은 글씨로 제목을 달고 있었다.

매우 높음.

범죄정보 데이터베이스에서 피에트 호프만이라는 이름을 조회하게 될 동료경찰은 극소수의 전과자들에게만 훈장처럼 따르는 별첨 자료와 특수 암호를 접하게 될 터였다.

무장의 위험이 매우 높음.

이런 정보를 접하게 될 순찰대는, 당연히 경찰 쪽에서 나온 정보이기 때문에 피에트 호프만이라는 인물을 극도로 위험한 인물로 여기고 그를 대하게 될 터였다. 그리고 그 악명 덕분에 호프만은 체포와 동시에 구치소에서 즉시 교도소로 이송될 터였다.

빌손은 휴대전화를 귀에 대고 있었다. 10초 간격으로 시각을 알려주는 자동알람 기능 덕분에 우편함에 '홀름(Holm)'이라는 이름이 적힌 짙은 색 현관문이 열리고 피에트 호프만이 비닐로 뒤덮인 빈 아파트 2층으로 걸어 들어온 시각이 정확히 12시 반임을 알 수 있었다. 바닥상태가 고르지 못해 걸음을 옮길 때마다 삐걱거리는 소리가 났다.

2번 약속장소.

허갈리즈가탄 대로 38번가와 헬렌보슈가탄 대로 9번가.

빌손은 언제나 그렇듯 인스턴트커피를 준비해놓았고 호프만은 평소처럼 그 커피를 거절했다. 텔레비전이 설치됐던 거실로 보이는 공간에는 푹신한 소파 하나가 놓여 있었다. 그 소파를 덮고 있는 비닐천은 두 사람이 움직일 때마다 부시럭거리며 소리를 냈고, 얼마 뒤에는 땀이 난 등에 찰싹 달라붙기까지 했다.

"이걸 쓸 예정입니다."

호프만은 그들에게 남은 시간이 별로 없다는 사실을 잘 알고 있었다.

방 안을 서성거리던 빌손의 눈빛만으로도 알 수 있었다. 처음이었다. 불안한 듯 어딘가에 시선을 고정하지 못하던 그런 눈빛은. 지난 9년간 단 한 번도 웃거나 고함을 지른 적이 없었던 이 사람이 극심한 압박에 시달리는 분위기였다. 흔히 스트레스를 받는 사람들이 그렇듯 자신의 그런 상황을 숨기려는 모습. 하지만 그로 인해 그 사실은 더더욱 부각될 뿐이었다.

호프만은 작은 깡통 하나를 열었다. 원래 찻잎을 담아두던 것이지만, 튤립 향이 강한 노란 화합물이 그 자리를 대신하고 있었다.

"꽃입니다."

에리크 빌손은 호프만이 건네준 플라스틱 칼로 조심스레 덩어리를 긁은 뒤 혓바닥으로 맛을 보았다. 타는 듯한 느낌이 들었다. 조만간 물집이 생길 것 같았다.

"엄청나게 강하군. 포도당 가루와 1대2 배합인가?"

"그렇습니다."

"소지량은?"

"3킬로그램입니다."

"초고속 재판에 중형과 더불어 장기수 전용 교도소로 직행하기에 충분하겠군."

호프만은 뚜껑을 눌러 닫고 깡통을 안주머니에 집어넣었다. 나머지 77킬로그램의 물건은 바사가탄 대로에 있는 세기말에 지어진 건물 꼭대기 층, 팬히터 속에 잘 보관되어 있었다. 호프만은 정확한 위치와 회수 방법에 대해서 나중에 빌손에게 상세히 알려줄 터였다. 하지만 지금은 아니다. 딱 한 번 조제의 과정을 거쳐야 했다. 자신의 몫으로. 간혹 극소량을 자신의 몫으로 돌려 판매할 때도 있었다.

"수감된 뒤에는 기존 사업자들 몰아내는 데 사흘이 필요합니다. 보이테크 쪽에는 자체적으로 보고가 들어가 작전을 계속 벌일 건지를 결정하게 될 거고요. 그 뒤부터 우리 쪽 작전을 개시하면 됩니다. 일망타진해야지요."

빌손의 입장에서는 당연히 기분이 가벼워지고, 흡족해하면서, 궁금해져야 하는 게 정상이었다. 그토록 고대하던 마피아 조직의 확산을 막을 계획을 가동한 시점이었다. 그런 상황에서 불안에 떠는 건 그답지 않은 행동이었고, 호프만은 그 사실을 간파하고 있었던 것이다.

"베스트만나가탄 사건은 평소처럼 처리하는 중이야. 강력계 총경에게 보고하고 비밀금고에 보관하는 식으로. 그런데…… 이번에는 그것만으로는 부족할 것 같아. 이건 살인 사건이라고, 피에트! 경찰 고위관료보다 더 높은 권한을 가진 사람들의 승인을 얻어내야 해. 그러려면 루센바드까지

가야 할 것 같아. 그리고 이번엔 자네도 같이 가는 거야."

"그럴 수 없다는 거 아시지 않습니까?"

"자네한텐 선택권이 없어."

"에리크, 생각을 좀 해봐요, 젠장! 제가 어떻게 정부청사 근처를 어슬렁거릴 수가 있겠습니까? 그것도 경찰하고 정부 관료들이랑!"

"2B구역에서 자넬 데려가겠네."

호프만은 비닐천이 씌워진 소파에 털썩 주저앉아서 고개를 설레설레 흔들었다.

"만약 누군가 절 알아본다면…… 전 죽은 목숨입니다."

"교도소 내에서 누군가가 자네 정체를 밝혀내는 순간, 마찬가지로 자넨 죽은 목숨이야. 그렇게 되면 자넨 어디로든 빠져나올 수가 없어. 자넨 승인이 필요해. 거기서 나오기 위해서. 그리고 또 살아남기 위해서 말이야."

*

그는 아파트 2층에 인스턴트커피를 그대로 두고 왔다. 대신 폴순스가탄 대로변 모퉁이에 있는 카페에 들어가 뜨거운 우유를 넣은 진한 원두커피를 들이키며 잔잔한 이탈리아 노랫소리에 집중하려 애썼다. 여자아이 몇 명이 급식 대신 시나몬 번을 먹으며 킥킥거리는 소리, 뒤쪽에서 큰 소리로 거들먹거리고는 있지만 별 볼 일 없는 이야기를 늘어놓는 남자의 목소리가 귓가로 흘러들어왔다.

에리크의 지적이 옳았다. 모든 걸 혼자 챙겨야 한다. 선택권이 없었다. 자신 외에 아무도 믿어선 안 된다.

그는 빈 커피 잔을 내려놓고 햇살을 맞으며 베스테브룬다리로 가 난간 앞에 조용히 멈춰 섰다. 그러고는 만약 이 위에서 뛰어내리면 기분이 어떨까 상상해보았다. 투명한 수면 위를 때리며 물속에 빠져들기 직전까지 느껴지는 몇 초라는 시간이 아마 내가 가진 전부, 아니면 아무것도 아닐 것 같다는 생각이 들었다. 그는 집으로 전화를 걸어 소피아에게 또 다른 거짓말을 했다. 아내의 일도 중요하다는 것은 잘 알지만, 직무수행에 직결된 문제 때문에 밤늦게까지 야근을 해야 해서 집에 들어갈 수 없다고 말했다. 아내의 언성이 높아졌지만 더 이상 거짓말을 해야 하는 상황을 참을 수 없었기에 호프만은 그대로 전화를 끊어버렸다.

그가 걸어왔던 도시의 심장부로 가까이 다가갈수록 아스팔트가 가시밭처럼 느껴졌다.

호프만은 대형 백화점 건너편에 위치한 주차장 빌딩 안으로 걸어 들어갔다. 그는 좁은 계단을 따라 2층으로 올라간 뒤 주차된 차들 사이를 지나 B구역을 찾아갔다. 콘크리트 벽 모퉁이 끝 쪽에 검게 선팅된 검정색 승합차가 있었다. 그는 승합차 가까이 다가가 뒷문 손잡이를 움직여보았다. 문은 열려 있었다. 그는 자신의 손목시계를 들여다보았다. 10분 정도는 더 기다려야 했다.

이곳으로 오는 내내 그의 머릿속에서 소피아는 계속해서 소리를 지르고 있었다. 그러고 나서도 분이 풀리지 않았는지 텅 빈 차의 뒷자리에 앉은 지금도 여전히 불만스러운 목소리를 내고 있었다. 소피아는 남편이 거짓말을 밥 먹듯 하는 사람이라는 사실을 알아서는 안 됐다.

호프만은 몸을 부르르 떨었다.

불모지 같은 주차장은 언제나 싸늘했다. 하지만 지금 그가 느끼는 한기는 그의 내면에서 올라오는 추위였다. 옷을 더 껴입거나 몸을 움직인다고 해결되는 게 아니었다. 자기 경멸보다 더 사람을 오싹하게 만드는 것은 없을 것이다.

운전석 문이 열렸다.

호프만은 시간을 확인해보았다. 정확히 10분 뒤였다.

에리크 빌손은 평소처럼 B구역을 드나드는 차량을 관찰하면서 수상한 사람이 접근하는지 확인할 수 있도록 한 층 위에서 대기하고 있었다. 그는 운전석에 앉아 뒤도 돌아보지 않고 아무 말 없이 그대로 승합차의 시동을 걸고 함가탄 대로에서 뮌토리에트에 이르는 짧은 거리를 내달렸다. 그러고는 작은 돌 마당과 헌병초소가 설치된 건물로 이어지는 문을 통과했다. 두 사람이 차에서 내리기 무섭게 경비원 한 사람이 문을 열고 나와 그들을 대동하고 릭스다 빌딩 지하 복도를 따라 루센바드로 이어지는 출구로 안내했다. 스웨덴 최고의 권력기구로 이어지는 복도는 몇 분 거리에 불과했고, 오직 그 길만이 외부의 시선에서 완전히 자유롭게 정부청사 건물 안으로 들어가는 방법이었다.

*

그는 루센바드 중앙현관의 중앙보안경비센터에서 불과 몇 미터 앞에 있는 화장실로 들어가 문이 단단히 잠겼는지 확인한 뒤에야 문손잡이에서 손을 뗐다.

화장실은 몸을 움직이기도 힘들었다.

세면대가 좌변기에 거의 붙어 있었고 새하얀 화장실 벽이 온몸을 짓누르기라도 할 것처럼 꽉 막힌 공간이었다.

얇은 직사각형 디지털보이스레코더는 이미 그의 바지 주머니에 들어 있었다. 그 외에 담뱃갑과 약국에서 구입한 윤활제도 있었다. 레코더 전면부에 달린 버튼을 누르자 초록색 불이 깜빡였다. 배터리 잔량은 충분했다. 그는 녹음기를 입가에 대고 속삭였다. 정부청사. 5월 10일. 화요일. 그러고는 레코더가 꺼지지 않도록 조심스레 담뱃갑 속으로 집어넣은 뒤 다시 그 담뱃갑 표면에 성인용품으로 사용되는 윤활제를 고루 발랐다.

화장실 바닥에는 미리 종이수건 몇 장을 깔아놓았다. 담뱃갑 위에 미리 뚫어놓은 작은 구멍을 통해 마이크 연결선이 들어갔다.

전에도 여러 번 해본 일이었다. 암페타민 50그램, 혹은 디지털보이스레코더. 교도소 아니면 정부청사. 들키면 안 될 물건들을 몰래 반입하는 유일한 방법이기 때문이다.

그는 바지의 단추를 끄르고 살짝 쪼그려 앉은 다음 엄지와 검지로 담뱃갑을 잡았다. 그러고는 상반신을 살짝 앞으로 숙이고 손가락에 쥐고 있던 담뱃갑을 거꾸로 세워 서서히 항문 속으로 밀어 넣었다. 몇 센티미터 정도가 들어갈 때까지 살짝살짝 찔러 넣은 뒤 다시 밖으로 빼서 바닥에 깔아놓은 종이수건에 내려놓았다.

그리고 다시 같은 동작을 반복했다. 그러자 담뱃갑이 몇 센티미터씩 움직이며 마침내 항문 속으로 들어갔다.

항문에서 빠져나온 마이크 연결선은 가랑이를 지나 넓적다리까지 이어질 정도로 충분히 길었다. 그는 작은 테이프 하나로 마이크 선을 피부에 고정했다.

*

유리부스 뒤로 보이는 경비원은 거의 백발에 가까운 머리에 나이가 지긋한 사람이었지만 수줍은 듯 웃고 있었다. 호프만은 한참동안 경비원을 쳐다보고 있다가 상대가 그의 눈빛을 감지하자 얼른 다른 곳으로 시선을 돌렸다.

아버지가 살아계셨다면 아마 저런 분위기의 노인이 되셨으리라.

"동료분은 이미 안으로 들어가셨소."

"화장실이 급해서요."

"가끔은 일단 무조건 들러야 할 때도 있는 법이지요. 법무부 장관님 만나러 오신 거 맞습니까?"

호프만은 고개를 끄덕이고 방명록에 자신의 이름을 적었다. 빌손 바로 아래 칸이었다. 경비원은 그의 신분증을 확인했다.

"호프만이라…… 독일 이름입니까?"

"쾨니히스베르크 출생입니다. 칼리닌그라드 말입니다. 오래전 일이죠. 부모님이 거기 분들이십니다."

"그래요? 그럼 어느 나라 말을 하십니까? 러시아 말?"

"스웨덴에서 태어나면 스웨덴 말을 해야지요."

호프만은 경비원에게 미소를 지어 보였다.

"그리고 폴란드어도 제법 합니다."

호프만은 그곳에 도착하자마자 감시카메라 위치를 파악했다. 유리부스 위, 오른쪽으로 하나. 그는 그 앞을 지나가면서 카메라를 정면으로 응시했다. 그리고 나머지 카메라 앞에서도 잠시 걸음을 멈추고 카메라를 쳐다보았다. 그가 정부청사를 방문했다는 증거 자료가 여기저기 찍힌 셈이었다.

세 번째 경비원을 따라 현관을 통과해 복도를 지나 3층으로 올라가는 데 7분이 걸렸다. 갑자기 마련된 자리였다. 두려움이 밀려닥쳤다. 엘리베이터에 서 있는 동안 두려움은 그를 때리고, 넘어뜨리고, 뒤흔들었다. 지금까지 단 한 번도 느껴보지 못한 두려움이었다. 그 두려움은 점점 공포로 변해갔고

188

불안까지 가세해 숨통을 조여왔다. 그 끝에는 죽음에 대한 공포가 도사리고 있었다.

머리에 커다란 구멍이 난 채 바닥에 누워 있던 남자 때문에 두려웠고, 바르샤바 어느 건물에서 조직의 윗선을 직접 만났던 자리나, 비좁은 감방에서 보냈던 수많은 밤이 두려웠다. 폐쇄된 공간에 갇힌 채 언제 내려질지 모를 사형선고가 두려웠고, 소피아의 싸늘한 목소리가, 열이 오른 아이들의 상태가, 진실과 거짓의 차이가 무엇인지 제대로 말하지 못하게 되는 건 아닐까 하는 생각에 두려웠다.

호프만은 엘리베이터 바닥에 그대로 주저앉았다. 진이 쭉 빠졌다. 두 다리가 심하게 후들거린다는 사실을 경비원에게 들키지 않으려고 갖은 애를 다 썼기 때문이었다. 호프만은 제법 고급스러워 보이는 복도 끝에 반쯤 열려 있는 문을 향해 조심스레 걸어 나갔다.

다시 한 번.

호프만은 문 바로 앞 몇 미터 지점에서 잠시 멈춰 서서 언제나 그랬듯, 머릿속에 든 생각이며 온갖 감정들을 비우고 옆으로 밀어 꾹꾹 밟아놓은 다음, 두툼하고 무시무시한 갑옷과 견고한 방패로 무장했다. 그것만큼은 자신 있었다. 그 어떤 감정에도 휘둘리지 않도록. 이번 한 번만. 빌어먹을 딱 한 번만 더.

호프만은 문을 두드린 뒤 바닥을 때리는 발소리가 자신의 바로 앞에 멈춰 설 때까지 기다렸다. 사복 차림의 경찰이었다. 아는 얼굴이었다. 딱 두 번 마주친 적이 있는 에리크의 상관, 예란숀이라는 이름을 가진 남자였다.

"안으로 가지고 들어가선 안 될 물건들이 있나?"

호프만은 안주머니를 비우고 바지 주머니에서 휴대전화 두 대, 양날 단도, 접이식 가위를 꺼내 문 반대편 테이블에 놓인 과일그릇 위에 올려놓았다.

"양손을 내밀고 두 다리를 벌려주게."

호프만은 고개를 끄덕이고 자신보다 키가 크고 마른 편이지만 매력적인 미소를 가진 사내에게 등을 보이며 뒤로 돌아섰다.

"미안하네. 하지만 이럴 수밖에 없다는 거, 자네도 잘 알거라 믿네."

가늘고 긴 손가락이 그의 옷과 목, 등, 가슴을 훑었다. 엉덩이와 고환 근처를 누를 때 손가락이 얇은 마이크 연결선을 두 번이나 스치고 지나갔지만 아무것도 느끼지 못한 것 같았다. 하지만 그로 인해 마이크 선이 넓적다리 아래로 조금 흘러내렸다. 호프만은 테이프가 떨어지지 않도록 숨을 참았다. 다행히 그대로 붙어 있을 것 같은 느낌이 들었다.

새하얀 창틀이 딸린 커다란 창문에 서면 노르스트럼 강과 리달피예덴 만을 흐르는 잔잔한 물이 한눈에 들어온다. 방안에서는 갓 끓인 커피 향과 세제 냄새가 동시에 풍겼고, 회의용 테이블 주변으로 의자 여섯 개가 배치되어 있었다. 그가 마지막이었다. 피에트 호프만은 남은 두 개의 의자 중 하나를 향해 다가갔다. 그들은 아무런 말없이 그의 표정을 살폈다. 호프만은 그들의 뒤로 돌아가며 매무새를 바로 잡는 척 태연스럽게 손을 써서 바지 상태를 편하게 만들었다. 마이크 연결선은 그대로 붙어 있지만 마이크 방향이 다른 곳으로 향해 있었다. 그는 의자를 꺼내 앉으면서 마이크 상태를 다시 바로잡았다.

그는 테이블에 앉은 네 사람을 모두 알아보았다. 하지만 직접 만나본 사람은 단 둘뿐이었다. 예란손과 에리크.

그와 가장 가까운 거리에 앉은 법무장관은 자신의 앞에 놓인 문서를 손에 들고 자리에서 일어났다.

"이 보고서를 읽어봤어요. 당연히…… 여자일 거라 생각했는데요?"

법무장관은 손에 힘을 주어 악수를 청했다. 그녀 역시 다른 사람들과 마찬가지였다. 손에 힘을 주고 악수를 하는 행동이 권력의 상징이라고 생각하는 그런 사람들.

"파울라입니다."

호프만은 계속해서 그녀의 손을 잡고 있었다.

"여기선 그게 제 이름입니다."

어색하고 불편한 침묵이 계속해서 흐르고 있었다. 호프만은 누군가 입을 열어 그 분위기를 깨주기 바라면서 법무장관이 읽었다는 보고서 쪽으로 시선을 돌렸다.

빌손이 자신의 행동을 기술할 때 쓰는 표현들이 한눈에 들어왔다.

베스트만나가탄 79번가 사건. 비밀 보고서.

테이블에 앉은 사람들 앞에도 각각 복사된 보고서가 한 부씩 놓여 있었다. 그들은 이미 연쇄적으로 벌어질 앞으로의 일에 한발씩 들여놓은 상태였다.

"파울라와 제가 이런 식으로 대면하는 건 이번이 처음입니다."

빌손은 말을 시작하며 참석자들과 하나하나 눈을 맞췄다.

"다른 분들을 모시고, 보안장치도 해놓지 않은 장소에서, 그리고 저희에게 통제권이 없는 그런 상황에서 말입니다."

빌손은 보고서를 손에 들었다.

"전례가 없는 회의라고 할 수 있겠습니다. 그런 자리이니만큼 여러분들께서도 전례가 없는 결정을 내려주시길 바랍니다."

*

에베트는 스벤이 예상보다 몇 분 일찍 찾아왔을 때 바닥에 앉아 있었다. 스벤은 아무런 말도 하지 않고 아무것도 묻지 않은 채 그대로 소파에 앉아 기다렸다. 언제나처럼.

"이 자리가 훨씬 좋더라고."

"어느 자리요?"

"여기 바닥. 소파가 너무 푹신푹신하다는 느낌이 들기 시작했어."

그는 벌써 이틀째 사무실 바닥에 드러누워 잠을 잤다. 불편한 다리의 통증도 싹 사라졌고, 창밖의 자동차 소음에도 어느 정도 익숙해졌다.

"베스트만나가탄 사건에 대해 보고드릴 게 있어요."

"뭐 새로운 거라도 건진 거야?"

"꼭 그런 건 아닙니다."

에베트는 바닥에 앉은 채 천장을 뚫어져라 쳐다보고 있었다. 평소에는 몰랐는데 전등 근처로 기다랗게 갈라진 부분이 눈에 들어왔다. 최근에 새로 생긴 건지, 아니면 항상 사무실에 울려 퍼지던 음악에 정신 팔려 모르고 지내온 건지는 알 수 없었다.

에베트는 한숨을 내쉬었다.

경찰이 된 후로 줄곧 살인사건을 맡아온 그였다. 하지만 베스트만나가탄 79번가 사건은 무언가 아귀가 들어맞지 않아 찜찜한 기분이 가시지 않는 것이다. 사망자 신원을 확인했고, 아파트 소유주도 조사해보았다. 게다가 암페타민 가루를 비롯해 그걸 뱃속에 삼켰다 뱉어낸 배달책의 담즙도 발견되었다. 바닥에 흥건한 혈흔도 발견되었고, 총이 발사된 발사각도 알아냈을 뿐만 아니라 스웨덴 사람으로 추정되는 목격자가 직접 신고전화까지 했고, 동유럽 마피아의 개입을 의미하는 폴란드 보안경비회사의 존재까지 알아낸 상태였다.

하지만 그런 성과에도 불구하고 결정적 단서는 어디에도

보이지 않았다. 코펜하겐까지 날아갔다 오기 전과 마찬가지로 실마리 하나 잡지 못한 상황이었다.

"그 아파트에 열다섯 가구가 살고 있어서 사건 발생시각 집에 있었던 사람들을 모두 만나 탐문수사를 했습니다. 그 중 세 명의 진술에서 흥미로운 점을 발견했습니다. 1층에 살고 있는……. 듣고 계신 거예요, 선배님?"

"얘기 해."

"1층에 사는 핀란드 사람의 진술에 따르면 당시 두 명의 남자를 봤는데 생전 처음 보는 사람들이었다고 합니다. 1층은 건물에 출입하는 모든 사람들이 거쳐 가는 관문이기 때문에 무언가를 목격하기엔 최적의 장소이긴 합니다만, 아무튼 창백한 얼굴에 민머리, 검은 정장을 차려입은 40대 남성들이었다고 합니다. 비록 문구멍으로 몇 초간 내다본 게 전부였지만 아마 제가 생각했던 것보다는 많은 걸 보고 들은 게 확실합니다. 게다가 슬라브어를 들었다고 한 걸 보니 일단 정황에 들어맞기는 합니다."

"폴란드어겠군."

"세입자 역시 그쪽으로 보이니까요."

"마약 운반책, 시체, 폴란드. 마약, 폭력, 동유럽 마피아."

스벤은 바닥에 앉은 선배를 내려다보았다. 선배는 다른 사람들의 시선 따위는 전혀 개의치 않는 사람이었다. 스벤은 죽었다 깨나도 따라할 수 없는 행동이었다. 그런 자신의 모습을 바꿔보려고 수년간 기를 쓰고 노력해보았지만 소용

없었다. 스벤은 호감 있어 보이려는 성향이 강했기 때문에 언쟁이나 소동을 벌이는 일은 거의 없고 모든 일에 다분히 순종적이었다.

"5층 사건현장 몇 집 건너에 거주하는 젊은 아가씨와 바로 위층인 6층에 거주하는 노인, 두 사람 모두 사건 발생당시 집에 머물고 있었는데 총성 같은 굉음을 들었다고 합니다."

"굉음?"

"두 사람 모두 더 이상의 진술은 꺼리고 있습니다. 총기에 대한 지식도 전혀 없고 그게 총소리가 맞다고 확신할 수도 없다더군요. 하지만 두 사람 모두 굉장히 큰 굉음을 들었고, 평상시에는 전혀 들어본 적 없는 소리라는 건 확실하다고 합니다."

"그게 단가?"

"네."

책상 위에 놓인 전화기에서 벨소리가 날카롭게 울려 퍼졌다. 스벤은 그대로 소파에 앉아 있었고 에베트 역시 바닥에서 일어날 기미조차 보이지 않았지만 전화기는 계속해서 울려댔다.

"제가 받을까요?"

"안 받으면 끊어야지 저렇게 수화기를 계속 붙들고 있는 사람들은 이해할 수가 없다니까."

"제가 받아요, 선배?"

"내 책상 전화기야."

에베트는 느릿느릿 몸을 일으켜 소란스럽게 울려대는 전화기를 향해 육중한 몸을 움직였다.

"네?"

"숨이 차신 목소리네요."

"바닥에 앉아 있다 일어났거든요."

"이쪽으로 내려오셔야 할 것 같습니다."

에베트와 스벤은 아무 말 없이 사무실을 나서 내려가는데만 한참 걸리는 엘리베이터를 초조하게 기다렸다. 과학수사대 연구소 문 앞에 서 있던 닐스 크란츠 검시관은 두 사람을 좁은 방으로 안내했다.

"조사지역을 좀 넓혀보라고 말씀하셨잖아요. 그래서 그렇게 했는데요, 70번가부터 90번가까지 건물 인근을 샅샅이 뒤지는 과정에서 73번가 쓰레기수거함 중, 재활용종이보관함에서 이걸 발견했습니다."

크란츠 검시관은 비닐봉투 하나를 들어 보였다. 에베트 그렌스는 가까이 다가가 살펴보더니 잠시 뒤 돋보기를 끼고 증거품을 살펴보았다. 천으로 보이는 물건이었다. 회색과 흰색 체크무늬가 보였고 부분적으로 혈흔이 묻어 있었다. 셔츠 아니면 재킷처럼 보였다.

"흥미롭군그래. 이거 잘하면 결정적 단서가 되겠는데."

크란츠 검시관은 봉투를 열고 증거물을 꺼내 넙적한 접시처럼 생긴 판 위에 올려놓고는 손가락을 구부려 진한 얼룩이 묻어 있는 부위를 가리켰다.

"혈흔과 화약 잔여물을 조사해본 결과 베스트만나가탄 79번가 아파트 현장에서 발견된 사망자 피, 그리고 화약 성분과 일치했습니다."

"그렇다고 해도 달라지는 건 없지 않습니까. 이미 알고 있는 망할 것들 외에 수사에 도움을 주는 건 하나도 없는 거고."

크란츠는 셔츠 조각을 다시 가리키며 설명을 이어나갔다.

"이 셔츠에는 피해자의 피가 묻어 있었습니다. 하지만 한 가지가 더 나왔습니다. 또 다른 혈액이 발견된 겁니다. 총을 쏜 사람의 피가 확실합니다. 에베트, 이 셔츠는 살인자가 입고 있던 겁니다."

*

법정. 그랬다. 법정에 선 느낌이 들었다. 권위와 힘이 느껴지는 방. 살인사건의 정황을 자세히 기술한 문서가 놓인 엄중한 회의 테이블. 예란쏜 총경은 사실관계를 확인하고 심문을 하는 검사의 역할이었다. 법무장관은 검사의 기소 내용을 경청하고 결정을 하는 판사의 역할이었다. 호프만의 오른쪽에 앉은 빌손은 정당방위를 주장하며 선처를 요구하는 변호인의 역할이었다. 호프만은 자리를 박차고 나가고 싶었지만 침착하게 앉아 있어야 했다. 어쨌든 그의 역할은 피고였기 때문이다.

"달리 대안이 없었습니다. 제 목숨이 왔다 갔다 하는 판이었습니다."

"대안은 언제나 있기 마련이지."

"그 친구들을 진정시키려고 노력했지만 제 한계는 딱 거기까지였습니다. 전 처음부터 끝까지 범죄자의 역할을 해야 했습니다. 그러지 않았다면 전 이미 죽은 목숨이었을 겁니다."

"이해가 가지 않는군."

이상한 기분이 들었다. 그가 앉아 있는 곳에서 한 층 떨어진 방에는 스웨덴 총리가 있었다. 그리고 밖에는 사람들이 무알코올 맥주나 커피 한 잔을 손에 들고 거리를 걸으며 한가로이 점심시간을 보내고 있었다.

"전 그 친구들에겐 스웨덴 최고의 조직원입니다. 당시 현장에 같이 있었던 조직원들은 폴란드 정보부에서 훈련을 받은 사람들입니다. 이상한 낌새를 귀신같이 알아차리는 능력을 가진 사람들이란 말입니다."

"우린 지금 살인사건에 관한 이야기를 하고 있는 거야. 그리고 자네, 호프만인지 파울라인지 뭐라고 불러야 될지 모르겠지만 자넨 그 살인을 막을 수 있었다는 게 중요한 거고."

"처음에 조직원이 피해자 머리에 총구를 겨누었을 때만 해도 어느 정도 통제가 가능한 상황이었습니다. 하지만 겁먹은 그 친구가 자신의 정체를 드러내면서 모든 게 틀어진 겁니다. 경찰의 끄나풀이라고 자신을 밝혔으니 죽음을 자초한 셈이죠······. 저도 어쩔 수가 없었단 말입니다."

"자네한테 대안이 없었다면 우리도 마찬가지야. 그럼 이 사건을 처음부터 아예 없었던 일로 해야 한다는 말인가?"

테이블에 앉은 네 사람 모두 그를 바라보고 있었다. 빌손, 예란손, 그리고 법무장관. 네 번째 인물은 계속해서 침묵을 지키고 있었다. 호프만은 그가 왜 이 자리에 있는지 이해할 수 없었다.

"스웨덴 영토에서 새로운 마피아 조직이 활개치기 전에 소탕할 계획이시라면, 정말 그럴 생각이시라면, 여기 앉아 계신 분들이라 해도 다른 대안은 없습니다."

회의실은 실제 법정 분위기와 다를 바 없이 냉혹했다. 따뜻한 피가 흐르는 사람이 없는 것 같았다. 전에도 지금처럼 심판대에 오른 적이 다섯 차례 있었다. 그리고 그때마다 모두 피고의 역할을 해야 했다. 그를 사회의 일원으로 받아들이느냐, 강철문이 달린 몇 평방미터 공간에 붙잡아두느냐를 결정하는 사람들 앞에서. 형 집행 연기 몇 번, 증거부족으로 인한 무죄 방면 몇 차례, 그리고 딱 한 번의 유죄판결로 외스테로켈에서 끔찍한 세월을 보내야 했다.

당시 그는 성공적인 변론을 펼치지 못했다. 또다시 그 기억을 되풀이하고 싶지 않았다.

닐스 크란츠 검시관은 모니터 가까이 얼굴을 들이대고 숫자들 사이에서 위쪽을 향하고 있는 작고 빨간 점들을 가리키며 설명을 시작했다.

"여기 이 위쪽의 데이터 열을 보시기 바랍니다. 코펜하겐 경찰에서 보내온 분석 결과입니다. 옌스 크리스티안 토프트라는 코펜하겐 국적자의 DNA 정보입니다. 베스트만나가탄 79번가에서 살해된 피해자말입니다. 그리고 아래쪽 데이터 열은 국립과학수사연구소에서 보내온 자료입니다. 베스트만나가탄 73번가 쓰레기통에서 발견한 티셔츠의 혈흔을 분석한 결과입니다. 가로세로 최소 2밀리미터 크기의 혈흔이었습니다. 보시다시피 데이터 열이 정확히 일치합니다. 이 빨간 점들이 STR 지표인데 염기서열의 길이가 정확히 일치합니다."

에베트는 설명을 듣고 있었지만 그의 눈에는 동일한 패턴이 반복되는 그림만 들어올 뿐이었다.

"그 친구한테는 더 이상 관심 없소, 닐스. 내가 알고 싶은 건 살인자의 정체란 말입니다."

크란츠는 상대의 말에 성가신 말로 반박할까 냉소로 받아칠까 생각했다. 하지만 그의 말을 무시하는 쪽을 택했다. 그러고 나면 오히려 기분이 더 좋아질 때가 많았기 때문이다.

"하지만 거기서 멈추지 않고 2밀리미터보다 더 작은 혈흔도 똑같이 분석해보라고 지시를 내렸습니다. 법정에서 증거채택이 불가할 정도로 작더라도, 다른 혈흔과 상이하다는 결과만 확인할 수 있으면 된다고 말이지요."

크란츠는 다음 분석 자료를 보여주며 설명을 이어나갔다.

빨간 점들이 비슷한 패턴을 그리고는 있지만 높낮이 차이가 크고 전혀 다른 숫자들이 배열된 자료였다.

"이건 다른 사람의 혈흔입니다."

"누굽니까?"

"그건 저도 모르지요."

"전과기록 찾아보면 되지 않습니까?"

"나오지 않았습니다."

"닐스, 우리 어렵게 하지 맙시다."

"접근 가능한 정보와 전과 자료를 다 뒤져서 일치하는 사람이 있는지 비교해봤습니다. 범인의 피라는 건 확실하니까요. 하지만 그 DNA 정보는 스웨덴 경찰의 전과기록에서는 절대 찾을 수 없을 게 확실합니다."

그는 나이 든 경정을 쳐다보며 말했다.

"에베트, 범인은 스웨덴 사람이 아닐 가능성이 매우 높습니다. 행동방식이나, 라돔을 사용한 점, 그리고 DNA 정보가 전혀 없다는 점이 그 사실을 반증합니다. 아무래도 수사 방향을 좀 더 넓혀보시는 게 좋을 것 같습니다."

*

법무장관 집무실의 커다란 유리창을 통해 리달피예덴 강물 속으로 녹아들어갈 듯 수면에 맞닿아 있는 잘 익은 오렌지 빛깔의 태양이 보였다. 피에트 호프만은 안 그래도 음울해 보이는 고가의 박달나무 회의용 탁자를 더더욱 우울하게 만들어주는 그 빛을 바라보고 있었다. 그는 이 방에서 뛰쳐나가고 싶었다. 자리를 박차고 나가 소피아의 품으로, 자신을 보고 웃는 후구에게, 아빠라 부르며 자신을 쳐다보는 라스무스에게 달려가고 싶었다.

"회의를 계속하기 전에……."

변호인 역할을 맡은 빌손은 헛기침을 하며 목청을 가다듬었다.

"회의를 계속하기 전에 베스트만나가탄 79번가 사건과 관련해 그 어떤 상황이 발생해도 파울라가 기소되는 일은 없을 거라고 보장해주셨으면 합니다."

법무장관은 아무런 감정도 드러내지 않았다.

"그런 요구사항을 내놓는 입장은 저도 이해하겠습니다."

"전에도 비슷한 결정을 하셨다는 거, 알고 있습니다."

"하지만 범죄에 대한 면책권을 허가하려면 마찬가지로 왜 그래야 하는지 정당한 이유가 있어야 합니다."

마이크는 여전히 넓적다리 아래쪽으로 살짝 흘러내린 상태였다.

그런데 더 아래로 흘러내릴 조짐이 보였다. 고정한 테이프가 조금씩 헐거워졌기 때문이다. 자리에서 한 번만 더 일어나면 완전히 떨어질 것 같았다.

"그 이유를 설명해드릴 수 있다면 기꺼이 하겠습니다."

빌손은 한 손으로 비밀 보고서를 꽉 그러쥐었다.

"9개월 전, 세를 불리던 멕시코 마피아를 단번에 일망타진할 수 있는 기회가 있었습니다. 5개월 전에는 역시 영역을 확장해나가던 이집트 마피아 조직을 무너뜨릴 수도 있었습니다. 만약 우리 정보원들에게 적극적으로 범죄에 가담해도 좋다는 권한을 부여했다면 말입니다. 하지만 그런 일은 일어나지 않았습니다. 우리는 두 범죄조직이 신나게 활개치고 돌아다니는 모습을 멍하니 바라만 보고 있을 수밖에 없었습니다. 하지만 지금, 또 다른 기회가 찾아왔습니다. 이번에는 폴란드 마피아란 말입니다."

피에트 호프만은 가만히 앉아 있는 척 하며 테이블 밑으로 한 손을 넣고 손가락만 사용해서 갑자기 하나로 뒤섞이기 시작한 마이크 연결선과 테이프를 떼어놓으려고 애썼다.

"파울라는 계속해서 잠입작전을 수행하게 될 겁니다. 그리고 보이테크 조직이 스웨덴 전역의 교도소에 형성된 마약 시장을 장악하는 순간, 파울라는 있어야 할 자리에 있을 겁니다. 마약 배달과 판매에 대한 상세한 기록을 바르샤바에 넘길 유일한 장본인이자 언제, 어떻게 그 조직을 일망타진할 수 있는지에 대한 정보를 우리 측에 제공해줄 수 있는 유일한 사람으로서 말입니다."

드디어 풀었다. 바지 속에 숨어 있던 핀 머리 크기의 마이크 위치를 간신히 찾아냈다. 호프만은 위치를 바로잡기 위해 선을 조금 끌어당겨 이번에는 넓적다리 뒤쪽으로 가져갔다. 오히려 아까보다 말하는 사람의 소리를 더 잘 포착할 수 있는 위치였다.

그 순간 그는 갑자기 동작을 멈췄다.

정반대편에 마주보고 앉은 예란숀이 그를 뚫어지게 쳐다보기 시작했기 때문이다. 그는 시선을 거두지 않았다.

"대상은 경비등급이 높은 스웨덴 교도소들입니다. 보이테크 조직은 두 부류의 수감자들에게 판매를 집중할 걸로 예상됩니다. 첫째, 백만장자 그룹입니다. 중형을 선고 받은 장기수들 중 조직범죄로 돈을 벌어들이는 인간들을 말합니다. 이들은 부정한 방법으로 벌어들인 돈을 매일 같이 그램당 밀거래되는 마약에 쏟아 부어 고스란히 보이테크 조직에 갖다 바치게 됩니다. 둘째, 소모품이라 불리는 부류입니다. 돈은 없지만 수감기간 내내 외상으로 마약을 공급받다가 막대한 빚을 떠안고 출소하는 인간들을 말합니다. 이들은 살아남기 위해 조직의 마약 판매원이 되거나 보이테크 조직이 개입된 각종 범죄활동에 투입되어 온갖 악행을 저지르는 식으로 빚을 청산하게 됩니다."

호프만은 일단 마이크 위치 바로잡는 일을 중단하고 양손이 모두 보이게 테이블 위로 올려놓았다.

예란슨은 여전히 호프만을 노려보고 있었다. 그가 시선을 돌리기 전까지 호프만은 숨을 쉬기도, 침을 삼키기도 어려울 정도로 1초가 한 시간처럼 느껴졌다.

"더 이상 명확하게 설명하기는 어려울 것 같습니다. 결정은 여러분들이 내리시는 겁니다. 작전을 계속하실 겁니까, 아니면 이번에도 역시 방관자로 남으실 겁니까?"

법무장관은 테이블에 앉은 사람들을 차례로 둘러보고는 창밖으로 고개를 돌려 태양을 바라보았다. 아름답게 빛나는 태양이었다. 그녀 역시 자리를 박차고 나가고 싶은 마음이었을 것이다.

"잠깐 밖에서 기다려주시겠습니까?"

호프만은 못마땅한 듯 고개를 으쓱하고는 문을 향해 걸어나가다 갑자기 걸음을 멈췄다. 마이크. 테이프가 완전히 떨어져나가며 마이크가 오른쪽 다리와 바지 사이로 흘러내렸던 것이다.

"몇 분이면 됩니다. 얘기가 끝나면 다시 부르겠습니다."

호프만은 아무런 대꾸도 하지 않았다. 대신 방을 나가면서 가운뎃손가락을 치켜 올렸다. 등 뒤로 짜증 섞인 한숨이 들려왔다. 그의 행동을 목도한 좌중은 심히 불쾌했지만 애써 시선을 돌려 외면했다. 호프만은 바지 속에서 흘러내린 물건을 알아차리지 못하게 하기 위해 의도적으로 도발한 뒤 문을 닫고 황급히 나가버렸다.

법무장관의 표정은 여전히 아무런 변화가 없었다.

"방금 9개월 전이니 5개월 전이니 하시면서 멕시코, 이집트 마피아 얘기를 하셨습니다. 대답부터 드리자면, 난 동의할 수 없습니다. 왜냐고요? 당신들이 끄나풀로 이용하는 범죄자는 계속해서 위험한 범죄자로 남을 가능성이 매우 높기 때문입니다."

"파울라는 위험요소가 아닙니다. 그 친구는 보이테크 조직의 초고속 확장 티켓이란 말입니다. 모든 작전이 그 친구를 중심으로 돌아가고 있어요."

"당신이나 내가 신뢰할 수 없는 인물에게 범죄에 대한 면책권은 절대 승인할 수 없습니다."

"전 그 친구를 믿습니다."

"그럼 무슨 이유로 아까 그 사람이 이곳에 들어올 때 예란손 총경이 몸수색을 했는지 그 이유부터 설명해보시지요."

"전 파울라의 직속상관입니다. 그 친구와 매일같이 연락하고 일하는 사람은 바로 접니다. 전 그 친구를 전적으로 믿습니다. 보이테크 조직의 확장은 촌각을 다투는 문제란 말입니다! 다시 한 번 말씀드리지만, 경찰 정보원이 세를 불려가는 범죄조직의 핵심부까지 치고 올라간 건 이번이 처음입니다. 파울라만 있으면 조직을 일거에 쓸어버릴 수 있습니다. 그 친구에게 베스트만나가탄 사건에 대한 면책권만 있다면 말이지요. 그래서 제대로 된 조직원으로 적진에서 작전을 수행할 수 있게 된다면 말입니다."

법무장관은 황금빛 석양이 바라보이는 창가로 다가갔다.

이 방에서 어떤 결정이 내려질지에 대해선 상상도 못할 사람들이 한가로이 늦은 오후를 보내게 될 시내 전경이 한눈에 들어왔다. 법무장관은 뒤돌아서서 그때까지 묵묵히 자리를 지키고 있던 제4의 인물을 바라보며 물었다.

"어떻게 생각하세요?"

법무장관은 빌손 경정과 예란손 총경에게 결정에 참여할 기회를 주었다. 하지만 그녀가 최종판단을 내리는 데 결정적 역할을 할 사람은 바로 이 사람이었다. 그는 경찰 조직의 수장이었다.

"갑부 지능범들은 보이테크 조직의 실질적인 돈벌이가 되는 것이고, 잡초에 해당하는 밑바닥 범죄자들은 빚에 시달리다 단순잡범에서 보이테크 조직의 노예가 된다는 말이군요."

경찰총감은 날카로운 비음이 섞인 목소리로 말했다.

"그런 일이 일어나는 건 원치 않습니다. 장관님 역시 같은 생각이실 겁니다. 파울라에겐 베스트만나가탄 살인사건 때문에 한가하게 조사받고 있을 시간이 없습니다."

호프만에게 주어진 시간은 불과 몇 분이었다.

그는 엘리베이터와 가까운 곳에 있던 CCTV를 확인한 뒤 카메라 바로 밑의 사각지대로 자리를 옮겼다. 그러고는 바지 단추를 풀러 가랑이 사이를 지나가는 가느다란 마이크 연결선을 넓적다리 쪽으로 다시 끌어올렸다.

아직 몇 분이 더 남아 있었다.

테이프가 떨어져나간 상태였기에 호프만은 마이크 선을 바지 안감의 이음매 쪽으로 더 잡아당긴 뒤 손가락을 이용해 어설프게나마 선을 고정하고 마이크를 지퍼 쪽으로 최대한 끌어올려 걸어놓은 다음 스웨터를 허리띠 아래로 최대한 내려 입었다.

그나마 지금 상태에서 할 수 있는 최선이었다.

"이제 들어오시지요."

복도 중간쯤에 있던 문이 열리며 법무장관이 나와 그에게 손짓을 했다. 호프만은 보폭을 줄이며 최대한 자연스럽게 보이려고 애썼다.

결정은 이미 내려졌다. 적어도 그렇다는 느낌이 들었다.

"질문 한 가지만 더 하겠습니다."

법무장관은 예란손과 빌손을 차례대로 쳐다보며 물었다.

"대략 24시간 전에, 이번 사건에 대한 수사가 개시되었습니다. 아마 시경에서 맡고 있는 걸로 알고 있습니다. 그 문제는 어떻게 해결하실 건지 묻고 싶습니다."

빌손은 그 순간을 기다렸던 사람처럼 대답했다.

"강력계 수장에게 보낸 제 보고서는 이미 읽어보셨을 겁니다."

빌손은 사람들의 앞에 놓인 보고서를 가리키며 말했다.

"그리고 이건 사건을 담당하고 있는 그렌스, 순드크비스트, 헬만손 수사관들과 크란츠 검시관이 작성한 보고서입니다. 그들이 현장을 직접 보고 알게 된 내용들 말입니다. 그 내용을 제 보고서와 비교해보시고, 파울라가 왜 사건현장에서 작전을 수행하고 있었는지 생각해주시기 바랍니다."

법무장관은 빠른 속도로 보고서를 훑어보았다.

법무장관은 이 상황이 달갑지 않았다. 그녀의 포커페이스가 처음으로 무너지기 시작했다. 다른 경우의 수를 고려하지 않으리라 굳게 다짐했던 속마음을 들키지 않으려고 애쓰는 표정이 역력했다.

"그래서요? 이렇게 작성한 후에는 어떤 일이 벌어지는 겁니까?"

빌손은 씩하고 웃어 보였다. 숨이 막힐 듯한 방 안에서 처음으로 보는 미소였다.

"그다음에요? 제가 아는 바로는 현재 수사관들은 범죄현장 인근의 쓰레기통에서 셔츠 한 장을 발견한 상황입니다."

그는 여전히 싱글벙글한 표정으로 호프만을 바라보며 설명을 이어나갔다.

"피와 화약 잔여물이 묻어 있는 티셔츠 말입니다……. 그런데 거기서 발견된 혈흔은 스웨덴 전과기록을 아무리 뒤져도 나오지 않는 유형입니다. 제 생각으로는 아마 그 단서를 쫓다보면 어딘지도 모를 곳으로 가게 될 겁니다. 수사를 계속하더라도 꽤나 애를 먹게 되리라는 겁니다."

*

문제의 셔츠는 사건 발생 24시간이 훌쩍 지나 붉은 혈흔들이 갈색에 가까운 색으로 변해 있었다. 에베트는 장갑을 낀 손으로 쿡쿡 찌르며 말했다.

"살인자의 셔츠에 살인자의 혈흔까지 묻어 있는데, 도대체 이 살인자를 찾을 방법이 없군그래."

크란츠는 다양한 숫자 위로 떠 있는 붉은 점들을 바라보며 화면 앞에 앉아 있었다.

"정체는 밝힐 수 없겠지만 장소는 알아낼 수 있을 것 같습니다."

"무슨 말입니까?"

그곳은 과학수사연구소의 다른 방들과 마찬가지로 습하고 어두웠다. 스벤은 두 사람을 쳐다보았다. 비슷한 연배에 둘 다 머리가 벗겨지고 있었고, 특별히 쾌활한 성격을 가진 것도 아니면서 언제나 피곤에 찌든 얼굴을 하고 다녔다. 하지만 빈틈이 없었고 특히 두 사람의 가장 큰 공통점은 평생 일밖에 모르고 산 사람들이라는 것이다.

이제 막 경찰세계에 발을 디딘 젊은 세대들은 절대로 따라 할 수 없는 그런 면모였다. 그랬기에 더더욱 에베트 그렌스와 닐스 크란츠, 둘은 멸종위기에 처한 사람들처럼 보였다.

"살인범의 혈흔에 해당하는 이 작은 반점들은 분명 우리 쪽 데이터 분석 자료로는 찾아낼 수가 없을 겁니다. 하지만 이름

없는 이 용의자도 분명 어딘가에 살고 있겠죠. 그리고 이동할 때마다 무언가를 몸에 붙이고 다니게 됩니다. 보통 감식이나 부검과정에서 통상적으로 검사하는 부분인데, 반복적으로 몸에 달라붙는 일종의 유기오염물 같은 게 있습니다. 미세 증거라고도 하는데 신체에 한번 달라붙게 되면 좀처럼 떼어내기도 힘들고 생명력도 끈질긴 데다 잘 녹지도 않습니다. 그 덕에 간혹 범죄수사가 특정 지역이나 장소로 나아갈 방향을 제시하는 단서 역할을 하기도 합니다."

심지어 크란츠는 행동도 에베트와 닮은꼴이었다. 그때까지 그런 사실을 감지하지 못했던 스벤은 불현듯 주변에 소파가 있는지 방을 휙 둘러보았다. 왠지 크란츠 검시관 역시 집보다는 불 꺼진 사무실에 혼자 남아 밤을 지새울 것 같은 강한 확신이 들었기 때문이다.

"그런데 이번엔 그런 단서가 나오지 않더군요. 살인자의 혈흔에서 특정 장소나 나라, 심지어 대륙의 특성을 띤 성분을 찾아낼 수 없었습니다."

"젠장, 이봐요 닐스! 방금 전에는……."

"대신, 셔츠에서 다른 물질이 발견됐습니다."

검시관은 조심스레 작업대에 셔츠를 펼쳐놓으며 설명을 이어나갔다.

"여러 군데에서 말이지요. 특히, 이쪽, 여기 오른팔 아래쪽 말입니다. 여기서 꽃 성분이 발견되었습니다."

에베트는 육안으로 볼 수 없는 무언가를 직접 확인이라도 하려는 듯 셔츠 가까이 몸을 숙였다.

"확실히 꽃입니다. 폴란드산(産) 노란색."

최근 급습작전에서 빈번하게 발견되었다. 진한 튤립 향. 아세톤 대신 식물성 비료를 사용해 제조하는 암페타민.

"확실한 겁니까?"

"당연하죠. 성분, 향, 심지어 사프란처럼 노란색인 것까지 똑같습니다. 흐르는 물에 타면 색을 발하는 황산염 성분까지도요."

"또다시 폴란드로 돌아가는군."

"한 가지 덧붙이자면 어디서 만들어지는지 정확한 위치를 제가 알고 있다는 겁니다."

크란츠는 셔츠를 펼칠 때처럼 조심스레 다시 접었다.

"불과 한 달도 지나기 전에 각기 다른 두 사건에서 완전히 동일성분의 암페타민 분석 결과를 얻었습니다. 그러니까 이제 이 성분은 바르샤바에서 1백여 킬로미터 떨어진 시에들체의 어느 암페타민 제조공장에서 날아온 거라는 사실은 확실히 밝혀낸 셈이지요."

*

강한 햇살은 더위를 부채질하며 재킷에 닿는 목 부위까지 땀으로 가렵게 만들었다. 게다가 신발까지 꽉 끼는 듯 불편한 느낌이 들었다.

법무장관이 잠시 자리를 비우고 훨씬 큰 회의실로 옮겨 간 건 15분 전이었다. 아마도 그곳에서 모 아니면 도에 해당하는 결정이 내려질 터였다. 피에트 호프만은 입이 바싹바싹 말랐다. 억지로 침을 집어삼키고 있었지만 초조하고 두려웠다.

묘한 기분이 들었다.

외스테로켈 교도소 감방에 갇혀 형을 살았던 잔챙이 마약상. 세상 그 무엇과도 바꿀 수 없는 아내와 두 아들을 둔 가장.

그런데 지금의 그는 전혀 다른 사람이 되어 그 자리에 앉아 있었다.

권력을 상징하는 건물, 법무장관의 집무실 안 큼지막한 회의 테이블 한쪽 자리에 앉은 서른다섯 살 남자의 손에 쥐여 있던 휴대전화가 부르르 떨렸다.

"여보세요."

"당신 언제 들어올 건데?"

"많이 늦을 것 같은데. 오늘 회의는 정말 끝이 없네. 빠져나갈 수도 없어. 애들은 어때?"

"애들 생각을 하기는 해?"

아내의 목소리에 갑자기 기분이 상했다. 싸늘하고, 공허한 목소리였다.

"후구하고 라스무스는 어떠냐고?"

아내는 아무런 대답도 하지 않았다. 아내의 행동이 눈에

선했다. 전화기 앞에 서서 가냘픈 한 손으로 이마를 누르고 큼지막한 슬리퍼를 신은 두 발은 안절부절못해 움직이고 있을 모습이. 그녀는 계속 그렇게 화를 낼지 말지 고민 중이리라.

"조금 나아졌어. 한 시간 전에는 열이 38.5도까지 올라갔어."

"사랑해."

호프만은 전화를 끊고 테이블에 앉은 사람들을 한번 쳐다본 뒤 시계를 바라보았다. 19분이 지나갔다. 이제 침까지 모자랄 정도로 입 안이 말라붙었다. 그가 기지개를 켜고 테이블 한쪽 끝을 돌아 자신의 빈 의자로 다가가는 순간 문이 열렸다.

법무장관이 돌아왔던 것이다. 키가 크고 몸집이 건장한 남자가 반 발짝 뒤에 서 있었다.

"이쪽은 폴 라셴 본부장이십니다."

법무장관은 결심을 굳혔다.

"문제해결을 도와주실 겁니다. 다음에 일어날 일에 대해서요."

호프만은 그녀의 말뜻을 이해했다. 즉, 살해공범에 해당하는 처분을 법적으로 눈감아주겠다는 결정을 내린 것이다. 그럴 만한 가치가 있다고 판단한 것이리라. 이전에도 징역형에 처해질 정보원들이 법무장관의 승인으로 면책권을 받은 경우가 두 번이나 있다는 것은 호프만도 잘 아는 사실이었다. 하지만 다른 한편으로는, 법무장관 본인이 상황을 파악하고 있는 미제사건을 눈감아주기로 한 적은 단 한 번도 없었을 거라는 확신이 들었다. 그런 경우는 이미 경찰 선에서 마무리되기 때문이었다.

"이번 일이 무엇에 관계된 일인지 우선 알았으면 좋겠군요."

스웨덴 교도행정국 본부장은 테이블에 앉을 생각이 전혀 없다는 의사를 명확히 내비치며 한 마디 내던졌다.

"지금까지 저희가 했던 방식대로 한 사람에게 자리 하나 마련하는 걸 도와주시면 되는 일입니다."

"그러는 당신은 누굽니까?"

"스톡홀름 시경 소속 에리크 빌손입니다."

"그래서, 내가 당신들을 도와 뚝딱 하고 자리 하나를 마련해줄 거라 생각하는 겁니까?"

"폴?"

법무장관은 미소 띤 표정으로 본부장을 불렀다.

"대상은 나예요. 날 도와주는 거라고요."

꽉 끼는 정장 차림의 건장한 남자는 아무런 대꾸도 하지 않았지만, 그는 온몸으로 불만을 표현하고 있었다.

"당신이 할 일은 지금 제 옆에 있는 파울라라는 사람을 암페타민 3킬로그램 소지죄로 구속한 뒤 바로 아스프소스 교도소로 이감해 감방에 넣어주는 겁니다."

"3킬로그램이라고요? 그럼 제법 장기수가 될 텐데요. 하지만 절차상 우선 교도소로 이감되기 전에 쿰라 쪽 구치소에 수감되어야 합니다."

"이번에는 그럴 수가 없어요."

"하지만 저 사람은……."

"폴?"

법무장관은 여전히 나긋나긋한 목소리로 상대를 불렀지만, 놀랍게도 싸늘한 분위기가 형성되었다.

"그렇게 해주세요."

빌손은 난감한 침묵을 정면으로 돌파했다.

"파울라가 아스프소스에 이감된 뒤 해야 할 교도작업은 이미 정해져 있습니다. 행정구역과 작업실 청소를 남낭해야 합니다."

"교도행정상 청소업무는 일종의 포상에 해당합니다."

"그럼 포상을 해주시면 되지 않습니까?"

"도대체 파울라라는 작자 정체가 뭡니까? 당신이 직접 말 좀 해보시오. 당신 일이니까 당신이 직접 말할 수 있는 거 아니오?"

교도행정국 본부장은 명령을 내리고 그 결과를 보고 받는 일에 익숙하지, 남들에게 명령을 받은 경험은 거의 없는 사람이었다.

"제 이름과 자세한 신상기록에 관한 정보는 조만간 받게 되실 겁니다. 그러니 해당 교도소로 절 보내주시고 방금 말씀 드린 교도작업에도 배치해주시기 바랍니다. 그리고 제가 수

216

감된 뒤 정확히 이틀 뒤에 대대적인 감방 압수수색을 진행해 주시기 바랍니다."

"이런 미친⋯⋯."

"탐지견도 동원해주시기 바랍니다. 아주 중요합니다."

"탐지견? 당신이 숨겨둔 걸 찾아내면 무슨 일이 벌어지는데? 당신이 갖고 들어온 마약을 탕진한 동료죄수를 색출해내라고? 어림없는 소리. 난 절대 동의 못 합니다. 부하직원들을 내 손으로 위험에 빠뜨리게 할 수는 없습니다. 저지르지도 않은 실수 때문에 누군가 분명 책임을 져야 하는 일이 발생한단 말입니다."

법무장관은 라셴 본부장에게 한 걸음 가까이 다가가 그의 한쪽 팔에 손을 얹고 정면으로 바라보며 부드럽게 말했다.

"폴, 현명하게 받아들이세요. 당신을 임명한 건 접니다. 그건 다시 말해서 교도행정과 관련된 일은 당신이 결정한다는 것이고, 당신이 결정하는 건 당신과 내 동의 하에 결정한다는 말이니까요. 나가실 땐 문 닫고 나가주세요."

에리크 빌손은 라셴 본부장이 방을 나갈 때 쿵 하고 울린 문소리가 사라질 때까지 잠깐 뜸을 들이다 말을 이었다.

"파울라가 교도소에서 보이테크 조직의 임무를 성공적으로 수행할 수 있도록 지금보다 훨씬 위험한 인물로 만들어야 합니다. 중범죄에 해당하는 전과기록을 만들어 넣어야 합니다. 그래야 중형을 선고받게 될 테니까요. 죄수들 사이에서도 입소문이 날 정도로 입지가 보장되어야 자유롭게 임무를 수행할 수 있습니다. 미리 말씀드리지만 기존의 재소자들은 반드시 그가 오는 첫날부터 뒷조사를 시작할 겁니다. 그러면 그 친구들은 우리가 만들어놓은 그럴듯한 답변들을 얻게 될 겁니다."

"그게 어떻게 가능한 겁니까?"

시종일관 냉정을 유지하던 법무장관이 눈살을 찌푸리며 물었다.

"그 부분은 제가 포섭한 민간인 정보원이 맡아서 해주게 됩니다. 법원 행정처에서 범죄전과기록 데이터베이스를 직접 관리하는 직원인데, 그쪽에 원본문서를 만들어두면 그만입니다. 지금까지 교도소에서 그런 정보가 문제된 적은 단 한 번도 없었습니다."

빌손은 더 많은 질문이 쏟아질 거라 예상했다.

얼마나 자주 법원 행정처 데이터베이스를 뒤섞고 있는 건지, 얼마나 많은 사람들이 거짓 판결을 받고 돌아다니고 있는 건지를.

하지만 아무런 질문도 받지 못했다.

"앞으로 38시간 후, 지명수배 명단에 오른 위험인물 한 사람이 체포된 뒤 심문을 받게 될 겁니다."

빌손은 호프만을 쳐다보며 말을 이었다.

"그 인물은 유죄를 시인하고 자신이 단독범이라는 진술서를 작성하고 난 뒤, 1, 2주 안에 법원 판결을 받아들여 장기형을 선고받고 스웨덴에서 경비등급이 가장 높은 교정시설

중 하나인 아스프소스 교도소에 수감될 겁니다."

방은 여전히 짜증날 정도로 밝고 볼이 익을 정도로 더웠다.

테이블에 앉은 모든 사람들이 자리에서 일어났다. 회의는 끝이었다.

호프만은 당장에라도 문을 때려 부수고 건물 밖으로 뛰쳐나가 미친 듯이 달려 양팔로 소피아를 꽉 끌어안고 싶었다.

하지만 아직은 아니다.

그는 이 회의가 단 한 가지 결론을 끌어냈다는 사실을 최대한 명확하게 공식화하고 싶었다.

언제나 너를 위해 움직여라.

"떠나기 전에 저에게 정확히 어떤 부분을 보장해주실 건지 요약해주시면 좋겠습니다."

호프만은 상대가 자신의 요구를 거절할 거라고 예상했다. 하지만 법무장관은 그의 요구조건을 들어줄 필요성을 깨닫고 있었다.

"모든 요구조건을 받아들이겠어요."

호프만은 한 걸음 가까이 다가갔다. 느슨했던 마이크 연결선이 바지 안감을 툭 하고 치며 당기는 것 같았다. 그는 몸을 살짝 오른쪽으로 기울이며 법무장관 앞에 섰다. 무엇보다 그녀의 입에서 나오는 모든 내용을 빠짐없이 담아두어야 했기 때문이다.

"어떻게 들어주시겠다는 겁니까?"

"베스트만나가탄 79번가 살인사건에 관해서 그 어떤 법적 책임도 묻지 않을 것을 약속합니다. 당신이 교도소 내에서 임무를 완수할 수 있도록 최선을 다해 도울 것을 약속합니다. 그리고…… 임무 완수 후 당신의 신변 보호를 약속합니다. 살해 위협을 당하거나 죽음의 낙인이 찍힌 채 살아야 한다는 건 나도 잘 아니까요. 새로운 인생, 새로운 신분 그리고 외국에 나가 정착할 수 있도록 금전적 지원도 약속합니다."

법무장관은 호프만을 향해 모호한 웃음을 지어 보였다. 적어도 환한 조명 속에 드러난 그녀의 표정은 그래 보였다.

"이 모든 내용은 법무장관의 직권으로 보상해드릴 것을 약속합니다."

보이테크 조직의 아지트이건 정부청사이건, 그런 건 중요하지 않았다. 어차피 똑같은 약속일 뿐이었다. 법의 양극단에 자리한 조직이었지만 출구는 단 하나 밖에 없으니까.

나름 괜찮은 결과였다. 하지만 충분히 만족스럽지는 않았다.

너 자신 외에 그 누구도 믿지 마라.

"어떻게 보장해주실 건지 더 정확히 알고 싶습니다."

"전에도 세 차례나 이런 결정을 내린 적이 있습니다."

법무장관은 경찰총감에게 시선을 돌렸다. 그는 장관을 향해 고개를 끄덕였다.

"공식적으로 당신은 면책권을 얻은 겁니다. 인도적인 차원에서 말이지요. 거기에 더 이상 자세한 설명은 필요 없다고 생각되는군요. 의료적 차원이건 인도적 차원이건 그 정도면 법무장관이 비밀로 분류하기에 충분한 결정이라고 생각합니다."

호프만은 몇 초간 아무런 말없이 법무장관 앞에 서 있었다.

만족스러웠다. 기대했던 대답에 가까웠다.

다시 들어도 그 뜻이 명확할 정도로 충분히 구체적인 내용이었다.

*

그들은 정부청사와 국회의사당을 연결해주는 지하 통로를 나란히 걸어 나와 뮌토리에트 2번가로 통하는 엘리베이터 앞에 멈춰 섰다.

서둘러야 했다.

남은 시간이 별로 없었기 때문이다. 하지만 멈춰선 두 사람은 마치 자신들이 지금 어디로 향하고 있는지 모르고 있다는 사실을 뒤늦게 깨달은 사람들처럼 보였다.

"자넨 지금부터 범법자야."

빌손은 말을 멈추었다.

"지금부터 자넨 어느 쪽으로든 위험인물이 된 거야. 자네가 경찰 끄나풀이라는 사실이 발각되는 순간, 보이테크 쪽에서는 자넬 죽이려 들 거라고. 그리고 이제 자네도 느꼈을 거야. 그 방에 있었던 인간들, 아무도 사실을 인정하려 들지 않을 거라는 거. 자네가 정말 위험한 존재로 돌변하는 순간 인정사정없이 자넬 버릴 거라는 거. 권력을 위협하는 문제가 발생할 때마다 이전의 정보원들을 잘라냈던 것처럼 말이야. 자넨 보이테크의 에이스야. 그리고 우리 진영의 에이스이기도 하고. 하지만 만일의 사태가 발생하는 날엔 자넨 오직 자네를 위해서만 움직여야 해, 피에트."

호프만은 두려웠다.

그리고 언제나 그랬듯, 그 감정과 맞서 싸워나갈 것이다. 하지만 약간, 아주 약간의 시간이 더 필요했다. 그는 어둠이 깔린 스톡홀름 시내를 혼자 거닐고 싶었다. 하지만 그렇게 했다면 두 사람은 같은 엘리베이터를 타지도, 마당에 대기 중이던 차에 함께 오르지도 않았을 것이며, 더 이상 감정과 싸움을 벌일 필요도 없었을 것이다.

"피에트?"

"네?"

"무슨 일이 있어도 주도권을 쥐고 있어야 해. 언제든지. 만약 일이 틀어지기라도 하면…… 당국은 절대 자네 뒤를 봐줄 수 없을 거야. 자네라는 꼬리를 잘라낼 거라고."

*

그는 걷기 시작했다.

이제 그에게 남은 시간은 정확히 38시간이었다.

제2장

검정색 승합차는 주차장 빌딩의 어두운 골목에 멈춰 섰다.

2A구역.

"38시간이야."

"나중에 뵙겠습니다."

"이 시간 이후로 자넨 범법자야. 그 점을 잊지 말라고."

피에트 호프만은 에리크 빌손의 어깨에 손을 얹은 뒤 뒷자리에서 내려 자동차 배기가스 냄새가 진동하는 공기를 들이켰다. 비좁은 계단을 따라 내려가 레예링스가탄 대로로 접어들자 언제나처럼 붐비는 도심이 나타났다.

튤립. 교회. 스위스 미니건. 10킬로그램. 도서관. 풍속계. 편지. 송신기. 나이트로글리세린. 금고. 시디. 시집. 무덤.

남은 시간은 37시간 55분이었다.

호프만은 인도를 따라 걷기 시작했다. 그리고 웃음을 잃은 수많은 사람들 곁을 지나쳐갔다. 그는 도심에서 떨어진 고요한 거리에 있는 자신의 집으로 당장 달려가고 싶었다. 무언가에 쫓기지 않고, 살아남아야 한다는 강박관념에서 벗어날 수 있는 유일한 곳. 필요한 장비만 있으면 분명히 해낼 수 있다고, 주어진 시간 안에 마무리할 수 있다고 확신했다. 하지만 소피아에게는 어떻게 말을 해야 할지 도무지 알 수 없었다. 위험한 일이 발생할 경우 대부분 자신이 가진 상황 통제력만으로도 해결이 가능했다. 하지만 소피아와의 관계에서는 주도권을 쥘 수 없었다. 아무리 애를 써도 그녀의 반응이나 감정을 통제할 수도, 자기 방식대로 그녀에게 다가갈 수도 없었다.

호프만은 아내를 너무나 사랑했다.

그는 거리의 사람들과 똑같이 미소가 사라진 얼굴로 발걸음을 재촉했다. 호프만은 바사가탄 대로 모퉁이에 있는 꽃집으로 들어갔다. 먼저 온 고객들이 차례를 기다리고 있었다. 이곳에 들어오자 마음이 편안해졌다. 호프만은 저마다 작고 네모난 이름표를 달고 있는 알록달록한 꽃들의 세상으로 빠져들었다. 비록 읽자마자 잊게 될 테지만, 그래도 기분이 좋아졌다.

"튤립 찾으세요?"

앳되어 보이는 꽃집 점원이 물었다. 그녀 역시 네모난 이름표를 달고 있었다. 전에도 여러 번 봤지만, 외워지지 않는 이름이었다.

"분위기 좀 바꿔볼까 해서요."

"튤립이 제격이에요. 봉오리 상태로 드릴까요? 냉방실에 둔 걸로요?"

"평소처럼 해주세요."

그곳은 스톡홀름 시내에서 5월에도 튤립을 가져다놓는 몇 안 되는 꽃집이었다. 아마 그 이유는 대략 30대 중반으로 보이는 한 고객이 주기적으로 찾아와 개화 직전의 상태에서 섭씨 5도의 상태로 보관된 재고가 남아 있을 경우 다량으로 구입해가기 때문이었다.

"세 다발이지요? 빨간색 하나, 노란색 두 다발이오?"

"네?"

"한 다발에 25송이씩 맞죠? 하얀색 카드 하나 넣고요?"

"잘 아시네요."

하늘거리는 종이가 25송이의 튤립을 한 다발씩 감싸 안았다. 노란색 다발에는 각각 '성공적인 우호협력관계에 감사드립니다. 아스프소스 상인협회'라는 문구가 적힌 카드를, 빨간색 다발에는 '사랑해'라는 문구가 적힌 카드를 끼워 넣었다.

호프만은 계산을 하고 바사가탄 대로를 따라 수백여 미터를 내려와 2층에 호프만 보안경비회사라는 간판이 붙은 건물 앞에 멈춰 섰다. 그는 문을 열고 경보장치를 해제한 뒤 곧장 부엌의 싱크대로 향했다. 바로 전날, 14명의 운반책들이 각각, 1천5백 그램에서 2천 그램의 암페타민이 담긴 콘돔을 토해낸 바로 그 자리였다.

호프만은 찬장에서 묵직한 크리스털 꽃병을 찾아내 안에 물을 채우고 25송이의 튤립을 꽂아 넣었다. 그러고는 연녹색 꽃받침에 아직 개화 직전의 노란 봉우리를 달고 있는 튤립 50송이는 조리대 위에 올려놓았다.

그는 오븐을 작동해 대략 50도 정도로 온도를 조절했다. 구식 다이얼 온도조절장치가 달린 제품이라 정확한 눈금의 변화를 확인하기 힘들었다.

냉장실 온도는 6도에서 2도로 내린 뒤 확실히 해두기 위해 위 칸에 온도계를 따로 집어넣었다. 내장형 온도계는 생긴 모양이 조잡한 데다 눈금을 읽기도 힘들었기 때문이다.

호프만은 부엌에서 나와 이케아 가방을 손에 들고 두 칸씩 계단을 뛰어올라 맨 위층으로 갔다. 그는 팬히터 안에서 한 번에 11개의 깡통을 꺼내 모조리 가방에 담은 뒤 다시 파이프를 원상복귀 해놓고 내려왔다.

'경쟁조직 밀어내는 데는 사흘 정도가 필요합니다.'

호프만은 오븐 상태를 확인해보았다. 대략 50도 정도로 달궈진 상태였다. 그는 냉장고 문을 열고 위 칸의 온도계를 확인해보았다. 꽃집 보관 상태와 똑같은 4도였다. 하지만 2도까지 내려야 했다.

'도대체 어떻게 할 생각인 건지 알고 싶군그래.'

이케아 가방에서 꺼낸 첫 번째 깡통. 1천 그램의 암페타민. 튤립 50송이에 숨기고도 남을 분량이었다.

'튤립과 시가 도와줄 겁니다.'

호프만은 싱크대를 꼼꼼히 닦았다. 그래도 철제 물마개 끝에 여전히 전날의 흔적이 달라붙어 있었다. 계획에 없었던 충격으로 인해 아연실색한 운반책들은 부득이하게 증거를 남겨선 안 될 곳에서 마약을 뱉어내야 했다. 호프만은 수도꼭지를 틀고 뜨거운 물을 쏟아 부으며 마지막까지 달라붙어 있던 우유, 콘돔 등 각종 토사물을 지우기 위해 벅벅 문질렀다.

각종 날붙이들이 담긴 싱크대 서랍에는 두툼한 내열장갑이 들어 있었다. 호프만은 둥근 봉오리를 문 쪽으로 향하도록 해 한 송이씩 오븐 안에 집어넣었다. 그가 가장 좋아하는 순간이기도 했다. 초록색 줄기 끝에 갇혀 있던 봄 냄새와 생명력. 그것들이 오븐 속에서 갑자기 찾아온 온기 덕분에 긴 잠에서 깨어나 자신들의 참된 빛깔을 처음으로 드러내는 순간.

호프만은 봉오리가 몇 센티미터 정도 열리자 다시 꽃들을 꺼냈다. 아름다운 색과 생명력에 홀려 멍하니 오븐 속에 넣어둔 상태로 넋을 잃고 바라보는 일이 없도록 각별히 주의를 기울여야 했다.

호프만은 꺼낸 꽃들을 조리대에 올려놓고 돌기나 윤활제가 없는 무색무취의 일반 콘돔 몇 개를 꺼낸 뒤 조심스레 각각의 꽃봉오리 속에 절반 정도 찔러 넣고 칼끝으로 암페타민 가루를 살짝 떠서 그 안에 집어넣었다. 작은 봉오리일 경우 3그램을, 조금 큰 봉오리일 경우 4그램을 넣고 최대한 공기가 통하지 않도록 밀봉했다. 그러고는 암페타민으로 채워진 튤립 두 송이를 접시에 올려 냉동실에 집어넣었다.

튤립은 영하 18도 속에서 10분간 일종의 반(反)숙성과정을 거친다. 그래야 찬란한 모습을 다시 감추고 꽃을 피우기 직전의 수면상태로 돌아가기 때문이다. 그 과정을 거친 뒤 호프만은 다시 냉동실에서 꽃을 꺼내 2도의 냉장실로 옮겨 놓았다. 그 상태가 유지되어야 개화시기를 늦출 수 있기 때문이다.

다음 번 꽃을 피울 때는 교도소장의 책상 위가 될 것이다.

호프만이 계획한 바로 그 시간에.

책상 위에 담뱃갑과 디지털보이스레코더가 나란히 놓여 있었다.

—이 보고서를 읽어봤어요. 당연히…… 여자일 거라 생각했는데요?

항문 속으로 들어갈 정도로 작은 크기의 레코더.

여기에 기록된 목소리들이 컴퓨터 안으로 들어갔다.

—여기선 그게 제 이름입니다.

그는 녹음된 내용 전부를 각각 다른 시디에 기록한 뒤 하나는 갈색 A4 크기의 봉투에, 다른 하나는 같은 크기의 하얀색 봉투에 집어넣었다. 그러고는 총기보관함에서 여권 네 개를 꺼내 그중 세 개를 다시 갈색 봉투에 넣고 네 번째 여권은 하얀색 봉투에 넣었다. 그리고 마지막으로 소형 송신기 두 개와 이어폰 모양의 수신기 두 개를 꺼내 각각의 봉투에 집어넣었다.

"접니다."

그는 휴대전화에 등록된 유일한 번호로 전화를 걸었다.

"그래."

"베스트만나가탄 사건 말입니다. 그 형사라는 사람, 이름을 잊어먹었습니다. 수사를 담당한다던 사람요."

"그건 왜?"

"에리크, 저한테 남은 시간은 이제 겨우 35시간입니다."

"그렌스."

"성은요?"

"에베트. 에베트 그렌스야."

"어떤 사람이에요?"

"별로 좋은 일 같지는 않은데? 뭣 때문에 그러는 건데?"

"그냥 묻는 말에만 대답해요! 어떤 사람이냐고요?"

"몇 안 되는 퇴물이야."

"수사관으로는요?"

"장난 아니지. 그래서 내가 지금 이렇게 애를 먹고 있는 거고."

"무슨 말이에요?"

"그 양반…… 절대 멈추지 않아. 포기를 모르는 양반이라니까."

호프만은 갈색 봉투 앞면에 크고 또렷하게 에베트 그렌스라는 이름을 적고 작은 글씨로 주소를 적었다. 그러고는 내용물을 다시 확인해보았다. 시디 한 장, 여권 세 개, 소형 송신기 하나, 그리고 이어폰 모양의 수신기 하나.

'포기를 모르는 양반이라니까.'

*

　빌손은 베텐 호수로 서서히 기울어가는 석양의 끝자락을 느긋하게 감상하고 있었다. 최근 들어 호프만이 변하고 있다는 것은 이미 눈치채고 있었다. 호프만이 자신에게서 점점 더 멀리 달아나는 것 같았다. 방금 전 통화에서는 그가 아예 파울라로 느껴졌다. 물론 그럴 필요가 있었고, 또 그렇게 해야 한다고 가르친 것도 빌손 자신이었다. 하지만 아끼는 부하가 점점 다른 사람으로 변해가는 모습은 충격으로 다가왔다.

　빌손은 최근 들어 여러 차례 옌셰핑 역에서 스웨덴 법원 행정처에 이르는 짧은 거리를 왕복해야 했다. 그곳을 찾은 이유는 바로 한 개인의 신상기록을 조작하기 위해서였다.

　사람을 포섭하는 일은 그의 전문분야였다. 그는 형을 살고 있는 범죄자를 꼭두각시로 삼아 범죄조직에 집어넣는 일이나, 민간인 법원 직원을 구워삶아 범죄자 신상기록에 한두 줄 넣고 빼는 일에 아주 능했다. 빌손은 그들이 매우 중요한 사람임을 상기해주며 띄워주는 일에도 소질이 있었다. 그래서 그들의 행동이 이 사회를 돕는 정의로운 일이라고 스스로 믿게

끔 만들었다. 그는 미소만 지어야 할 땐 미소로, 크게 웃어야
할 땐 큰 웃음으로 상대를 대했다. 심지어 *끄나풀*이나 정보원
의 환심을 사들여, 자신이 그들을 생각하는 것보다 상대가 자
신을 더 좋아하고 걱정할 정도였다.

　"안녕하세요."

　"이렇게 늦은 시간까지 기다려주셔서 감사합니다."

　50대로 보이는 여성이 미소를 지었다. 빌손은 몇 년 전,
예타 상고법원에서 진행된 재판에서 그녀를 자신의 정보원
으로 끌어들였다. 일주일 동안 매일 같은 법원에서 마주친
두 사람은 어느 날 저녁, 식사 후에 이어진 긴 토론 끝에 법
원 행정처의 신상기록 변경권한을 갖고 있는 그녀가 스웨덴
경찰이 조직범죄 현황을 파악하는 데 큰 도움이 될 수 있다
는 결론에 이르렀다.

　두 사람은 육중한 법원 건물을 향해 함께 걸어갔다. 그녀
는 법원 경비에게 손을 흔들며 "제 손님이에요."라고 말을
한 뒤 계속해서 행정처 2층으로 걸어 들어갔다. 그녀는 자신
의 사무실 책상 컴퓨터 앞에 앉았고, 빌손은 빈 책상에서 의
자 하나를 끌어다 그녀의 뒤에 앉았다. 그녀가 자판에 사용
자 이름과 암호를 쳐 넣고 소형 마그네틱 카드를 키보드 위
쪽에 붙은 단말기에 읽히는 동안 그는 묵묵히 기다렸다.

　"누구에 관한 기록이에요?"

　승인카드는 그녀의 목에 걸린 끈에 달려 있었다. 그녀는
초조한 듯 목에 건 끈을 만지작거렸다.

"721018-0010입니다."

빌손은 한 팔을 뻗어 그녀가 앉은 의자 등받이 위에 올렸다. 그녀가 그렇게 해주면 좋아한다는 것을 알기 때문이다.

"피에트 호프만이라는 사람인가요?"

"맞습니다."

"스톡루스베겐 21번가, 122 32 엔셰데네요."

빌손은 모니터를 들여다보았다. 그리고 국립스웨덴경찰국 전과기록에 뜬 피에트 호프만의 기록 첫 페이지에 시선을 고정했다.

1. 총기소지죄 08-06-1998 형법 제9장, 1조, 2항, 총기소지 위반

2. 불법물품거래 04-05-1998 형법 제10장, 4조. SPC

3. 난폭운전 02-05-1998 형법 제3조 2항 RTOA(1951:649)

징역 1년 6월에 처함.

04-07-1998 형 집행

01-07-1999 가석방

감형 6개월

"거기에 몇 줄 정도 좀 추가했으면 합니다."

그는 모니터 쪽으로 몸을 기울이면서 그녀의 등을 살짝

만졌을 수도 있다. 하지만 단란한 관계는 딱 거기까지였다. 두 사람 모두 자신들이 무슨 일을 하고 있는지 잘 알고 있었기 때문이다. 하지만 그녀는 바보 같은 감정에 기꺼이 자신을 내맡겼다. 그리고 그는 그런 관계에 응하는 척 연기를 했다. 두 사람은 경찰과 정보원의 관계처럼 서로를 이용하는 관계였다. 서로의 관계를 규정짓는 증거는 어디에도 없지만 비밀스런 만남을 최우선으로 하는 암묵적 합의의 관계.

"추가하신다고요?"

"그러니까…… 몇 줄 정도만……."

빌손은 자세를 바꿔 뒤로 기댔지만, 한 손으로 다시 그녀의 등을 살짝 쓰다듬었다.

"어디를 수정할까요?"

"첫 페이지예요. 외스테로켈 복역기간요."

"징역 1년 6월에 처함, 이 부분인가요?"

"그걸 5년으로 바꿔주세요."

그녀는 왜냐고 묻지 않았다. 단 한 번도. 그녀는 스톡홀름 시경의 강력계 경정 직함을 달고 자신의 곁에 앉아 있는 수사관을 믿었고, 그 행동이 사회의 공익과 범죄예방을 위한 길이라고 굳게 믿었다. 그녀의 가느다란 손가락이 키보드 위를 옮겨 다니자 1년 6월이라는 단어가 순식간에 5년으로 바뀌었다.

"감사합니다."

"이게 다인가요?"

"다음 줄, 총기소지 위반이라고 나온 부분요. 그걸로는 충분하지 않거든요. 거기에 죄목을 좀 더 추가해야 합니다. 살인미수, 경관 폭행 등을 넣어주세요."

법원 행정처의 널찍한 사무실. 그곳에 불이 켜진 책상은 단 하나, 가동되고 있던 컴퓨터도 단 한 대였다. 빌손은 늦게까지 남아 야근을 해야 하는 행정처 여직원이 어떤 위험을 감수하고 있는지 잘 알고 있었다. 사무실 동료들은 한참 전에 퇴근해 각자의 집에 돌아가 거실 소파에 앉아 텔레비전을 보고 있을 시각, 그녀는 공문서위변조 혐의를 뒤집어쓰고 기소당할 위험을 감수할 만큼 자기 역할의 중요성을 느끼고 있었다.

"이제 높은 형량에 죄목도 추가가 됐네요. 더 필요하신 거는요?"

그녀는 721018-0010이라는 신분증 번호 주인의 전과기록 페이지를 출력한 뒤 자신의 존재감을 일깨워주고 있는 남자에게 건넸다. 그녀는 그 남자가 서류를 읽는 동안 점점 더 가까이 다가갔다.

"아주 좋습니다. 오늘은 여기까지 하지요."

빌손은 교도소 내에서 발생할지 모를 호프만에 대한 존경심과 의혹 사이의 갈등을 단번에 날려버릴 종이 두 장을 손에 들고 대답했다. 아스프소스 교도소에 수감되면 호프만은 아마 한 시간도 지나지 않아 정확한 죄목을 추궁하는 다른 죄수들에게 시달리게 될 것이다. 그렇기 때문에 살인미수와 경관 폭행으로 5년 형을 선고받은 사람처럼 행동해야 한다. 보안등급 분류상 언제든 필요할 경우 살인도 마다하지 않을 위험인물에 걸맞은 행동을.

파울라는 감방에 들어가는 그 순간부터, 그런 사람처럼 보여야 한다.

빌손은 미소를 짓고 있는 법원 행정처 여직원의 팔을 쓰다듬으며 발그레해진 그녀의 볼에 살짝 입을 맞췄다. 그녀는 스톡홀름으로 돌아가는 마지막 열차를 타기 위해 서둘러 발걸음을 옮기는 빌손을 바라보며 계속해서 미소 짓고 있었다.

*

동네 어귀로 밀려든 어둠이 세를 불리기 시작하자 집이 더 작게 보이는 것 같았다.

정면에서 바라본 집은 페인트칠이 바닥으로 다 흘러내리기라도 한 듯 아무런 색도 느껴지지 않았고, 굴뚝과 새로 얹은 지붕은 위층 유리창 아래로 쏟아져 내릴 듯 기운 모습이었다.

호프만은 정원의 사과나무 옆에 서서 부엌과 거실을 유심히 살폈다. 밤 10시 반, 늦은 시각이었다. 하지만 평소 아내는 그 시간에도 깨어 있었다. 커튼 뒤로 갑자기 그녀의 모습이 보일 것만 같았다.

미리 전화라도 한 통 했어야 했다.

'루센바드' 미팅은 오후 5시가 넘어서야 끝났다. 그 뒤로 꽃집에 들러 튤립 세 다발을 구입해 사무실로 돌아가 암페타민을 튤립에 넣고, 법무장관 사무실에서 녹음한 내용을 공 시디에 옮겨 담고, 가급적이면 절대로 받을 일이 없어야 할 두 사람에게 보낼 작은 소포를 준비하다 보니 전화 걸 틈도 없이 순식간에 밤이 되었던 것이다.

이제 남은 시간은 33시간.

호프만은 잠겨 있던 현관문을 열고 들어갔다. 부엌 원탁 너머 불빛도, 서재에서 들리는 라디오 소리도, 그녀가 너무나 좋아하는 토크쇼 소리도, 아무런 인기척도 느껴지지 않았다. 그는 집으로 돌아왔다. 하지만 그 집은 적대적인 장소로 변해, 그가 통제할 수 없는 반응을 보이며 그를 두렵게 하고 있었다.

호프만은 세상에 홀로 남겨진 것 같은 고립감을 꾹 억눌렀다.

사실, 그는 언제나 외로웠다. 어떻게 대해야 할지 몰라 결국 하나씩 등지다보니 곁에 남은 친구도 거의 없었다. 그를 먼저 외면하진 않았지만 연락을 끊은 채 지내다보니 찾아가 만날 친척도 없었다. 하지만 그가 느끼는 외로움은 차원이 달랐다. 그 자신이 직접 선택한 고립이었기 때문이다.

호프만은 부엌 불을 켰다. 식탁은 깨끗이 정리된 상태였다. 과자 하나만 더 달라고 칭얼거리며 아이들이 흘렸을 잼이나 빵가루는 둥글게 원을 그리며 지워나간 행주 덕분에 말끔히 사라진 뒤였다. 더 가까이 들여다보면 밝게 빛나는 나무 표면 위로 행주가 남긴 자국까지 선명히 보일 정도였다. 세 가족이, 불과 몇 시간 전에 그 자리에 앉아 저녁식사를 했다는 뜻이었다. 그리고 아내는 저녁식사가 끝났다는 점을 명확히 전달하고 싶은 듯 식탁을 깨끗하게 정리해두던 것이다. 호프만은 그 식사자리를 함께 하지 못했다. 그리고 이후로도 참석할 수 없을 것이다.

꽃병은 싱크대 위 찬장에 놓여 있었다.

호프만은 붉은 튤립 사이에 '사랑해'라고 쓴 카드를 똑바로 찔러 넣고 꽃다발을 꽃병에 꽂아 카드가 잘 보이도록 테이블 정중앙에 놓았다.

그는 최대한 조심스레 계단을 밟았지만, 한 발 한 발 내디딜 때마다 삐걱거리는 소리가 마치 경고음처럼 울렸다. 그는 두려웠다. 당장에라도 마주쳐야 할 화난 얼굴이 두려운 게 아니라 그로 인한 결과가 두려웠던 것이다.

아내의 모습은 보이지 않았다.

호프만은 문턱에 서서 텅 빈 침실을 바라보았다. 침대보는 손도 대지 않은 상태였다. 그는 후구의 방으로 가보았다. 겨우 다섯 살짜리 목에서 나는 기침소리가 예사롭지 않게 들렸다. 아내는 그 방에도 없었다.

마지막 남은 방 하나. 호프만은 뛰다시피 그곳으로 향했다.

그녀는 좁은 침대 위에서 막내아들 옆에 달라붙은 채 누

241

위 있었다. 이불을 뒤집어쓰고 웅크리고 있었지만 잠이 든
상태는 아니었다. 거친 숨소리가 느껴졌기 때문이다.

"애들은 어때?"

그녀는 뒤도 돌아보지 않았다.

"아직도 열이 있어?"

그녀는 아무런 대꾸도 하지 않았다.

"미안해. 빠져나올 수가 없었어. 전화라도 했어야 했다는
거 알아. 정말 그래야 했다는 거 안다고."

그녀의 침묵. 그 어느 것보다 끔찍한 상황이었다. 차라리
언쟁을 벌이는 편이 나았다.

"내일은 정말 내가 애들 볼게. 하루 종일. 약속내로 말이
야."

빌어먹을 침묵.

"사랑해."

내려갈 때는 올라갈 때보다 삐걱거리는 소리가 덜했다.
그의 재킷은 거실 옷걸이에 걸려 있었다. 그는 현관문을 닫
고 나갔다.

*

호프만은 동네 사람 거의 대부분이 잠든 시각, 홀로 차
안에 앉아 있었다. 가끔 버릇처럼 혼자 차에 앉아서 천천히
60까지 세며 팔다리 하나하나에 쌓인 긴장감을 털어내곤

했다.

한적한 교외 생활을 함께 하는 이웃집 창문들도 하나씩 어둠 속에 잠기고 있었다. 사무엘손과 순델의 집 2층에는 퍼런 텔레비전 불빛이 창문에 반사되고 있었다. 뉘만의 집 지하방 창문은 노란색에서 빨간색으로 바뀌었다. 호프만은 그 집 아들 하나가 지하에서 지내고 있다는 걸 알고 있었다. 어둠은 그렇게 내려앉았다. 차창만 내려도 손에 닿을 것 같은 집과 정원을 마지막으로 다시 한 번 바라보았다. 그 집은 이제 어둠과 적막감 속에 잠겨 있었다. 거실 미등마저 꺼져 있었다.

내일, 모든 걸 그녀에게 털어놓으리라.

남은 시간은 32시간 30분. 오늘 밤은 잠을 이룰 수 없을 것이다.

그리고 내일 밤도. 잠은 5평방미터 크기의 구치소에 수감될 2주 동안 충분히 잘 수 있을 것이다. 텔레비전도, 신문도, 면회 올 사람도 없이 그저 침대에 누워 외부로 연결되는 모든 걸 차단한 채로 말이다.

그는 작은 길을 따라 느릿느릿 차를 몰면서 두 통의 전화를 걸었다. 첫 번째 전화는 자정, 2번 약속장소에서 만나자는 내용이었고, 두 번째는 그 뒤에, 단빅스베리예트에서 만날 누군가와의 통화였다.

호프만은 더 이상 서두르지 않고 한 시간 정도 어슬렁거렸다. 그는 차를 몰고 시내로 향해 쇠데르말름에 있는 훈슈

툴 인근을 한 바퀴 돌아보았다. 그곳은 그가 적지 않은 시간을 보낸 동네였다. 그가 살던 당시에는 도시 사람들이 그곳 주민들을 눈엣가시처럼 여기곤 했다. 호프만은 베리순드 해안가에 있는 목욕탕 앞에 차를 세웠다. 통나무로 지어진 낡지만 제법 운치 있는 이 목욕탕은 수년 전, 몇몇 정신 나간 사람들이 허물어야 한다며 난리를 치긴 했지만 지금은 많은 사람들이 찾아와 수영과 목욕을 즐기는 명소가 되었다. 밤인데도 날씨가 훈훈했다. 그는 재킷을 벗고 아스팔트를 따라 거닐며 자동차 전조등 불빛을 받아 잔잔하게 빛나는 물가를 바라보았다. 차들은 속도를 줄여 주차할 공간을 찾고 있었다.

호프만은 딱딱한 공원 벤치에 앉아 10여 분을 보낸 후 바에서 느긋하게 맥주 한 잔을 마셨다. 또 다른 삶을 살던 당시, 늦은 밤마다 만났던 바텐더는 여전히 호쾌하게 웃었다. 바 구석자리에 앉아 여기저기 굴러다니는 석간신문 기사 몇 개를 읽는 동안 그릇에 담긴 땅콩을 집어먹다 보니 손가락에 기름이 배어들었다.

호프만은 그렇게 시간을 조금씩 써버리고 있었다.

마침내 가게를 나온 그는 약속된 아파트로 들어가 삐걱거리는 나무 바닥을 밟고 3층으로 올라갔다.

에리크 빌손은, 이제 파울라로만 불리게 될 남자가 현관 문을 열고 누수로 엉망이 된 바닥을 건너오는 동안 비닐 커버로 덮인 소파에 앉아 있었다.

"아직 늦지 않았어. 손을 떼고 싶다면. 자네도 알다시피 말이야."

끄나풀이라는 존재는 단지 도구일 뿐, 생산성이 보장되는 한 실컷 써먹은 뒤 위험해지면 뒤도 돌아보지 않고 잘라내 버리는 게 일반적이었다.

"이 일 한다고 특별수당이 따라오는 것도 아니야. 그렇다고 정부가 공식적으로 자네에게 고마움을 표할 일도 없고."

하지만 피에트, 아니 파울라와의 관계는 달랐다. 단순 끄나풀 그 이상이었다. 마치 친구 같은 존재. 그는 따뜻한 눈길로 파울라를 바라보았다. 사적인 감정을 개입하면 안 되지만, 빌손의 방식은 달랐다.

"자네한텐 소피아가 있어. 두 아이도 있고. 그게 어떤 기분인지 나는 잘 모르겠지만…… 나도 가끔 그런 가정을 원할 때가 있어. 그리고 만약 나한테 그런 가족이 있었다면…… 고맙다는 말 한 마디 하지 않을 인간들을 위해 그런 위험을 자처하진 않을 거라고."

빌손은 자신이 지금, 이 자리에서 절대로 해선 안 될 행동을 하고 있다는 사실을 아주 잘 알고 있었다. 경찰당국을 도울 수 있는 유일한 끄나풀에게 그의 도움이 가장 절실한 순간, 그에게 발을 빼라고 설득하는 일.

"이번 일은 지금까지 해온 그 어떤 일보다 더 많은 위험을 감수해야 해. 어제 루센바드로 가는 터널에서도 내가 말했을 거야. 자네가 우리 쪽 임무를 완수하는 날은, 보이테크 조직의 제거대상 명단 1호에 이름을 올리는 날이야. 그게 무슨 말인지, 정말 무슨 뜻인지 확실히 알고 있는 거지?"

경찰 정보원으로 활동한 지 9년째. 피에트 호프만은 비닐 커버를 씌워놓은 소파를 한번 쳐다보고는 옆의 팔걸이의자를 골라 앉았다. 대답을 하자면, 아니다. 호프만은 자신의 결정이 수반하게 될 결과를 정말 제대로 파악하고 있는지 확신이 서지 않았다. 하지만 호프만은 자신이 왜 긍정의 답변을 했는지 정확히 기억하고 있었다. 외스테로켈 교도소 면회실로 찾아온 빌손이 소파에 앉아 복역기간 단축과 정기외출을 비롯해, 출소 뒤에도 범죄활동에 편의를 봐주겠다는 것, 그리고 경찰 끄나풀을 하는 대가로 그의 범죄전과기록을 삭제하고 은신처를 제공해줘 강력계 형사나 검사에게 시달리지 않도록 해주겠다는 제의를 할 당시 무슨 말을 주고받았는지 똑똑히 기억하고 있었다. 그땐 모든 게 너무나 단순해 보였다. 숱한 거짓말, 이중생활이 들통 날 위험, 감사는커녕 보호조차 받을 수 없다는 점은 생각해보지도 않았다. 가족이 없었으니까. 오로지 자신만을 위해 살고 있었으니까.

"이번 일, 무슨 일이 있어도 끝낼 겁니다."

"자네가 발을 뺀다고 해도 비난할 사람은 없어."

이미 시작한 일, 끝장을 볼 터였다. 그는 스릴 넘치는 삶도, 가슴이 터져나갈 듯 솟구치는 아드레날린을 다스리는 법도 잘 알고 있었다. 그리고 쓸모없는 인간이었던 자신이, 이 일에 있어서 그 누구보다 뛰어나다는 자부심을 품고 살아왔다.

호프만은 그런 삶에 중독되어 있었다. 아드레날린과 자부심 없는 삶이 어떤지 알고 싶지도 않았다.

"발 뺄 생각, 전혀 없습니다."

"좋아. 예전에도 이런 얘긴 충분히 했으니까."

그는 무엇 하나 제대로 마무리할 능력도 없는 사람이었다. 이번에는 기필코 끝장을 보리라.

"이런 얘기, 정말 고맙게 생각해요, 에리크. 이런 말씀 하시면 안 된다는 건 저도 잘 아니까요. 그리고 맞습니다. 이런 얘긴 충분히 했습니다."

빌손은 하고 싶은 말을 했다. 그리고 원하는 답변도 얻었다.

"불상사가 생길 경우에는요?"

호프만은 자리에서 일어나 비닐 커버를 씌워놓은 불편한 소파로 옮겨 앉았다.

"만약 정체가 탄로 날 경우, 교도소 내에서는 빠져나갈 곳이 없어. 대신, 독방으로 이감은 가능해."

빌손은 파울라 또는 호프만을 쳐다보며 설명을 이었다.

"조직에게 사형선고를 받게 될 수도 있을 거야. 하지만 자 넨 죽지 않아. 독방으로 이감을 요청하고 그 안에 들어가면 일단 우리 쪽에 연락하고 일주일 정도만 기다려. 필요한 서 류를 꾸며서 자넬 거기서 빼줄 사람을 보내는 데 걸리는 시 간이야."

빌손은 발치에 있는 검은 서류가방을 두 사람 사이의 탁 자 위에 올려놓고 안에서 서류철 두 개를 꺼냈다. 새롭게 작 성된 국립스웨덴 경찰 전과기록 자료와 역시 새롭게 작성된 면담조사 녹취록이었다. 경찰수사를 통해 10년 형을 받게 될 서류에 들어갈 문서들이었다.

심문 담당 수사관 얀 산델(JZ): 9밀리 라돔이 맞습니까?
피에트 호프만(PH): 맞습니다.
JZ: 체포 당시, 당신이 소지하고 있던 총에는 발사 흔적이 남 아 있었고 탄창에는 두 발이 빈 상태였습니다.
PH: 그렇게 말씀하시면 그렇겠죠.

피에트 호프만은 묵묵히 서류를 읽어보았다.
"5년이라고요?"
"그래."
"살인미수에, 경관 폭행까지요?"
"맞아."

JZ: 두 발을 쐈다고 증언해줄 목격자가 여럿 있습니다.

PH: (대답 없음)

JZ: 쇠데르함의 칼텐스가탄 대로변 아파트에 살고 있는 목격자가 여럿입니다. 공교롭게도 그 사람들 아파트 창문은 당신이 피해자 달 경관에게 총을 쏜 그 잔디밭을 향해 있었단 말입니다.

PH: 쇠데르함이라고요? 거긴 한 번도 가본 적 없습니다.

빌손은 단계별로 철저히 준비해두었다. 모든 자료가 하나로 뭉쳐져 믿을 만한 근거 자료가 될 터였다.

"이걸로 정말 될까요?"

전과기록을 수정하려면 수사에 대한 심리를 다시 열고, 그 과정이 끝나면 변경된 내용에 따라 실제로 형을 살았던 교도소에서 그 내용을 교도행정국으로 보고하는 식이었다.

"문제없어. 수사기록에 따르면 자넨 장전된 라돔으로 경관의 얼굴을 세 차례 가격했고 그가 의식을 잃고 쓰러질 때까지 계속 폭행을 가했다고 나와 있어."

JZ: 당신은 근무 중인 경관을 살해하려 했습니다. 우리 동료 경찰을 말입니다. 난 그 이유를 알고 싶단 말입니다.

PH: 그게 질문입니까?

JZ: 왜 그랬는지 묻고 있지 않습니까?

PH: 쇠데르함에선 절대로 경찰을 쏜 적 없습니다. 왜냐고요? 거긴 단 한 번도 간 적 없으니까. 그런데 내가 만약 거기에 있었고 정말로 당신 동료에게 총을 쐈다면, 그건 내가 경찰을 죽도록 싫어해서 그랬을 겁니다.

"그러고는 총을 겨누고 안전장치를 푼 다음 두 발을 쐈어. 한 발은 넓적다리를, 다른 한 발은 왼쪽 팔뚝을 관통한 거지."

빌손은 뒤로 기대며 계속했다.

"자네 범죄이력이나 전과기록, 혹은 수사 자료를 살펴볼 수 있는 사람들 중에서 이 사실을 의심할 사람은 아무도 없어. 아래쪽에 수갑에 관련된 이야기도 추가했어. 자넨 취조받는 내내 수갑을 차고 있었다고. 안전상의 이유로."

"좋습니다."

호프만은 각기 다른 두 개의 서류를 하나로 접었다.

"몇 분만 더 기다려주세요. 다시 한 번 쭉 읽어봐야겠어요. 그래야 제대로 알 수 있을 테니까요."

호프만은 단 한 번도 낭독된 적 없는 법원 판결문과 단 한 번도 일어난 적 없는 수사 심리에 관한 서류를 손에 쥐고 있었다. 허구지만 그가 교도소에 수감된 뒤 임무를 완수하기 위해서는 그 무엇보다 중요한 자료들이었다.

그에게 남은 시간은 이제 31시간이었다.

목요일

교회 시계탑이 자정을 넘어 오전 1시를 알리고서야 호프만은 빌손과 헤어져 밖으로 나왔다. 바깥 날씨는 이상하게도 여전히 후덥지근했다. 늦봄에서 초여름으로 넘어가는 시기여서인지, 온몸이 긴장한 탓에 끓어오르는 열 때문인지는 알 수 없었다. 피에트 호프만은 재킷을 벗고 베리순드 해변을 따라 자신의 차가 있는 곳까지 걸었다. 그는 쇠데르말름 서쪽에서 동쪽으로 차를 몰고 알스뇌가탄 대로로 접어들어 단빅스베리예트까지 이어지는 유일한 도로를 막고 있는 방벽 앞에 멈춰 섰다.

호프만은 차에서 내려 짤랑거리는 열쇠 꾸러미를 뒤적이다 일반 열쇠 절반 정도 되는 작은 쇠붙이 하나를 골라냈다. 최근 몇 년간 자주 사용했고, 앞으로 얼마 동안 가지고 다녀야 할 물건이었다. 호프만은 방벽을 걷어내고 통과한 뒤 다시 방벽을 닫고 구불구불한 길을 따라 서서히 차를 몰아 정상 부근에 있는 노천카페로 향했다. 시내가 한눈에 내려다보이는 이 카페는 시나몬 번으로 유명한 곳이기도 했다.

한적한 주차장에 차를 세운 호프만은 살트셴 해변으로 몰려드는 파도가 절벽을 때리는 소리에 잠시 귀를 기울여보았다. 몇 시간 전만해도 이곳은 서로의 손을 마주잡고 사랑을 속삭이거나, 카페라테를 마시는 사람들로 가득 찼을 것이다. 지금은 빈 커피 잔이나 구겨진 냅킨이 놓인 플라스틱 접시가 여기저기 흩어져 있을 뿐이었다. 그는 카페 건물 앞에 놓인 테이블에 앉았다. 나무 셔터는 내려져 있고, 테이블들은 콘크리트 덩어리 같은 곳에 쇠사슬로 묶여 있었다. 피에트 호프만은 일생 최고의 순간을 보냈지만 여전히 이방인처럼 느껴지는 도시를 내려다보았다. 마치 잠시 관광차 들렀다가 어딘지도 모를 곳으로 조만간 떠나야 할 것 같은 기분이었다.

발소리가 들렸다.

등 뒤 어둠 속에서 희미하게 들려오던 발소리는 어느덧 딱딱한 바닥을 밟는 소리로 바뀌면서 점점 가까워지고 또렷해졌다. 절그럭거리며 큰 소리로 자갈을 밟고 오는 상대는 굳이 자신의 등장을 숨길 생각이 없는 듯했다.

"피에트."

"로렌츠."

동년배로 보이는 건장한 검은 피부의 사내가 모습을 드러냈다.

두 사람은 평상시처럼 서로를 끌어안았다.

"얼마나 있어?"

사내는 호프만 앞에 앉았다. 거구의 몸이 발산하는 힘 때문에 그가 팔꿈치를 테이블에 내리는 순간 테이블이 살짝 들렸다 내려앉았다. 두 사람이 알고 지내온 지 벌써 10년이었다. 그는 호프만이 신뢰하는 몇 안 되는 사람 중 하나였다.

"10킬로."

두 사람은 외스테로켈 감방동기였다. 나란히 감방이 붙어 있던 그들은 교도소가 아닌 다른 곳에서 만났다면 그렇게 가까워지지 않았을 것이다. 폐쇄된 공간에 갇혀 선택권이 없는 하루하루를 공유해야 했던 두 사람은 어느새 가장 가까운 친구가 되었다.

"순도는?"

"30퍼센트."

"어디 물건이야?"

"시에들체."

"꽃이군. 좋아. 고객이 원하는 물건이야. 질이야 어떻든 난 상관 안 하지만 개인적으로 꽃냄새는 정말 못 맡아주겠어."

로렌츠는 호프만이 빌손에게 넘기지 않은 유일한 마약 거래상이었다. 호프만은 그를 좋아했다. 그리고 그의 도움이 필요했다. 로렌츠는 호프만이 따로 자금을 마련하기 위해 빼돌린 물건을 대신 팔아주는 친구였다.

"그런데 30퍼센트짜리라면……. 플라탄하고 센트랄렌에 팔아넘기기엔 너무 강해. 거긴 순도 15퍼센트가 넘는 물건을 맛본 인간들이 하나도 없어. 아마 문제만 일으킬 거야. 이건 아무래도 클럽에 가서 팔아야겠어. 요즘 애들은 돈도 많고, 강한 걸 주로 찾거든."

빌손은 자신이 모르는 인물이 하나 있다는 사실을 알고 있었다. 그리고 그 이유 역시 잘 알고 있었다. 그 덕에 호프만은 계속해서 딴 주머니를 찰 수 있었던 것이다. 빌손은 그의 범죄를 눈감아주었고 심지어 도와주기도 했다. 그 대가로 파울라의 잠입이 지속되기 때문이었다.

"순도 30짜리 물건 10킬로면 상난 아닌네. 그래도 난 다 팔 수 있어. 자네 부탁이니까 말야. 그런데 피에트, 이 말은 친구로서 하는 말이니까 잘 들어. 자네 정말 누가 꼬치꼬치 캐물어도 빠져나갈 구멍은 만든 거야?"

두 사람은 서로를 쳐다보았다. 로렌츠의 질문은 다른 의도가 전혀 없었고 호프만은 그가 왜 그런 질문을 하는지 잘 알고 있었다. 바로 호프만 자신이 책임져야 할 일이었기 때문이다. 과거, 호프만은 이곳에서 받은 물건을 개인적인 용도로 아주 조금 빼돌려 저곳에 팔아 자신의 주머니를 채웠다. 하지만 이번에는 목돈이 필요했고 단순히 개인적인 용도 이상의 이유가 있었다. 그랬기에 팬히터에 숨겨놓은 깡통 몇 개를 빼내온 것이다.

"철저하게 준비해놨어. 만약에 내가 이번에 빼돌린 물건으로 번 돈을 써야 할 날이 온다면, 그건 아마 그런 질문에 대답하기 너무 늦어버렸기 때문일 거야."

로렌츠는 더 이상 묻지 않았다.

누구나 자기 사정대로 선택을 하기 때문에, 상대가 입을 다문다면 더 캐물어볼 이유가 없었다.

"일단 폭약 구입비로 5만은 제해야 해. 시간이 너무 촉박했다고, 피에트. 그래서 평소보다 돈이 더 많이 들었어."

그램당 1백 크로나. 10킬로그램이면 1백만 크로나.

폭약 구입비로 5만이 나가도 95만 크로나가 현금으로 들어온다.

"물건은 다 챙겨온 거야?"

"펜틸이야."

"그것만으론 부족해."

"그리고 나이트로글리세린. 고폭탄. 특수 비닐용기에 넣어 밀봉한 것들이야."

"내가 찾던 물건이군."

"기폭장치와 도화선은 서비스야."

"그렇게 해주면 고맙지."

"이거면 완전 난장판이 될 거라고."

"아주 좋아."

"이제 하고 싶은 대로 하면 되는 거야, 피에트."

어둠 속에 주차된 두 대의 차는 나란히 트렁크가 열린 채였다. 순도 30퍼센트의 암페타민 1킬로그램짜리 깡통 10개가 든 파란색 이케아 가방과 현금 95만 크로나가 담긴 갈색 서류가방을 비롯해 고폭탄 두 뭉치가 자리를 바꿨다. 이제 신속히 구불구불한 길을 다시 내려가 집으로 돌아가야 할 시간이었다.

*

차로 치고 지나갔다는 사실을 깨달았을 땐 이미 늦은 뒤였다. 진입로 주변이 너무 어두워 근처에 있던 빨간 소방차를 미처 발견하지 못했던 것이다. 호프만은 차를 50센티미터 정도 전진한 뒤 차에서 내려 무릎을 꿇고 주변을 훑다가 오른쪽 앞바퀴 옆에서 라스무스가 가장 좋아하는 장난감 자동차를 찾아냈다. 상태는 썩 좋지 못했다. 하지만 빨간 매직펜으로 문을 색칠해 에나멜처럼 반짝반짝 빛나게 한 뒤 지붕 중간쯤에 붙은 하얀 사다리를 구부려 원상태로 되돌려놓으면 다시 가지고 놀 수는 있을 듯했다.

호프만은 트렁크를 열고 스페어타이어 뒤에 있던 갈색 서류가방을 열어보았다. 그러고는 잠시 망설이다 밀봉된 비닐 뭉치 두 개만 꺼내고 95만 크로나 지폐는 가방에 남겨두었다.

그는 어둠에 잠긴 정원으로 서서히 걸어 들어갔다.

그리고 부엌에 도착해 문을 닫기 전까지 불을 켜지 않았다. 쓸데없이 소피아를 깨우고 싶지 않았기 때문이기도 하지만, 화장실이나 냉장고로 향하는 아내와 맞닥뜨리고 싶지 않았기 때문이기도 했다. 그는 여전히 행주가 지나간 흔적이 남아 있는 식탁에 앉았다. 몇 시간 뒤면, 온가족이 둘러앉아 어지르고 떠들며 아침식사를 할 자리였다.

그는 밀봉된 비닐 뭉치 두 개를 테이블 위에 내려놓았다. 따로 확인할 필요는 없었다. 로렌츠가 구해왔다는 것 자체가 보증수표였기 때문이다. 호프만은 양철로 된 가는 볼펜 케이스처럼 생긴 뭉치 하나를 개봉하고 기다란 선을 꺼냈다. 코일이 감긴 가느다란 18미터짜리 코드는 보기에는 평범했다. 하지만 폭약을 다룰 줄 아는 사람의 눈에는 완전히 다른 물건이었다. 펜틸 도화선, 삶과 죽음의 경계를 나누는 물건. 호프만은 감겨 있는 코드를 풀어 여기저기를 만져본 뒤 중간을 잘라 각각 9미터짜리 코드 두 개로 만들었다. 나머지 네모난 비닐 뭉치에는 24개의 작은 비닐용기가 담겨 있었다. 비닐용기는 아버지가 동전을 따로 모아두던 초록색 앨범을 떠오르게 했다. 아무런 가치 없던 동전들. 한번은 온몸의 감각이 마약을 부르짖던 어느 날, 그 동전을 팔려고 가지고 나간 적이 있었다. 하지만 닳아빠진 갈색 구리 조각에 관심을 보이는 수집가는 오직 이 세상에 아버지 한 분이라는 사실만 깨달았을 뿐이었다. 아버지에게 그 동전들은 지나간 시절에 대한 기억과 맞먹는 값어치를 지니고 있었던 것이다.

호프만은 조심스레 24개의 비닐용기를 만져보았다. 그 안에는 투명한 액체가 들어 있었다. 총 4센티리터의 나이트로글리세린을 24등분해 담은 비닐용기였다.

누군가 흐느끼는 소리가 들려왔다.

피에트 호프만은 부엌문을 열었다.

또다시 흐느끼는 소리가 들리더니 잠잠해졌다.

그는 위층으로 올라가보았다. 라스무스가 악몽에 시달리고 있었다. 하지만 달래주기 전에 다시 잠이 들었다.

호프만은 아래로 내려가 부엌 대신 지하실로 향했다. 창고 한쪽에 그의 개인 총기보관함이 있었다. 그는 보관함을 열고 선반에 진열된 여러 개의 총을 둘러보다가 하나를 꺼내들고 다시 위로 올라왔다.

스위스 미니건. 세계에서 가장 작은 초소형 리볼버였다. 크기는 자동차 열쇠보다 작았다.

지난 봄, 스위스에 가서 직접 구해온 물건이었다. 초소형 약실에 6밀리 탄환이 장착되는데, 한 발만으로도 살상이 가능한 위력적인 물건이었다. 호프만은 총을 손바닥에 얹어 무게를 재보면서 총을 쥔 팔을 앞뒤로 흔들어보았다. 단 몇 그램에 지나지 않았지만, 누군가의 목숨을 앗아가기엔 충분했다.

그는 부엌문을 닫고 쇠톱으로 미니건의 방아쇠울 양쪽 끝을 자르기 시작했다. 방아쇠를 둥글게 둘러싸고 있는 방아쇠울이 너무 좁아 검지를 집어넣는 게 불가능해 아예 없애버리기 위해서였다. 단 몇 분 만에 걸림돌이 제거되었다.

호프만은 단지 손가락 두 개로 초소형 미니건을 들어 올려 식기세척기를 겨누고 방아쇠 당기는 흉내를 내보았다.

고작 이쑤시개 정도 길이였지만 여전히 크게 느껴져 초소형 드라이버를 꺼내 아예 분해하기로 했다. 우선, 매우 조심스럽게 나무 손잡이 한쪽에 달려 있는 나사를 푼 뒤, 눈에 잘 보이도록 흰색 조리대에 올려놓았다. 절대 잃어버려선 안 될 물건이었다. 다음으로는 공이치기 가까이 있는 손잡이 반대편 나사를 풀었다. 그리고 드라이버 끝으로 리볼버 중간 부분을 몇 차례 톡톡 쳐서 이쑤시개 정도 길이의 미니건을 여섯 개로 분해했다. 손잡이 쪽 두 개, 총열이 달린 프레임, 약실 고정 피벗, 방아쇠, 탄환 여섯 발이 든 약실, 총열 보호대, 그리고 따로 명칭이 없는 프레임 일부. 호프만은 각각의 부속을 비닐에 담고 펜틸 도화선 두 줄과 비닐용기들을 모두 챙겨 차 트렁크 속 가방 위에 올려놓았다.

*

호프만은 식탁 의자에 앉아 빛이 어둠을 밀어내는 장면을 고스란히 지켜보고 있었다. 드디어 나무 계단을 밟는 묵직한 발소리가 들려왔다. 발바닥에 힘을 주고 쿵쿵 걷는 발걸음은 충분히 잠을 자지 못했을 때 나오는 소피아의 버릇이었다. 호프만은 종종 남의 발소리에 귀를 기울이곤 했다. 발소리는 그 사람의 심리 상태를 명확히 반영하기 때문에 상대의 기분을 미리 짐작하는 데 도움이 되었다. 호프만은 발소리에 집중하기 위해 소피아가 다가오는 동안 눈을 감고 기다렸다.

"잘 잤어?"

미처 그를 보지 못한 소피아는 인사 소리에 화들짝 놀랐다.

"왔어?"

커피는 이미 준비되어 있었다. 호프만은 우유를 커피에 부어 잠옷 차림에 헝클어진 머리, 잠이 덜 깬 얼굴이지만 언제나 아름다운 여인에게 잔을 건넸다. 소피아는 피곤이 가득한 눈으로 커피 잔을 받아들었다. 지난 밤 몹시 화를 내다 열이 심한 아이를 끼고 새우잠을 자며 보냈기 때문이었다.

"당신은 꼬박 밤샜나봐?"

화가 난 목소리는 아니었다. 단지 피곤한 목소리였다.

"밤새 처리할 일이 있어서."

호프만은 빵과 버터, 그리고 치즈를 식탁에 내려놓았다.

"애들 열은 어때?"

"좀 내리긴 했는데 일시적일 거야. 며칠 집에서 쉬게 해야겠어. 한 이틀 정도."

또 다른 발소리가 들렸다. 이번에는 훨씬 가벼운 발걸음이었다. 침대에서 내려와 바닥을 밟는 경쾌한 발소리. 후구는 큰아들이라 그런지 언제나 먼저 일어났다. 호프만은 아이를 반기러 나가 끌어안고는 입을 맞추며 아이의 부드러운 볼을 살짝 꼬집었다.

"아빠 따가워."

"아직 면도를 안 해서 그래."

"전보다 더, 더, 따가워."

아침식사 준비는 모두 끝난 상태였다. 라스무스의 자리만 비어 있었지만 굳이 자고 있는 막내아들은 깨우지 않기로 했다.

"오늘은 내가 애들 데리고 있을게."

소피아는 남편이 그렇게 말하리라 예상했다.

쉬운 말은 아니었다. 어차피 거짓말이었으니까.

"하루 종일 데리고 있을게."

식탁. 불과 몇 시간 전만 해도 그 위에는 나이트로글리세린과 펜틸 도화선, 그리고 장전된 리볼버가 놓여 있었다. 그러나 지금은 죽과 요거트, 그리고 호밀 빵이 그 자리를 차지하고 있었다. 바삭바삭 시리얼 씹는 소리와 바닥으로 튀고 쏟아지는 오렌지 주스도 빼놓을 수 없었다. 호프만 일가는 후구가 숟가락을 휘두르다 바닥에 떨어뜨리기까지 평소와 다름없는 아침식사 시간을 즐겼다.

"엄마, 아빠, 왜 화났어?"

호프만은 소피아와 눈빛을 주고받으며 대답했다.

"엄마, 아빠 화 안 났는데."

그는 질문을 던진 큰아들 쪽으로 시선을 돌리면서 순간적으로 다섯 살짜리 꼬마라고 해서 어물쩍 넘어갈 일이 아니란 걸 깨닫고는 의문이 가득한 아이의 두 눈을 마주보았다.

"왜 거짓말 해? 난 다 알아. 화내고 있는 거."

호프만과 소피아는 다시 서로를 쳐다보았다. 결국 소피아가 대응에 나섰다.

"엄마, 아빠는 화가 났었어. 그런데 지금은 아니야."

호프만은 고마운 눈빛으로 큰아들을 바라보았다. 무거운 짐을 덜어낸 느낌이었다. 긴장감 속에 그 말이 나오기를 고대하던 터였다. 하지만 자신이 직접 그런 질문을 던질 엄두는 나지 않았다.

"좋아요. 그럼 아무도 화 난 사람 없네. 빵하고 시리얼 더 먹어야지."

다섯 살짜리 꼬마는 이미 넉넉히 찬 그릇에 시리얼을 한 움큼 더 집어넣고는 빵 한 조각을 들고 치즈를 바른 다음 아직 입도 대지 않은 빵 옆에 내려놓았다. 엄마와 아빠는 아무런 지적도 하지 않았다. 오늘 아침만큼은 아이가 하고 싶은 대로 내버려두기로 했다. 그 순간만큼은 비록 다섯 살이었지만 부모보다 현명히 대처하고 있었기 때문이다.

*

그는 현관 앞 나무 계단에 걸터앉아 있었다. 아내는 막 집을 나선 뒤였다. 하지만 그는 여전히 해야 할 말을 못한 상태였다. 그런 식으로는 해결할 수 없는 문제였다. 오늘 밤. 오늘 밤에는 기필코 아내에게 말하리라. 처음부터 끝까지 모든 걸.

호프만은 자기 집과 이웃집 사이로 난 좁은 골목으로 아내의 뒷모습이 사라지자마자 후구와 라스무스에게 해열제를 먹였다. 그리고 권장량의 절반을 더 먹였다. 30분 정도가 지나자 두 아이 모두 열이 내렸고, 그 즉시 어린이집으로 갈 준비가 끝났다.

이제 그에게 남은 시간은 정확히 21시간 30분이었다.

*

호프만은 스웨덴에서 가장 흔하게 볼 수 있는 은색 볼보를 렌트하려 했다. 하지만 전 손님이 반납한 뒤 청소나 정비가 끝나지 않은 상태였다. 그에겐 기다릴 시간이 없었다. 그래서 빨간색 폭스바겐 골프를 골랐다. 스웨덴에서 두 번째로 많이 굴러다니는 자동차였다.

호프만은 교회 경내의 묘지 근처에 차를 세웠다. 거대한 콘크리트 장벽에서 1천5백 미터 떨어진 지점이었다. 길게 탁 트인 언덕 아래로 녹지대처럼 아직 다 자라지 않은 풀들이 늘어서 있었다. 그곳이 바로 그가 들어가게 될 아스프소스 교도소였다. 스웨덴 전국에서 경비등급이 가장 높은 교도소 세 곳 중 하나. 조만간 그는 체포된 뒤 구치소로 넘겨져 기소와 동시에 형을 선고받고 길어봐야 14일 내에 그곳 교도소 감방에 수감될 터였다.

그는 차에서 내려 실눈으로 하늘을 바라보며 바람의 방향을 가늠해보았다. 화창한 날이 펼쳐질 것 같았다. 하지만 교도소 담벼락을 바라보고 있는 그의 머릿속에는 오직 증오심만이 들끓어 올랐다. 담장을 쳐다보는 것만으로도 자유를 박탈당했던 빌어먹을 열두 달이 떠올랐기 때문이다. 일상으로 반복되는 증오심, 폭압, 고립, 굳게 잠긴 문, 반항적인 태도, 사각의 나무를 재단하던 작업실, 의혹, 삼엄한 경비 하의 호송작전, 소변검사, 몸수색. 교도관, 경찰, 제복, 규율 등 지배를 대변하는 모든 상징에 대한 혐오감, 다른 죄수들과 공유했던 증오심. 그 감정은 죄수들 사이에 유대관계를 끌어내는 유일한 공통분모였다. 그리고 거기에 마약과 외로움이 뒤따랐다.

다시 한 번 그 교도소로 끌려가는 건 그의 선택이었다. 어떤 감정을 느낄 시간적 여유도 없었다. 그곳에서 주어진 임무를 완수한 뒤 곧바로 빠져나와야만 한다.

호프만은 아침햇살과 산들바람을 맞으며 렌터카 옆에 서 있었다. 저 멀리, 높게 솟은 교도소 담장 한쪽 끝으로 똑같이 생긴 빨간 벽돌 단층집들과 거대한 교도소 건물을 중심으로 주변에 형성된 마을이 눈에 들어왔다. 그곳에는 감호구역 바닥공사를 했던 건축설비회사 사람들, 식당에 즉석식품을 납품하는 요식회사 직원들, 교도소 운동장의 조명시설을 관리하는 전기회사 사람들 등이 거주했다. 아스프소스 담장 바깥쪽에서 자유롭게 사는 사람들은 담장 안쪽에 갇혀 사는 사람들에게 전적으로 의존해 살아가고 있었다.

—베스트만나가탄 79번가 살인사건에 관해서 그 어떤 법적 책임도 묻지 않을 것을 약속합니다.

디지털보이스레코더는 여전히 그의 바지 주머니 속에 들어 있었다. 호프만은 지난 몇 시간 동안 여러 차례 반복해서 법무장관의 목소리를 들었다. 오른쪽 다리에 붙어 있던 마이크는 정확히 그녀가 서 있던 자리를 향하고 있었기에 단어 하나하나까지 정확히 포착할 수 있었다.

—당신이 교도소 내에서 임무를 완수할 수 있도록 최선을 다해 도울 것을 약속합니다.

호프만은 문을 열고 안으로 들어갔다. 묘지로 이어지는 자갈길은 최근에 쓸어놓은 듯 보였다. 그는 단정하게 손질된 무덤들을 바라보았다. 작은 크기의 네모반듯한 모양의 잔디 위에 세워진 소박한 묘석들을 보고 있자니 그곳 마을의 단층주택에 사는 사람들은 사후에도 생전과 똑같은 생활 방식을 고집하는 듯 보였다. 서로 간섭하지 않을 만큼의 거리를 유지하면서도 외로움을 느끼지 않도록 적당히 가깝게 지내는 모습. 그렇게 넓을 필요도 없는 각자의 공간만 확실히 확보하면 그만인 그런 사이로.

교회 묘지는 돌담과 오래된 나무들에 둘러싸여 있었다. 나무들은 서로 자라나는 데 지장이 없도록 충분한 간격을 두고 있었지만, 여전히 일종의 장벽 같은 느낌이 들었다. 호프만은 나무 가까이 다가갔다. 방금 바닥으로 떨어진 백단 풍나무 잎들이 바람에 따라 움직이고 있었다. 즉, 바람의 속도가 초속 2에서 5미터 정도 된다는 뜻이었다. 작은 가지들을 올려다보니 바람에 따라 흔들거렸다. 초속 7에서 10미터. 그는 고개를 뒤로 젖혀 더 큰 나뭇가지가 흔들리는지 살펴보았다. 초속 15미터에는 아직 모자라는 듯 보였다.

육중한 나무문이 열려 있기에 호프만은 예배당 안으로 들어갔다. 제법 규모가 큰 교회였다. 높게 솟은 하얀 천장에 제단까지 모든 게 크게 느껴졌다. 아마 아스프소스 주민 전체가 예배당에 모인다 해도 자리가 남을 것 같았다. 크기가 곧 권력을 상징하던 시기에 지어진 건물이었기 때문이다.

예배당 안에는 나무 의자들을 옮기고 있던 관리인밖에 없었기에 오르간 근처 회랑에서 들려오는 이상한 소리를 제외하고는 적막감만이 감돌 뿐이었다.

호프만은 현관 옆에 있던 테이블 위의 봉헌함에 20크로나를 넣은 뒤 인기척을 느끼고 뒤를 돌아보는 관리인에게 고갯짓으로 인사를 건네고 예배당을 둘러보았다. 그러고는 다시 문 밖으로 나가 지켜보는 사람이 없다는 확신이 들 때까지 기다렸다가 오른쪽에 있는 회색 문을 열었다.

호프만은 최대한 신속하게 발걸음을 옮겼다.

계단은 가팔랐고, 인간의 평균 체구가 아담하던 시절에 만들어져서 그런지 발판까지 좁았다. 계단 끝에 있던 문에 쇠지레를 끼워 넣고 살짝 밀자 덜컥 열렸다. 그 뒤로 알루미늄 사다리 하나가 종탑으로 향하는 출입구에 연결돼 있었다.

호프만은 동작을 멈췄다.

무슨 소리가 들려왔기 때문이다. 멀찍이 오르간 연주가 들려오고 있었다.

그는 씩 웃었다. 방금 전, 예배당에 들어섰을 때 회랑에서 들리던 그 소리는 바로 성가대가 연습하던 소리라는 것을 깨달았기 때문이다.

그가 사다리를 딛고 문에 달린 자물쇠 고리에 스패너를 물리자 알루미늄 사다리가 요동치듯 흔들렸다. 스패너를 쥔 손에 제대로 힘을 한 번 주자 자물쇠 고리가 끊어졌다. 그는 문을 들어 올리고 종탑으로 기어 올라가 고개를 숙이고 무쇠로 만들어진 거대한 종 아래를 통과했다.

문 하나가 더 남아 있었다.

호프만은 그 문을 열고 발코니로 나갔다. 그는 한동안 가만히 선 채로 하늘부터 시작해 아래로 이어지는 숲, 그리고 호수를 비롯해 저 멀리 바위산처럼 보이는 풍경까지 넋을 잃고 바라보았다. 그는 양손으로 난간을 붙잡고 발코니 상태를 살펴보았다. 넓지는 않았지만 누워서 작업할 만한 공간은 충분히 나왔다. 종탑에는 제법 강한 바람이 불고 있었다. 땅에서는 나뭇잎이나 잔가지들을 간질이던 바람이 발코니까지 올라와서는 순식간에 돌풍으로 변해 마치 발코니가 떨어져나갈 듯 심하게 흔들어댔다. 호프만은 담장과 철조망, 그리고 창문에 쇠창살이 달린 건물을 바라보았다. 위에서 내려다본 아스프소스 교도소는 역시 생각대로 거대하고 또 흉물스러웠다. 발코니에서 교도소 건물까지 시야를 가리는 장애물은 하나도 없었다. 경비가 삼엄한 교도소 운동장을 돌아다니는 죄수들을 비롯해 감방까지 훤히 들여다보였다.

─그리고…… 임무 완수 후 당신의 신변 보호를 약속합니다. 살해 위협을 당하거나 죽음의 낙인이 찍힌 채 살아야 한다는 건 나도 잘 아니까요. 새로운 인생, 새로운 신분, 그리고 외국에 나가 정착할 수 있도록 금전적 지원을 약속합니다.

그의 손에 들린 녹음기에서 나오는 법무장관의 목소리는 거친 바람소리에도 불구하고 명확히 들렸다.

─이 모든 내용은 법무장관의 직권으로 보장해드릴 것을 약속합니다.

성공하기만 한다면.

만약 그가 저 아래로 보이는 흉측한 담장 속 세상으로 들어가 정확히 계획대로 움직여 임무를 완수한다면 그는 죽은 목숨이 될 것이고, 그 즉시 교도소 밖으로 나와 어딘지 알 수 없는 곳으로 숨어야 하는 상황이었다.

호프만은 어깨에 메고 있던 가방을 내려놓고 앞주머니에서 얇은 검정색 전선과 회색 송신기 두 개를 꺼냈다. 작은 동전 크기의 송신기였다. 그는 회색 송신기의 양쪽 끝에 대략 50센티미터 길이의 검은 전선을 연결하고 교도소 건물이 바라보이게 위치를 잡은 후 블루택으로 난간 밖에 고정했다. 누군가 종탑으로 올라와 발코니에 서더라도 보이지 않는 위치였다.

그는 그 자리에 쪼그려 앉아 칼을 꺼내 전선의 검은 피복을 몇 센티미터 정도 벗겨내고 와이어를 들어낸 뒤 역시 난간 밖에 붙여놓은 또 다른 전선에 이었다. 그는 다시 난간 가까이 엎드려 그렇게 맞물린 전선을 검은 유리처럼 보이는 작은 물건에 연결했다.

언제나 너를 위해 움직여라.

호프만은 머리를 난간 밖으로 빼서 두 개의 전선과 두 개의 송신기, 그리고 태양열 배터리가 서로 잘 연결된 상태로 고정되어 있는지를 직접 눈으로 확인했다.

너 자신 외에 그 누구도 믿지 마라.

앞으로 그 발코니에 서게 될 사람이 누구든, 그 사람의 말은 본인도 모르게 단어 하나 빠짐없이 저 담장 안에 수감된 한 남자의 귀에 고스란히 들리게 될 터였다.

그는 다시 한 번 눈앞에 펼쳐진 풍경으로 시선을 돌렸다.

양극단에 서 있는 세계. 너무나 가깝지만, 또 너무나 먼 세계.

바람이 몰아치는 종탑 발코니에 서서 고개를 살짝 숙이면 반짝이는 호수, 숲, 끝없이 펼쳐진 파란 하늘이 보였다.

좀 더 고개를 숙이자 또 다른 세계가 눈에 들어왔다. 아홉 개의 사각 콘크리트 건물은 마치 레고 블록처럼 보였다. 그곳에는 이 나라에서 가장 위험한 인물들이 한 자리에 모여 지루한 일상을 보내고 있었다.

호프만은 자신에게 B감호구역 청소담당 보직이 떨어질 거란 걸 알고 있었다. 정부청사에서 가진 비밀회담 결과에 따라 교도행정국 본부장이 처리해야 할 사안이기도 했다. 호프만은 7미터에 달하는 담장으로 둘러싸인 세계의 정중앙을 차지하고 있는 건물에 시선을 고정한 뒤 쌍안경을 꺼내 구역별로 자세히 살피기 시작했다. 그는 3층 창문을 주의 깊게 지켜보았다. 아스프소스 교도소에서 교육과정을 선택하지 않은 죄수들이 교도작업을 실행하는 커다란 작업대가 설치된 작업실이었다. 창문은 지붕 가까이 달려 있었고, 강화유리 뒤로 공간을 조금 띄고 다시 창살이 설치되어 있었다. 커다란 기계 앞에서 교도작업을 하고 있는 몇몇 죄수늘의 표정까지 그대로 들여다보였다. 그들은 수시로 창밖을 내다보며 무언가를 갈망하는 표정을 지었다. 그들이 할 수 있는 일이라고는 그저 흘러가는 날짜를 계산하는 게 전부이리라.

빠져나갈 곳 없는 폐쇄된 시스템.

정체가 발각된다면. 버림을 받는다면. 홀로 남게 된다면.

만약, 그런 상황이 발생하면 그에겐 아무런 대안도 없었다.

죽는 길 외에는.

호프만은 발코니에 엎드려 양손으로 사격자세를 취하고 자신이 관찰했던 B감호구역 3층 창문을 겨냥해보았다. 그리고 교회 묘지의 담장 역할을 하는 나무들의 움직임을 관찰했다. 이제 커다란 나뭇가지들이 흔들릴 정도로 바람이 불고 있었다.

바람은 초속 12미터. 우로 8클리크 이동.

호프만은 다시 가상의 총으로 작업실에서 움직이는 죄수의 머리를 겨냥해보았다. 그러고는 가방을 열고 거리측정계를 꺼내 문제의 창문을 조준해보았다.

눈대중으로는 대략 1.5킬로미터 정도 돼 보였다. 측정계 화면을 들여다보는 그의 얼굴에 만족스러운 미소가 떠올랐다.

종탑 발코니에서부터 강화유리가 장착된 창문까지의 거리는 정확히 1,503미터였다.

사거리 1,503미터. 장애물 없음. 사격에서 가격에 걸리는 시간 3초.

호프만의 두 손은 눈에 보이지 않는 저격용 라이플을 꽉 쥐고 있었다.

*

묘지와 백단풍나무 담장을 지나쳐 문 밖에 세워둔 차로 나온 시각은 9시 55분이었다. 그는 예정대로 움직였다. 교회에서 볼일을 마치고 아스프소스 도서관의 첫 손님이 될 계획이었다.

광장을 중심으로 은행과 슈퍼마켓 사이에 쑤셔 박힌 듯 보이는 별채의 건물이 도서관이었다. 50대로 보이는 사서는 외모만큼이나 친절히 말을 걸어왔다.

"도와드릴까요?"

"잠시만요. 찾아볼 책이 좀 있어서요."

아동코너에는 쿠션과 작은 의자들이 놓여 있었고 그 앞에는《삐삐 롱스타킹》여러 권이 쌓여 있는 간이 책상이 있어 공부를 하거나 잠시 독서를 할 수 있었다. 소파에는 음악 감상용 헤드폰이 구비되어 있었고 인터넷 검색을 위한 컴퓨터도 몇 대 있었다. 규모가 작은 도서관이었지만, 고요하고 의미 있는 시간을 보내기 딱 좋은 분위기가 느껴졌다.

호프만은 대출창구에 있는 컴퓨터 앞에 앉아 도서관에 비치된 도서목록을 살펴보았다. 그가 필요한 책은 모두 여섯 권이었다. 하나같이 오랫동안 대출된 기록이 없는 책들.

"여기 있습니다."

친절한 사서는 그가 손으로 쓴 목록을 받고 살펴보았다.

《돈 후안》바이런.《오디세이》호메로스.《스웨덴의 심장, 그 깊은 곳》요한손.《마리오네테나》베리만.《내 생의 글쓰기》벨만.《프랑스 풍경》아틀란티스 세계문학.

"시라…… 제목이……. 죄송하지만 지금 여기 서가에는 한 권도 없을 것 같네요."

"저도 그럴 거라 생각하긴 했습니다."

"찾으시는 책을 다 구해드리려면 시간이 좀 걸리겠는데요."

"지금 당장 필요합니다."

"보시다시피, 여기서 일하는 사람은 저 혼자거든요······. 찾으시는 책들은 창고에 있고요. 찾는 사람이 없는 책들은 대부분 창고에 보관해두는 편이라서요."

"지금 다 빌려갈 수 있게 해주시면 정말 감사드리겠습니다. 제가 시간이 별로 없어서요."

사서는 한숨을 내쉬었다. 하지만 작은 한숨이었다. 골치 아픈 부탁을 받긴 했지만 동시에 그 일이 기쁘고 반가운 듯.

"뭐, 지금은 여기 오신 유일한 손님이시고, 점심 전까지는 더 올 사람도 없어 보이네요. 대신 제가 지하 창고에 내려갔다 오는 동안 여기 카운터나 잘 봐주세요."

"정말 감사드립니다. 아, 양장으로 된 책으로 골라주시면 좋겠습니다."

"네?"

"무선제본이나 반양장 같은 거 말고요."

"포켓판도 괜찮은데요. 도서관 입장에선 구입비도 저렴하고 내용도 같거든요."

"양장으로 된 책만 부탁드립니다. 제 독서 습관이거든요. 뭐, 습관이라기보다는 제가 그 책을 읽을 장소에선 꼭 그래야 해서요."

호프만은 대출창구에 있는 사서의 의자에 앉아서 기다렸다. 전에도 이런 식으로 찾는 사람이 거의 없는 책들을 빌린 적이 있었다. 그 책들은 대부분 지하 창고에 보관되어 있는 편이었다. 경비등급이 높은 교도소와 인접한 소규모 동네의 다른 도서관 역시 마찬가지였다. 쿰라 구립도서관에서 책을 빌린 적이 있었는데, 그곳을 이용하는 사람들 중에는 쿰라 교도소 죄수들도 적지 않았다.

쇠데르텔리에 구립도서관의 경우도 할 교도소 죄수들이 한동안 많이 이용한 곳이었다. 죄수들이 읽고 싶은 책을 도서관에 신청하면 창고에 재고가 있을 경우 죄수에게 신청한 책이 배달되는 식이었다.

지하 창고로 연결되는 육중한 문을 열고 나온 사서는 숨을 헐떡이고 있었다.

"계단이 너무 가파르네요."

사서는 미소를 지어 보였다.

"조깅 연습을 좀 더 해야 할까 봐요."

대출창구에 여섯 권의 책이 놓였다.

"이거면 되시겠어요?"

양장제본이었다. 크고 묵직한.

"튤립과 시면 됩니다."

"뭐라고 하신 거죠?"

"완벽하다고요. 제가 원하던 책입니다."

*

광장에는 바람이 불고 있었다. 비교적 화창한 날씨였지만 제법 썰렁했다. 보행 보조기에 몸을 의지한 노부인이 힘겹게 자갈길을 걸어가고 있었고, 한 노인이 핸들에 비닐봉투를 건 자전거를 세워두고 양손으로 쓰레기통을 뒤지며 빈병을 찾고 있었다. 피에트 호프만은 천천히 차를 몰아 작은 마을을 빠져나갔다. 대략 10여일 후면 양손에 수갑을 차고 호송차량에 실려 다시 찾게 될 곳이었다.

　—어떻게 보장해주실 건지 더 정확히 알고 싶습니다.

　—전에도 세 차례나 이런 결정을 내린 적이 있습니다.

　빠져나갈 곳 없는 폐쇄된 시스템.

　정체가 탄로 난 경찰 끄나풀이나 밀고자들은 교도소에서 마치 성범죄자나 소아성애자, 혹은 강간범과 마찬가지로 대부분의 유럽 교도소 서열상 가장 밑바닥 취급을 받기 마련이다. 살인범이나 거물급 마약상들은 그 안에서도 최고의 지위와 권력을 누리는 게 규칙이었다.

　—공식적으로 당신은 면책권을 얻은 겁니다. 인도적인 차원에서 말이지요. 거기에 더 이상 자세한 설명은 필요 없다고 생각되는군요. 의료적 차원이건 인도적 차원이건 그 정도면 법무장관이 비밀로 분류하기에 충분한 결정이라고 생각합니다.

　만약 불상사라도 발생하는 날엔, 법무장관의 약속이 그가 가진 유일한 희망이었다. 그 약속은 호프만 자신이 직접 준비한 보증수표였다.

　계기반의 시계를 쳐다보았다. 남은 시간은 18시간.

　스톡홀름에서 몇 킬로미터 벗어나 잠잠한 외곽지대를 빠

른 속도로 지나가는 동안 두 대의 휴대전화 중 하나가 울리기 시작했다. 잔뜩 화가 난 어린이집 보육교사의 목소리가 들려왔다.

두 아이가 열이 난다는 소식이었다.

그는 엔셰데달렌으로 차를 몰았다. 해열제가 그 효력을 다하고 말았던 것이다.

*

어린이집 보육교사는 그보다 몇 살 정도 어려 보이긴 했지만, 현명하게 행동하는 사람이라 후구와 라스무스를 맡겨도 항상 안심이 되었다.

"도대체 이해할 수가 없습니다."

며칠 전, 아이들이 아픈 것 같다며 그에게 전화를 걸어 알려주었던 그녀가 두 아이들이 놀이방 밖의 벤치에 앉아서 기다리는 동안 험상궂은 표정으로 그를 노려보며 해명을 요구하고 있었다.

"아니, 해열제로 눈속임하려 하시다니. 몇 년을 알고 지냈지만 정말 두 분답지 않으세요."

"저기, 무슨 말씀을 하시는 건지 잘……."

호프만은 자신의 책임을 추궁하는 상황이 벌어지자 자동적으로 변론을 하려다 이내 생각을 바꿨다. 취조하는 자리도 아닌 데다 보육교사는 경찰이 아니기 때문이었다.

276

"잘 아시겠지만, 어린이집에도 규칙이란 게 있습니다. 그 규칙을 따르지 않으면 우리 아이들을 반길 수 없을 때가 있습니다. 이곳은 아버님 자녀분들을 위한 공간이기도 하지만 또 다른 부모님들의 자녀들을 위한 곳이기도 합니다."

그는 수치심이 들어 아무런 대꾸도 할 수 없었다.

"게다가 아버님 행동은 아이들 건강에도 매우 안 좋습니다. 후구랑 라스무스가 어떤지 좀 보세요. 저 가녀린 아이들이 열이 펄펄 끓는 몸으로 앉아 있는 모습을요. 더 심각한 일까지도 발생할 수 있다는 말입니다. 아시겠어요?"

절대 넘지 않겠다고 약속한 선을 넘어버린 그 남자.

그 남자는 과연 누구란 말인가?

"잘 알겠습니다. 다시는 이런 일 없도록 하겠습니다."

차를 타기 위해 아이들을 밖으로 데리고 나가려 하자 두 아이 모두 맥없이 아빠의 어깨에 털썩 기대 누웠다. 아이들 뺨이 후끈 달아오른 상태였다. 호프만은 이마에 차례차례 입을 맞췄다.

한 번만. 딱 한 번만 더.

그는 아이들에게 무엇을 해야 하는지 설명해주었다. 무엇보다 빨리 열이 내려야 한다고. 그래서 아이들에게 다시 한번 해열제를 먹였다.

"먹기 싫어."

"마지막 딱 한 번이야."

"맛없어."

"아빠도 알아. 근데 이번이 마지막이야. 아빠가 약속할게."

호프만은 아이들의 이마에 다시 뽀뽀를 해주고 차를 몰았다. 후구는 집으로 가는 방향이 아니라는 사실을 깨닫고 질문을 던졌다.

"우리 어디 가?"

"아빠 사무실 가는 거야. 잠깐만 있으면 돼. 그러면 끝이야. 그다음에 집으로 갈 거야."

호프만은 마리아토리예트로 가 슈퍼마켓과 볼링장 사이에 끼어 있는 비디오 가게 앞에 차를 세우더니 창문으로 뒷자리에 앉아 있는 아이들을 살피며 부리나케 안으로 들어가 〈곰돌이 푸〉 비디오 세 편을 집어 들었다. 총 12편에 달하는 분량이었다. 아이들은 이미 대사까지 외울 정도로 여러 번 본 것들이었지만, 그의 신경을 자극하지 않는 몇 안 되는 만화영화였기 때문이었다. 성인 성우들이 아이 목소리를 내려 가성으로 고래고래 소리 지르는 건 도무지 견딜 수가 없었다.

그다음으로 차를 세운 곳은 바사가탄 대로변에 있는 건물 앞이었다. 후구와 라스무스는 여전히 열이 올라 피곤한 기색이었지만 호프만은 아이들을 조금 걷게 하고 싶었다. 사실, 아이들은 전에도 몇 차례 호프만 보안경비회사 사무실에 온 적이 있었다. 아이들이 아빠가 일하는 직장이 어떤 곳인지 궁금해했기 때문이었다. 대신, 실제로 일을 하고 있을 때에는 절대로 아이들을 데려오지 않았다. 아이들에겐 단지 자신들이 유치원에서 노는 동안 아빠가 일하는 장소일 뿐이었다.

파인트 반 통 크기의 바닐라 아이스크림, 빅 사이즈 잔에 담은 콜라, 그리고 뒤뚱거리는 곰돌이 푸 이야기 12편. 호프만은 아이들이 텔레비전을 볼 수 있도록 사무실 테이블에 앉히고 의자에 등을 기대게 한 뒤, 아빠는 잠시 옥상에 올라가야 하니 아빠 소리가 나지 않더라도 걱정 말라고 설명해주었다. 하지만 아이들은 래빗과 이요르가 나무 카트를 끌고 다니며 푸를 태우려고 기를 쓰는 모습에 정신이 팔려 아빠의 설명을 귀담아듣지 않았다. 피에트 호프만은 위층으로 올라가 팬히터에서 깡통 세 개를 꺼내 아래로 내려와 바닥에 내려놓고 작업공간을 마련하기 위해 책상을 치웠다.

아스프소스 도서관에서 빌려온 여섯 권의 책들은 대출빈도가 극히 낮아 책표지에 파란 잉크로 '창고 보관'이라는 문구가 찍혀 있었다.

분해해놓은 스위스 미니건을 담을 비닐봉투.

9미터 길이로 잘라놓은 펜틸 도화선.

4센티리터에 달하는 나이트로글리세린을 24등분해 나눠 담은 특수 비닐용기.

순도 30퍼센트 암페타민.

호프만은 책상서랍에서 본드와 면도칼 꾸러미, 그리고 얇고 한쪽 끝에 접착 성분이 붙어 있어 주로 담배를 말아 피우는 사람들이 사용하는 리즐라 페이퍼 한 통을 꺼냈다.

튤립.

그리고 시집.

그는 첫 번째 책을 열었다. 바이런의 《돈 후안》. 완벽한 조
건을 갖춘 책이었다. 546페이지의 분량에 양장으로 제본된
책은 가로 12센티미터, 세로 18센티미터에 달했다.

물건을 제대로 골랐다는 사실은 그 자신이 더 잘 알고 있
었다. 지난 10여 년간 1백여 권에 달하는 소설과 시집, 수필
집 등을 통해 10에서 15그램의 암페타민을 밀반입했고, 단
한 번도 실패한 적이 없었다. 그리고 이번에는, 아스프소스
교도소 감방에 들어가 자신이 직접 손본 책을 대출 신청하
고 안에 든 내용물을 받아보게 될 터였다.

'경쟁조직 밀어내는 데는 사흘 정도가 필요합니다. 그 사
흘 동안은 교도소 내 누구하고도 접촉하고 싶지 않습니다. 그
리고 충분한 물량의 범위를 정하는 건 전적으로 제가 맡아서
하겠습니다.'

앞표지를 들추고 면도칼로 면지가 헐거워질 때까지 접지
부분에 홈집을 내자 546페이지에 달하는 묵직한 종이 뭉치
가 툭 뜯어지며 책등의 맨살을 드러냈다. 호프만은 칼자국이
남은 접지 부분을 깨끗하게 다듬었다. 그러고는 90페이지까
지 단번에 넘긴 다음 페이지 전체를 한 손에 잡고 통째로 뜯
어내 책상 위에 내려놓았다. 그러고는 다시 390페이지까지
넘겨 그 부분을 또 뜯어냈다.

작업에 필요한 부분은 바로 91페이지부터 390페이지까지였다.

호프만은 연필을 들고 91페이지 왼쪽 여백에 가로 1센티미터, 세로 15센티미터의 직사각형을 그린 뒤 면도칼로 선을 따라 힘을 주어 그어나갔다. 점점 더 깊게, 1밀리미터씩 꾹꾹 눌러 마침내 페이지 전체에 직사각형 홈을 만들어냈다. 3백 페이지 두께의 홈. 그는 정교한 손놀림으로 살짝이라도 삐져나온 부분이나 덜렁거리는 부분들을 말끔히 잘라냈다. 그는 두께 3센티미터의 길쭉한 직사각형 홈이 생긴 책의 중간 부분을 다시 제자리로 가져다 접착제로 단단히 붙인 다음 손가락으로 홈의 모서리 부분을 더듬어보았다. 여전히 울퉁불퉁한 느낌이 들었다. 그래서 리즐라 페이퍼로 모서리 부분을 감쌌다. 그 안에 암페타민을 채워 넣으려면 무엇보다 표면이 고른 보관 장소를 확보해야 했기 때문이다. 특히 두꺼운 책이었기 때문에 15그램 정도는 충분히 집어넣을 수 있었다.

초반 90페이지 부분은 고스란히 그 상태로 접착제를 발라 다시 표지와 책등에 붙인 뒤 접착제가 전체 페이지에 고루 스며들었다는 느낌이 들 때까지 양손으로 바이런 경의 고전을 꾹 누르고 있었다.

"아빠, 뭐 하는 거야?"

팔꿈치 뒤로 그를 쳐다보는 후구의 얼굴이 보였다. 아이는 방금 작업을 끝낸 책 가까이 서 있었다.

"아무것도 아니야. 그냥 책 좀 들여다봤어. 만화는 더 봐야지?"

"끝났어."

호프만은 큰아이의 뺨을 어루만진 뒤 자리에서 일어났다. 남은 비디오테이프는 두 개였다. 곰돌이 푸는 여전히 더 많은 꿀을 퍼먹어야 하고 토끼에게 더 많은 잔소리를 들어야 했다. 그의 작업이 완전히 끝날 때까지.

호프만은 《오디세이》와 《내 생의 글쓰기》, 그리고 《프랑스 풍경》 역시 마찬가지 방식으로 책 가운데에 홈을 만들었다. 2주 후면, 아스프소스 교도소 재소자 중 유달리 문학에 관심 많은 죄수 하나가 네 권의 책을 빌려보게 될 터였다. 순도 30퍼센트짜리 암페타민 42그램이 들어 있는.

두 권이 더 남아 있었다.

호프만은 새 면도칼을 꺼내 《스웨덴의 심장, 그 깊은 곳》과 《마리오네테나》의 본문 왼쪽 여백에 직사각형 홈을 파냈다. 그리고 조립 방법을 아는 '독자'라면 초소형 리볼버를 거뜬히 만들어낼 수 있는 부품들을 먼저 집어넣었다. 그런데 탄환 여섯 발을 꽉 채운 약실이 문제였다. 생각했던 것보다 넓어서 잘 들어가지 않았던 것이다. 그는 리즐라 페이퍼로 홈의 표면을 무디게 하면서 간신히 홈 안으로 밀어 넣었다. 정확히 쏘기만 한다면 살상도 가능한 위력적인 미니건이었다.

그는 6개월 전, 생전 처음으로 그런 상황을 두 눈으로 똑똑히 목격했다. 당시 마약 운반책 하나가 보트를 타기도 전에 여객선 터미널 화장실에 들어가 2천5백 그램에 달하는 헤로인을 토해내려던 일이 있었다. 마리우슈는 화장실 문을 박차고 들어가 바닥에 앉아 손에 비닐봉투를 들고 위에 든 것들을 게워내려고 하는 운반책을 발견하자, 아무런 말도 없이 살짝 옆으로 비켜서더니 초소형 미니건을 꺼내 상대의 한쪽 눈을 겨냥하고 단 한 발로 그를 살해했다.

마지막 책에는 널찍한 손톱 크기의 기폭장치와 동전 크기의 수신기를 집어넣었다. 귓속형 이어폰처럼 생긴 물건으로 교회 종탑의 발코니에 고정해놓은 송신기에서 수집되는 소리를 들을 수 있는 물건이었다.

9미터짜리 펜틸 도화선 두 개와 24개의 비닐용기는 여전히 책상 위에 남아 있었다. 호프만은 만화영화에 정신이 팔린 꼬맹이들 뒷모습을 한 번 쳐다보았다. 아이들이 갑자기 웃음을 터뜨렸다. 곰돌이 푸가 꿀단지를 머리에 뒤집어썼기 때문이다. 호프만은 부엌으로 가 냉동실 문을 열고 아이스크림 통을 꺼내 아이들 가운에 내려놓고 이번에는 작은아들의 뺨을 쓰다듬어주었다.

도화선과 나이트로글리세린을 감쪽같이 교도소 내부로 밀반입하는 문제가 가장 골칫거리였다.

그가 고른 책은《스웨덴의 심장, 그 깊은 곳》이었다. 가로 15센티미터에 세로가 22센티미터에 달하는 가장 큰 책. 호프만은 도서관에서 씌운 책표지의 앞, 뒷면을 잘라낸 뒤 골

판지 같은 부분을 떼어내고 그 자리에 폭약과 퓨즈를 넣은 뒤 접착제를 발라 붙였다. 그리고 총 여섯 권의 책을 한 번씩 넘겨보면서 접지 부분들이 제대로 붙어 있는지, 왼쪽 여백에 만들어놓은 홈이 보이지 않는지를 확인했다.

"그게 뭐야?"

또다시 책상 위로 후구의 얼굴이 올라왔다. 두 번째 비디오가 끝났던 것이다.

"아무것도 아니야."

"그거 뭐야, 아빠?"

큰아들은 순도 30퍼센트 암페타민이 든 반짝이는 깡통을 가리키며 물었다.

"저거? 저건…… 포도당이라는 거야."

후구는 가만히 서 있었다. 서두를 일도 없었다.

"만화 더 안 볼래? 비디오 하나 더 남았는데."

"이따가 볼 거야. 근데 아빠, 저기 편지 두 개 있어. 누구 거야?"

호기심 어린 시선은 문 열린 총기보관함 위에 놓인 두 개의 봉투를 향하고 있었다.

"저건 보낼 게 아니야."

"그런데 이름이 있잖아."

"나중에 편지 다 쓰면 보낼 거야."

"뭔데?"

"세 번째 비디오 지금 틀어줄까?"

"저건 엄마 이름이다. 하얀 거. 엄마 이름 같잖아. 그리고 갈색 저건 E로 시작하는 이름이다. 난 다 안다고."

"에베트야. 에베트란 아저씨한테 보낼 거야. 그런데 그 아저씨가 받을 수 있을지는 아빠도 모르겠다."

후구는 다시 동생 옆으로 가 〈곰돌이 푸〉 아홉 번째 이야기에 빠져들었다. 호프만은 갈색 봉투의 내용물을—녹음된 내용을 파일로 만들어 저장한 시디, 여권 세 장, 수신기 하나—확인한 뒤 요금선납 우표를 붙이고, 아스프소스 도서관에서 빌려와 작업을 마친 여섯 권의 책을 넣어놓은 갈색 가죽 가방 속에 집어넣었다. 그러고는 후구가 소피아의 이름을 알아본 흰색 봉투에다—시디와 네 번째 여권, 지시사항을 적은 편지 한 장—현금 95만 크로나를 넣고 다시 갈색 가방 속에 집어넣었다.

남은 시간은 15시간.

호프만은 비디오를 끄고 다시 불덩이처럼 열이 오른 두 아이에게 신발을 신겼다. 그리고 부엌으로 가서 냉장고 문을 열고 초록색 꽃망울이 달린 튤립 50송이를 꺼내 휴대용 아이스박스에 넣은 다음 가죽 가방을 들었다. 그가 아이들과 함께 건물을 나서 정문에 세워둔 차에 가니 와이퍼에는 반으로 접은 주정차위반벌금 고지서가 끼어 있었다.

호프만은 발갛게 달아오른 얼굴을 하고 뒷자리에 앉아 있는 아이들을 쳐다보았다.

아직도 두 군데를 더 들러야 했다.

그러고 나면 새 이불을 꺼내 아이들을 침대에 눕히고 그 옆에 앉아 소피아가 돌아올 때까지 아이들을 지켜볼 생각이었다.

두 아들은 아빠가 한델스방켄 은행으로 들어가는 동안 차 안에 눕다시피 앉아 있었다. 호프만은 금고가 꽉 들어찬 은행 지하의 안전금고실로 내려가 가지고 있던 두 개의 열쇠 중 하나로 빈 금고를 열고 갈색 봉투와 하얀색 봉투를 집어넣고 잠갔다. 그는 다시 건물 밖으로 나와 쇠데르말름의 회켄스 가타 로로 차를 몰았다.

호프만은 다시 한 번 아이들을 돌아보았다. 한없이 부끄러울 따름이었다.

넘지 말아야 할 선을 결국 넘고야 말았다. 그는 세상 그 누구보다 사랑하는 두 아들을 태운 차 트렁크에 암페타민과 나이트로글리세린을 실었다.

호프만은 북받치는 감정을 꿀꺽 집어삼켰다. 우는 모습은 보이고 싶지 않았다. 절대로.

*

호프만이 4번 약속장소에 도착한 시각은 정각 15시. 에리 크는 이미 다른 건물 출입구를 통해 약속장소에 와 있었다.

"더 걷기 싫어 아빠."

"아빠도 알아. 여기가 마지막이야. 그다음엔 바로 집에 갈 거야. 아빠가 약속할게."

"다리 아프단 말이야. 정말 정말 많이 아프다고."

라스무스는 첫 발을 딛자마자 그대로 주저앉았다. 일으켜 주려 손을 잡자 불덩이처럼 뜨거운 기운이 확 느껴졌다. 호 프만은 한 팔로 아이를 들쳐 안고 남은 손으로 아이스박스 와 가죽 가방을 들었다. 후구는 혼자 계단도 올라갈 정도로 기력이 남아 있었다. 큰아들은 대개 힘든 일을 잘 견디는 법 이었다.

3층으로 올라가자 메일함에 '린드스트럼'이라는 이름이 찍힌 현관문이 그의 손목시계 알람이 울림과 동시에 안쪽으 로 열렸다.

"후구. 라스무스. 이 분은 에리크 아저씨야."

아이들은 고사리 손을 내밀고 악수를 청했다. 호프만은 빌손이 흠칫 놀라며, '젠장, 애들은 도대체 왜 데려온 거야?' 라는 성난 눈빛으로 자신들을 바라보고 있다는 사실을 느끼 고 있었다.

호프만은 두 아이를 데리고 보수공사가 진행 중인 아파트

거실로 들어갔다. 그곳에도 역시 비닐 커버를 씌워둔 소파
가 놓여 있었다. 아이들은 녹초가 된 상태에도 불구하고 호
기심 어린 눈초리로 이상한 가구들을 둘러보았다.

"왜 다 비닐로 덮어놨어?"

"이제 보수공사를 해야 해서 그래."

"보수공사가 뭐 하는 거야?"

"아파트를 새 걸로 만들어주는 일이야. 그런데 여기 있는
물건들이 더러워지면 안 되잖아."

호프만은 비닐이 덮인 소파에 아이들을 두고 부엌으로 들
어갔다. 그곳에는 그를 뚫어지게 쏘아보는 시선이 기다리고
있었다. 호프만은 고개를 설레설레 저으며 말했다.

"어쩔 수가 없었습니다."

빌손은 아무런 대꾸도 하지 않았다. 생사가 걸린 거래를
다루는 비정한 세계에 순진무구한 아이 둘이 걸어 들어오자
더 이상 할 말을 잃었기 때문이다.

"소피아에게는 말했나?"

"아니요."

"말해야지."

호프만은 아무런 대답도 하지 않았다.

"피에트, 자넨 별별 핑계를 다 만들어낼 수 있는 사람이
야. 그래야 한다는 것도 잘 알고 있고. 그러니까, 빌어먹을,
소피아에게는 무슨 일이 있어도 말하라고!"

소피아의 반응. 호프만이 유일하게 통제할 수 없는 건 바

로 그녀의 반응이었다.

"오늘 밤에 말할 겁니다. 애들이 잠들면요."

"지금도 발을 빼려면 뺄 수 있어."

"이번에 완전히 끝내버리겠다고 말씀드렸잖아요."

빌손은 고개를 끄덕이고 호프만이 테이블에 올려둔 파란색 아이스박스로 시선을 돌렸다.

"튤립입니다. 50송이에요. 노란 꽃이 피게 될 겁니다."

빌손은 하얀 사각형 보냉 팩에 둘러싸인 초록색 줄기와 초록 꽃망울을 들여다보았다.

"냉장고에 넣어두세요. 온도는 2도 정도로 맞춰서요. 잘 보관해주시면 좋겠습니다. 그리고 제가 아스프소스 교도소 문턱을 넘어서는 바로 그날, 이 꽃들을 제가 가르쳐드리는 주소지로 보내주십쇼."

빌손은 아이스박스 안으로 손을 집어넣어 꽃다발과 함께 들어 있는 하얀 카드를 꺼내보았다.

성공적인 우호협력관계에 감사드립니다. 아스프소스 상인협회

"정확히 해주셔야 합니다."

"어디로 보내야 하는 건데?"

"아스프소스 교도소요. 교도소장 사무실로."

빌손은 더 이상 캐묻지 않았다. 모르는 편이 훨씬 낫기 때문이었다.

"얼마나 더 기다려야 해?"

비닐을 벗기며 노는 것도 지겨워진 후구가 물었다.

"금방 갈 거야. 얼른 동생한테 가봐. 아빠 빨리 갈게."

빌손은 아이가 칙칙한 거실로 돌아갈 때까지 기다렸다.

"내일 당장 체포되어야 해, 피에트. 그다음부터는 무슨 일이 있어도 연락이 불가능해. 나든 시경의 누구든 아무하고도 연락할 수 없어. 자네가 만반의 준비를 마치고 밖으로 나가고 싶다는 뜻을 알려줄 때까지는. 이번 일은 너무 위험부담이 커. 자네가 경찰 끄나풀이라는 사실이 발각되는 날에는……자넨 죽은 목숨이야."

*

빌손은 시경 강력계 부서의 복도를 걸어 내려갔다. 최근 들어 불안한 마음에 에베트 그렌스 사무실 앞을 지나갈 때마다 발걸음을 늦춰 아무도 없는 조용한 방 안을 몰래 엿보는 일이 잦아졌다. 그는 베스트만나가탄 살인사건을 조사 중인 그렌스 경정이 도대체 무슨 일을 벌이고 있는지, 얼마나 알고 있는지, 언제가 되어야 아무도 대답할 수 없는 질문들을 캐묻기 시작할지 걱정이 태산이었다.

한숨이 절로 나왔다. 옳지 않은 행동을 한 듯 죄책감이 들었다. 순진무구한 아이들까지 그런 곳에 발을 들이게 했다는 게. 경찰에게 필요한 정보를 최대한 얻어내기 위해 끄나풀을 적진 깊숙이 집어넣는 게 그의 업무였다. 그 과정에서 끄나풀은 높은 위험을 떠안아야만 한다. 하지만 호프만이 이번 일이 미칠 파장을 충분히 이해하고 있는지 영 확신이 서지 않았다. 빌손은 호프만의 안위가 진심으로 걱정되었다.

무슨 일이 발생하면, 작전은 취소야.

자네 정체가 발각되면 자네한텐 새로운 임무가 부여되는 거야.

살아남는 거.

빌손은 자신의 사무실로 돌아와 문을 닫고 보안상의 이유로 인터넷 접속이 금지된 자신의 컴퓨터를 켰다. 그는 양팔에 아들 하나씩을 매단 호프만에게 그동안 자신은 미국 조지아 주 남부에 위치한 FLETC로 돌아가 교육과정을 마쳐야 한다고 설명해주었다. 하지만 호프만은 건성으로 고개를 끄덕이고는 한동안 누리지 못하게 될 마지막 자유의 밤을 보내기 위해 서둘러 집으로 발걸음을 돌렸다.

컴퓨터 화면에는 빈문서 화면이 가득 차 있었다. 에리크 빌손은 예란쑨 총경을 거쳐 경찰국장에게 전달될 비밀 보고서를 작성하기 시작했다. 문서작성이 끝나고 결과물이 출력되고 나면 그 파일은 하드디스크에서 영영 지워질 터였다. 차 트렁크에 폴란드산 암페타민 3킬로그램을 소지한 현상수배범의 체포 과정에 관한 이면보고서. 그 보고서는 내일까지 고스란히 그의 손 안에 남아 있을 것이다. 아직 일어나지 않은 일이었기에.

그는 홀로 식탁에 앉아 두 시간 넘게 기다리고 있었다.

맥주 한 잔, 샌드위치 하나, 그리고 신문의 십자말풀이 지면을 앞에 두고. 하지만 마시거나 먹거나 빈칸을 채우지는 않았다.

후구와 라스무스는 이미 한참 전에 잠자리에 든 터였다. 저녁식사를 딸기잼과 지나치게 많은 휘핑크림을 얹은 팬케이크로 때운 뒤 호프만은 두 아이를 데리고 올라가 침대에 눕혔다. 그러고는 방 창문을 열고 아이들이 잠들 때까지 지켜보며 기다렸다. 아이들은 피곤했는지 몇 분 만에 스르르 눈을 감고 잠 속으로 빠져들었다.

그리고 이제 들렸다. 너무나 익숙한 발소리가.

정원을 지나, 현관 앞 첫 계단을 밟는 소리. 끽 하며 문이 열리자 심장이 오그라드는 것만 같았다.

"나 왔어."

너무나 아름다웠다.

"어."

"애들은 자?"

"두 시간쯤 전에 잠들었어."

"열은 좀 어때?"

"내일이면 괜찮아질 것 같아."

소피아는 그의 뺨에 살짝 입을 맞추고 미소를 지었다. 아내는 세상이 두 쪽으로 갈라지리라고는 상상도 못하고 있었다.

그리고 다른 쪽 뺨에도 입을 맞추었다. 언제나처럼 짝수로.

아내는 땅이 무너져 내리리라고도 예상치 못했다.

"얘기 좀 해."

"지금?"

"지금."

탄식이 흘러나왔다.

"나중에 하면 안 될까?"

"안 돼."

"내일 얘기해. 나 너무 피곤해."

"내일은 늦어."

소피아는 옷을 갈아입기 위해 위층으로 올라갔다가 간편한 바지에 소매가 긴 두툼한 스웨터 차림으로 나타났다. 호프만이 평생 꿈꾸어온 여성의 모습 그대로였다. 소피아는 아무런 말없이 남편을 바라보면서 소파 구석에 웅크리고 앉아 그가 말을 꺼내기를 기다렸다. 호프만은 강한 향신료를 넣은 인도나 태국 음식을 차리고 값비싼 적포도주를 준비한 뒤 아내에게 조곤조곤 사실을 털어놓을까도 생각했다. 하지만 거짓을 기쁨과 친밀감으로 덧씌워버리고 나면 더 큰 거짓말을 할 수 밖에 없다는 사실을 깨닫고 생각을 접었다. 그는 아내를 꼭 끌어안았다. 그녀의 체취가 느껴졌다. 소피아의 체취.

"난 당신을 사랑하고 후구도 사랑하고 라스무스도 사랑해. 이 집을 사랑하고. 나를 남편이라고 부르는 사람, 또 아빠라고 부르는 아이들과 같이 살고 있다는 사실이 너무나 기뻐. 내게도 이런 날이 올 거라고는 상상도 못 했어. 그런데 이런 생활에 익숙해지다 못해 이제는 더 이상 가족 없이는 살 수가 없을 것 같아."

소피아는 마치 공이라도 되려는 듯 몸을 바짝 더 웅크리고 소파 구석자리로 물러나 앉았다. 남편이 이 말을 하기 위해 수차례 연습한 것 같은 불길한 예감이 들었기 때문이다.

"내 말 잘 들어, 소피아. 그런데 우선, 그 자리에 앉아서 내 말이 끝나기 전까지는 절대 일어나지 말아줬으면 좋겠어."

그는 준비만 철저히 하면 어떤 일이 발생해도 상황을 통제할 주도권을 확보할 수 있게 되고, 주도권을 확보한 사람에게 결정권이 돌아간다는 사실을 잘 알고 있었다.

하지만 이번만큼은 아니었다.

그녀의 감정, 그녀의 반응이 그를 두렵게 만들었다.

"그다음엔 당신 하고 싶은 대로 해. 일단은 내 얘기 다 듣고."

호프만은 아내의 반대편에 앉아 차분한 목소리로 이야기를 시작했다. 10년 전에 감옥에 가야 했던 일, 자신을 끄나풀로 포섭한 형사, 그리고 이후로도 지속된 범죄행위, 그걸 눈감아준 경찰, 보이테크라는 이름의 폴란드 마피아 조직, 보수공사가 진행 중인 아파트 공사현장에서 진행되는 비밀접선, 호프만 보안경비회사가 유령회사라는 사실, 위조된 범죄전과기록과 날조된 복역관련 기록 때문에 자신이 극도로 위험한 사이코패스로 분류되어 있다는 사실, 비록 거짓말이긴 하지만, 그렇게 만들어진 스웨덴 최고의 흉악범이 당장 내일 아침 6시 반, 스톡홀름 시내의 어느 당구장에서 체포될 거라는 사실, 그 즉시 재판이 진행될 것이고 몇 년 형을 선고받을 거라는 사실, 대략 10여 일 후부터 감방에서 두 달 정도 지내게 될 거라는 사실, 마지막으로 그런 상황에서도 매일같이 아내와 두 아이들을 바라보며 멀쩡히 지내야 했던 사실, 가족의 믿음과 신뢰가 자신의 거짓말 위에 세워진 허구의 세계였다는 사실을 모조리 털어놓았다.

금요일

두 사람은 각각 침대 가장자리에 누운 채 서로 건드리지 않으려고 애를 쓰고 있었다. 그녀는 미동도 없이 누워 있었다.

그는 비록 그녀가 아무런 말도 하지 않았지만 혹시 자신이 듣지 못한 건 아닐까 하는 두려움에 이따금씩 숨을 멈추고 귀를 기울였다.

그는 침대 끄트머리에 걸터앉았다. 그는 아내가 자지 않고 누워 자신의 어색한 뒷모습을 쳐다보고 있다는 사실을 알고 있었다. 그는 지난 밤 아내와 싸구려 포도주를 나눠 마시며 그간의 사정을 털어놓았다. 그리고 그의 말이 끝나자, 아내는 자리에서 일어나 침실로 들어간 뒤 불을 꺼버렸다. 아무런 말도 하지 않았고 미친 듯이 소리를 지르지도 않았다. 단지 침묵만이 감돌 뿐이었다.

호프만은 옷을 갈아입고 갑자기 서둘러 나갈 준비를 했다. 완전한 침묵 속에서 1분 1초도 견디기 힘들었기 때문이다. 그는 뒤를 돌아보았다. 두 사람은 눈이 마주치자 아무런 말없이 서로를 쳐다보기만 했다. 호프만은 결국 아내에게 은행금고 열쇠를 건넸다. 그리고 여전히 자신과 함께 하기를 원한다면, 모든 일이 틀어졌다는 자신의 연락을 받는 즉시 은행으로 달려가 금고를 열어 갈색 봉투와 하얀색 봉투를 꺼내 자신이 쓴 지시사항을 그대로 따라달라고 당부했다. 하지만 그녀가 제대로 듣고 있는지는 알 수 없었다. 초점 없는 눈으로 그저 멍하니 바라보고 있었기 때문이다. 호프만은 달아나듯 침실에서 빠져나와 아이들 방으로 갔다. 그는 아담한 크기의 베개를 베고 잠든 작디작은 두 얼굴을 번갈아보며 아이들의 체취를 들이키고는 뺨을 어루만진 뒤 집을 빠져나와 잠들어 있는 마을을 순식간에 벗어났다.

남은 시간은 이제 두 시간 반. 자동차 룸미러로 자신의 얼굴이 보였다. 턱 끝을 희끗희끗하게 덮고 있던 짧은 수염이 어느새 양 볼로 번져 있었다. 마지막으로 면도를 한 때만 해도 훨씬 더 젊어 보였다.

그는 조만간 체포돼 경찰 호송차량을 타고 크로노베리 구치소에 수감된 뒤 헐렁한 죄수복 차림으로 다시 나오게 될 터였다.

호프만은 새벽을 가르며 차를 몰았다. 여행의 마지막 목적지는 스톡홀름 북쪽에 위치한 작은 마을. 만 하루가 지나기도 전에 이미 한 번 들렀던 교회와 도서관이 있는 바로 그 마을. 아스프소스 광장을 찾은 그를 반기는 것은 어스름한 불빛과 정처 잃은 바람뿐이었다. 까치나 비둘기, 심지어 평소 근처 벤치에 누워 잠을 자던 노숙자조차 보이지 않았다. 호프만은 도서관 입구 오른쪽에 비치된 회수함에 여섯 권의 책을 밀어 넣었다. 그러고는 교회 건물로 발걸음을 옮겨 지난번과 같은 방법으로 교회 종탑 발코니에 올라갔다.

호프만은 자신이 골라놓은 창문을 가상의 저격용 라이플로 조준해본 다음 주머니에서 은색 수신기를—《마리오네테나》에 숨겨놓은 것과 똑같은 것—꺼냈다. 난간에 살짝 기대자 순간적으로 아래로 떨어질 것 같은 느낌이 들었다. 그는 철제 난간을 손으로 붙잡고 두 개의 송신기와 검은색 전선으로 연결해놓은 태양열 배터리가 제자리에 단단히 고정되어 있는지를 확인했다. 그러고는 수신기를 귀에 꽂고 손가락 하나로 송신기를 건드린 다음 앞뒤로 살짝 흔들어보았다. 덜그럭거리는 소리가 고스란히 귀에 전달되었다. 제대로 작동하고 있었다.

호프만은 다시 아래로 내려가 묘지로 향했다. 적당한 거리를 두고 나란히 줄지어 선 무덤들은 안개에 가려 잘 보이지 않았다.

어느 장사꾼과 그의 아내. 어느 베테랑 파일럿과 그의 아내. 어느 석공과 그의 아내. 묘비명에는 남자들의 직종이나 직함이 따라붙은 반면, 여자들은 그저 누군가의 아내로만 기록되어 있었다.

그는 상대적으로 크기가 작은 잿빛 묘석 앞에 멈춰 섰다. 어느 선장이 고이 잠든 무덤이었다. 호프만은 아버지의 모

습을 그려보았다. 상상 속에서 그려본 아버지의 모습을. 칼
리닌그라드와 폴란드 국경지대에서 멀어져가는 고깃배 한
척, 그 배는 그물과 함께 그단스크 해역과 발틱해로 자취
를 감춘다. 그렇게 몇 주가 지난 후 어머니는 가만히 선 채
로 물가를 향해 서서히 다가오는 한 척의 배를 유심히 지켜
보다가 항구로 뛰어 내려가 두 팔을 벌리고 기다리는 아버
지의 품에 뛰어든다. 하지만 사실은 달랐다. 어머니는 기나
긴 밤을 홀로 지새운 이야기는 자주 했던 반면, 아버지를 마
중하기 위해 달려간 일이나, 두 팔 벌려 어머니를 반겼던 아
버지의 이야기는 단 한 번도 들려준 적이 없었다. 그 기억은
단지 그가 상상력을 발휘해 그려낸 그림일 뿐이었다.

　무덤은 지난 몇 년간 돌본 흔적이 전혀 없었다. 묘석 구석
구석 이끼가 끼고 무성한 잡초에 파묻힌 상태였다. 그는 그
무덤을 사용하기로 결정했다.

　스테인 비다르 울손과 그의 아내. 1888년 3월 출생. 1958년
5월 18일 사망.

　더 이상 이 묘지를 찾는 사람은 없어 보였다. 피에트 호프
만은 휴대전화를 꺼내들었다. 에리크 빌손과 연락을 가능하
게 해주었던 통신수단은 앞으로 두 시간 후면 두절될 터였
다. 그는 휴대전화의 전원을 끄고 랩으로 감싼 다음 비닐봉
투에 넣고 무릎을 꿇은 뒤 손으로 묘석 오른쪽 근처를 파내
제법 널찍한 구멍을 만들었다. 그러고는 주변을 한 바퀴 둘
러보며 다른 조문객이 있는지 확인한 뒤 비닐봉투에 담긴 휴

대전화를 구멍에 넣고 흙을 다시 덮은 다음 차로 돌아갔다.

아스프소스 교회는 여전히 아침 안개에 싸여 있었다. 다음에 이 건물을 바라보는 것은 바로 감방의 창문을 통해서일 것이다.

드디어 끝이다. 모든 준비를 마쳤다. 몇 시간 뒤면 완전히 고립된 신세가 될 터였다.

오직, 너 자신만 믿어라.

벌써부터 아내가 그리워졌다. 소피아에게 모든 것을 털어놓았지만 아내는 단 한 마디 대꾸도 하지 않았다. 마치 외도한 배우자를 대하는 느낌이었다. 평생 다른 여자와 관계를 가져본 적도 없는 그였지만, 그 순간만큼은 왠지 그런 기분이 들었다.

지난 10년간 호프만은 소피아, 후구, 그리고 라스무스를 비롯해 주변의 모든 이에게 숱한 거짓말을 반복해왔다. 거짓말은 단지 내용과 형식만 달라질 뿐, 현실에 적응하며 과거의 것들을 소멸하고 또 다른 거짓말을 만들어냈다. 그리고 이번 일만 끝나면 거짓말의 세계에서 벗어나 진실의 세계로 영영 옮겨가게 될 터였다. 그의 계획은 그랬다. 거짓말이 어디서 끝나고, 진실은 어디에서 시작하는지 자신도 알 수 없게 되었고, 심지어 진짜 자신이 파울라인지 피에트 호프만인지 정체성조차 흔들릴 지경이었기 때문이다.

갑자기 생각 하나가 떠올랐다. 그는 몇 킬로미터 정도 서서히 차를 몰며 정말 이번이 마지막이라고 다짐하고 또 다짐했다. 오랜 세월 동안 막연했던 생각이 드디어 구체적인 모습을 띠기 시작했다. 그만의 행동방식이었다. 처음에는 몸 한구석, 어딘가에서 모호한 느낌이 슬슬 입질을 시작하고, 과연 그 느낌이 무엇을 의미하는지 이해하려는 동안은 불안에 휩싸이다가, 어느 순간 머리를 강타하듯 강렬한 깨달음이 오는 그런 식으로. 그는 아스프소스 교도소에서 지금껏 해온 일에 종지부를 찍을 것이다. 그리고 다시는 반복하지 않을 것이다. 그는 스웨덴 경찰을 위해 많은 일을 해왔다. 정부차원의 치하는 최소한이었지만 에리크 빌손이라는 사람과 신뢰를 쌓을 수 있었고, 보상금조로 월 1만 크로나를 받았다. 하지만 그는 공식적으로 존재하지 않는 사람이었다. 그리고 앞으로 새로운 삶을 살게 될 터였다. 과연 진정한 삶의 모습이란 어떤 모습인지 알게 되는 그날.

*

새벽 5시 반. 스톡홀름 시내가 서서히 깨어나는 시각이었다. 거리를 지나다니는 차는 고작 몇 대에 지나지 않았고, 이따금 기차나 버스를 타기 위해 뛰어가는 사람들이 하나 둘 보일 뿐이었다. 호프만은 노르툴스가탄 대로의 초등학교 반대편에 차를 주차한 뒤 이른 아침부터 문을 여는 카페 안으로 들어갔다. 간단한 요깃거리를 파는 곳이었다. 호프만은 안으로 걸어 들어가면서 빌손을 알아보았다. 신문 가판대

301

너머로 보이던 얼굴 하나가 눈이 마주치기 무섭게 〈다겐스 뉘헤테르〉 뒤로 사라져버렸다. 호프만은 아침식사를 주문하고 빌손이 앉은 자리와 최대한 멀찍이 떨어진 반대편 구석에 자리를 잡고 앉았다. 카페에는 건설현장에서 일하는지 야광조끼 차림의 젊은이 두 명과, 제법 나이가 들어 보이는 정장 차림에 힘차게 머리를 빗어 넘긴 남자 몇 명이 있었다. 이른 아침식사를 제공하는 카페에서 흔히 볼 수 있는 광경이었다. 반려자는 없고 혼자 밥을 먹어야 하는 외로움에서 벗어나고 싶은 남자들의 집합소. 여자들은 대개 그런 행동을 하지 않는다. 여자들은 남자에 비해 외로움에 맞서 싸우는 편이다. 아마 남자들보다 더 큰 수치심을 느끼고 그런 걸 공개적으로 드러내고 싶어 하지 않기 때문일지도 모른다.

커피는 지나치게 쓰고 죽은 덩어리로 뭉쳐 있어 형편없었지만 내가 원하는 음식을, 원하는 방식대로, 원하는 곳에서 먹을 수 있는 마지막 식사가 될 터였다. 외스테로켈에 수감된 동안은 아침식사는 거의 거르는 편이었다. 이른 아침부터 공통점이라고는 단지 마약을 찾아 헤맨다는 것 밖에 없는 사람들 틈바구니에 끼어 밥을 먹고 싶지 않았기 때문이다. 섞이기 두려운 인간들이었지만 살아남기 위해 때로는 공격적으로, 때로는 경멸과 멸시의 시선으로, 때로는 거리를 두며 그들을 대했다.

빌손은 나가는 길에 거의 부딪힐 정도로 가까이 그의 테이블을 지나쳐갔다. 호프만은 정확히 5분을 기다린 뒤 카페

를 나가 주차되어 있던 회색 볼보 승용차의 문을 열고 조수
석에 앉았다.

"자네, 학교 맞은편에 주차된 빨간 골프 타고 온 거 맞
지?"

"네."

"평소처럼 슬루센에 있는 OK주유소 쪽에서?"

"맞습니다."

"저 차는 내가 오늘 저녁에 가져다 놓지. 자네가 직접 반
납하긴 힘들 테니까."

두 사람은 상트 에릭스가탄 대로를 따라 서서히 달리면서
드로트닝홀름스베겐 대로에 다다를 때까지 아무런 말도 하
지 않았다.

"정리는 다 된 거야?"

"됐습니다."

"소피아하고는?"

호프만은 아무런 대꾸도 하지 않았다. 빌손은 프리드헴스
플란 광장 근처의 버스 정류장에 아예 차를 세워버렸다. 그
부분만큼은 확실히 짚고 넘어가겠다는 강한 의지의 표현이
었다.

"소피아하고는?"

"다 알고 있습니다."

두 사람이 그렇게 차에 앉아 있는 동안, 길가에 사람들이
점점 불어나 러시아워의 시작을 알리고 있었다.

"어제 범죄정보 데이터베이스에 자네를 더 위험인물로 만들어놨어. 자네를 체포하게 될 순찰경관들은 아마 악의적인 선입견을 가지고 흥분한 상태로 자넬 다루게 될 거야. 강압적이고 폭력적인 분위기가 될 거라고. 피에트, 자넨 무장을 할 수도 없어. 그렇게 되면 일이 정말 복잡해지거든. 하지만 자네가 체포되는 과정을 본 사람이나 그 소식을 들은 사람, 그리고 관련 기사를 읽게 될 사람들 중 그 누구도 자네가 실제 누구를 위해 일하고 있는지 전혀 짐작도 못할 거야. 그건 그렇고, 자네한테 영장을 발부했어."

호프만은 흠칫 놀라며 되물었다.

"영장이라고요? 언제요?"

"몇 시간 전에."

*

담배 냄새가 진동하는 것 같았다. 호프만은 당구대 위로 몸을 숙여 냄새를 맡아보았다. 예전 그대로의 냄새였다. 손가락에서 묻어나는 파란색 초크와 당구대 구석마다 비치된 재떨이가 빚어내는 불가분의 냄새. 누군가 헛방질을 해 공을 맞추지 못했을 때 나오는 욕설이나 구경하는 사람들의 냉소도 들리는 듯했다. 호프만은 플레밍가탄 대로변의 편의점에서 사 온 블랙커피를 반쯤 마시고 시계를 들여다보았다. 시간이 됐다. 그는 다시 한 번 평소에 가지고 다녔던 주머니칼을 혹시나 가지고 나온 건 아닌지 확인한 뒤 상트 에릭스가탄 대로가 내려다보이는 창가로 다가가 섰다. 그는 그 자리에 서서 휴대전화로 누군가와 통화하는 척하며 순찰차 앞에 서 있던 남자 경관과 여자 경관이 자신을 확실히 쳐다보고 있다는 느낌이 들 때까지 연기를 계속했다.

*

그들은 추적이 불가능한 번호로 걸려온 한 통의 신고전화를 받았다. 현상수배범인 것 같은 한 남자가 당구장에 나타났다는 익명의 제보였다. 그리고 그 남자로 추정되는 사람이 당구장 창문에 서 있었던 것이다.

그들은 그 남자의 이름을 알고 있었다. 순찰차에 달린 조회용 컴퓨터 자판에 이름을 쳐 넣자 신상기록이 나타났다.

무장의 위험이 매우 높음.

두 경관 모두 나이 어린 신참이었기에 손꼽히는 흉악범에게만 적용되는 경고 문구는 처음이었다.

이름: 피에트 호프만 신분증 번호: 721018-0010 조회건수: 75회

두 경관은 부리나케 차에서 내리며 그가 극도로 위험한

인물이라는 사실을 깨달았다.

마르코비치라는 용의자의 회사가 있는 외스틀링에서 살인사
건 발생시각 15분 전 목격됨. 그리고 불법무기 거래현장으로 의
심되는 장소 인근에서 몇 차례 목격됨.

게다가 경관에 대한 살해협박을 비롯해 총기로 부상까지
입힌 인물이었다. 한 마디로 무장했을 확률이 매우 높았다.
"본부 나와라. 여기는 순찰조 9027."
"본부다."
"지금 당장 용의자 체포를 위한 시원요청 바란다."

*

그는 도심의 건물들 사이로 울려 퍼지며 가까워오는 사이렌
을 들었다. 그리고 잠시 뒤면 시끄런 소리와 함께 시퍼런 경광
등이 플레밍가탄 대로를 비추게 될 거란 것도 알고 있었다.
15초 후, 군청색 경찰 밴 두 대가 건물 밖에 도착했다.
그는 이미 준비가 끝난 상태였다.

*

"여기는 순찰조 9027."

"용의자가 누구인가?"

"피에트 호프만이다. 이전 체포과정에서 상당히 폭력적인 반응을 보인 인물이다."

"마지막 목격지점은?"

"상트 에릭스가탄 52번가, 빌랴드팔라세트라는 당구장이다."

"차림새는?"

"회색 후드 티와 청바지다. 금발에 면도는 하지 않은 상태. 키는 1미터 80정도로 보인다."

"다른 특이사항은?"

"무장했을 가능성이 높다."

*

그는 도망가려 하지 않았다.

"경찰이다!"라는 외침과 함께 한산한 당구장의 양쪽 출입구가 부서질 듯 세차게 열리고 여러 명의 제복경관들이 바닥에 총을 겨눈 채 안으로 밀려들어왔다. 피에트 호프만은 당구대 반대편으로 침착하게 돌아서서 조심스레 양손을 잘 보이게 들어올렸다. 바닥에 무릎을 꿇으라는 말을 들었지만 자발적으로 무릎을 꿇진 않았다. 그는 두 차례 강하게 머리를 얻어맞고 바닥에 쓰러진 뒤 피를 흘리며 가운뎃손가락을 치켜세우고 "개 같은 짭새 새끼들."이라고 욕설을 내뱉었다. 그리고 그다음은 잘 기억이 나지 않았다. 단지 손목에 수갑이 채워지고 누군가에게 옆구리를 걷어차였으며, 상황이 종료되던 순간 목에 격렬한 통증을 느낀 게 전부였다.

에리크 빌손은 크로노베리 주차장에서 상트 에릭스가탄 대로를 향해 전속력으로 달려가는 두 대의 군청색 경찰 밴을 지켜보고 있었다. 그는 경찰 사이렌이 더 이상 울리지 않을 때까지 기다렸다가 지하에 있는 경찰 전용 주차장으로 향했다. 부스와 차단막 앞에서 근무 중인 경관에게 신분증을 보여준 뒤 안으로 서서히 차를 몰고 들어갔다. 그는 구치소로 연결되는 엘리베이터 바로 앞에 차를 세운 뒤 운전석에 앉아 끊임없이 들고나는 순찰차들을 지켜보았다.

그렇게 30여 분을 기다리다가 주변의 소리에 집중하기 위해 자동차 앞문 유리를 다 내렸다. 온몸에 긴장감이 감돌았다. 불편한 마음과 두려움을 털어내보려 애썼지만 결과는 그다지 만족스럽지 않았다. 그는 순찰차가 뿜어내는 퀴퀴한 매연 냄새를 들이키고 주차장 반대편에 갓 도착한 순찰차에서 누군가 내려 졸린 듯 느린 걸음으로 반대편을 향해 걸어가는 발소리에 귀를 기울였다.

그러던 와중, 대형 출입구가 열렸다. 고도로 훈련된 경찰기동대가 스웨덴에서 가장 위험한 인물의 하나로 분류된 범죄자의 위치를 파악하고 체포하는 데 걸린 시간은 35분이었다.

빌손은 운전석에 앉아 군청색 경찰 밴이 차 한 대 정도 거리를 두고 주차하는 장면을 지켜보고 있었다.

무슨 일이 발생하면 작전은 취소야. 그리고 살아남으려면 독방에 넣어달라고 요청하라고.

맨 먼저 제복경관 두 명이 밴에서 내렸다. 그 뒤로 얼굴이 퉁퉁 부은 남자가 수갑을 찬 채 따라 내렸다.

"이봐, 호모 같은 경찰 놈들이 내 몸에 손대는 거 싫거든."

빌손은 호프만이 갑자기 자신과 가장 가까운 거리에 서 있던 경찰에게 말을 걸며 침을 뱉는 장면을 지켜보았다. 제복경관은 아무런 대꾸도 하지 않고, 아무런 감정도 내비치지 않았다. 하지만 피에트는 또다시 그에게 침을 뱉었다. 경관이 순간적으로 나머지 동료들에게 눈짓을 보내자 모두들 약속이나 한 듯이 일제히 다른 곳으로 시선을 돌렸다. 그러자 그는 호프만에게 다가가 무릎으로 그의 급소를 걷어찼다.

오직 범죄자만이.

호프만은 우거지상을 쓰며 끙끙거렸고 배를 한 대 더 얻어맞고 난 뒤 가까스로 몸을 일으켜 세웠다. 그러자 네 명의 제복경관이 양손을 뒤로 한 채 수갑에 묶인 그의 등을 떠밀어 엘리베이터 안으로 밀어 넣었다. 빌손은 호프만이 방금 자신을 친 그 경관에게 고함치는 소리를 들었다.

"두고 보자고 이 개자식아. 넌 내가 손봐줄 거니까. 조만간 다시 만나자고. 머지않아 네 머리통에 총알 두 발을 박아주겠어. 쇠데르함에서 그랬던 것처럼 말이야!"

오직 범죄자만이 범죄자 연기를 할 수 있다.

제3장

월요일

　그들은 거의 밀착한 상태로 따라다녔다.

　엘리베이터 안에서 행여나 뒷걸음질이라도 칠세라 두 사람은 그의 등에 거의 달라붙다시피 서 있었고, 앞에 선 또 다른 둘은 그의 눈, 코, 귀의 움직임을 유심히 살피고 있었다. 그들이 내쉬는 축축한 숨결이 그의 피부에 직접 와 닿을 정도로 가까운 거리였다.

　주의사항을 철저히 엄수하는 분위기였다.

　스톡홀름 시 크로노베리 구치소의 모든 교도관들은 스웨덴에서 가장 죄질이 무거운 흉악범 중 하나의 서류를 다 같이 돌려보았고 열흘 전, 그가 상트 에릭스가탄 대로의 당구장에서 체포될 당시의 일을 전해들은 터였다. 주차장에 내려 호송경관의 얼굴에 침을 뱉고 다음에 다시 만나면 총알 두 발을 머리에 박아주겠다고 협박했던 일을.

　이제 그는 다른 곳으로 호송될 터였다. 철창이 달린 작은 리프트를 타고 지하 주차장으로 내려가자 아스프소스 교도소 행 호송버스가 기다리고 있었다. 동원된 교도관은 총 네 명. 평소보다 두 명이 더 배치되었고 죄수의 손과 발에는 수갑과 족쇄가 채워져 있었다. 구치소 당국은 구속복 착용까지 고려했지만 결국 결정을 철회했다.

이제 그는 증오심으로 똘똘 뭉친 데다 알량한 머리로 사고나 일으키는 존재로 전락하고 말았다. 교도관들은 다년간의 경험을 통해 그런 중범죄자의 운명을 잘 알고 있었다. 결국 무덤으로 향하는 초고속 편도 티켓을 발부받는 셈이라는 걸. 교도관들은 한시도 눈을 떼지 않고 죄수를 감시하며 서로 눈짓을 교환했다. 엘리베이터에서 대기 중인 버스까시는 아주 짧은 거리였다. 지난 번 경관의 얼굴에 침을 뱉은 대가로 급소를 걷어차인 바로 그 자리였다.

그들은 만반의 준비를 마친 상태로 대기 중이었다. 그는 교도관들이 버스에 밀어 넣을 때에도 아무런 말을 하지 않았다. 버스에 올라 탄 뒤에도 여전히 침묵을 지켰다. 그는 버스가 지하 주차장을 빠져나온 후에야 입을 열었다.

"이거 어디 가는 거야?"

호프만은 버스 안으로 밀려들어가면서 가슴팍에 교도행정 로고가 박힌 헐렁한 죄수복 차림의 또 다른 남자가 자신보다 먼저 타고 있다는 걸 알아차렸다. 호프만은 상대와 눈이 마주칠 때까지 그를 노려보았다.

"외스테로켈."

스톡홀름 북부에 위치한 또 다른 교도소였다. 구치소 호송버스는 종종 각기 다른 형량을 선고받은 죄수들을 여러 교도소로 실어 나르곤 했다.

"죄명이 뭐야?"

호프만은 그의 대답을 듣지 못했다.

"다시 묻겠어. 죄명이 뭐냐고?"

"폭행."

"얼마 받았어?"

"10개월."

교도관들은 서로를 쳐다보았다. 나쁜 징조였다.

호프만은 버스가 안전장벽을 통과해 상트 에릭스가탄 대로를 따라 북쪽으로 향하기 시작하자 낮은 목소리로 그르렁대며 상대에게 가까이 다가가 말했다.

"10개월이라? 생각대로군그래. 딱 보니 그런 놈이야. 지마누라 두들겨 패는 병신, 아니면 그 정도로 때려 맞을 일 없지."

"당신 지금 뭐라고 했어?"

외스테로켈 교도소로 이감되는 죄수는 상대가 공격적으로 시비를 걸어온다는 건 눈치챘지만 물러설 생각 없이 되물었다.

"여편네나 패는 병신이라고 했다. 우리 손에 걸리면 진짜 병신 될 놈들."

"어떻게…… 젠장, 그걸 어떻게 안 거야?"

호프만은 혼자 씩 웃었다. 예상대로였다. 교도관들이 그들의 대화에 귀 기울이고 있었다. 바로 그가 원하는 상황이었다. 호프만이라는 흉악한 죄수는 위협적인 행동을 일삼기 때문에 삼엄한 경비가 필요하다는 강한 인상을 심어주는 것.

"뒈져 마땅한 놈들은 한눈에 알 수 있거든."

호프만은 교도관들이 자신이 다음에 어떤 행동을 할지 간파하고 있을 거라 확신했다. 이런 일을 한두 번 겪은 게 아닐 테니까. 소아성애자나 부녀자 폭행범을 다른 죄수들과 같이 태울 때면 언제나 위험한 일이 발생할 수 있다는 사실을. 호프만은 앞자리를 쳐다보며 침착한 목소리로 말했다.

"당신네들 5분 주겠어. 딱 5분만 주겠다고."

앞자리에 타고 있던 교도관들이 뒤를 돌아보았다. 조수석에 앉은 교도관이 뭐라고 대답하려 하자 호프만이 말을 가로막았다.

"5분 내에 이 거지 같은 놈 떨궈달라고. 안 그러면…… 차 안에서 별로 좋지 않은 일이 벌어질 거야."

교도관들은 나중에 이 이야기를 동료들에게 전했다. 소문은 삽시간에 죄수들 사이에도 퍼져나갔다.

명성 쌓기의 일환이었다.

조수석에 앉은 교도관은 한숨을 내쉬고는 무전을 통해 당장 이쪽으로 호송차량 한 대를 보내 죄수 하나를 외스테로켈 교도소로 보내달라고 지원요청을 했다.

호프만이 아스프소스 교도소에 들어와본 건 이번이 처음이었다. 그는 교회 종탑에서 교도소 건물을 구석구석 살펴보았고 모든 창문에 달린 쇠창살도 주도면밀히 관찰했다. 또한 구치소에 수감됐을 때는 빌손의 도움으로 G감호구역에서 일하는 모든 교도관과 죄수들의 신상을 파악할 수 있었다. 하지만 거대한 철문이 양쪽으로 열리고, 호송버스가 중앙보안경비센터를 향해 다가가자 그제야 스웨덴에서 경비가 가장 삼엄한 교도소 중 한곳에 들어온 실감이 났다. 묵직한 족쇄를 찬 상태로 이동하는 건 쉬운 일이 아니었다. 보폭이 좁은 데다가 한 걸음, 한 걸음 옮길 때마다 쇠붙이가 살 속으로 파고들 듯 아렸기 때문이다. 두 명의 교도관이 뒤에 따라 붙고, 다른 두 명은 밀착한 상태로 앞에서 길을 텄다. 교도관들은 일반 면회객용 출입구 왼쪽에 설치된 문을 가리켰다. 더 많은 교도관 앞에서 신고절차를 밟는 장소로 직접 연결되는 문이었다. 교도관들이 수갑과 족쇄를 풀어주자 그는 자유롭게 손과 발을 움직일 수 있었지만, 그 즉시 모든 옷을 벗고 엎드린 자세에서 라텍스 글러브를 착용한 교도관에게 항문과 두발 및 두피, 그리고 겨드랑이 검사를 받아야 했다.

*

　그는 다른 죄수들과 다를 바 없이 흉측하고 축 늘어진 죄수복 차림으로 소독 대기실로 인도된 뒤 아무 말 없이 나무 의자에 앉아 있었다.

열흘이 지났다.

복도 쪽에서만 들여다볼 수 있는 문구멍이 달린 강철문. 그는 그 안에 감금된 채 하루의 23시간을 보내야 했다. 면회도, 신문도, 텔레비전도, 라디오도 금지된 5제곱미터 크기의 감방. 죄수의 심리 상태를 무너뜨리고 고분고분하게 길들이기 위한 심리전이기도 했다.

그는 한동안 누군가에 둘러싸여 사는 데 익숙했다. 외로움이 얼마나 인간을 갈급하게 하는지 잊고 지내온 터였다.

아내가 몹시도 그리웠다.

그는 지금 아내가 무엇을 하고 있는지, 무슨 옷을 입고 있는지, 어떤 체취를 풍길지 궁금했다. 그녀의 발걸음이 길고 여유 있는지, 짧고 짜증이 나 있는지 다시 귀 기울이고 싶었다.

하지만 이제 소피아에겐 더 이상 그의 자리가 없을지도 모른다.

그는 아내에게 진실을 털어놓았다. 어떤 선택을 할지는 전적으로 소피아의 몫이었다. 그는 그렇게 몇 달이 흘러가 버리면 더 이상 그리워할 사람조차 없어지는 건 아닌지 두려워졌다. 아무런 가치도 없는 인간으로 전락하게 될까 무서웠다.

대기실에 앉은 채로 네 시간 동안 하얀 벽을 바라보고 있을 때 주간 근무조 교도관 두 명이 들어와 G2감호구역 왼쪽이 그가 장기수 생활을 시작하게 될 곳이라고 설명해주었다. 교도관들은 그를 중심으로 앞뒤로 자리 잡고 교도소 운동장 지하의 널찍한 통로를 따라 걷기 시작했다. 콘크리트로 둘러쳐진 터널을 몇백 미터 걸어가자 안으로 잠금장치가 달리고 감시카메라로 개폐되는 문이 나왔다. 문을 지나 통로를 계속 걸어가자 G감호구역으로 올라가는 계단이 나타났다.

호프만은 크로노베리 구치소에서 며칠을 보내고 초고속 공판과정에서 헨리크와 보이테크 조직의 부사장에게 공언했던 내용을 그대로 행동으로 옮겼다.

그는 렌터카 트렁크에 암페타민 3킬로그램을 넣어둔 혐의를 시인했다. 검사에게는 자신이 단독으로 일하는 마약상이라고 자백하고 모든 책임을 혼자 뒤집어썼다. 판결에 전혀 이의가 없다는 뜻을 명확히 밝히고 관련 서류에 서명을 한 뒤 불필요한 대기절차를 피하기 위해 최종 형을 확정 받았다.

그리고 바로 다음 날, 그는 아스프소스 교도소 지하 통로를 지나 자신의 감방으로 향하고 있는 것이다.

"책을 좀 빌리고 싶습니다."

앞에서 걸어가던 교도관이 발걸음을 멈췄다.

"지금 뭐라고 했습니까?"

"책을 대출……."

"뭐라고 말했는지 듣긴 들었는데, 잘못 들은 거였으면 좋겠군요. 당신이 교도소에 들어온 건 불과 몇 시간 전입니다. 아직 감방에 도착하지도 않았는데 책을 빌려 읽고 싶다고요?"

"재소자 권한은 잘 알 거 아닙니까."

"그건 나중에 얘기합시다."

"책이 필요합니다. 난 책이 없으면 견딜 수가 없단 말입니다."

"나중에 얘기하자고요."

당신이 알 턱이 있나.

난 지금 빌어먹을 수감 생활이나 하러 여기 온 게 아니라고.

난 당신들이 일하는 이 허술한 교도소에서 다른 마약상들을 단 며칠 안에 몰아내고 그 자리를 접수해야 한다고.

그러고 나면 계속해서 마약을 팔면서 온갖 정보를 수집하고 분석하고 종합해서 조직의 실체를 속속들이 파악해야 한다고. 난 그걸 알아내야 해. 그 정보를 바탕으로 스웨덴 경찰을 대표해 폴란드의 범죄조직을 일망타진해야 하니까.

그런 걸 당신들이 알 턱이 있겠어?

바짝 긴장한 젊은 교도관 두 명에게 포위당한 채로 도착한 G감호구역은 텅 비어 있었다.

재소자 생활을 한 건 10년 전이었고 복역한 곳도 완전히 달랐지만 분위기만큼은 그 시절 그곳과 다를 바 없었다. 양쪽으로 각각 여덟 개의 감방이 늘어선 복도에 설치된 간이 부엌은 시설이 괜찮은 편이었다. 카드를 치거나 텔레비전을 볼 수 있는 휴게실에는 손때 묻은 신문들이 굴러다니고 있었다. 소규모 비품실 끝 쪽에는 탁구대가 놓여 있었는데 부러진 탁구채가 누더기 상태의 네트 한가운데 걸려 있었다. 당구대의 녹색 천은 꼬질꼬질해 보였지만 공은 전부 제자리에 놓여 있었다. 심지어 냄새마저 그때와 똑같았다. 땀 냄새와 먼지 냄새, 두려움과 아드레날린의 흔적, 거기다가 어딘가에서 풍겨오는 밀주 냄새까지.

"성은?"

"호프만입니다."

G구역을 책임지는 교감(矯監)은 키가 작고 체구도 둥글둥글했다. 그는 유리부스 안쪽에서 두 명의 교도관에게 고개를 끄덕이며 여기서부터는 자신이 책임지겠다는 뜻을 알렸다.

"우리 만난 적 있지 않나?"

"그럴 리가요."

그는 눈에 보이는 건 뭐든지 꿰뚫어보기라도 할 듯 날카로운 눈매를 가지고 있었다. 호프만은 세상에 그런 사람이 과연 있을 수 있을까 의문스러웠다.

"자네 서류를 보니까 말이야, 내 생각엔……. 호프만이라고 했나? 아무튼 자네 정도면 이런 교정시설이 어떻게 돌아가고 있는지는 잘 알고 있을 것 같군그래."

"압니다. 어떻게 돌아가는지."

모든 재소자들이 교도작업실이나 도서관 혹은 교실에서 돌아오기까지 세 시간 정도 여유가 있었다. 그 덕에 교감을 '가이드' 삼아 교도소 '투어'를 하며 용변은 어디서 어떻게 해결해야 하는지, 입방시간이 왜 19시 30분이 아닌 19시 35분인지에 대한 설명을 들었다. 그렇게 그가 자신의 감방으로 들어가 그곳이 앞으로 살 집 같은 곳이라는 사실을 서서히 받아들인 뒤에도 시간이 남아돌 지경이었다.

호프만은 G구역의 다른 죄수들이 각자의 감방으로 돌아오기 몇 분 전에 텔레비전 휴게실에 나와 한 자리를 차지하고 앉았다. 이곳 재소자 15명의 얼굴은 이미 사진을 보고 눈으로 익힌 상태였고, 그들의 배경까지 속속들이 알고 있다. 그가 굳이 텔레비전 휴게실에 자리 잡은 이유는 감방으로 돌아가는 모든 재소자들을 지켜볼 수 있기 때문이기도 하지만, 무엇보다 자신의 존재를 드러내는 게 주목적이었다. 4번 감방에 신참이 들어왔다는 사실, 하지만 그 누구도 두려워하지 않는다는 사실, 숨을 생각도, 구석에 틀어박힌 채 눈치를 보다 자신의 판결문 같은 '증빙서류'를 내밀 생각도 없다는 사실. 이미 누군가의 지정석일지 모를 자리를 선점했고, 누군가의 손때 묻은 카드를 맘대로 건드릴 뿐만 아니라 허락을 받지 않고도 느긋하게 카드 판에 끼어들 준비가 되어 있는 사람이라는 사실을 과시하기 위함이었다.

그는 특히 두 명의 죄수를 눈여겨봐두었다.

거구에 핏기 없는 각진 얼굴, 사시처럼 달라붙은 눈을 가진 죄수. 그리고 마른 편에 길쭉한 얼굴, 여러 군데 부러진 흔적과 잘 아물지 않은 상처가 남아 있는 코, 의사의 손길을 거치지 않고 대충 꿰맨 상처가 군데군데 보이는 턱과 볼을 가진 죄수.

스테판 리가스와 카롤 토마쉬 펜데레츠키였다.

중형을 선고받고 아스프소스 교도소에 수감된 네 명의 보이테크 조직원의 일부이자 다른 경쟁자들을 물리치고 마약 시장을 장악하는 데 도움을 줄 행동대원이지만, 파울라의 신분이 노출되는 순간부터 저승사자로 둔갑하게 될 두 사람이었다.

첫 질문은 늦은 저녁식사 자리에서 튀어나왔다. 두툼하고 짧은 목에 두꺼운 금줄을 걸고 있던 고참 죄수 둘이 뜨거운 식판을 받쳐 든 채 팔꿈치로 그의 옆구리를 찌르며 양옆 자리를 차지하고 앉았다. 스테판과 카롤 토마쉬는 자리에서 일어나 그들을 저지하려 했지만, 호프만이 손사래를 치며 만류하자 다시 자리에 앉았다. 호프만은 몇 시간 전, 호송버스 안에서 자신이 다른 죄수에게 던졌던 똑같은 질문을 받았다. 늘 있는 통과의례였다. 공통적으로 성범죄자들을 혐오하는 죄수들간의 힘자랑.

"신참, 서류 좀 봤으면 좋겠어."

"그게 그렇게 궁금한가?"

"종이 하나 까보자는데 문제라도 있나?"

스테판과 카롤 토마쉬가 사전에 포석을 깔아놓은 상태였

다. 두 조직원은 조만간 피에트 호프만이라는 죄수가 신참으로 들어올 거라는 소식과 함께 죄명이 무언지, 누구 밑에서 일하는지, 동유럽 마피아 조직의 스웨덴 지부에서 어떤 자리를 차지하고 있는지 소문을 퍼뜨려 놓았다. 뿐만 아니라 스테판의 변호사를 통해 721018-0010번에 관한 범죄기록, 범죄정보 데이터베이스 기록, 복역기록을 비롯해 그의 가장 최근 판결문 복사본까지 입수해 공개했다.

"아니. 그런데 인간들이 이런 식으로 옆에 착 달라붙는 건 문제가 좀 되지."

"서류나 까봐, 이 새끼야!"

그가 두 사람을 자신의 감방으로 불러 관련서류를 보여주었다면 더 이상 심판대에 오를 필요도 없었을 것이다. 4번 감방에 들어온 신참은 강간범이 아니고 부녀자 폭행범도 아니라는 사실을 비롯해 사전에 떠돈 소문이 명백한 사실이라는 것을 입증해줄 수도 있었을 것이다. 심지어 미소를 담아 인사말을 건네거나 어깨를 턱턱 두드려주는 죄수들도 있었을 것이다. 근무 중인 경관에게 총기를 휘두르고 살인미수죄로 기소되었거나 경관 폭행죄로 교도소에 들어온 재소자는 교도소 내 서열다툼에 굳이 끼어들 필요가 없기 때문이다.

"당장 그 입 닥치고 저녁식사 끝날 때까지 얌전히 기다리면 보여주지."

　죄수들은 이쑤시개 하나를 1천 크로나로 삼아 스터드 포커 판을 벌였다. 호프만은 자기 자리라고 감히 말도 못 꺼내는 다른 죄수의 자리를 떡하니 차지하고 카드 판에 끼었다. 그러고는 쇠데르함에서 짭새 정수리에 총을 겨누자마자 제발 살려달라고 애원을 하더라며 자신의 모험담을 큰 소리로 떠벌렸다. 그리고 몇 년 만에 말아 피우는 담배를 물고는 자신의 첫 외출을 목이 빠지게 기다리는 죽여주는 여자가 있다는 이야기도 곁들였다. 죄수들은 껄껄거리며 웃었다. 그는 여유롭게 의자에 등을 기댄 채 휴게실 주변과 복도를 슬쩍 둘러보았다. 그곳에는 자신들의 자리를 빼앗긴 뒤 어디로 가야 할지 갈피를 못 잡는 죄수 몇몇이 서성이고 있었다.

화요일

에베트 그렌스는 차를 몰고 스톡홀름 거리를 서서히 가로
질렀다. 여느 때와 다름없이 소란스럽고 들썩이던 밤은 점
점 새벽 여명에게 자리를 내주고 있었다. 하지만 새벽 3시
반 경, 에베트 그렌스는 문득 자신이 하늘과 물을 번갈아 바
라보며 리딩예 다리 중간 지점을 지나고 있다는 사실을 깨
달았다. 요양원으로 향하고 있었던 것이다. 더 이상 방문이
허락되지 않고, 더 이상 창가에 앉은 그녀의 모습도 볼 수
없는 그곳으로.

'다시는 뵙지 않았으면 좋겠어요. 경정님이 그토록 두려
워하셨던 일은 이미 과거가 되어버렸다구요.'

그곳에 발걸음을 끊은 건 2주 전 일이다. 그는 갑자기 차
를 돌렸다. 그리고 집과 사람들이 있는 도시, 거대하면서도
작은 도시, 자신의 평생 일터를 향했다. 그러다 에베트는 어
딘가에 차를 세웠다.

생전 처음 찾는 곳이었다. 자신이 이곳으로 오고 있는지도 모르고 있었다.

수십 차례 결심하고, 아예 일정까지 짜서 길을 나서기도 여러 차례. 하지만 끝내 목적지에는 도달할 수 없었다. 그리고 지금, 그는 남쪽 출입구 앞에 서 있었다. 두 다리는 당장에라도 무너져 내릴 듯 후들거렸고 배인지 심장인지 모를 곳에서부터 솟구치는 압박감은 가슴을 꽉 조이고 있었다.

그는 몇 걸음 내딛는 것 같더니 이내 멈춰 섰다.

고요한 새벽시간을 밝혀주는 동이 터 오르자 막 모습을 드러내기 시작한 태양이 묘지와 잔디밭, 나무를 비추며 장관을 연출하고 있었다. 하지만 그는 더 이상 발걸음을 옮길 수가 없었다. 이날 아침 역시 실패였다. 에베트는 그렇게 다시 차로 돌아가 도시로 향했다. 룸미러에 비친 북부공원묘지는 서서히 모습을 감추며 사라졌다. 다음을 기약하면서.

다음에는 그녀의 무덤을 찾아가리라. 자주 만나러 가리라.

다음에.

*

강력계 사무실로 이어지는 복도는 어둠 속에 잠긴 채 텅 비어 있었다. 그는 직원 휴게실에 들러 책상 위 바구니에 담긴 딱딱하게 굳은 빵 조각을 집어 들고 자판기에서 커피 두 잔을 뽑은 뒤 더 이상 노랫소리가 울려 퍼지지 않는 사무실로 향했다. 그는 빵과 커피로 간단히 아침식사를 해결한 뒤 여전히 제자리걸음을 하고 있는 사건 파일을 집어 들었다. 사건 발생 초기, 피해자가 덴마크 경찰의 정보원이었다는 사실을 밝혀냈다. 뿐만 아니라 현장에서 마약 운반책과 암페타민에 관련된 증거를 확보했고 문제의 살인사건 발생시각, 스웨덴어를 구사하는 제3의 인물이 현장에 있었다는 사실도 확인했다. 신고전화 목소리는 얼마나 반복해서 들었는지 이제는 자신의 일부가 된 것 같은 느낌마저 들었다.

바르샤바를 근거지로 한 폴란드 범죄조직, 보이테크가 사건에 연루되어 있다는 사실까지 풀어낸 다음부터 수사는 막다른 벽에 부딪힌 상태였다.

에베트는 딱딱하게 굳은 빵을 씹고 플라스틱 컵에 남아 있던 커피를 마셨다. 그는 포기를 모르는 사람이었다. 한번 시작한 건 끝까지 밀고 나갔다. 하지만 이번 수사를 가로막고 선 장벽은 지난 며칠간 아무리 밀고 흔들고 고함을 질러보아도 좀처럼 넘어설 수가 없었다.

사건현장 인근의 쓰레기통에서 발견된 셔츠의 혈흔을 추적해보았지만 일치하는 용의자가 없었다. 크란츠 검시관이 그 문제의 셔츠에서 검출한 노란 얼룩의 출처를 추적한 끝에 마침내 폴란드 시에들체라는 지역의 암페타민 제조공장까지 찾아냈다. 그들은 며칠간, 범죄와의 전쟁을 선포한 3천여 현지경찰과 공조해 수사를 벌였다. 하지만 소득이라고는 무력감뿐이었다. 폴란드에는 하루가 다르게 국내 자본시장을 야금야금 잠식해가며 활개를 치는 범죄조직의 수가 5백여 개가 넘었고, 국제적인 조직망을 갖춘 대형 범죄조직 역시 85개나 되었다. 그 결과, 경찰들은 수시로 총격전에 휘말려야 했지만, 나라는 매년 합성마약 제조로 5천억 달러 이상을 긁어모으고 있었다.

에베트는 독특한 튤립 향을 기억하고 있었다.

문제의 암페타민 공장은 시내에서 서쪽으로 몇 킬로미터 떨어진 황폐한 빈민가의 아파트 단지 지하에 자리 잡고 있었다. 심각한 주택난을 해결하기 위한 미봉책으로 지어진 수천여 채의 아파트 건물들은 판에 박은 듯 똑같은 모습으로 거대한 단지를 이루고 있었다. 에베트와 스벤은 차에 앉은 채 한 젊은 경관의 목숨을 앗아간 총격전을 묵묵히 지켜봐야 했다. 경찰이 기습하던 당시 지하 공장에 남아 있던 조직원들은 폴란드어와 스웨덴어로 취조하는 경관들 앞에서 묵비권을 행사하며 냉소를 짓거나 바닥만 내려다보고 있었다. 누구든 입을 열면 조직에게 보복을 당할 거란 사실을 잘 알고 있기 때문이었다.

에베트는 욕설을 내뱉고는 창문을 열어 경시청 건물 안뜰에 있는 사람들에게 다 들리도록 큰 소리로 고함을 질렀다. 그리고 사무실 문을 벌컥 열고 나가 절뚝거리는 다리로 등과 이마가 땀에 흠뻑 젖을 때까지 복도를 왕복하고 나서야 다시 자리로 돌아와 앉아 숨을 골랐다.

이런 기분은 생전 처음이었다.

그는 분노에 익숙한 사람이었다. 아니, 분노에 중독된 사람 같았다. 언제나 시빗거리를 찾아다녔고, 분노 속에 자신의 속마음을 꽁꽁 감추고 지내왔다.

하지만 지금 느끼는 감정은 그런 분노와 차원이 달랐다.

진실이 바로 눈앞에서 자신을 지켜보며 비웃고 있는 듯한 느낌, 분명 가까이 다가간 것 같은데 실체를 알 수 없는 묘한 느낌 때문이었다.

에베트는 사건 파일을 손에 든 채 두 다리를 쭉 뻗고 바닥에 앉아 소파 뒤에 등을 기댔다. 그러고는 베스트만나가탄 대로변의 아파트에서 한 남자가 살해당했다는 신고전화에 관한 보고서를 시작으로 2주간 모든 기술을 총동원한 수사 현황을 비롯해 코펜하겐과 폴란드 시에들체를 왕복한 두 차례의 원정수사에 관한 보고서를 다시 읽어 내렸다.

그는 다시 한 번 욕설을 퍼부었다.

더 이상 출구가 보이지 않았다.

에베트는 그렇게 바닥에 널브러진 채 수백 번도 넘게 들은 전화 목소리가 누구의 것인지, 아직까지 자신이 이해하지 못했거나 손에 쥐지 못한 단서가 무엇인지, 도대체 왜 진실은 잡힐 듯 안 잡히고 자신을 비웃고만 있는 것 같은 생각이 점점 더 강하게 드는지를 생각해보았다.

열쇠 돌리는 소리가 들렸다.

교도관 두 명이 가장 끝 쪽에 있는 감방 문의 자물쇠를 풀고 문을 열고 있었다. 제법 널찍한 자갈밭이 내려다보이는 전망 좋은 8번과 16번 감방이었다.

그는 매일 아침 만반의 준비를 마친 상태로 20분 동안의 돌발 상황에 대비했다. 예기치 못한 죽음이 급습해오기 쉬운 순간이기 때문이다.

진저리가 나는 밤의 연속이었다.

지난 며칠간 눈 한 번 제대로 붙여보지 못한 상태였지만, 그는 밤이 되면 침대에 누워 억지로 잠을 청했다. 소피아와 후구, 그리고 라스무스가 창밖에 있는 것 같았고, 침대 머리맡에 앉아 있는 것 같았고, 옆자리에 나란히 누워 있는 것만 같았지만 그는 애써 환영을 밀어냈다. 그들은 여기에 없다. 그에게는 스스로 선택했고 완수해야 할 임무가 있었기 때문에 꿈 따위에 사로잡힐 마음의 여유가 없었다. 그런 감정은 억누르고 잊어야 했다. 감방 안에서 달콤한 꿈에 넋을 잃은 죄수들은 오래 안 가 스스로 무너지기 마련이었다.

그는 잠자길 포기하고 결국 일어났다. 소피아의 모습이 사라지고 사방이 짙은 어둠에 싸였다. 그는 두려움이 그런 무방비한 상태를 노리지 못하도록 턱걸이와 윗몸일으키기를 비롯해 두 발을 모으고 침대 위로 뛰어올랐다 내려오기를 반복했다. 공간이 충분하지 않은 감방에서는 어쩔 수 없이 수시로 벽에 부딪힐 수밖에 없었지만, 땀도 나고 흉곽 안에서 뛰는 심장박동이 느껴져 기분은 좋았다.

교도관들의 발소리가 가까워지고 있었다. 또다시 열쇠 돌리는 소리가 들려왔다. 7번과 15번 감방이 차례로 열리고 의례적인 아침인사를 욕설로 되받아치는 소리가 들렸다.

그의 작업은 이미 시작된 상태였다.

그는 입감 첫날 오후부터 단 몇 시간 만에 G구역 내의 위계질서를 휘어잡았다. 곧이어 이곳에서 마약을 공급하거나 거래를 담당하는 죄수가 어느 구역, 어느 감방에 있는지도 알아낸 상태였다. 그중 하나가 그와 같은 G구역에 있었다. 2번 감방의 그리스 친구. 다른 두 명은 H구역의 각기 다른 층에 수감된 재소자들이었다. 호프만은 첫 번째 밀반입 물량을 손에 넣기 일보직전이었다. 경쟁자들을 단번에 나가떨어지게 만들 수 있는 몇 그램의 암페타민.

교도관들의 발소리가 훨씬 더 가까워졌다. 6번과 14번 감방이 열렸다. 이제 단 몇 분만 남은 상황이었다.

감방 문이 모두 개방되는 오전 7시부터 7시 20분까지가 가장 위험한 순간이었다. 그 고비만 넘긴다면 나머지 하루는 아무 걱정 없이 보낼 수 있다.

호프만은 언제 들이닥칠지 모를 죽음에 맞설 태세를 갖췄다. 이 준비는 매일 아침 반복될 터였다. 살아남기 위해서는 저녁이나 밤사이, 누군가 그의 암호명을 알아내지 않았는지, 범죄조직을 소탕하기 위해 교도소로 들어온 경찰의 끄나풀이라는 사실이 발각되지 않았는지 확인해야 했다. 감방

문이 폐쇄되는 밤에는 안전했다. 치밀한 계획 하에 이루어지는 급습은 감방 문을 개방한 교도관들이 커피를 마시러 사무실로 돌아간 직후부터 시작된다. 최근 몇 년 사이 교도소에서 발생한 살인사건의 대부분은 바로 감시의 눈이 제 기능을 발휘하지 못하는 그 20분 사이에 발생했다.

"좋은 아침입니다."

교도관은 감방 문의 잠금장치를 풀고 안을 들여다보았다. 피에트 호프만은 침대에 앉은 채 아무런 대꾸 없이 상대를 노려보기만 했다. 죄수의 기분이 어떤지 묻는 안부인사는 아니었다. 단지 교도소 내 규칙일 뿐이었고 죄수는 답을 해야 했다.

융통성 없는 교도관은 물러서지 않았다. 죄수가 살아 있는지, 이상은 없는지 확인해야 했기 때문이다.

"당신한테나 좋은 아침이겠지. 귀찮게 굴지 말고 당장 꺼져주시게나."

교도관은 고개를 끄덕이고 발걸음을 옮겼다. 남은 감방은 두 곳이었다. 지금이 바로 호프만이 움직일 타이밍이었다. 마지막 감방 문이 열리고 나면 이미 늦기 때문이었다.

호프만은 양말 한 짝을 문손잡이에 묶은 뒤 감방 문을—감방 안쪽에서는 문이 완전히 닫히거나 잠기지 않는다.—자신의 쪽으로 잡아당기고 문과 문틀 사이에 나머지 양말을 억지로 끼워 넣었다.

1초.

그러고는 벽장 옆에 놓인 나무 의자를 가져다 문지방 안쪽에 눕혀놓고 문이 제대로 열리지 않도록 조심스레 위치를 잡았다.

1초.

베개와 침대 시트, 그리고 여벌 바지를 이불 속에 집어넣어 누워 있는 사람처럼 보이게 만들고 운동복 상의의 한쪽 소매를 이불 밖으로 빼서 팔처럼 보이게 만들었다. 그런 속임수에 넘어갈 사람은 거의 없었다. 하지만 안을 들여다본 사람은 순간적으로 다시 주변을 살펴야 한다.

0.5초.

두 명의 교도관이 복도 끝으로 사라졌다. 이제 모든 삼방 문이 열렸다. 피에트 호프만은 등을 벽에 바짝 댄 채로 문 왼쪽에 자리를 잡았다. 누가 언제 들이닥칠지 모른다. 그들이 무언가를 알아냈거나, 그의 정체가 노출된 상황이라면 그 즉시 죽은 목숨이었다.

호프만은 문손잡이에 걸어놓은 양말을 노려보고 문 앞에 눕혀놓은 의자와 이불 안에 밀어 넣은 베개를 번갈아 쳐다보았다.

2.5초.

자신을 보호하고 기습을 되받아치는 데 주어진 시간이었다.

호프만은 숨을 거칠게 몰아쉬고 있었다.

계속 이 상태로 서서 기다릴 터였다. 20분이 지나갈 때까지.

이날은 그가 아스프소스 교도소에서 첫 아침을 맞는 날이었다.

누군가 그의 앞에 서 있었다. 정장 바지에 감싸인 호리호리한 두 다리. 그리고 뭐라고 중얼거리는 소리가 들렸다. 그는 아무런 대꾸도 하지 않았다.

"그렌스 경정님? 뭐 하시는 겁니까?"

에베트는 사건 파일을 배 위에 올려놓고 갈색 소파에 기댄 채 바닥에 앉아 잠이 들어 있었다.

"만나기로 하지 않았나요? 이른 시간에 나오라고 하신 건 경정님 아니었습니까? 분위기를 보아하니 어제 여기서 주무셨나보군요?"

등이 약간 쑤셨다. 이번에는 바닥이 좀 딱딱하게 느껴졌다.

"그건 검사님이 상관할 바가 아니지."

에베트는 몸을 굴려 소파 팔걸이를 붙잡고 힘겹게 무거운 몸을 일으켰다. 그러자 세상이 빙글빙글 도는 것 같았다.

"괜찮으세요?"

"그것도 검사님이 상관할 바 아니고."

라슈 오게스탐 검사는 소파에 앉아 에베트 그렌스 경정이 자리에 앉을 때까지 기다렸다. 두 사람은 얼굴만 맞대면 으르렁거리는 사이였다. 아니, 서로 마주쳐서도 안 될 사이였다. 새파랗게 젊은 검사와 은퇴를 앞둔 노경정은 사는 세계가 달랐고, 둘 중 누구도 상대의 세계에는 아무런 관심이 없었다. 그래도 젊은 검사는 상대에게 말을 걸어보고 이야기를 듣고 지켜보기도 했다. 하지만 결국 깨달은 사실은 아무런 소용이 없다는 것이었다. 그렌스 경정이 상대를 싫어하기로 마음먹은 이상 달라지는 건 없었기 때문이다.

"베스트만나가탄 79번가 사건 말이오, 보고서를 읽고 싶다 그러지 않으셨나?"

오게스탐 검사는 고개를 끄덕이며 답했다.

"아무래도 수사가 난관에 부딪힌 것 같다는 생각이 자꾸 드네요."

사실 수사는 막다른 길에 다다랐다. 하지만 에베트는 그런 사실을 인정할 수 없었다. 아직은.

에베트는 자신이 찾아낸 정보를 넘겨주고 싶지 않았다.

"여러 가지 가능성을 알아보는 중이오."

"예를 들면요?"

"아직 말씀드릴 만큼 준비를 한 게 아니라서 말이지."

"도대체 뭘 쥐고 계신지 알 수가 없네요. 제대로 된 단서가 있었다면 아마 저한테 던져주시고는 당장 꺼지라고 하셨을 겁니다. 그러니까 아직까지 건진 게 전혀 없다는 말씀으로 생각해도 되겠군요. 아무래도 수사 우선순위를 조정해야겠습니다."

"뭘 조정한다고?"

오게스탐 검사는 비쩍 마른 팔을 들어 현재 진행 중인 사건 파일더미가 쌓여 있는 책상을 가리키며 말을 이었다.

"돌파구가 없지 않습니까. 수사도 답보 상태고요. 진척이 없는 수사에 계속해서 인력과 지원을 쏟아 부을 수 없다는 거, 저보다 더 잘 아시지 않습니까."

"난 절대로 포기하지 않아."

두 사람은 서로를 노려보았다.

"그럼 뭐가 있습니까?"

"이봐요, 검사 양반. 살인사건은 절대로 뒤로 미룰 수 없어. 꼭 해결해야 한다고."

"잘 아시잖……."

"그게 바로 내가 지난 35년간 해온 일이야. 당신이 기저귀에 오줌이나 지리고 있을 때부터!"

검사는 귀를 아예 닫아버렸다. 상대가 무슨 소리를 지껄이든 무시해버리면 그만이었다. 그 덕에 그렌스 경정의 말에 마음이 상했던 일도 옛날 일이 되어버렸다.

"초동수사에 관한 보고서는 다 읽어봤습니다. 그런데 너무…… 성급하셨어요. 사건과 관련된 주변 인물은 여럿 적어놓으셨던데 정작 탐문은 하지도 않으셨더군요. 그것부터 하세요. 거기에 나온 사람들 다 수사해보고 끝내시라고요. 사흘 드리겠습니다. 그 후에 다시 뵙지요. 그때까지도 별 성과 없을 경우 반대시위를 벌이신다고 해도 기필코 우선순위 조정하겠습니다."

에베트는 단호하게 말하고 사무실 문을 나서는 양복쟁이

검사의 뒷모습을 쳐다보았다. 그 목소리만 아니었다면 아마 불같이 화를 내며 버럭 고함을 질렀을 것이다. 지난 2주 동안 한시도 떠나지 않고 그의 머릿속에서 울려 퍼지던 한 남자의 목소리. 그 목소리가 또다시 속삭이듯, 짧은 문장 하나를 끈질기게 반복하고 있었다. 머리가 돌아버릴 지경이었다.

'사람이 죽었습니다. 베스트만나가탄 대로 79번가입니다.'

이제 그에게 남은 기한은 사흘이었다.

당신은 누구지?

도대체 어디 있는 거야?

*

그는 감방 벽에 바싹 붙어 선 채로 그렇게 20분을 기다렸다. 온몸의 근육이 팽팽하게 일어섰고 무슨 소리가 들리든 자신을 덮치러 오는 듯 느껴졌다.

하지만 아무 일도 일어나지 않았다.

15명의 재소자들은 화장실에 들렀다 샤워를 마치고 이른 아침식사를 하러 부엌에 모여들었다. 그의 감방 앞을 기웃거리는 사람도, 감방 문을 열려고 시도하는 사람도 없었다. 그는 여전히 파울라가 아닌 피에트 호프만으로 통하고 있었다.

죄수들은 하나씩 어디론가 사라졌다. 몇몇은 세탁실과 작업실로 향했고 대부분은 교육과정을 이수하는 교실로 향했다. 의무실로 간 죄수도 있었다. 하지만 교도작업 파업을 벌이거나 감방에 혼자 남아 있는 죄수는 아무도 없었다. 간혹 그런 죄수들도 있었다. 처벌 따위의 협박을 가볍게 비웃으며 파업을 벌이고 의무노동을 거부하거나 공문서에 기재된 12개월 이외의 추가 노동시간에는 손 하나 까딱하지 않는 죄수들.

"호프만."

전날 그를 감방까지 인솔했던 교감이었다. 그의 파란 눈동자는 여전히 날카로웠다.

"네?"

"감방에서 나올 시간이야."

"그래야 합니까?"

"자네 의무노동 보직이 나왔어. 청소야. 행정구역과 작업실 청소를 담당하게 됐어. 하지만 오늘은 일을 안 하고 나를 따라다니면서 무슨 일을 언제, 어디서, 어떻게 하는지 배우게 된다."

두 사람은 G감호구역 복도를 나란히 걸어 계단을 지나 지하 통로로 향했다.

—파울라가 아스프소스에 이감된 뒤 해야 할 교도작업은 이미 정해져 있습니다. 행정구역과 작업실 청소를 담당해야 합니다.

B감호구역 3층으로 가는 동안 싸구려 죄수복에 허벅지와 어깨가 쓸렸다.

―교도행정상 청소업무는 일종의 포상에 해당합니다.

두 사람은 작업실로 이어지는 중앙 출입구 밖의 화장실 앞에 멈춰 섰다.

―그럼 포상을 해주시면 되지 않습니까.

피에트 호프만은 고개를 끄덕였다. 그가 청소를 담당해야 할 곳이었다. 곰팡내가 진동하는 탈의실의 깨진 개수대와 소변기를 청소하는 일이었다. 두 사람은 다시 발걸음을 옮겨 디젤 연료 냄새가 어렴풋이 나는 거대한 작업실 안으로 들어갔다.

"저 밖에 있는 화장실과 유리창 뒤로 보이는 사무실, 그리고 여기 작업실 전체를 청소하는 일이다. 알겠나?"

호프만은 문 앞에 선 채로 내부를 둘러보았다. 작업대 위에는 배관의 일부처럼 보이는 반짝이는 물건들이 놓여 있고, 선반에는 포장용 테이프더미가 들어차 있었다. 그 외에 펀치 프레스, 화물 전용 지게차, 반쯤 차 있는 화물 운반대가 눈에 들어왔다. 이곳에서 작업을 하는 죄수들은 시간당 10크로나의 돈을 벌게 된다. 교도작업실에서 만든 간단한 물건들은 대부분 공산품 제조업체로 팔려나갔다. 외스테로켈에서는 장난감 제조사에 납품하는 빨간색 사각형 나무 블록을 만들었다. 아스프소스 작업실에서는 가로등 기둥에 들어가는 부품을 만들고 있었다. 가로등 하단에 케이블과 스위치가 들어간 부분을 덮는 10센티미터 길이의 직사각형 덮개였다. 10여 미터 간격으로 모든 도로에 설치된 가로등에 들어가는 부품으로, 대부분의 사람들은 그 존재를 모르고 지나치지만 누군가는 만들어야 할 그런 물건이었다. 교감이 작업실 안으로 들어가 여기저기 묻어 있는 먼지와 꽉 찬 쓰레기통들을 가리키는 동안 호프만은 그의 뒤를 따라다니며 아직 얼굴을 익히지 못한 죄수들에게 고갯짓으로 인사를 건넸다. 20대로 보이는 젊은 재소자 하나는 펀치 프레스 앞에 서서 직사각형 덮개의 모서리를 구부리고 있었다. 핀란드 말을 하는 다른 재소자는 드릴머신 앞에 서서 나사가 들어갈 구멍을 만들고 있었다. 뺨에서 목까지 기다란 흉터를 가진 재소자 하나는 멀리 떨어진 창가 쪽에서 드럼통을 기울여 디젤유를 받아 작업도구들을 손질하고 있었다.

"바닥을 잘 봐봐. 빈틈없이 닦고 최대한 벅벅 문지르는 게 중요하다고. 안 그러면 냄새가 진동해."

호프만은 교감의 말에 전혀 귀를 기울이지 않았다. 그는 디젤유가 든 드럼통 앞에서 걸음을 멈췄다. 사전에 조준해둔 바로 그 지점이었다. 교회 종탑의 빌코니에 엎드려 가상의 라이플로 조준해 사거리가 1.5킬로미터 되던 바로 그 장소. 창문 앞에 서자 아름다운 교회 건물과 종탑이 한눈에 들어왔다. 종탑에서 바라보던 것과 똑같이 탁 트인 전경이었다.

호프만은 창문을 등지고 뒤돌아서서 작업실에 있는 굵고 희멀건 콘크리트 기둥의 위치를 머릿속에 저장해두었다. 기둥은 성인 하나가 뒤에 서면 완전히 가려질 만큼 두꺼워 보였다. 그는 창가에서 가장 가까운 기둥 쪽으로 몇 걸음 걸어 가 바짝 붙어 서보았다. 생각했던 대로였다. 기둥 뒤에 서면 완전히 몸을 가릴 수 있었다. 호프만은 서서히 교도관 사무 실 쪽으로 발걸음을 옮겼다. 느낌이 왔다. 유용하게 써먹을 수 있겠다는 느낌.

"그래, 호프만. 그 사무실 말이야…… 거긴 반짝반짝 광 이 나야 해."

교도관 사무실에는 작은 책상과 선반 몇 개, 그리고 때 묻 은 깔판이 놓여 있었고, 벽에는 전화기가 걸려 있었다. 연필 꽂이에는 가위 하나가 들어 있었고 두 칸짜리 책상서랍은 텅 빈 채 열려 있었다.

교감은 앞장서서 교도소 운동장 지하 통로를 거쳐 행정 구역으로 향했다. 감시카메라가 지켜보는 보안 게이트를 네 번이나 거쳐야 했다. 카메라 앞에 서서 고개를 끄덕이고 기 다리면 중앙보안통제센터에 있는 교도관이 얼굴을 확인한 뒤 각각의 보안 게이트 개방 버튼을 누르는 식이었다. 그 때 문에 1, 2백 미터에 지나지 않는 지하 통로를 걸어가는 데 10분이 훨씬 더 걸렸다.

2층 행정구역은 교도소 중앙 로비가 내려다보이는 좁은 복도였다. 이곳은 수갑을 찬 채 호송버스에서 내리는 새 죄 수들이 교도관들의 안내에 따라 여섯 개의 사무실과 비좁은 접견실로 나뉘어 입감절차를 거치는 곳이었다. 전날, 교도 소장을 비롯한 행정직 교도관들이 아스프소스 교도소에 첫

발을 들이는 그의 모습을 지켜보던 곳이기도 했다. 떡진 머리에 2주 동안 깎지 않은 희끗희끗한 턱수염을 하고 크로노베리 구치소 수감복 차림에 수갑과 족쇄까지 찬 흉악범의 등장을.

"내 얘기 듣고 있는 건가, 호프만? 여기를 매일 청소해야 하는 거야. 작업이 끝나면 여긴 얼룩 하나, 먼지 하나 없이 깨끗해야 한다. 알아듣겠나? 바닥을 깨끗이 문지르고, 책상엔 먼지 한 점 없게 만들고, 쓰레기통은 싹 비우고 유리는 광이 나게 닦아야 해. 이런 일 하는 데 아무 문제없겠지?"

관공서 건물답게 벽과 바닥, 그리고 천장은 온통 회색이었다. 음울하고 희망 한 가닥 없어 보이는 복도의 분위기가 사무실 내부까지 고스란히 이어지고 있었다. 화분 몇 개에 한쪽 벽면에 도제타일로 원 무늬가 몇 개 들어가 있을 뿐, 가구며 색이며 어느 것 하나 생명력이 느껴지지 않는 사무실이었다. 심지어 이곳에 들어가면 꿈조차 꿀 수 없을 것 같은 분위기였다.

"이제 자네 소개를 해야 할 시간이군. 움직이자고."

교도소장은 벽 색깔만큼이나 머리가 희끗희끗한 50대의 남성이었다. 사무실 문 앞에는 '오스카숀'이라는 이름이 박혀 있었다.

"이쪽은 호프만입니다. 내일부터 이곳 청소를 담당하게 될 친구입니다."

악수를 청하는 교도소장의 손은 부드러웠지만 아귀힘은

단단했다.

"렌나트 오스카숀 교도소장일세. 이 방은 매일 쓰레기통을 비워주면 좋겠네. 테이블 밑에 있는 거하고 저기 방문객 의자 옆에 있는 거. 그리고 사용한 유리잔이 있을 때는 설거지도 좀 부탁하네."

교도소장의 사무실은 널찍한 편이었고 창문을 통해 교도소 담장과 운동장이 내려다보였다. 그렇다고 해도 다른 사무실 분위기와 별반 차이는 없었다. 가족사진이 담긴 액자도, 벽에 걸어두는 표창장 따위도 없었다. 단 하나 다른 점이 있다면, 유리병에 꽂힌 두 개의 꽃다발이 책상 위에 놓여 있다는 것뿐이었다.

"튤립입니까?"

교감은 책상 위로 몸을 숙여 기다란 초록색 줄기와 자그마한 꽃봉오리를 살펴보았다. 그는 하얀 봉투에 든 카드를 꺼내 나머지 두 사람이 들리도록 큰 소리로 읽었다.

"성공적인 우호협력관계에 감사드립니다. 아스프소스 상인협회."

교도소장은 책상 위에 있는 꽃다발 하나를 집어 들었다. 아직 꽃망울 상태의 노란 튤립이었다.

"아마 튤립이겠지. 요즘 꽃 선물이 많이 들어오는 것 같아. 하긴 아스프소스 전체가 우리 교도소하고 협력관계이니까. 납품업체들도 많고. 그것만 있나, 연구조사차 찾아오는 사람들도 많잖아. 불과 얼마 전까지만 해도 교도행정업무를

멸시하더니, 이제는 관문처럼 여기고 있는 거 보라고. 사건
이 터졌다 하면 우리하고 관련된 소식이 뉴스속보나 신문일
면을 장식하니 말이야."

불만스러운 말투였지만, 꽃을 바라보는 교도소장의 눈빛
은 자부심에 가득 차 있었다.

"조만간 꽃이 필 거야. 보통 며칠 정도 걸리더라고."

피에트 호프만은 고개를 끄덕인 뒤 올 때와 마찬가지로
교감을 뒤따라 발걸음을 옮겼다.

내일이다.

내일이면 꽃망울이 화려하게 변해 있을 것이다.

*

에베트는 빈 플라스틱 컵 두 개와 절반 정도 먹은 아몬드
빵을 치운 뒤 안락한 소파 가운데에 자리 잡고 스벤과 마리
안나가 양옆에 앉기를 기다렸다.

노트에서 떼어낸 종이 한 장에는 손으로 작성한 메모 외
에도 갈색 커피 얼룩이 한쪽 모서리를 장식하고 있었고, 반
대쪽 모서리에는 아몬드 빵에서 묻은 기름이 배어 있었다.

일곱 명의 명단.

초동수사 당시 용의선상에 올라 있던 인물들이다. 사흘
안에 만나야 하는, 수사의 생과 사를 가를 열쇠를 쥔 사람들
의 명단이었다.

에베트는 일곱 명을 세 부류로 나누어 적었다.

마약, 폭행범, 보이테크.

스벤은 첫 번째 부류에 수사의 초점을 맞추게 될 터였다. 베스트만나가탄 인근에서 활동하고 있거나 거주하고 있는 것으로 확인된 마약상들이 그 대상이었다. 같은 아파트 3층에 살고 있는 호르헤 에르난데스, 혈흔 묻은 셔츠가 발견된 쓰레기통 부근에 살고 있는 요르마 란탈라.

마리안나는 폭행범들을 선택했다. 얀 두 토비트와 니콜라스 바를로프. 스웨덴 정보부의 소식통에 따르면 국제적인 암살범으로 지목된 두 사람은 살인사건이 발생한 시각에 스톡홀름 시내나 인근지역에 머물고 있었던 것으로 확인되었다.

에베트는 나머지 세 명의 인물을 조사하기로 했다. 보이테크 인터내셔널에 다닌 이력을 가진 마체이 바사츠키, 피에트 호프만, 그리고 칼 라겔. 세 사람은 모두 스웨덴 보안경비회사를 운영하고 있으며, 보이테크 본사와 합법적인 계약을 통해 폴란드의 국빈이 스웨덴을 방문할 때 경호업무를 제공하고 있었다. 배후에 숨은 마피아 조직을 합법적으로 위장해주는 일이었다. 에베트 그렌스 경정은 스톡홀름 경시청 소속 경찰 중에서도 발틱 해 건너편 세계의 범죄조직을 그 누구보다 잘 파악하고 있는 인물 중 하나였다. 그리고 그의 사무실에 앉아 있는 수사관 중에서 그 세 명의 용의자들이 어떤 식으로 또 다른 보이테크 사와 연관이 있는지를 밝힐 수 있는 능력을 가진 유일한 수사관이었다. 스톡홀름 시내 한복판에서 버젓이 살인사건을 벌일 수 있는 보이테크의 실체를.

*

더 이상 그에게 질문을 던지는 사람은 없었다.

식판을 앞에 두고 식사를 하는 동안 가까이 붙어 앉거나 그를 노려보는 사람도 없었다. 둘째 날 점심시간부터 그는 이미 남다른 인물이 되어 있었지만, 과연 그가 교도소의 일상을 통제할 힘을 쥐게 될 인물인지에 대해서는 그 누구도 선뜻 확신하지 못하는 분위기였다. 그건 마약이 결정해줄 터였다. 호프만은 이틀 안에 모든 마약 공급과 판매 루트를 장악한 뒤, 교도서 서열상 살인범들 위에 올라앉게 될 것이다. 교도소에서는 살인범이 재소자들 사이에서 최고의 대우를 받고 있었으며 그 뒤를 이어 거대 마약상, 은행 강도가 그나마 좀 나은 대우를 받았다. 서열 맨 밑바닥은 소아성애자나 강간범을 비롯한 성폭행범 차지였다. 그러나 살인범들도 교도소에서 마약이나 헤로인용 주사기를 유통하는 마약상 앞에서는 꼼짝도 못했다.

호프만은 청소업무를 배우기 위해 교감의 뒤를 따라다닌 뒤 감방으로 돌아와 G감호구역의 다른 죄수들이 교도작업이나 수업을 마치고 맛도 없는 점심을 먹기 위해 돌아올 때까지 침대에 누워 기다렸다. 그는 스테판과 카롤 토마쉬와 수차례 눈짓을 주고받았다. 두 사람은 초조한 마음으로 호프만의 지령을 기다리고 있었다. 그래서 그는 두 사람이 알아들을 때까지 입만 뻥끗거리며 "wieczorem(오늘 밤)"이라고 알려주었다.

오늘 밤.

오늘 밤, 그들은 요주의 마약상 세 명을 무너뜨릴 계획이었다.

다른 재소자들이 자갈밭 운동장에 나가 담배를 피우거나 이쑤시개 하나당 1천 크로나짜리 포커 판을 벌이는 동안 호프만은 식탁 청소와 설거지를 자청했다. 간이부엌에 혼자 남은 그가 싱크대와 조리대를 깨끗이 닦는 동시에 숟가락 두 개와 칼 하나를 바지 앞주머니에 몰래 집어넣는 장면을 포착한 사람은 아무도 없었다.

그는 죄수들이 수족관이라 부르는 유리부스 쪽으로 다가가 두들겼지만 안쪽에 있던 교도관은 성가시다는 듯 팔꿈치로 툭 칠 뿐 무슨 일인지 묻지 않았다. 그는 다시 한 번 유리패널을 두드렸다. 이번에는 더 세게, 더 길게, 돌아가지 않겠다는 강한 표시로.

"뭔데? 왜 그러냐고? 지금 점심시간이잖아. 부엌 청소는 당신이 하는 거 아냐?"

"저기 더 할 일이 남은 것처럼 보입니까?"

"내 말은 그게 아니잖아."

호프만은 더 이상 언쟁할 생각이 없다는 듯 어깨를 한 번 으쓱했다.

"내 책은요?"

"그게 뭐?"

"어제 대출 신청한 책 말입니다. 모두 여섯 권입니다."

"난 전혀 모르는 일이야."

"그럼 어떻게 된 건지 알아봐주는 게 정상 아닙니까? 안 그래요?"

상대는 나이 든 교도관이었다. 전날 그와 책 이야기를 했던 당사자는 아니었다. 그는 성가셔하기는 했지만 결국 부스 안쪽으로 들어가 책상 위를 뒤적거렸다.

"이것들 맞아?"

아스프소스 도서관 표지가 씌워진 책들이었다. 각각의 책 첫 페이지에 '창고 보관'이라는 파란색 문구가 찍혀 있는 책들.

"맞습니다."

나이 든 교도관은 뒤표지에 쓰인 저자 소개를 대충 읽어보고는 별 뜻 없이 책장을 휘리릭 넘겨보다 그에게 넘겨주었다.

"《스웨덴의 심장, 그 깊은 곳》이니 《마리오네테나》니 이게 다 무슨 내용이지?"

"시집입니다."

"계집애 같은 것들이 끼적이는 거?"

"나중에 한번 읽어보시는 것도 좋을 겁니다."

"잘 들어두라고, 웃기는 친구. 난 절대로 호모 놈들이나 쓸 책은 안 읽는다고."

호프만은 밖에서 자신의 감방 내부가 들여다보이지 않을 정도로만 문을 닫았다. 다 닫아버리면 쓸데없는 의심을 살 수도 있었기 때문이다. 그는 여섯 권의 책을 작은 탁자 위에 내려놓았다. 대출되는 경우가 거의 없어서 아스프소스 도서관 지하 창고에 보관되어 있다가 사서가 도서관 배송차량 기사에게 건네줬을 바로 그 책들이었다.

간이부엌에서 훔쳐온 칼은 손가락 끝으로 눌러보니 작업하기에 충분히 날카로운 느낌이 들었다.

호프만은 바이런의 《돈 후안》을 들고 딱딱한 앞표지와 첫 페이지가 만나는 부분에 칼을 대고 아래쪽으로 누르며 내려갔다. 제본실로 엮인 부분이 하나씩 떨어져나가며 순식간에 책등과 표지가 너덜거렸다. 13일 전, 바사가탄 대로의 사무실 책상 위에서 했던 것과 똑같은 작업이었다. 그는 90페이지까지 넘겨 한 손으로 잡고 단번에 페이지 전체를 떼어냈다. 91페이지 왼쪽 여백에는 가로 1센티미터, 세로 15센티미터 크기에 3백 페이지 정도 되는 깊이로 홈이 패여 있고 그 위로 라즐라 종이가 살짝 덮여 있었다. 홈 안의 내용물은 그가 숨겨둔 상태 그대로였다.

노르스름한 빛을 띤 하얀색 점착성 가루 15그램.

10년 전, 자신이 교도소 내부로 밀반입한 마약은 전적으로 자신이 직접 복용했다. 가끔 남을 때만 남에게 팔곤 했다. 빚 독촉에 시달렸기 때문에 마약을 판 돈으로 충당했던 것이다. 하지만 이번에는 사정이 달랐다. 네 권의 책에 나눠 담은 순도 30퍼센트 암페타민 총 42그램은 교도소 내 다른 경쟁자들을 따돌리고 유통망을 단번에 휘어잡을 수 있는 무기였다.

책, 그리고 꽃봉오리.

많지는 않지만 현재로서는 계획을 실행하기 충분한 분량이었다. 다년간의 경험을 통해 배운 마약 밀반입 방법은 의외로 너무나 간단하고, 교도소 일상에서 크게 벗어나지 않아 발각될 염려도 거의 없었다.

외스테로켈 시절에는 첫 외출을 하고 돌아오는 길에 누군가 교도관들에게 그가 항문이나 뱃속에 마약을 숨겨 들어온다고 밀고한 적이 있었다. 그 결과, 침대와 변기만 설치되어 있고 유리벽으로 사방이 막힌 폐쇄형 특수 감방에 끌려들어갔다. 거기서 일주일 넘게 하루 24시간 알몸으로 지내며 세 명의 교도관들에게 감시를 당했고, 그가 대변이라도 보면 당장 달려와 용변 성분까지 확인했다. 심지어 자는 동안에도 유리벽 너머로 감시를 당했고 엉덩이 가릴 이불조차 주어지지 않았다.

당시는 별다른 선택의 여지가 없었다. 빚더미에 올라앉아 갖은 협박을 받던 상태라 어쩔 수 없이 마약을 팔아야 했다. 하지만 이번에는 선택권이 주어졌다.

스웨덴 대다수 교도소에서 잠들기 전까지 하루 종일 반복되는 일상은 마약에 관한 것이었다. 어떻게 밀반입할 수 있을까, 어떻게 마약을 복용하고도 소변검사를 무사히 통과할 수 있을까에 대한 연구가 끊임없이 이루어졌다. 면회 오는 친인척들이 동원되기도 했다. 그들은 강요에 못 이겨 자신들의 소변을 받아 재소자에게 몰래 건네고, 재소자들은 그걸 제출해 도핑검사에서 무사히 음성반응을 얻어내는 식이었다. 외스테로켈 교도소 수감 초기에는 웃지 못 할 에피소드도 있었다. 떠벌이기 좋아하는 세르비아 출신 재소자가 자신의 여자 친구 소변을 다량으로 밀반입한 뒤 비싼 돈을 받고 다른 죄수들에게 판 적이 있었다. 그 소변을 샘플로 제출한 죄수들은 절반 이상이 상습 마약 복용자들이었지만 검사 결과 모두 음성으로 나타났다. 문제는 검사 결과에 석연치 않은 점이 발견되었다는 것이다. 검사를 받은 재소자 전원이 임신반응을 보였기 때문이다.

《돈 후안》,《오디세이》,《내 생의 글쓰기》,《프랑스 풍경》.

호프만은 책에 숨겨둔 물건을 차례로 꺼내다가도 감방 앞을 지나가는 발소리나 뭔가 의심스런 소리가 들릴 때마다 동작을 멈췄다.

남은 책은 두 권이었다.《스웨덴의 심장, 그 깊은 곳》과《마리오네테나》. 호프만은 그 두 권의 책을 고스란히 침대 위에 올려놓았다. 절대로 펼쳐볼 일 없기를 바라는 마음이었다.

그는 노르스름한 빛의 하얀 가루를 물끄러미 쳐다보았다. 단지 이걸 손에 넣으려고 살인까지 하게 만드는 가루를.

교도소 내에서는 그램당 가격이 시중의 몇 배로 뛴다. 일단 공급에 비해 수요가 압도적으로 많기 때문이다. 또한 자유의 몸일 때보다 교도소 내에서는 마약을 유통할 때 더 큰 위험을 감수해야 하기 때문이다. 유통한 물량이 똑같더라도 교도소 내에서 걸리면 가중처벌로 형이 더 길어졌다.

호프만은 42그램의 암페타민을 비닐봉투 세 개에 나누어 담았다. 하나는 2번 감방의 그리스 마약상을 나가떨어지게 할 물건이었고, 나머지 두 개는 H감호구역 맨 위층과 아래층에서 마약을 유통하는 두 명의 마약상을 제거할 물건이었다.

부엌에서 훔쳐온 숟가락은 여전히 그의 바지 주머니에 들어 있었다.

그는 숟가락을 꺼내 손으로 만져본 다음 철제 침대 모서리에 대고 힘주어 눌렀다. 두 개의 숟가락은 오른쪽으로 꺾이며 갈고리 모양이 되었다. 이리저리 돌려보니 생각한 용도에 맞게 변해 있었다. 호프만은 침대에 놓인 교도소 로고가 찍힌 파란색 트레이닝복 허리 부분을 칼로 터서 고무줄을 꺼낸 뒤 반으로 잘랐다.

그는 살짝 열린 감방 문 앞에서 복도가 텅 빌 때까지 기다렸다.

샤워실까지는 열다섯 걸음이면 충분했다.

그는 샤워실 안으로 들어가 문을 닫고 오른쪽 맨 끝 화장실로 들어가 문을 꼭 걸어 잠갔다.

*

에베트는 블랙커피 한 잔을 더 뽑고 하얀 분말이 뿌려진 바삭바삭한 아몬드 빵도 하나 더 샀다. 용의선상에 오른 일곱 명의 명단에는 여러 군데 커피 얼룩이 더 묻었지만, 이름을 알아보는 데는 아무런 문제도 없었다. 명단은 이 용의자들에 대한 수사가 끝나 하나씩 제명될 때까지 테이블에 남아 있을 터였다.

주어진 시간은 단 사흘.

이 용의자들 중 하나는 분명, 스톡홀름 중심가의 임대 아파트에서 대낮에 벌어진 살인사건의 범인을 찾는 데 결정적 단서를 제공할 인물이리라. 그게 아니라면, 사흘 뒤 수사는 미제사건으로 처리된 뒤 여전히 답보 상태인 37개의 얄팍한 사건 파일과 마찬가지로 책상 위에 놓인 채 잊힐 운명이었다. 언제나 새로운 살인사건이나 폭력사건이 끝없이 일어났고 사건 해결 혹은 미제의 운명을 가르기 전까지 최소 1주에서 2주 정도 수사 인력이 동원되어야 하기 때문이었다.

에베트는 명단을 찬찬히 살펴보았다. 마체이 바사츠키, 피에트 호프만, 칼 라겔. 모두 보안경비회사를 소유하고 있으며 여타 다른 경비회사와 마찬가지로 경비시스템 설치나 방탄조끼 판매, 호신술 강의, 경호 서비스 등을 제공하고 있었다. 하지만 세 곳 모두 폴란드 국빈이 방문할 때마다 보이테크 국제보안경비회사와 계약을 체결한 공통점을 가지고 있었다. 공식적인 서비스에 대한 공식 청구서와 계약서도 버젓이 존재했다. 이상할 건 전혀 없었다. 하지만 그 점이 오히려 에베트의 호기심을 자극했다. 가끔은 공식적인 타이틀이 비공식적인 무언가를 은닉하는 위장막으로 사용되곤 하기 때문이다. 그래서 그는 보이지 않는 무언가를 찾는 중이었다. 또 다른 보이테크, 마약과 무기, 사람들을 사고파는 불법범죄조직의 실체를. 어딘가에 숨어 있는 진실이 자신을 비웃고 있다는 생각은 오히려 그의 도전정신을 부추겼다. 그래서 보이지 않는 진실을 붙잡기 위해 노력했지만, 그럴 때마다 진실은 손가락 사이로 빠져나갔다.

에베트는 두 시간에 걸쳐 경찰청 데이터베이스에서 용의자 세 명의 신분증 번호를 주도면밀히 살펴보았다. 조회하는 페이지마다 체포영장, 신분 조회, 전과기록, 정보부 열람, 의료보험기록 같은 자료들이 넘쳐났고 조회건수도 나름 높은 편이었다. 셋 모두 유죄평결을 받아 형을 살았고, 범죄정보 데이터베이스 기록에 올라 있었으며, 용의자 명단에 오름에 따라 지문정보와 그중 두 사람은 DNA정보까지 보관 중이었다. 뿐만 아니라 일부 지역에서는 현상수배범으로 체포 대상이었으며, 최소한 한 사람은 이전에 범죄조직에 몸담고 있었던 사실도 확인되었다. 에베트는 조회 결과에 그다지 놀라지 않았다. 점점 더 많은 사람들이 경계가 모호한 지점으로 옮겨가는 추세라는 사실을 알고 있었기 때문이다. 범죄지식이 철저한 보안장벽을 구축하기 위한 관문처럼 여겨진다는 걸.

그는 복도 아래쪽으로 문 몇 개를 지나쳐갔다. 노크 정도는 해야 하지만 그는 보통 그 과정을 생략했다.

"도움 좀 받읍시다."

그의 사무실에 비해 월등히 넓었지만, 발걸음을 하는 경우는 거의 없는 곳이었다.

"어떻게 도와주면 좋겠나?"

두 사람은 서로 말이나 도움을 주고받는 사이는 아니었다. 그들에겐 일종의 암묵적 합의 같은 것이 있었다. 같은 세계에서 일하긴 하지만 서로 얼굴은 마주대하지 말자는 것.

"베스트만나가탄 사건이오."

예란손 총경의 책상에는 서류더미가 쌓여 있지 않았고, 빈 커피 잔이나 자판기에서 뽑아온 싸구려 빵 부스러기도 없었다.

"베스트만나가탄 사건이라니?"

그렇기 때문에 총경은 어디서 그런 기분이 드는지 알지 못한다. 불편한 진실이 어디서 오는지. 그런 기분이 끼어들 자리도 없는 사람이니까.

"난 무슨 말인지 모르겠군."

"살인사건 말입니다. 마지막 남은 용의자들 수사 중인데 총기사용 전과기록이 있는지 좀 알고 싶네요."

예란숀은 고개를 끄덕이고는 컴퓨터 앞에 앉아 보안상의 이유로 경찰 수뇌부 중에서도 극히 일부에게만 권한이 주어지는 조회기록 시스템에 접속했다.

"자네 너무 가까이 다가왔어, 에베트."

불편한 진실.

"무슨 소립니까?"

그 느낌은 안에서부터 솟아올랐다.

"좀 뒤로 물러설 순 없겠나?"

그게 뭐든 점점 더 커지고 있었다.

예란숀은 자신이 별로 좋아하지 않고, 또 자신을 별로 좋아하지 않는 인물을 쳐다보았다. 그런 이유로 두 사람은 각자 서로의 길을 방해하지 않았다. 두 사람에겐 그 길이 최선이었다.

"신분증 번호는?"

"721018-0010. 660531-2559. 580219-3672."

화면에 세 명의 이름이 떴다.

"알고 싶은 게 뭐야?"

"전부 다요."

베스트만나가탄.

불현듯 상황파악이 됐다.

"제 말 들리십니까? 전부 다 필요하다고요."

그 이름.

"셋 중 하나가 총기허가증이 있어. 업무용하고 사냥용 총기야."

"업무용입니까?"

"피스톨."

"상표는요?"

"라돔."

"구경은?"

"9밀리미터."

그 이름은 여전히 화면 위에서 깜빡이고 있었다.

"이런 젠장, 빌어먹을!"

노경정은 순식간에 자리에서 일어나 어느새 문 쪽으로 걸어 나가고 있었다.

"총기는 이미 압류된 상태라고, 에베트."

에베트는 발걸음을 멈췄다.

"그게 무슨 말입니까?"

"여기 기록이 남아 있어. 모든 총기가 압류됐다고. 분명 크란츠 박사가 보관하고 있을 거야."

"왜요?"

"이유는 안 나와 있어. 박사한테 직접 물어보지그래."

거구의 몸이 절뚝거리며 걸음을 옮기는 소리가 복도 아래쪽으로 향하고 있었다. 예란숀은 무언가 좋지 않은 일이 벌어졌다는 예감에 휩싸였다. 두려움에 온몸이 덜덜 떨릴 정도였다. 그는 한동안 넋을 잃고 화면에 떠 있는 이름을 바라보고 있었다.

피에트 호프만.

이제 에베트 그렌스는 전화 몇 통으로 총기 소유주의 현 주소를 알아낼 것이고, 주소지로 찾아가 당사자에게 들어선 안 될 대답을 얻어내기 위해 질문을 던질 것이다.

일어나선 안 될 일이 벌어지고 만 것이다.

*

호프만은 화장실 문을 걸어 잠근 뒤 자신 외에 다른 사람이 없는지 확신이 들 때까지 기다렸다.

고무줄, 숟가락, 그리고 비닐봉투.

그는 바로 이 도구들을 동원해 외스테로켈에서 마약과 주사기를 감쪽같이 숨겨둘 수 있었다. 로렌츠의 설명에 따르면 너무나 간단한 방법인데도 아직까지 통용되고 있다고 했다. 너무나 간단했기 때문일 수도 있다. 변기수조, 하수구, 배수관 등은 이제 물건을 숨기는 장소로 쓰이지 못하지만, 교도관 중에 화장실 변기의 U자형 배관까지 들여다볼 생각을 하는 사람은 아무도 없었다. 때문에 U자형 배관은 최적의 비밀창고의 기능을 하고 있었다.

호프만은 고무줄과 숟가락, 암페타민을 밀봉한 비닐봉투를 더러운 화장실 바닥에 내려놓았다. 그러고는 비닐봉투를 고무줄 한쪽 끝에 단단히 묶고 다른 쪽에는 숟가락을 묶었다. 다음으로 변기 옆에 무릎을 꿇고 앉아 변기를 밀어내고 비닐봉투를 든 손을 관 안으로 집어넣은 뒤 고무줄이 팽팽히 당겨질 때까지 최대한 깊숙이 밀어 넣었다. 소매부터 어깨까지 흠뻑 젖었다. 변기 물을 내리자 수압에 이끌려 비닐봉투가 배관 아래쪽으로 더 밀려들어갔고, 갈고리 역할을 하는 숟가락은 배관 중간 부분에서 버팀목 역할을 해주었다. 호프만은 잠시 기다렸다가 다시 한 번 물을 내렸다. 고무줄이 더 팽팽히 당겨지면서 비닐봉투가 배관 맨 아래쪽 끝 부분에 걸린 것 같은 느낌이 들었다. 변기를 드러내더라도 갈고리 역할을 하며 비닐봉투를 제자리에 붙들고 있는 숟가락은 보이지 않았다.

하지만 꺼내는 작업은 훨씬 수월할 터였다.

무릎을 꿇고 앉아 손을 밀어 넣어 조심스레 잡아당기기만 하면 그만일 테니까.

*

에베트는 예란숀 총경의 방에서 나온 뒤 강력계 사무실을 벗어났다. 잡힐 듯 잡히지 않았던 진실은 이전보다 더 큰 소리로 그를 비웃고 있었다. 라돔. 수사가 시작된 이래 처음으로 실마리 하나를 찾아낸 것이다. 이름. 그리고 9밀리미터 피스톨. 그 이름의 주인은 분명 살인사건과 연관된 인물이리라.

피에트 호프만.

지금까지 단 한 번도 들어본 적 없는 이름의 범죄자.

하지만 그는 폴란드에 있는 보이테크 인터내셔널 본사와 공식 계약관계를 유지하고 있는 보안경비회사를 운영해왔다. 게다가 폴란드산 피스톨을 소유할 수 있는 총기허가증까지 보유하고 있었다. 가중폭행죄로 5년의 형을 살고 나온 전과자인 그가, 그것도 업무용도로. 그런데 기록에 따르면 해당 총기는 2주 전에 이미 압류돼 경찰의 손에 들어온 상태였다.

에베트는 엘리베이터에서 내리자마자 곧장 과학수사대 연구소로 향했다.

이제 용의자 이름을 알아냈다.

조만간 더 많은 걸 밝혀내리라.

*

화장실 바닥에서 일어나자 무릎이 쓰리고 아팠다. 호프만은 가만히 주변 소리에 귀를 기울였다. 아무 소리도 들리지 않았다. 두 차례 더 변기 물을 내린 뒤 누가 들어오지는 않았는지 다시 귀를 기울여본 후 화장실 문을 열고 복도로 나왔다. 마치 배탈이 나서 잠시 변기에 앉아 그만의 시간을 보낸 것처럼 행동하는 그를 지켜보는 사람은 아무도 없었다. 호프만은 텔레비전 휴게실로 가서 카드를 이리저리 뒤섞으며 잠시 동안 혼자 노는 척 행동했다. 그러면서 동시에 순찰을 도는 교도관들의 동선을 파악하기 위해 교도관 사무실과 부엌 쪽을 흘끔거렸다.

교도관들은 저마다 등을 돌린 채 무언가를 하고 있었다. 그는 가운뎃손가락을 허공으로 치켜세웠다. 평소였다면 교도관들에게 뭇매를 맞을 만한 행동이었다.

하지만 아무런 일도 벌어지지 않았다. 그의 행동에 반응하는 교도관도, 그의 행동을 지켜보는 교도관도 없었다.

다른 재소자들이 수업이나 작업을 마치고 돌아오려면 아직도 한 시간 정도를 더 기다려야 했다. 복도는 텅 비어 있었고 교도관들도 어딘가에서 각자의 볼일을 보고 있었다.

지금이다.

그는 감방 쪽으로 향했다. 재빨리 뒤를 돌아봐도 감시의 눈길은 보이지 않았다. 그는 2번 감방 문을 열고 들어갔다.

그리스 마약상의 감방이었다.

그곳은 그의 감방과 다를 바 없었다. 거지 같은 침대에 거지 같은 벽장과 책상, 그리고 탁자. 하지만 냄새는 달랐다. 곰팡내 비슷한 시큼한 냄새가 풍겼다. 벽에는 아이 사진이 붙어 있었다. 길고 진한 흑발 여자아이. 그리고 성인 여성의 사진도 하나 붙어 있었다. 이 아이의 엄마 같았다.

만약 누군가 이 감방 문을 열고 들어온다면.

만약 누군가 그가 손에 들고 있는 물건을 보고, 그가 무슨 짓을 벌이려는지 알아차린다면.

순간적으로 화들짝 놀랐다.

많은 양도 필요 없었다. 교도소 내에서는 13에서 14그램 정도만 소지하고 있다 적발되더라도 가중처벌이 가능해 형기가 늘어나고 그 즉시 다른 교도소로 이감조치가 떨어지기 때문이다.

암페타민을 감방에서 비교적 높은 위치에 숨겨두어야 한다.

호프만은 커튼의 가로대 위를 시험해보기 위해 살짝 잡아당겨보았다. 금방 가로대가 헐거워졌다. 암페타민이 든 비닐봉투에 테이프를 감고 벽에 붙이자 그 자리에 고정이 되었다. 가로대를 다시 단단히 고정하는 일은 훨씬 수월했다.

그는 방을 나가기 전에 다시 한 번 내부를 둘러보다가 벽에 붙은 사진에 시선을 고정했다. 잔디밭에서 뛰어놀고 있는 여자아이는 대략 다섯 살 정도로 보였다.

이 아이가 다음 면회를 올 때쯤이면, 아빠는 이곳에 없을 터였다.

*

에베트는 일곱 점의 총이 나란히 비치된 작업대 위로 몸을 숙여 자세히 살펴보았다.

폴란드산 라돔 세 자루와 사냥용 엽총 네 자루.

"이게 다 총기보관함 하나에 있었단 말입니까?"

"총기보관함이 두 개였더군요. 모두 정식 허가를 받은 것들입니다."

"아니, 이게 전부 사용허가증까지 있다는 겁니까?"

"하나같이 제대로던데요? 그것도 경시청에서 직접 발급해준."

에베트는 닐스 크란츠 박사 옆에 서서 질문을 던지고 있었다. 두 사람은 연기가 피어오르는 각종 실험도구와 현미경, 화학약품 표본 등이 즐비하게 늘어선 테이블이 들어찬 과학수사대의 소규모 연구실에 있었다. 에베트는 비닐로 싸놓은 피스톨 하나를 집어 들고는 손으로 무게를 가늠해보았다. 확신이 들었다. 아파트 거실에 죽은 채로 누워 있던 그 사람은 분명 이런 총을 손에 쥐고 있었을 거란 확신이.

"2주 전이라고요?"

"맞습니다. 바사가탄의 어느 건물 사무실에서 압류된 거랍니다. 마약관련 사건이라고 들었는데."

"그런데 발견된 게 없다고요?"

"일곱 점 모두 총기테스트를 거쳤는데 범죄에 사용된 총기는 단 하나도 나오지 않았습니다."

"그럼 베스트만나가탄 79번가 사건과 연관된 결과는?"

"그런 기대를 하고 계시리라 생각은 했습니다만, 별달리 드릴 말씀이 없네요. 여기 있는 것 중에서 그 사건에 쓰인 총 역시 없습니다."

에베트는 철제 찬장을 강하게 내리쳤다.

아슬아슬하게 흔들리던 철제 찬장은 결국 책과 파일들을 바닥으로 떨어뜨리고 말았다.

"이해가 안 가."

그가 다시 한 번 찬장을 내리치려던 순간 크란츠가 간신히 그 앞을 가로막고 섰다.

에베트는 찬장 대신 벽을 내리쳤다. 벽은 흔들리지는 않았지만 방금 전처럼 큰 소리를 냈다.

"이거 봐요. 닐스. 도무지 이해가 안 가요. 이건 뭐, 시종일관 옆에 서서 관전만 하고 있는 느낌이랄까? 그것도 엉뚱한 곳만 보면서. 그러니까, 박사 말은 이 총기가 압류됐다 이거 아닙니까? 2주 전에. 빌어먹을……. 닐스, 이건 앞뒤가 안 맞는 상황이란 말입니다. 내 말 모르겠어요? 이 자식은 총기구입 자체를 할 수 없는 놈이지 않습니까? 게다가 시경에서 허가를 내줄 리도 없고. 좋아요, 10년 전 일이라고 칩시다. 형을 산 게. 하지만 이런 중범죄자한테 총기구입이나 허가증을 발급했다는 얘기는 금시초문이에요."

닐스 크란츠 박사는 여전히 철제 찬장 앞을 막고 서 있었다. 불같은 성미의 노수사관이 언제, 어떻게 실험도구들에 화풀이를 할지 알 수 없었기 때문이다.

"그건 이 친구하고 직접 얘기하시면 되겠네요."

"그럴 겁니다. 이 자식, 소재파악만 되면."

"아스프소스에 있답니다."

에베트는 자신만큼이나 그 건물에서 오래 근무한 몇 안 되는 경찰인 과학수사대 수석 검시관을 쳐다보며 되물었다.

"아스프소스라고요?"

"그쪽에 수감됐다고 하더라고요. 아마 중형을 선고 받았을 겁니다."

*

그는 다시 텔레비전 앞에 앉았다. 오후 들어 두 번째였다. 그리고 다른 재소자들이 수업이나 작업을 마치고 하나씩 돌아올 때까지 기다렸다. 죄수들은 주로 스터드 포커를 치는 편이지만 재미삼아 카지노도 몇 게임 하면서 그날 아침 근무를 선 교도관이 재수 없다는 이야기를 비롯해 은행털이가 실패로 끝났던 무용담을 늘어놓다가 암페타민을 복용한 뒤 자위를 하면 몇 번이나 할 수 있을지 열정적인 토론의 장을 벌였다. 그 과정에서 초스피드로 발기되는 방법에 관한 적나라한 묘사들이 이어지자 다들 왁자지껄 한바탕 웃음이 터졌다. 스테판과 카롤 토마쉬를 비롯해 핀란드 친구 몇몇은 발기된 상태로 며칠 동안 쉬지 않고 섹스를 할 수 있다고 허풍을 늘어놓기도 했다. 하나같이 전문가 뺨치는 노하우를 자랑스레 떠벌였다. 잠시 뒤 호프만은 G감호구역의 그리스 재소자에게 살짝 고갯짓을 하며 의자 하나를 권했다. 하지만 그는 아무런 대꾸도 하지 않았다. 자신은 마약을 판매하는 거물이기 때문에 족보도 없는 잔챙이와는 말을 섞지 않겠다는 뜻이었다.

몇 시간이면 끝이다.

커튼 가로대 위에 숨겨둔 비닐봉투 하나면 거드름만 피우는 멍청한 놈 하나가, 사태파악도 하기 전에 사라지게 될 터였다.

*

에베트는 한참 전에 전화통화가 끝났는데도 여전히 수화기를 움켜쥔 채 책상 뒤에 서 있었다. 다른 손에는 커피 얼룩과 아몬드 빵 기름이 묻은 종이 한 장이 들려 있었다.

크란츠의 말 대로였다.

그가 추려낸 용의자 명단 중 맨 마지막을 장식한 인물은 이미 교도소에 수감된 상태였다.

자동차 트렁크에 암페타민 3킬로그램을 가지고 다니다가 체포돼 아스프소스 교도소에 들어갔다는 것이다.

꽃냄새를 풍기는 암페타민.

진한 튤립 향기를 발산하는.

*

그는 딱딱한 침대에 누워 담배를 한 대 피워 물었다. 자신의 손으로 직접 담배를 말아 피워본 건 벌써 몇 년 전 일이었다. 호프만과 소피아는 초음파 모니터 화면으로 겨우 1센티미터 남짓 되는 생명의 존재를 목격한 순간부터 담배를 끊었다. 눈으로 보기엔 온전한 사람이라 하기도 힘들었지만, 엄마와 아빠가 숨을 쉴 때마다 영향을 받는 소중한 생명이었다.

너무나 초조한 마음에 순식간에 담배를 다 피워버리고, 다시 하나를 더 말아 불을 붙였다. 교도소 침대에 누워 있는 기분은 끔찍하기 이루 말할 수 없었다.

그는 침대에서 일어나 두터운 감방 문에 귀를 대고 무슨 소리가 나는지 들어보았다.

아무 소리도 들리지 않았다.

수시로 들리는 천장 배관에서 나는 소리를 착각한 것 같았다. 아니면 누군가 틀어놓은 텔레비전 소리였거나. 호프만은 감방 안에 텔레비전을 따로 두지 않았다. 바깥세상에서 벌어지는 일에 관심을 둘 필요가 없었기 때문이다.

모든 게 계획대로라면 당장에라도 그들이 들이닥칠 터였다.

그는 다시 침대에 누워 세 번째 담배를 말아 피웠다. 단지 무언가를 손에 쥐고 있다는 느낌에 그나마 마음이 안정되었다. 19시 45분. 입방시간 이후 단지 15분이 흘렀을 뿐이다. 교도관들은 평상시 대부분의 죄수들이 자신의 감방에 들어가 늘어지기 시작할 때까지 기다린 뒤에 급습하는 편이었다. 그게 바로 입감 후 30분이었다.

모든 게 그가 원했던 바로 그 자리에 배치되었다. 그날 저녁, 교도관들이 모든 죄수들의 입감을 관리하는 동안 샤워실에 딸린 화장실에서 물건을 회수해둔 터였다. 몇 시간 전만해도 U자형 변기 배관 속에 잠겨 있던 두 개의 비닐봉투는 이제 H감호구역의 감방 두 곳의 커튼 가로대 뒤에 숨겨져 있었다.

지금이다.

확신에 가까운 느낌이 들었다.

개들이 맹렬히 짖기 시작하더니 검은 워커가 감방 앞 복도를 때리는 소리가 이어졌다.

―제 이름과 자세한 신상기록에 관한 정보는 조만간 받게 되실 겁니다. 그러니 해당 교도소로 절 보내주시고 방금 말씀드린 교도작업에도 배치해주시기 바랍니다. 그리고 제가 수감된 뒤 정확히 이틀 뒤에 대대적인 감방 압수수색을 진행해주시기 바랍니다.

복도 가장 아래쪽에 위치한 첫 번째 감방 문이 덜컹 열리는 소리가 들렸다.

일대 소란이 일어났다. 핀란드 죄수가 고함을 지르기 시작하자 교도관이 더 큰 소리로 고함을 쳤다.

여덟 개의 감방을 거쳐 손 하나가 그의 감방 문을 불쑥 열고 들어올 때까지 25분이 걸렸다.

"수색이다!"

"수색은 염병, 지랄들 하시네."

"감방 밖으로 나온다, 호프만. 아니면 원하는 대로 특별대우를 해주지."

호프만은 교도관들에게 이끌려 복도로 나오자 그들을 향

해 침을 뱉었다.

범죄자가 되어야 합니다.

그러고는 교도관들이 감방 구석구석을 뒤지는 동안에도 계속해서 그들에게 침을 뱉었다.

범죄자 역할을 하려면 범죄자가 되어야 합니다.

호프만은 교도관 두 명이 감방 안에 숨겨놓았을 만한 물건, 하지만 절대로 찾을 수 없는 물건이 있는지 구석구석 뒤지는 동안 하얀색 사각팬티 차림으로 감방 문 앞에 서 있었다.

수색은 마주보는 두 감방에서 동시에 진행되었기 때문에 양쪽 감방 문이 열린 상태에서는 복도가 비좁았다.

교도관 두 명이 한 조를 이뤄 각각의 감방을 뒤지고 다른 두 명의 교도관이 복도에 서서 진땀을 흘리거나, 투덜거리다가 이따금 위협까지 서슴지 않는 재소자들의 행동을 감시했다.

호프만은 교도관들이 자신의 감방에 들이닥쳐 잠옷을 벗기고 탈탈 털거나 벽장을 난장판으로 만들고 신발 속까지 뒤지며 양말을 사방에 꺼내놓고 탁자에 놓인 여섯 권의 책을 대충 넘겨보다가 몇 미터 크기의 마룻바닥을 툭툭 치다 들쳐보고는 바지와 재킷의 주머니나 이음매 등을 유심히 관찰하고 바느질 된 윗부분을 툭 뜯기도 하고 감방 바닥이 난장판이 되고난 뒤에는 탐지견을 데려다 풀어놓고 냄새를 맡게 하거나 위로 들어 올려 천장이나 전등 주변을 살피게 하는 모습을 지켜보기만 했다.

―이런 미친…….

―탐지견도 동원해주시기 바랍니다. 아주 중요합니다.

―탐지견? 당신이 숨겨둔 걸 찾아내면 무슨 일이 벌어지는데? 당신이 갖고 들어온 마약을 탐진한 동료죄수를 색출해내라고?

개수대 아래 마룻바닥과 전등 주변과 뒤, 플라스틱 못 집이 박힌 벽 속의 작은 구멍까지.

"깨끗하지 않습니까? 뭐라도 좀 건지셨나? 그럴 리가 있겠어? 이렇게 쪽팔릴 때가 또 어디 있을까? 욕구불만은 다른 감방 가서 해결하쇼. 아님 내가 도와드릴까?"

반대편 감방의 죄수가 피식거리며 웃었다. 같이 서 있던 건넛방 죄수는 문을 쾅 닫고 들어가면서 불만스런 목소리로 한 마디 내뱉었다. 저 새끼들 약 좀 올려주라고, 호프만.

그 말은 교도관의 귀에도 들렸다.

호프만은 교도관들이 그의 감방 문을 걸어 잠근 뒤 다른 감방으로 이동할 때까지 침대 가두리에 앉아 있었다. 난장판이 된 감방 바닥에 널브러진 사각팬티 밑에 담배 반 개비 정도가 남아 있었다. 그는 담배에 불을 붙이고 침대에 누웠다.

10분 더 남았다.

그는 연기를 내뿜으며 천장만 바라보고 있었다. 그러자 다시 개 짖는 소리가 울려 퍼졌다.

"뭐야 씨발, 니미, 이거 내 거 아니라고, 이 새끼들아!"

2번 감방 문이 열린 뒤 얼마 되지 않아 그리스 재소자의 새된 목소리가 들려왔다.

"야 이 개새끼들아, 니들이 숨겨놓은 거잖아, 이 개 같은 교도관 놈들! 당장에……."

교도관 하나가 짖고 있던 탐지견을 천장 쪽으로 들어 올리자 개는 미친 듯이 창문과 커튼 가로대 뒤로 코를 벌름거렸다. 비닐봉투가 테이프로 고정된 채 벽에 붙어 있었다. 순도 높은 암페타민 14그램이 담긴 봉투. 그리스 재소자는 진땀을 흘리고 온몸을 부르르 떨며 교도관들에게 이끌려 감호구역에서 자취를 감추었다. 조만간 쿰라나 할 교도소로 이감된 뒤 안 그래도 긴 징역에 가중처벌이 더해져 오래 감옥에서 썩게 될 것이다. 거의 비슷한 시간대에 비슷한 양의 암페타민을 숨겨둔 비닐봉투가 H감호구역 맨 아래층과 맨 위층 감방에서 각각 발견되었다. 세 명의 재소자들은 이제 아스프소스에서의 마지막 밤을 보내야 할 처지가 되었다.

호프만은 침대에 누워 교도소에 들어온 후로 간만에, 정말 간만에 제대로 웃을 수 있었다.

이제부터다.

이제부터 여기는 우리가 접수한다.

수요일

   그는 창살 밖으로 어둠이 깔리고 두 칸 떨어진 감방의 핀란드 재소자가 어느 정도 흥분을 가라앉힌 뒤에야 네 시간 정도를 내리 잘 수 있었다. 그 핀란드 놈이 쉴 새 없이 교도관 호출 벨을 눌러대는 바람에 짤랑거리는 열쇠 소리가 수시로 복도에 울려 퍼지며 뇌를 쿡쿡 자극해 도저히 잠을 이룰 수 없었다. 다른 죄수들이 핀란드 재소자에게 한 번만 더 벨에 손가락을 대면 폭동을 일으키겠다고 소란을 피운 뒤에야 겨우 분위기가 가라앉았다.

   호프만은 벽에 등을 기댄 뒤 근심에 찬 눈빛으로 이불을 씌워놓은 베개와 문지방에 걸쳐놓은 의자, 그리고 문과 문틀 사이에 걸어놓은 양말을 번갈아 쳐다보았다. 정확히 전날과 마찬가지로 오늘도 역시 그의 생명을 구해줄 안전장치였다.

   오전 7시 1분. 19분이 더 남았다. 그 시간이 지나야 복도로 나가 샤워를 하고 다른 재소자들과 아침식사를 할 수 있었다.

일단 첫발은 성공적이었다. 그는 아스프소스 교도소에서 마약 공급루트를 장악하고 있던 세 명의 경쟁자들을 암페타민 42그램으로 손쉽게 무너뜨렸다. 바르샤바의 조직 수뇌부와 부사장은 이미 그들이 원하는 보고를 받고 주브로카 병으로 축포를 터뜨리며 다음 단계를 위해 잔을 들어올렸다.

남은 시간은 8분.

그는 숨을 고르고 온몸의 근육을 긴장 상태로 유지했다. 죽음은 절대로 먼저 문을 두드리는 법이 없기 때문이다.

오늘은 다음 단계로 넘어갈 계획이었다. 보이테크 조직에게는 첫 '고객'을 맞을 기회였다. 고객에게 약을 대주면 이 교도소에 새로운 마약 공급책이 들어왔다는 소문이 퍼질 것이다. 스웨덴 경찰에게는 교도소 내 마약 공급, 배달날짜와 유통경로에 관한 구체적인 정보를 캐내 조직을 일망타진할 작전을 세울 첫 기회였다. 며칠이 될지, 몇 주가 될지는 모르지만 정보를 수집하면서 그 조직이 아스프소스 교도소의 마약 유통경로를 완전히 장악한 뒤 또 다른 교도소로 그 세를 불려나가기 바로 직전까지 기다리는 것이 작전의 핵심이었다. 정보원이 수집한 내용이 바르샤바의 검은 빌딩 속에 실체를 숨기고 있는 범죄조직의 심장부에 일격을 가할 정도로 충분하다는 판단이 서는 그날까지.

호프만은 시끄럽게 울리는 알람시계를 쳐다보았다. 7시

20분. 그는 의자를 다시 제자리에 두고 침대를 정리한 뒤 잠시 기다리다가 문을 열고 복도로 나갔다. 그가 간이부엌을 지나 식탁 쪽으로 향하는 동안 스테판과 카롤 토마쉬가 그를 향해 미소를 지어 보였다. 지금은 교도소 호송버스가 새로 입감되는 죄수들을 데리고 들어오는 시간대였다. 그 버스 안에는 분명 그리스 재소자가 썩은 내 나는 의자에 앉아 있을 터였다. 맞은편 자리에는 H감호구역에서 떨려나온 '친구들'이 차지하고 있으리라. 서로 간에 말은 없겠지만 차창을 바라보며 도대체 자신들에게 무슨 일이 벌어진 건지 이해하려고 애쓰고 있을지도 모를 일이었다.

호프만은 뜨거운 물에 샤워를 하고 감방 문 뒤에 숨어 있던 20분간의 긴장을 털어냈다. 아직 김이 가시지 않은 거울 속으로 까칠한 수염에 머리가 제법 많이 긴 한 남자의 얼굴이 보였다. 하지만 주머니에 든 면도칼을 꺼내들지는 않았다.

이동식 청소카트는 감호구역 중앙 출입구 밖에 있는 벽장 안에 비치되어 있었다.

검은색 쓰레기봉투를 두른 철제 테두리에는 작은 크기의 흰색 쓰레기봉투를 비롯해 덜렁거리는 쓰레받기와 작은 솔, 냄새 나는 플라스틱 양동이, 창문 닦는 용도로 추정되는 청소도구가 비치되어 있었고 맨 아랫부분에는 무취 세제가 담겨 있었다.

"호프만."

카트를 밀고 판유리 앞을 지나갈 때 교도관과 함께 있던 날카로운 눈을 가진 교감이 그를 불러 세웠다.

"첫날인가?"

"첫날입니다."

"잠긴 문을 통과할 때마다 문 앞에서 기다려야 해. 그리고 카메라를 올려다보라고. 중앙통제센터에서 자네를 확인하고 문을 열어줄 때는 열리자마자 최대한 신속히 이동해야 해."

"더 하실 말씀은요?"

"어제 자네 기록을 좀 살펴봤는데 말이야, 자네…… 얼마였더라……. 10년 형을 받았던가? 잘은 몰라도, 그 정도면 대충 어떻게 청소를 해야 하는지는 제대로 배우고 왔을 거라고 믿어."

첫 번째 문은 지하 통로가 시작되는 곳에 있었다. 호프만은 카트를 멈추고 카메라를 올려다본 뒤 철커덩 하고 열리는 소리가 날 때까지 기다렸다가 재빨리 문을 통과했다. 지하 통로에 습한 기운이 감돌아서인지 오싹한 기분이 들었다. 외스테로켈 시절에도 교도관에게 이끌려 비슷하게 생긴 통로를 여러 차례 왕복했던 기억이 떠올랐다. 교도소 내 의무실, 체육관, 교도작업에서 번 돈으로 면도크림이나 비누를 살 수 있던 간이매점 등으로. 그는 문을 만날 때마다 그 자리에 서서 감시카메라를 쳐다보았고 문이 열리자마자 신속히 통과했다. 쓸데없는 관심을 끌지 않기 위해 최대한 노력했다.

"어이, 형씨!"

호프만이 다른 감호구역에서 나와 각자의 작업장으로 향하던 일련의 재소자들에게 고갯짓으로 인사를 건네자 죄수 하나가 뒤로 돌아 그에게 말을 걸었다.

"왜?"

한눈에 봐도 약쟁이였다. 피골이 상접한 모습에 멍한 시선. 제대로 서 있는 것도 힘들어 보였다.

"소문 들었어. 물건을 가지고 있다며. 난 8그램이 필요해."

스테판과 카롤 토마쉬가 밑밥을 뿌리고 있었던 것이다.

제아무리 대형 교도소라 해도 벽을 타고 넘나드는 소문은 막을 수 없었다.

"2그램이야."

"2그램이라니?"

"2그램. 오늘 오후. 사각지대에서."

"2그램밖에 못 준다고? 이런 쌍, 난 적어도……."

"2그램이 최대한이야. 이번에는."

말라깽이 약쟁이가 기다란 팔로 손사래를 치는 동안 호프만은 뒤로 돌아 널찍한 통로 아래로 발걸음을 옮겼다.

약쟁이는 그렇게 기다릴 것이다. 부들부들 떠는 몸으로, 모든 걸 견딜 수 있게 해주는 그 물건을 받게 될 시간만 기다리면서. 2그램을 사자마자 가장 먼저 자리가 나는 화장실로 달려가 더러운 주삿바늘을 팔에 찌를 터였다.

피에트 호프만은 서서히 카트를 밀며 웃지 않으려 애썼다.

몇 시간만 지나면 된다.

몇 시간 뒤면, 아스프소스 교도소의 마약 유통망을 장악하게 되는 것이다.

*

강력계 사무실 복도의 조명은 성가실 정도로 눈이 부신데다 수시로 깜빡거리며 신경을 긁는 잡음을 냈다. 자동판매기 위에 설치된 막대 형광등은 최악이었다. 프레드리크 예란숀 총경은 온몸으로 느꼈던 전날의 두려움을 여전히 간직하고 있었다. 어제 오후부터 오늘 아침 일어난 뒤까지도 그렌스 경정의 방문으로 빚어진 양심의 가책은 아무리 애를 써도 좀처럼 가시지 않았다. 교도소 안에 끄나풀을 심는 비밀작전을 살인사건 수사보다 우위에 두었던 것은 바람직하지 못한 결정이었다. 그는 루센바드의 회의 테이블에 앉아 있을 때 살인사건과 폴란드 마피아 조직 무력화 사이의 중요성을 저울질하다 결국 범죄조직의 확산을 억제하는 길을 택했다.

"예란숀 총경."

빌어먹을 목소리.

"우리 얘기 좀 합시다."

어떤 상황에서 들어도 곱게 들리지 않는 목소리.

"아, 자넨가, 에베트?"

상대의 절뚝거리는 소리가 유난히 크게 들리는 것 같았다. 그게 아니라면 복도 벽이 거구의 사내가 콘크리트 바닥을 때리는 발소리를 유난히 크게 울리게 하는 것 같기도 했다.

"총기허가증에 대해 좀 물어봅시다."

뭐가 됐든 점점 커지는 느낌이다.

예란숀은 플라스틱 컵을 만지작거리다가 자신의 옆을 스치듯 지나가 자판기 버튼을 누르는 큼지막한 손을 피했다.

더 이상 커지게 놔둘 수 없다.

"자네 너무 가까이 서 있어."

"이번에는 비켜갈 생각 없습니다."

"대답을 듣고 싶다면 그렇게 해야 할 거야."

에베트 그렌스는 그대로 서 있었다.

"721018-0010. 라돔 피스톨 세 점과 사냥용 장총 네 점."

모니터 화면에서 계속 깜빡이던 그 이름.

"그래, 그게 뭔데?"

"흉악범으로 분류된 전과자가 어떻게 총기소지허가증을 받아낼 수 있는지 좀 압시다. 그것도 업무용으로."

"자네가 들쑤시고 다니는 게 뭔지 알 수가 없군그래."

"경관 폭행. 살인미수."

플라스틱 컵에 커피가 가득 찼다. 에베트는 맛을 보더니 만족스러운 듯 고개를 끄덕이고 버튼을 다시 눌렀다.

"이해가 안 간다고요, 예란숀."

난 이해가 가, 에베트.

그 친구가 총기소지허가증을 받은 건 위험인물이 아니기 때문이고, 사이코패스라는 낙인이 찍힌 친구도 아니기 때문이야. 살인미수로 교도소에 갔다 온 것도 아니라고. 자네가 데이터베이스에서 찾아낸 그 기록은 단순한 도구라고. 조작된 거라고.

"내가 다시 알아보지. 중요한 거라면 말이야."

에베트는 두 번째 잔을 맛보더니 역시 만족스러운 표정을 짓고 서서히 발걸음을 돌렸다.

"중요한 일입니다. 그 허가증, 누가 발급해준 건지 알아야 겠습니다. 또 왜 준 건지도."

내가 준 거야.

"내가 할 수 있는 일을 찾아보지."

"오늘 내로 알아야 합니다. 내일 날이 밝자마자 그 친구한 테 곧바로 질문공세 들어가야 하니까요."

예란손은 그가 멀어져가는 동안 성가시게 깜빡거리는 형광등 아래 못 박힌 듯 서 있었다.

그는 에베트에게 큰 소리로 외쳐 물었다.

"나머지는?"

에베트는 등을 보인 채 멈춰 서서 대답했다.

"나머지라니요?"

"어제 왔을 땐 용의자가 세 명이라고 하지 않았나?"

"나머지 둘은 오늘 내로 만나볼 겁니다. 그런데 이 친구는 벌써 교도소에 가 있더란 말이죠. 어디로 갔는지도 알고 있으니 내일 만나볼 겁니다."

너무 가까이 왔어.

양손에 플라스틱 컵을 쥔 채 꼴사나운 커다란 몸으로 절뚝거리는 수사관은 복도 아래쪽으로 모습을 감췄다.

에베트가 너무 가까이 쫓아왔어.

*

변기는 소변 얼룩으로 누렇게 물이 들었고 싱크대는 물에 풀린 담배 찌꺼기와 꽁초로 가득했다. 세제로도 더러워진 표면을 깨끗하게 닦아내기 힘들 정도로 때에 찌든 상태였다. 호프만은 한참동안 솔로 여기저기를 문지르고 마포로 닦아보았지만, 그저 표면만 닳게 할 뿐 때는 벗겨지지 않았다. 작업실 바깥쪽 문에 붙어 있는 화장실은 크기도 작았고, 주로 죽기보다 싫은 교도작업 사이 짧은 휴식시간을 이용해 재소자들이 부리나케 달려와 아무렇게나 용변을 보고 가는 곳이었다. 때문에 가로등에 붙일 덮개에 나사못 구멍을 뚫는 드릴머신 조작하는 것보다 깨끗이 쓸 이유가 없었던 것이다.

호프만은 널찍한 작업실 안으로 들어가 전날 얼굴을 익혔던 죄수들에게 가벼운 고갯짓으로 인사를 대신했다. 그러고는 작업대와 선반을 닦고 디젤유가 든 드럼통 주변 바닥을 문지른 다음 쓰레기통을 비우고 교회가 바라다 보이는 대형 창문을 닦았다. 그는 청소를 하면서 슬쩍슬쩍 유리벽 뒤로 눈길을 돌려 근무를 서고 있는 두 교도관의 눈치를 살폈다. 그는 두 사람이 자리에서 일어나 작업실 내부를 점검하러 나올 때까지 기다렸다. 한 시간마다 순찰을 도는 게 그들의 일이었기 때문이다.

"당신이야?"

거구에 말총머리를 하고 턱수염을 기른 남자는 호프만의 눈에는 스무 살이 좀 넘어 보였다.

"그래."

그는 프레스 기계 앞에 서서 잠시 뒤 직사각형 덮개 모양으로 변할 철판을 큼지막한 손으로 만지작거리고 있었다. 시종일관 창문 밖을 바라보느라 꾸물거리지 않았다면 몇 분만에 마쳤을 작업이었다.

"1그램. 오늘. 그리고 매일 대줘."

"오늘 오후."

"H감호구역이야."

"거기 우리 쪽 사람이 있어."

"미할?"

"그래. 거래는 그 친구를 통해서 해."

호프만은 천천히 작업에 임했다. 대략 한 시간이 넘게 창문을 닦고 바닥을 문질렀다. 작업실 내부구조를 연구하고 창문에서 기둥까지의 거리를 계산하며 감시카메라 위치를 파악할 수 있는 최선의 방법이었다. 또한 생과 사를 가를 1분 1초의 시간과 상황을 그 누구보다 정확히 예측하고 통제할 수 있는 방법을 연구하는 지름길이기도 했다. 교도관들이 의자에서 일어나 사무실을 나서자 호프만은 득달같이 카트를 밀고 사무실로 들어가 빈 책상을 닦고 쓰레기통도 비웠다. 그러면서 작업실과 판유리를 등지고 섰다. 단 몇 초의 시간만 있으면 그만이었다. 호프만은 책상 첫 번째 서랍을 열고 주머니에 들어 있던 면도칼을 연필과 클립 사이 빈자리에 재빨리 집어넣었다. 그러고는 계속해서 판유리를 등진 자세로 쓰레기통에 새 비닐봉투를 끼워 넣고는 사무실을 나와 엘리베이터를 타고 행정구역으로 이어지는 지하 터널로 내려갔다.

*

온몸이 근질거리고 상의가 조이는 것처럼 가슴이 갑갑해졌다. 그는 넥타이 매듭을 살짝 풀고 빠른 걸음으로 복도를 걸어 내려가 문을 열고 들어갔다. 그 문은 주변 부서들의 기능을 야금야금 먹어치우다 이제는 경찰의 특수 작전업무를 관장하는 주무부처가 된 사무실로 이어지는 문이었다.

이마와 목, 등줄기가 땀에 흠뻑 젖었다.

피에트 호프만. 그리고 파울라.

에베트가 그쪽으로 향하고 있었기 때문이다. 아스프소스

교도소. 이미 시간과 장소까지 예약해둔 상태였다. 에베트가 호프만을 만나 단 몇 분간 질문을 던지면 호프만은 아마 테이블 위로 상체를 숙여 에베트에게 가까이 다가가 오프더레코드로 이야기하자며 껄껄 웃어댈 게 뻔했다. 헛걸음하신 거라고, 우린 같은 편이라고, 자신이 교도소에 와 있는 이유는 경찰업무 때문이라고, 정부청사 회의실에서 당신의 상관을 비롯한 책임자들이 예의 살인사건을 눈감아주기로 했다고, 그래서 자신은 계속해서 교도소 내에서 비밀작전을 수행할 수 있는 거라고 털어놓을 게 분명했다.

예란숀은 엘리베이터에서 나와 노크도 하지 않고 그대로 어느 사무실 문을 열고 들어갔다. 사무실 주인이 한 손으로 전화를 받으며 다른 손으로 전화가 끝날 때까지 기다리라고 손짓을 해도 막무가내였다. 그는 넋이 나간 표정으로 점점 시뻘건 색으로 변하는 목을 쭉 빼들고 근처에 있던 소파에 털썩 주저앉았다. 경찰총감은 전화 상대에게 나중에 다시 통화할 수 있는지 물은 뒤 전화를 끊고는 뜻밖의 표정을 하고 있는 상대방을 뚫어지게 쳐다보았다.

"에베트 그렌스 경정이 움직입니다."

그의 이마는 땀에 젖어 번들거렸고 두 눈은 불안한 듯 주변을 살피고 있었다.

경찰총감은 의자에서 일어나 커다란 유리잔과 작은 생수병이 담긴 카트로 다가갔다. 그러고는 병을 하나 따서 잔에 따른 뒤 얼음을 띄우고 이것이 상대를 진정시키기에 충분하기를 바랐다.

"지금 가고 있습니다. 그 친구를 만나러 가고 있어요. 좋지 않아…… . 그 친구, 덮어버려야 합니다."

"예란숀 총경."

"그 친구, 덮어……."

"프레드리크, 날 좀 보고 말하라고. 자네 지금 무슨 말을 하는 거야?"

"그렌스요. 그렌스 경정이 내일 호프만을 만나러 간답니다. 교도소로 직접 찾아갈 거랍니다. 면회까지 신청한 상태예요."

"자, 이 잔 받고 일단 좀 마셔."

"무슨 말인지 모르시겠습니까? 그 친구, 덮어버려야 한다고요."

*

행정구역의 사무실에는 책상마다 사람들이 앉아 있었다. 그는 좁다란 외부복도부터 청소하기 시작했다. 우중충한 바닥이 번쩍번쩍 빛날 정도로 쓸고 닦고 문질렀다. 그러고는 청소해도 좋다는 교도관의 신호를 기다리면서 차례차례 각각의 사무실 안으로 들어가 쓰레기통을 비우고 선반과 책상 위의 먼지를 털어냈다. 사무실은 하나같이 좁고 별 개성이 없었지만 교도소 운동장이 내려다보였다. 그렇게 한두 시간 청소작업을 한 끝에 이제 남은 사무실은 하나였다.

호프만은 문을 두드리고 기다렸다.

"무슨 일이지?"

교도소장은 어제 만났던 그를 알아보지 못했다.

"호프만입니다. 청소하러 왔습니다만……."

"좀 기다리지. 해야 할 일이 남아서. 그동안 다른 사무실 청소를 먼저 하게."

"다 했습니다."

렌나트 오스카숀 교도소장은 이미 사무실 문을 닫은 상태였다. 하지만 피에트 호프만은 그의 어깨 너머로 보았다. 책상 위 꽃병에 담긴 튤립을. 꽃망울이 개화하고 있었다.

그는 문 근처 의자에 앉아 한 손을 카트에 올린 채 기다렸다. 그리고 닫혀 있는 사무실 문을 계속 흘끔거렸다. 조바심이 들기 시작했다. 모든 게 정상궤도에 올라 있었다. 이제 그가 해야 할 일은 두 번째 단계로 넘어가는 것이었다.

기존의 딜러들을 무너뜨린 뒤 시장을 통째로 장악하는 것.

"거기 있었군."

드디어 사무실 문이 열렸다. 오스카숀 소장은 그를 찾고 있었다.

"이제 청소해도 되네."

소장은 옆 사무실로 향하고 있었다. 여직원이 근무하는 사무실이었는데, 문에 달린 표지판으로 보아 재무와 관련된 일을 하는 사람 같았다. 호프만은 고개를 끄덕거린 뒤 재빨리 소장의 사무실로 들어가 청소카트를 책상 옆에 두고 기다렸다. 1분, 그리고 2분. 오스카숀 소장은 여전히 옆 사무실에 있었다. 두 사람은 무슨 얘기를 하다가 웃음을 터트렸다.

그는 꽃다발을 자세히 들여다보았다. 꽃송이가 활짝 만개한 상태는 아니었지만, 화학 처리된 암페타민 3그램을 숨겨놓은 콘돔을 손가락으로 뽑아내기엔 충분했다. 시에들체 공장에서는 아세톤으로 마지막 공정을 완성했지만, 식물용 화학비료를 사용했기 때문에 진한 튤립 향이 강하게 느껴졌다.

호프만은 꽃송이 속에 숨은 내용물을 하나씩 비운 뒤 콘돔을 카트에 달린 검은색 쓰레기봉투에 버리며 옆 사무실에서 들리는 소리에 귀를 기울였다.

그는 미소를 지었다.

조만간 보이테크의 이름으로 첫 거래와 배달을 완료하게 될 터였다.

*

예란손은 연거푸 생수를 두 잔이나 들이켜고 얼음 두 알을 깨물어 먹었다. 얼음 깨지는 소리가 과히 듣기 좋지는 않았다.

"무슨 말을 하는 거야, 프레드리크. 누굴 덮자는 건가?"

"호프만 말입니다."

경찰총감은 자신 역시 침착하게 앉아 있기 힘들겠다고 생각했다. 예란숀 총경이 노크도 없이 불쑥 사무실에 들어올 때부터 직감은 하고 있었다. 딱히 뭐라고 꼬집어 말할 순 없지만 심상치 않은 일이 벌어졌다는 직감.

"커피 한잔 들 텐가?"

"담배 있으면 하나 주십쇼."

"담배는 저녁에만 피우지 않았나?"

"오늘만큼은 그때까지 참을 수 없네요."

경찰총감 책상 맨 아래 서랍 구석에는 포장을 뜯지 않은 담배 한 갑이 놓여 있었다.

"이게 여기 들어 있던 게 2년은 된 것 같군. 아직도 이 담배를 피우는지는 모르겠지만 사실 누구에게든 이 담배를 권하고 싶지는 않아. 이 녀석이 이 서랍에 들어 있는 이유는 커피를 마실 때마다 가슴에 뻥 하고 커다란 구멍이 뚫린 것 같은 느낌이 들어도, 절대 다시는 손대지 않겠다는 의지의 표현이라고 할 수 있지."

그는 상대가 내뿜은 담배 연기가 자신의 책상 위에 내려앉자 창문을 열었다.

"그냥 닫아두시는 게 좋겠습니다."

경찰총감은 진한 담배 연기를 뿜어내는 상대를 쳐다보며 그의 말이 맞겠다는 생각이 들어 다시 창문을 닫고 너무나 친숙한 그 연기를 들이켰다.

"상황파악이 안 되신 것 같은데, 저희에게 주어진 시간이 별로 없습니다. 그렌스, 그 친구가 내일 당장 호프만과 마주앉아서 그 회의 내용을 속속들이 다 듣게 될 거란 말입니다. 그렌스가……."

"프레드리크."

"네?"

"자넨 지금 여기 앉아 있고 난 지금 자네 얘기를 듣고 있다고. 그러니 진정 좀 하고 차분차분 설명을 해보라고."

프레드리크 예란숀 총경은 더 이상 피울 부분이 남지 않을 때까지 담배를 피운 뒤 재떨이에 비벼 끄고 다시 하나를 꺼내 불을 붙이고 반 정도를 피웠다. 그러고는 커피자판기 앞에서 느꼈던 심장이 내려앉을 듯한 그 기분으로 돌아가 설명을 시작했다. 살인사건을 수사하고 있던 그렌스 경정이 용의자 중 호프만을 주목했다는 이야기. 호프만이 폭행에 관한 가중처벌로 형을 살았는데도 총기소지허가증을 발급받은 걸 의심하고 있다는 이야기. 그래서 지금 아스프소스 교도소로 찾아가 베스트만나가탄 79번가 살인사건과 관련된 질문을 하려는 상황이라는 것을.

"에베트 그렌스 경정이라……."

"그렇습니다."

"시브 말름크비스트 광팬?"

"그 친구 맞습니다."

"포기를 모르는 그 친구지?"

포기를 모르는 수사관.

"이건 재앙입니다, 재앙. 크리스티안, 들었어요? 재앙이라 구요."

"재앙까지는 벌어지지 않을 거야."

"그렌스는 절대로 그냥 넘어갈 친구가 아닙니다. 만약 호 프만을 만나 취조라도 하는 날이면……. 이 모든 걸 합법적 으로 눈감아준 게 우리란 말입니다. 그 친구를 보호해준 것 도요."

경찰총감은 아무런 대꾸도 하지 않았다. 식은땀을 삘삘 흘리지도 않았다. 하지만 상대가 불안한 마음으로 불쑥 자 신의 사무실에 쳐들어온 이유는 이해할 수 있었다. 더 자라 나기 전에 당장 싹을 잘라내야 하는 그런 불안감을.

"기다려보게."

경찰총감은 소파에서 일어나 전화기로 다가간 뒤 검정색 다이어리 뒤쪽을 펼쳐보다 잠시 뒤 전화기 버튼을 눌렀다.

수화기에서 나오는 신호음은 평소보다 훨씬 크게 들렸다. 심지어 예란숀이 앉아 있는 소파에까지 들릴 정도였다. 세 번, 네 번, 그리고 다섯 번……. 그제야 묵직한 저음의 남자 목소리가 들려왔다. 경찰총감은 송화구를 입에 바짝 가져다 댔다.

"폴? 크리스티안일세. 자네 지금 혼자 있나?"

저음의 목소리는 마치 뭐라고 중얼거리는 듯 아득하게 들렸다. 하지만 경찰총감은 만족스런 미소를 지으며 고개를 살짝 끄덕였다.

"자네 도움이 좀 필요해. 우리 상호간에 같이 풀어야 할 문제인 것 같군."

*

호프만은 행정구역과 G감호구역 사이의 지하 터널로 가는 보안문 앞에 서 있었다. 감시카메라가 그가 서 있는 방향으로 움직였다. 중앙통제센터의 교도관이 카메라 각도를 조절하고 30대 중반으로 보이는 죄수의 수염 난 얼굴을 줌으로 당겨 재소자 파일에 첨부된 사진과 비교한 뒤 문을 여는 식이었다.

호프만은 쓰레기통을 비울 때 내용물들이 카트에 달린 커다란 쓰레기봉투 윗부분을 잘 덮을 수 있도록 각별히 조심했다. 그래야 지나가던 교도관들이 혹시라도 쓰레기봉투를 들여다봤을 때 구겨진 종이나 봉투, 혹은 빈 컵 외에 특별한 게 없다는 것을 확인할 수 있기 때문이다. 그 안에 50개의 콘돔과 150그램의 암페타민이 숨겨져 있다는 사실도 모른 채. 호프만은 도서관에서 대출한 네 권의 책 속에 숨겨 반입한 42그램의 암페타민으로 교도소 내에서 마약을 거래하던 세 명의 딜러를 단번에 밀어냈다. 그리고 50송이의 튤립 꽃망울 속에 숨겨 들어온 암페타민으로 첫 거래를 트며 새로운 딜러로 자리매김 할 차례였다. 이제 몇 시간 후면, 모든 감호 구역의 재소자들은 G감호구역 몇 번 방에 새로 들어온 피에 트 호프만이라는 재소자가 다량의 마약을 팔고 있다는 사실 을 알게 될 터였다. 그는 첫 거래에서 누가 됐든 1인당 2그 램 이상은 팔지 않는다는 철칙을 세워두었다. 통사정을 하 거나 협박을 한다 해도 무너지지 않을 철칙이었다. 보이테 크 '조제약품'은 75명의 교도소 내 마약 중독자들을 목표로 하고 있었다. 그들은 첫 거래로 조직에 빚을 지게 되고, 조 직은 차후에 그들에게 빚을 되돌려 받게 될 터였다. 호프만 은 며칠 뒤, 그간 그리스 마약상에게 대량밀수를 눈감아주 는 대가로 정기적으로 상납을 받아온 F감호구역의 교도관 두 명을 매수한 다음부터는 더 많은 물량을 풀 생각이었다.

철컥 소리가 들렸다. 중앙통제센터에서 그의 신원을 확인 하고 문을 열어준 것이다. 호프만은 문을 통과한 뒤 오른쪽 첫 번째 통로로 방향을 바꿔 큰 걸음으로 2미터 정도 걸어간 뒤 멈춰 섰다. 스테판과 카롤 토마쉬에 따르면 그곳이 두 대 의 감시카메라에서 자유로울 수 있는 5미터짜리 사각지대라 고 했다. 호프만은 주변을 살펴보았다. H감호구역에서 나오 는 사람도, 행정구역에서 나가는 사람도 없었다.

그는 검정색 쓰레기봉투를 뒤져 콘돔 50개를 꺼낸 뒤 내 용물을 바닥에 펼쳐 놓은 검정 비닐봉투에 쏟았다. 교도소 장 사무실 컵에 담겨 있던 작은 티스푼은 수평 상태에서 정 확히 가루 2그램을 담을 수 있었다. 호프만은 순식간에 마약을 75개로 나누었다.

그는 신속하고 정확한 손놀림으로 작은 크기의 하얀 비닐 봉투를 가늘고 길게 찢어 2그램의 암페타민을 담아 밀봉했다. 그런 식으로 75회 분량의 암페타민은 검정색 쓰레기봉투 바닥에 숨겨졌다.

"8그램이라고 말하지 않았던가?"

콘크리트 바닥을 질질 끄는 발소리. 마약 중독자 특유의 발걸음이다. 호프만은 그 발소리의 주인이 성가시게 굴 거라는 사실을 직감했다.

"8그램 맞지? 우리 8그램 하기로 했잖아."

호프만은 짜증난다는 듯 고개를 가로저었다.

"뭐가 어렵다고 사람 말을 못 알아들어? 2그램밖에 못 준다고."

모든 '고객'은 마약을 손에 쥘 수 있다. 하지만 남는 걸 다른 중독자에게 되팔 수 있을 만큼은 구매가 불가능했다. 다른 마약상도, 다른 경쟁자도 없는 상황. 약은 오직 G감호구역 2번 복도 왼쪽 편에 있는 감방 주인만이 통제할 수 있는 것이다.

"이런 썅, 나는……."

"그 2그램이라도 사고 싶으면 입 닥쳐."

말라깽이 중독자는 아침에 봤을 때보다 훨씬 심하게 떨고 있었다. 두 다리는 계속해서 서성이고 있었고 두 눈은 대화 상대자의 얼굴을 보지 않고 사방을 두리번거리고 있었다. 그는 아무 말 없이 손을 내밀고 작은 크기의 하얀 비닐 뭉치를 받아들자마자 주머니에 넣지도 않고 즉시 발걸음을 돌렸다.

"중요한 걸 잊은 것 같은데?"

말라깽이 중독자는 눈을 깜빡거렸다. 경련의 강도가 점점 세지더니 뺨까지 제멋대로 물결치듯 움직였다.

"돈은 낼 거라고."

"그램당 50크로나야."

깜빡이던 눈이 순간적으로 몇 초간 멈췄다.

"50크로나라고?"

호프만은 혼란스러운 표정을 한 상대에게 미소를 지어 보였다. 가격은 3백에서 4백50까지도 부를 수 있었다. 경쟁자 하나 없는 상황이니 6백까지도 가능했다. 하지만 그는 소문이 벽을 타고 교도소 전체로 퍼져나가기를 원했다. 그러면 오히려 구매자들이 알아서 값을 올려 부를 것이기 때문이다. 모든 구매자가 단 하나의 리스트, 교도소에서 유일하게 마약을 파는 판매상의 리스트에 올라오게 되는 시점부터.

"50크로나야."

"이런, 젠장……. 그럼 난 20그램 사겠어!"

"2그램이 전부야."

"30그램도 괜찮겠군."

"당신, 이제부터 빚지기 시작한 거야."

"돈 낼 거라니까."

"계산은 정확히 하니까 알아둬."

"걱정 말라고, 친구. 내 말은, 그러니까……."

"좋아. 해결책은 나중에 찾기로 하지."

H감호구역 통로 쪽에서 바닥을 때리는 희미한 발소리가 들리기 시작하더니 점점 커지고 빨라졌다. 두 사람 모두 똑똑히 발소리를 들었다. 말라깽이 약쟁이는 벌써 발걸음을 돌려 멀어지고 있었다.

"작업실?"

"아니, 공부해."

"어디?"

약쟁이는 땀에 젖은 모습이었다. 그의 뺨이 경련으로 인해 일그러졌다.

"젠장, 그건……."

"어디냐고?"

"F3 교실."

"앞으로는 스테판에게 물건을 부탁해. 받는 것도 그 친구에게 받고."

보안문 두 개를 지나 엘리베이터를 타고 G감호구역으로 돌아온 호프만은 카트를 젖은 걸레 냄새가 나는 청소도구함에 밀어 넣으며 11개의 비닐 뭉치를 자신의 주머니 속에 찔러 넣고 나머지 것들은 구겨진 종이 뭉치 아래 그대로 남겨두었다. 한 시간 뒤, 소문을 통해 새로운 마약상의 등장과 물건의 질, 그리고 가격을 이미 알고 있는 '소비자'들에게 흘러갈 물건들이었다. 그렇게 되면, 호프만과 보이테크는 교도소 마약 시장을 접수하는 셈이었다.

그들은 호프만을 기다리고 있었다.

복도를 서성거리며 텔레비전 휴게실에 죽치고 앉아, 굶주림에 가득 찬 시선을 이리저리 굴리며 그가 나타나기만을 기다리고 있었다.

호프만의 주머니에는 자신의 감호구역 재소자들에게 팔약 뭉치 11개가 들어 있었다. 다섯 명은 현금을 지불할 것이다. 그들은 이 사회가 근절하지 못한 온갖 범죄행위를 통해 수백만에 달하는 재산을 조성한 범죄자들이었다. 자신의 양말조차 살 돈 없는 나머지 여섯 명은 약을 제공받은 대가로 출소 후 외부에서 보이테크가 시키는 일을 하며 빚을 갚아 나가게 될 것이다. 일종의 투자와도 같았다.

*

예란숀은 경찰총감의 소파에 앉은 채 전화기를 통해 흘러 나오는 남자의 목소리를 듣고 있었다. 저음으로 웅얼거리던 목소리가 순식간에 고성으로 변했다.

"같이 풀어야 할 문제라고?"

"그렇네."

"이른 아침부터 무슨 소리야?"

저음의 목소리를 가진 사내가 한숨을 내쉬자 경찰총감이

설명을 이어갔다.

"호프만에 관한 일일세."

"들어보지."

"그 친구, 오늘 아침 면회실에서 취조가 있을 예정이야. 베스트만나가탄 79번가 살인사건을 담당하고 있는 시경 수사관에게 불려나갈 상황이라고."

경찰총감은 상대가 어떤 대답이나 반응을 보일 때까지 기다렸다. 하지만 상대는 아무런 말도, 어떠한 반응도 없었다.

"폴, 그런 일은 있어선 안 되는 거야. 무슨 일이 있어도 호프만을 그 수사관과 만나게 해선 안 된다고."

여전히 침묵을 지키고 있던 상대가 드디어 입을 열었다. 또다시 묵직한 저음이 흘러나왔지만 몇 미터 떨어진 거리에서는 무슨 말인지 알아들을 수 없었다.

"더 이상은 말해줄 수 없네. 지금, 여기서는 말이야. 내가 방금 부탁한 것 외에는 더 말할 수가 없어."

책상 모서리에 걸터앉아 있던 경찰총감은 자세가 불편했는지 허리를 곧추세웠다. 그러자 허리 아래쪽에서 우두둑 소리가 났다.

"폴, 며칠 시간이 필요해. 한 일주일 정도. 자네가 내 부탁을 좀 들어줬으면 좋겠네."

그는 수화기를 내려놓고 앞으로 몸을 살짝 숙였다. 우두둑 소리가 몇 번 더 이어졌다. 요추 부근에서 나는 것 같았다.

"일단 우리로서는 며칠 시간을 번 셈이야. 이제 우리도 조치를 취하자고. 앞으로 72시간에서 96시간 내에 똑같은 일이 다시 발생하지 않도록 말이지."

두 사람은 커피포트에 남아 있던 커피를 나눠마셨다. 예란손은 담배 하나를 더 피워 물었다.

몇 주 전, 스톡홀름 시내가 바라보이는 우아한 회의실에서 논의된 내용은 새로운 국면으로 넘어가고 있었다. 암호명 파울라는 스웨덴 경찰청이 몇 년을 고대하고 극비리에 진행해온 경찰작전에서 제외되었다. 어디까지 알고 있는지 가늠할 수도 없고 그대로 밀고나갔다가는 분명, 최악의 상황을 능가하는 재앙을 초래하게 될 수사관을 끌어들였기 때문이다.

"그래, 에리크 빌손 경정은 여전히 외국에 나가 있나?"

예란손은 고개를 끄덕였다.

"교도소 내에 있는 호프만의 보이테크 연락책은? 우리가 그 친구들 신원파악은 하고 있는 거지?"

예란손 총경은 다시 한 번 고개를 끄덕이며 소파에 앉은 뒤 처음으로 등을 기댔다. 그렇게 편안할 수가 없었다.

경찰총감은 그제야 다소 진정된 상대를 바라보았다.

"자네 생각이 맞아."

그는 빈 커피포트를 들고 커피가 남아 있는지 흔들어보았다. 갈증이 났기 때문이다. 그는 커피를 좋아하지 않았지만, 사무실에 담배 연기가 자욱했기 때문에 커피라도 마시면 좀 나을 것 같았다.

"만약에 말이야, 호프만의 정체가 노출된다면……. 그러
니까 보이테크 쪽 조직원이 교도소 내에 밀고자가 있다는
사실을 알아낸다면 말이지……. 그 정보를 가지고 조직이
자체적으로 일을 벌인다면 그건 우리 문제가 아니야. 범죄
자들끼리 벌인 일을 경찰이 책임질 일도, 또 책임질 수도 없
지 않겠나."

한 컵을 더 따랐다. 거품만 잔뜩 흘러나왔다.

"자네 말처럼 덮어버려야겠어, 그 친구."

목요일

커다란 구멍에 빨려 들어가는 꿈을 자꾸 꾸었다. 벌써 나흘 연속으로 책상 뒤에 있는 책장의 네모난 먼지 자국이 점점 크게 벌어지고 깊은 구멍이 생기더니 그가 어디에 있건, 그 시커먼 구멍 속으로 빨려 들어갔다. 벗어나려 아무리 애를 써도 소용없었다. 그리고 밑도 끝도 없이 추락하는 바로 그 순간, 숨넘어가는 소리를 내며 잠에서 깨어났다. 등이 식은땀에 흠뻑 젖은 채로.

새벽 5시 반이었지만 벌써 공기가 후덥지근했다. 크로노베리 경시청 건물 뒤로 여명이 밝아오고 있었다. 에베트는 복도로 나가 구석에 있는 식기실로 향했다. 그리고 수도꼭지 위에 걸린 파란 행주를 물에 적셔 사무실로 돌아왔다. 현실 속의 구멍은 꿈에 비해 훨씬 작아 보였다. 지난 35년간 그의 일상 대부분을 차지해왔던 시간들이 더 이상 존재하지 않는 그 시절과 함께 뒤섞여 눈앞에 맴도는 것 같았다. 에베트는 젖은 행주를 들고 25세 생일선물로 받았던 카세트플레이어가 남겨놓은 기다란 직사각형 자국을 벅벅 문질렀다. 그리고 카세트테이프와 사진들이 남긴 자국을 비롯해 맑은 음색을 자랑하던 두 대의 스피커 자국도 모조리 닦아냈다.

그러고 나자 티끌 하나 남지 않았다.

에베트는 더 이상 구멍 속으로 빨려 들어갈 일이 없도록 창틀에 놓아두었던 선인장과 바닥에 내려놓았던 서류 뭉치들을—대부분 오래된 수사보고서로 이미 어딘가에 정리를 해두었어야 할 자료들이었다.—옮겨와 조금의 빈틈도 없이 텅 빈 책장을 채워버렸다. 그렇게 빈자리가 사라지면 구멍이 생길 일도 없고, 구멍이 없으면 밑도 끝도 없는 블랙홀 속에 빨려 들어갈 일도 없을 것 같았다.

그는 블랙커피 한 잔을 준비했다. 이리저리 새 보금자리를 찾아 날아다니던 먼지 때문이었는지 커피 맛이 평소와 달리 영 형편없었다. 마치 자리를 잃은 먼지가 커피 속에 들어가 녹아버린 듯했다. 심지어 커피 색도 더 옅어 보이는 것 같았다.

에베트는 일찍 사무실을 나섰다. 자신의 질문에 즉답을 듣길 원했기 때문이다. 일반적으로 잠에서 덜 깬 죄수들은 말수가 적고 쓸데없이 건방을 떨거나 빈정거리는 일도 거의 없는 편이었다. 면담조사는 일종의 힘겨루기이기도 하지만 상대에게 신뢰를 얻어내기 위한 물밑작전과도 같았다. 하지만 에베트에게는 그런 신뢰를 구축할 시간적 여유가 없었다. 그는 무서운 속도로 차를 몰고 시내를 벗어나 E4 고속도로로 진입해 몇 킬로미터를 달리다 대형 공동묘지가 나오자 갑자기 속력을 줄였다. 그러고는 잠시 머뭇거리다 다시 가속 페달을 힘차게 밟고 앞으로 달려 나갔다. 돌아오는 길에 들르리라 마음먹었기 때문이다.

교도소까지는 30여 킬로미터가 남아 있었다. 그는 지난 30여 년 동안, 최소한 1년에 두 번은 그곳을 방문해왔다. 스톡홀름 시경 소속 형사인 관계로 사건을 수사하다보면 결국 교도소까지 가야 끝을 보는 사건들이 정기적으로 발생하기 때문이었다. 그곳에서 면담조사를 하거나 죄수호송 지원업무를 하는 경우도 있었다. 교도소에는 항상 무언가를 알고 있거나, 무언가를 목격한 증인들이 있다. 하지만 제복을 입은 공무원에 대한 반감과 혐오감이 그 어느 곳보다 강한 곳이었고, 행여 경찰과 접촉이라도 하는 날엔 밀고자로 낙인찍혀 다른 재소자에게 보복을 당할지 모른다는 두려움이 팽배한 곳이었다. 그래서 면담조사에서 듣는 답변은 냉소적인 욕설이나 침묵이 대부분이었다.

에베트는 전날, 보이테크 인터내셔널과 공식적인 계약관계를 맺은 보안경비회사 대표 두 사람을 만나본 뒤 그들을 용의자 명단에서 제외했다. 각각의 약속자리에서 이야기를 시작한 지 단 몇 분 만에 그 두 사람이 예의 살인사건과는 아무런 관련이 없다는 사실을 직감할 수 있었다.

저 멀리 웅장한 담벼락이 눈에 들어왔다.

에베트는 거대한 교도소 운동장 지하에 설치된 미로 같은 통로를 몇 차례 지나다닌 적이 있다. 그리고 그때마다 평생 다시 보고 싶지 않은 사람들과 마주치곤 했다. 에베트는 그들의 인생 중 몇 년의 시간을 송두리째 앗아간 장본인이었다. 그랬기에 그들이 자신을 보면 왜 침을 뱉는지 이해할 수 있었고, 심지어 그들의 기분까지 존중해주었다. 그는 자신에게 쏟아지는 그런 비난을 아무렇지 않게 받아들였다. 사람은 남을 비난할 수 있다. 하지만 적어도 상대 앞에서 대놓고 화풀이할 용기는 있어야 한다는 게 에베트 그렌스의 지론이었기 때문이다.

암울한 잿빛 콘크리트 담벼락은 점점 길고 높아졌다.

커피 얼룩이 묻은 종이 위에는 오직 한 사람의 이름만 남아 있었다. 피에트 호프만. 모든 정황상 전혀 앞뒤가 들어맞지 않는 인물.

에베트 그렌스는 주차장에 차를 세우고 교도소 출입구를 향해 걸어갔다. 드디어 그 문제의 인물을 마주할 시간이 온 것이다.

*

이상한 기분이 들었다.

그 이유는 알 수 없었다. 이상하리만큼 고요한 분위기 때문인지, 아니면 생각 속에 너무 깊이 잠겨 있었기 때문인지.

그는 소피아와 두 아이들에 대한 상념에 잠기지 않기 위해 자신의 감정과 사투를 벌여야 했다. 날이 밝기도 전에, 그것도 새벽 2시에 그런 생각이 드는 건 끔찍한 일이었다. 그는 침대에서 일어나 전처럼, 이마에서 가슴까지 땀에 흠뻑 젖을 정도로 닥치는 대로 턱걸이와 두 발 모아 뛰기를 했다.

느긋하게 여유를 부릴 수도 있었다. 보이테크는 사흘 연속으로 그의 행적을 보고받고 있었다. 그는 단번에 경쟁자를 몰아내고 '시장'을 장악한 주역이었다. 그리고 그날 오후부터 대량으로 물건을 풀어 더 많은 '고객'을 확보할 계획까지 세워둔 터였다.

"잘 잤나, 호프만."

"그럭저럭."

하지만 왠지 모르게 불안한 느낌이 들었다. 마음 한구석에서 자꾸 무언가가 걸렸다. 그리고 그 기분은 점점 커지기만 할 뿐, 사그라지지 않았다.

두려웠다.

감방 문의 잠금장치가 해제되자 주변 재소자들이 어슬렁거리며 복도로 걸어 나왔다. 양말로 고정한 문과 문틀, 문지방 아래쪽에 눕혀놓은 의자, 그리고 이불 밑으로 밀어 넣은 베개. 준비는 끝났다.

오전 7시 2분이었다. 그 상태로 18분을 더 기다려야 했다. 그는 벽 쪽으로 단단히 몸을 기댔다.

*

중앙통제센터의 나이 든 직원이 그의 경찰 신분증을 살펴보고 키보드에 무언가를 쳐넣더니 한숨을 내쉬었다.

"면담조사차 나오셨다고요?"

"그렇습니다."

"성함이 그렌스 수사관이시고요?"

"맞습니다."

"피에트 호프만이라는 죄수를요?"

"면회실까지 잡아두었습니다. 그러니까 이 문을 열고 들여보내주면 대단히 고맙겠습니다. 그래야 일을 할 수 있을 테니 말입니다."

상대는 전혀 서두를 기색을 보이지 않았다. 그는 수화기를 들고 번호를 누르며 대답했다.

"좀 더 기다리셔야겠습니다. 확인해봐야 할 게 있어서요."

*

14분 째였다.

지옥문이 열린 시간은.

감방 문이 안으로 확 밀렸다. 1초. 누군가 의자를 발로 차고 들어왔다. 1초. 스테판이 오른쪽 측면을 보이며 문 뒤에 숨어 있던 그의 눈앞으로 스치듯 지나갔다. 오른손에 드라이버를 꽉 쥔 채로.

아직 여유는 있다. 찰나의 순간. 인간이 이상한 낌새를 알아차리는 데 걸리는 순간 0.5초.

분명 밖에서 진을 친 대기조가 네 명은 될 것이다.

여러 차례 목격하기도 했고, 심지어 두 번은 직접 일을 벌인 적도 있는 그였다.

누군가 드라이버 혹은 탁자 다리, 아니면 날 달린 쇠붙이를 들고 뛰어 들어가면 곧바로 여러 명이 뒤따라 들어가 주먹질을 하거나 숨통을 끊어놓는 식이다. 두 명은 약간의 거리를 두고 복도에서 망을 본다.

베개와 이불 밖으로 빼놓은 옷자락. 그에게 주어진 2.5초가 흘러가버렸다. 그의 보호막이자 탈출구 같은 시간이.

한 방.

한 방에 상대를 보내지 못하면 승산이 없다.

단 한 방, 오른쪽 팔꿈치로 상대의 목 왼쪽 경동맥 부위를 강타한다. 강력한 한 방에 스테판의 혈압은 순간적으로 급상승하고 그는 맥없이 쓰러질 것이다.

거구의 몸이 바닥에 쓰러지며 문을 막는 바람에 뒤따라 들어오던 주먹이나 작업실에서 가져온 날카로운 쇠붙이 세례가 무용지물이 되었다. 카롤 토마쉬는 중심을 잃지 않으려고 허공에 대고 이리저리 주먹을 휘둘렀다. 호프만은 문뒤에서 어깨에 잔뜩 힘을 주고 문을 밀치며 복도로 나왔다. 그러고는 멍하니 망을 보던 두 사람을 제치고 미친 듯이 뛰어 교도관들의 사무실 문으로 향했다.

그들이 알아냈어.

그는 뛰면서 힐끗 뒤를 돌아보았다. 망을 보던 두 사람은 멍하니 제자리에 서 있었다.

그들이 알아낸 거야.

호프만은 문을 열고 교도관 사무실로 뛰어 들어갔다. 뒤에서 누군가가 "스투카치(stukatj)"라고 소리쳤고 그를 본 교감은 당장 여기서 나가라고 버럭 고함을 질렀다. 호프만은 소리를 지르지 않았다. 아니, 확실하진 않지만 그런 것 같았다. 그는 닫힌 문을 등지고 서서 "독방에 들어가고 싶습니다."라고 말했다. 아무런 반응이 없자 다시 큰 소리로 "P18 상황이란 말입니다."라고 말했다. 빌어먹을 교도관들이 눈만 깜빡일 뿐 아무런 반응을 보이지 않자 그는 이렇게 외쳤다.

"야, 이 씨발 놈들아! 독방에 들어가게 해달라고!"

*

에베트는 방문객 접견실 의자에 앉아 침대 바닥에 뒹굴고 있는 두루마리 휴지와 비닐이 씌워진 채 발쪽이 튀어나온 매트리스를 쳐다보고 있었다. 한 달에 한 번 서로를 꼭 끌어안는 두 사람의 육체가 두려움을 녹이고 갈망을 해소하는 그런 장소였다. 에베트는 창가로 다가가 밖을 내다보았다. 별달리 보이는 건 없었다. 철조망 달린 허술한 울타리와 그 뒤로 육중한 잿빛의 콘크리트 담벼락 하단이 보일 뿐이었다. 그는 다시 의자에 앉았다. 불안과 초조는 언제나 그의 뒤를 따라다녔다. 그래서 그는 한시도 긴장의 끈을 놓을 수가 없었다. 그는 접견실 테이블 중앙에 세워둔 검정색 테이프레코더를 재생했다. 교도소를 찾을 때마다 들고 다니는 물건이었다. 그는 자신이 앉아 있는 자리로 다가오던 재소자들의 얼굴을 기억하고 있었다. 그가 녹음기를 끄기 전까지 목소리를 깔고 증오심에 가득 찬 표정으로 바닥만 내려다보며 쓸데없는 말을 지껄이던 그 얼굴들을. 이 접견실에서 했던 면담조사가 실제로 사건 해결에 도움이 되었는지는 거의 기억나지 않았다.

문을 두드리는 소리와 함께 남자 하나가 들어왔다. 신상기록에 따르면 호프만이라는 남자는 아직 중년까지 가려면 한참 남은 남자였다. 따라서 접견실에 들어온 사람은 다른 사람이었다. 제법 나이도 있고 파란색 교도관 제복을 입고 있었기 때문이다.

"렌나트 오스카숀입니다. 이곳 교도소장입니다."

에베트는 상대가 뻗은 손을 맞잡으며 미소를 지어 보였다.

"야, 이거 제대로 한 방 맞은 느낌이군그래. 마지막에 만났을 땐 겨우 교감인가 정도 됐던 것 같은데, 출세하셨구만. 여기서 더 올라갈 자리도 있는 거요?"

몇 년의 시간이 불과 몇 초 만에 스쳐갔다.

두 사람은 시간을 거슬러 올라갔다. 렌나트 오스카숀이 교감이었던 시절로. 당시 그는 유죄판결을 받고 복역 중이던 극악무도한 소아성애자의 병원 방문을 승인한 사람이었다. 하지만 그 소아성애자는 병원으로 가던 도중 교도관을 쓰러뜨리고 탈출한 뒤 다섯 살짜리 여자아이를 무참히 강간하고 살해했다.

"마지막에 뵀을 때 겨우 경정이셨던 것 같은데……. 지금 도…… 그러시네요?"

"그렇소. 이 자리 유지하려고 병신 같은 짓 참 많이도 했지."

에베트는 테이블 반대편에 서서 상대가 더 도발하기를 내심 기대했다. 그냥 웃자는 뜻으로. 하지만 그런 일은 없었다. 아니, 오스카숀 소장이 접견실로 들어올 때부터 느꼈을지도 모른다. 그는 어느 정도 거리를 두고 있었다. 초점 없는 눈빛만으로 딴 생각을 하고 있다는 것을 알 수 있었다.

"호프만이라는 친구를 만나러 오셨다고요?"

"그렇소."

"지금 의무실에서 오는 길입니다. 그 친구, 만나실 순 없을 것 같습니다."

"미안하지만 어제 분명히 내가 찾아갈 거라고 연락까지 했고, 그때까지만 해도 그 친구 멀쩡했소."

"그 친구들, 어제 저녁에 입원했습니다."

"그 친구들이라니?"

"세 명 정도 됩니다. 고열에 시달리기에……. 병명은 아직 모릅니다. 일단 의무관이 환자들을 격리수용하기로 결정했다더군요. 그래서 확실한 병명이 밝혀질 때까진 아무도 만날 수가 없습니다."

에베트는 탄식에 가까운 한숨을 내쉬었다.

"얼마나 걸립니까?"

"사흘, 아니면 나흘 정도 걸릴지도 모르겠습니다. 지금으로선 그 말밖에 드릴 수가 없네요."

두 사람은 서로를 쳐다보았다. 더 이상 할 말도 없는 상황이라 자리를 뜨려던 바로 그 순간, 날카로운 소리가 허공을 가르며 울려 퍼졌다. 오스카숀 소장의 허리춤에 달린 네모난 플라스틱 장치에서 빨간 불이 깜빡거렸다.

소장은 벨트에 달린 경보기를 잡아 뽑더니 화면을 보았다. 소장의 얼굴에 떠오른 아연실색한 표정은 긴장의 빛을 띠었다가 순식간에 안절부절못하는 표정으로 변했다.

"미안합니다. 당장 가봐야겠습니다."

그는 말이 끝나기 무섭게 발걸음을 돌렸다.

"무슨 일이 벌어진 것 같습니다. 나가시는 길은 잘 아실 거라 믿습니다."

렌나트 오스카숀 소장은 미친 듯이 계단으로 달려가 감호 구역으로 연결되는 지하 통로로 내려가며 다시 한 번 경보기 화면을 들여다보았다.

G2.

G감호구역. 2층.

그가 수감된 곳이었다.

직속상관인 교도행정국 본부장의 노골적인 명령에 따라, 만날 수 없다고 거짓말을 했던 그 재소자가 수감된 곳.

*

호프만은 교도관들에게 고래고래 소리를 지른 뒤 바닥에 주저앉았다.

그들은 잠시 뒤 행동에 나섰다. 교도관 하나가 안쪽에서 문을 잠근 뒤 판유리 밖으로 보이는 복도의 죄수들을 살폈다. 다른 하나는 중앙통제센터에 연락해 살해위협을 당하고 있는 재소자를 독방으로 이감해야 한다며 진압부대의 지원을 요청했다.

그는 의자로 자리를 옮겨 앉아 복도를 배회하는 재소자들의 시야에서 부분적으로나마 벗어날 수 있었다. 그들은 "스투카치"라고 속삭이고 있었다. 하지만 그의 귀에 분명히 들렸다.

스투카치.

끄나풀.

*

경찰총감의 사무실 문은 열려 있었다.

예란숀 총경은 문을 살짝 두드려보았다. 아무도 없었지만 그의 방문은 미리 예정되어 있었다. 테이블 위에는 큼지막한 은색 보온병과 베리스가탄 대로 건너에 있는 작은 카페에서 파는 샌드위치가 쭈글쭈글한 종이 포장지가 열린 채 놓여 있었다. 그는 연거푸 두 잔의 커피를 따라 마시며 게걸

스럽게 샌드위치를 먹어치웠다. 불안감이 피를 말리고 있었다. 복도를 따라 내려가다가 그렌스 경정의 사무실 앞에서는 일부러 발걸음을 늦췄다. 언제나 이른 아침부터 가장 먼저 불이 켜지고 촌스러운 음악으로 복도 전체를 물들이는 사무실이었다. 하지만 그 사무실은 예란손의 느낌처럼 공허할 뿐이었다. 사무실을 집처럼 여기는지, 아예 거기서 잠까지 자고 날이 밝자마자 책상에 앉아 업무를 보던 사무실 주인은 자리에 없었다. 전날 말한 대로 동이 트기 무섭게 아스프소스 교도소로 달려간 뒤였기 때문이다.

그렌스는 절대 호프만을 만나선 안 돼.

목구멍 속으로 넘어가야 할 빵 조각 하나가 입으로 들어가자마자 콱 달라붙더니 점점 커지는 느낌이 들었다. 결국 그는 종이접시 위에 빵 조각을 뱉어냈다.

호프만도 절대 그렌스를 만나선 안 돼.

그는 목구멍에 달라붙은 음식물을 삼키기 위해 다시 커피를 들이켰다.

"프레드리크?"

사무실로 돌아온 경찰총감이 그의 옆자리에 앉으며 물었다.

"프레드리크, 왜 그래? 자네 괜찮은 거야?"

예란손은 웃어 보이려고 했지만 도저히 그럴 수가 없었다. 입 주변의 근육이 말을 듣지 않았기 때문이다.

"아니요."

"그 문제는 우리가 잘 해결할 수 있다고."

예란숀은 샌드위치를 들고 치즈를 살짝 들어 올려보았다. 그 밑에는 초록색으로 된 무언가가 깔려 있었다. 후추를 뿌려 얇게 썰어 넣은 오이였을 것이다.

"방금 전화통화를 하고 오는 길일세. 그렌스가 아스프소스에서 돌아오는 길이라더군. 교도소 관계자가 앞으로 사나흘 정도는 피에트 호프만을 만날 수 없다고 말했다더라고."

예란숀은 빵 조각을 멍하니 쳐다보았다. 온몸을 괴롭히던 경련이 수그러드는 것 같았다. 그는 다시 빵을 집어 들고 공허함을 채우기 위해 막 먹기 시작했다.

"조금 불안합니다."

"무슨 소리야?"

"방금 전에 괜찮으냐고 묻지 않으셨습니까. 그래서 조금 불안하다고 말씀드리는 겁니다. 그게 제 상태입니다. 불안해 죽겠다고요."

그는 결국 치즈와 빵을 모두 접시 위에 내려놓았다. 그러고는 아예 통째로 쓰레기통에 던져버렸다. 입이, 그리고 목구멍이 타들어가는 것 같았기 때문이다.

"호프만이 입을 열까 불안합니다. 그 친구를 막기 위해 제가 무슨 준비를 하고 있는지 알아낼까 불안합니다."

그들은 전에도 정보원이나 끄나풀의 존재를 덮어버린 적이 있었다.

우린 그자가 누군지 모릅니다.

답해야 할 게 많아지는 순간, 매몰차게 등을 돌렸다.

우린 범죄자와 일하지 않습니다.

침범당한 범죄조직이 사냥을 시작하고 그들만의 방식으로 문제를 해결하는 동안 먼 산만 바라보고 있을 뿐이었다.

하지만 교도소, 탈출구가 전혀 없는 공간에 가둔 채 연결고리를 자르는 건 처음이었다.

살아남거나 혹은 죽거나.

갑자기 모든 게 선명해졌다.

"제일 불안한 건 뭔가?"

경찰총감은 그에게 가까이 다가가며 물었다.

"그걸 먼저 생각해봐야 한다고, 프레드리크. 자네를 가장 불안하게 만드는 게 뭔지. 호프만이 입을 열년 벌어질 상황인가, 아니면 우리 쪽에서 취한 행동의 결과가 두려운 건가?"

예란손은 아무런 말이 없었다.

"다른 대안이라도 있는 건가, 자넨?"

"모르겠습니다."

"나한테 다른 대안이 있었을까?"

"모르겠다니까요!"

예란손이 감정을 억누르지 못하고 손으로 테이블 위를 쓸어버리자 보온병이 바닥으로 떨어졌다. 경찰총감은 가만히 기다리다가 상대가 똑같은 행동을 반복하지 않을 것 같다는 확신이 들자 보온병을 다시 올려놓았다.

"프레드리크. 내 말 잘 듣게."

그는 더 가까이 다가갔다.

"지금 우리가 하는 일이 잘못된 일은 아니야. 원래 그런 거라고. 우리가 할 유일한 일, 그리고 우리가 한 유일한 일은 그저 현재 실형을 선고 받고 수감 생활을 하는 보이테크 조직원들의 변호사에게 그저 몇 마디 말을 건넨 것뿐이라고. 그 변호사가 그 정보를 고객들에게 말해주기로 결심하고 어제 저녁 그 일을 실행에 옮긴 거라면, 우리한테는 아무런 책임이 없는 거야. 그리고 그 고객들이 무언가 일을 벌였다면, 뭐 재소자들이 종종 그러긴 하지만, 아무튼 그것 역시 우리 책임이 아니야."

경찰총감은 앞으로 좀 더 몸을 숙이며 말을 이었다.

"우리는 우리가 취한 행동 외에는 그 어느 것도 책임질 필요가 없단 말일세."

예란숀은 자리에서 일어나 창가로 다가갔다. 창밖으로 크로노베리 공원이 보였다. 모래놀이터에서 뛰어오는 꼬마들과, 개 줄을 잡고 명령하는 주인의 말은 아랑곳하지 않고 사방으로 뛰어다니는 개 몇 마리가 눈에 들어왔다. 예란숀은 한참 동안 이 아담한 공원을 바라보았다.

"그 친구가 입을 열면 벌어질 상황입니다."

"뭐라고?"

예란숀은 창가에 그대로 서 있었다. 창문 위쪽에 열려 있는 네모난 통풍창으로 들어오는 바람을 맞으며 마음을 가라앉히고 있었다.

"방금 전 물으셨던 거 말입니다. 뭐가 더 불안하냐고요.

호프만이 입을 열면 벌어질 상황이 더 불안합니다."

*

그는 의자를 살짝 왼쪽으로 옮겼다. 그러자 판유리 너머로 복도 전체가 다 보였다. 그를 죽이려고 했던 네 명의 재소자들은 아무 일 없는 듯 당구대에 모여들어 당구 시합을 하는 척했다. 그들은 호프만에게 자신들의 뜻을 확실히 전했다. 그는 빠져나갈 구멍이 전혀 없는 쥐새끼라는 것, 교도소 안에서 아무리 도망쳐봐야 조만간 피할 수 없는 끔찍한 운명을 맞이하게 될 거라는 것을. 카롤 토마쉬는 판유리 가까이 서 있었다. 그러다가 손을 들어 올려 자신의 입을 가리키며 입 모양만으로 '스투카치'라는 단어를 반복해 보였다.

이제 파울라의 존재는 사라졌다.

호프만은 가슴속 깊은 곳에서 동요하지 않는 부분을 최대한 끌어올리기 위해 애썼다. 이제 그에게 새로운 임무가 부여된 상황이었기 때문이다. 살아남는 것.

그들은 알고 있었다.

전날 저녁, 밤사이 그의 정체를 알아낸 게 분명하다. 입방시간까지 달라진 건 아무것도 없었다. 분명 누군가 굳게 닫힌 감방 문을 통과할 수 있는 채널을 보유하고 있는 게 확실했다.

—만약 정체가 탄로 날 경우, 교도소 내에서는 빠져나갈 곳이 없어. 대신, 독방으로 이감은 가능해.

폭동진압부대원 10명이 보호용 헬멧과 진압방패를 착용하고 진정제가 함유된 스프레이를 들고 문제의 구역으로 향했다. 그들은 운동장을 가로질러 G감호구역으로 이어지는 계단으로 달려갔다. 대원 일부는 또 다른 폭력사태를 미연에 방지하기 위해 주변을 감시했고, 나머지 대원들은 문제의 재소자를 둘러싸고 지하 통로로 내려가 어딘지 모를 정도로 깊고 깊은 C감호구역으로 호송할 터였다. 그곳은 자발적으로 독방수감을 원한 재소자들이 가는 곳이었다.

─조직에서 사형선고를 받게 될 수도 있을 거야. 하지만 자넨 죽지 않아.

그곳에는 16개의 감방이 설치되어 있었다. 자발적 독방이라고는 하지만 여타 감호구역과 별반 차이가 없었다. 교도관 집무실, 텔레비전 휴게실, 샤워실, 간이부엌, 탁구대까지 똑같았다. 그곳의 재소자들은 교도소 내 다른 감호구역의 죄수들과 부딪힐 일 없이 자신의 구역 내에서는 자유롭게 돌아다닐 수 있었다.

일주일이다.

기다려야 한다. 그리고 마찰은 피해야 한다. 독방에서는 목숨을 부지할 수 있다. 그러나 밖으로 나가는 순간 그를 기다리는 건 죽음뿐이었다. 거대한 교도소에 존재하는 모든 물건은 무기로 변할 수 있다. 드라이버가 그의 목으로 날아들 수도, 테이블 다리가 이마를 내리 찍을 수도 있었다. 그리고 그러한 위협은 기어이 그를 무너뜨릴 때까지 계속될 터였다. 일주일 안으로 에리크와 시경이 그를 구해주리라. 그는 죽지 않을 것이다. 아직은. 후구와 라스무스, 그리고 소피아를 두고는 절대 죽을 수 없다.

죽지 않는다.

죽지 않는다.

죽지,

않는다.

"이봐, 괜찮은 거야?"

호프만은 손으로 어딘가를 붙잡을 틈도 없이 그대로 바닥에 쓰러지고 말았다. 바닥에 뺨과 턱을 세게 부딪쳤다. 그리고 몇 초간 자기가 어디에 있는지 알 수 없었다. 기습, 어항 속의 교도관들, "스투카치"라고 말하는 입 모양, 검은 제복을 입고 나타난 진압부대원까지……. 갑자기 숨쉬기가 힘들어졌고 똑바로 일어나려 아무리 애를 써도 두 다리가 후들거렸다.

그의 몸을 지탱해주던 에너지가 다 빠져나간 뒤 느껴지는 것이라고는 오직 죽음에 대한 공포라는 사실을 그때까지는 전혀 몰랐다.

"몰라. 화장실을……. 세수 좀……. 땀이……."

중앙에 설치된 세면대는 제법 깨끗했다. 그는 수도꼭지를 틀고 찬물이 나올 때까지 기다렸다가 그 아래로 머리를 들이대고 목과 등줄기를 적신 뒤 손으로 얼굴을 마구 문질렀다. 그러면 마치 정신이라도 들 것처럼.

순간, 측면에서 발 하나가 날아들었다.

격렬한 통증이 덮치면서 엉덩이 주변이 타들어가듯 고통스러웠다.

호프만은 자신을 향해 달려오는 긴 머리의 거구를 전혀 인식하지 못했다. 그는 진압부대원들이 밖에 있는 상황에서 더 이상의 공격은 무리라고 생각했는지 호프만에게 침을 뱉고는 "스투카치"라고 속삭인 뒤 문을 닫고 나가버렸다.

사형선고! 순간적으로 그 생각이 뇌리를 스쳤다.

호프만은 자리에서 일어나 기침을 하며 한쪽 손으로 통증이 느껴지는 부위를 문질렀다. 발길질은 처음에 생각했던 것보다 훨씬 더 강했는지 늑골 몇 개가 나간 것 같았다. 여기서도 빠져나가야 했다. 다음 단계로. 감금독방. 완전한 고립상태. 교도관을 제외한 그 어느 재소자와도 접촉이 불가능한 상태로. 하루 24시간 동안 들어갈 곳도, 빠져나갈 곳도 없는 철저한 독방에 갇혀 지내야 한다.

'스투카치.'

이렇게 죽을 수는 없었다.

2권에서 계속됩니다.

세 번째 심문 1

2012년 3월 28일 초판 1쇄 발행
2012년 11월 17일 초판 2쇄 발행

지은이 | 안데슈 루슬룬드, 버리에 헬스트럼
옮긴이 | 이승재
발행인 | 전재국

본부장 | 이광자
단행본개발실장 | 박지원
책임편집 | 박윤희
마케팅실장 | 정유한
책임마케팅 | 정남익 조용호
제작 | 정웅래 박순이

발행처 (주)시공사
출판등록 1989년 5월 10일(제3-248호)

주소 | 서울특별시 서초구 사임당로 82(우편번호 137-879)
전화 | 편집(02)2046-2852 · 영업(02)2046-2800
팩스 | 편집(02)585-1755 · 영업(02)585-0835
홈페이지 www.sigongsa.com

ISBN 978-89-527-6493-5 04890
ISBN 978-89-527-6277-1 (set)

검은숲은 ㈜시공사의 브랜드입니다.
본서의 내용을 무단 복제하는 것은 저작권법에 의해 금지되어 있습니다.
파본이나 잘못된 책은 구입하신 서점에서 교환해 드립니다.